실크로드의 나그네

3

유인순 교수의 여행일기

실크로드의 나그네 3 – 러시아 · 북아프리카 · 레반트편

초판인쇄 2016년 6월 10일
초판발행 2016년 6월 15일
지은이 유인순
펴낸이 공홍
펴낸곳 케포이북스
출판등록 제22-3210호
주소 서울시 서초구 반포대로14길 71, 302호
(서초동, LG에클라트)
전화 02-521-7840
팩스 02-6442-7840
전자우편 kephoibooks@naver.com

ISBN 978-89-94519-44-9 04800
978-89-94519-41-8 (세트)

값 29,000원
ⓒ 유인순, 2016

유인순 교수의
여행일기

실크로드의 나그네

3

러시아 · 북아프리카 · 레반트편

케포이북스
KEPHOI BOOKS

서시

먼 길 떠날 무렵

유인순

먼 길 떠날 무렵
설레는 가슴

미지로 나서는 문고리에
손 대는 순간
아득한 어지러움에
비틀거리는 이 마음

문을 열어젖히는 찰나
펼쳐질
구백생멸의 세상을
생각하여
이리도 설레는가

두 다리에 힘을 주고
잊지 말아야 할 것들
이 몸은 누구이고
어디에 있었던가
지금 어디에 있으며
어디를 향하고 있는 것인가

여행이란 어휘와 함께, 그리고 여행의 일정과 장소가 결정되는 순간부터 나는 여행 멀미를 앓는다. 그것은 기분 좋은 멀미다. 여행이란 어휘는 내 핏줄 속에 잠자고 있던 역마살의 유전자들을 일시에 뒤흔들어 놓는다.

그러나 정작 출발의 시간이 가까워지면 떠나고 싶지 않다는, 피할 수 있다면 피하고 싶다는 묘한 두려움에 사로잡히고는 한다. 여행은 즐거운 것이지만 동시에 지금까지 내가 알고 있었던 것들, 내게 익숙했었던 것들을 내려놓고 처음부터 다시 시작해야 한다는 것을 알고 있기 때문이다. 낯선 것과의 만남, 그것을 내 속에 받아들이기까지 겪어야 하는 충격과 갈등, 회의와 방황, 탐색과 확인으로 이어지는 일련의 과정들은 결코 쉽지 않았다.

자주 멀리 다니지는 못했어도 일 년에 한두 번씩은 여로에 올랐다. 가능한 뚜렷한 주제를 가지고 거기에 부응한 여행을 하려고 했다. 2007년 페르시아 여행 이후, 실크로드 답사팀과 동행하며, 동서 문명의 교류가 어디에서 어떻게 이루어지고 있는지에 주목했다. 주지하는바 실크로드란 어휘는 비단을 대표로 하는 문물 교류를 상징한다. 실크로드란 용어는 독일 출신의 동양학자 헤르만이 중국 서안으로부터 중앙아시아와 인도 서북부 고대 유적지에서 실크가 발견되자 실크가 발견된 지점들을 연결하여 '실크로드'라 명명하면서부터 쓰이기 시작했다. 이때 헤르만은 실크로드를 통한 동서 문물 교류에 주목했다. 이후 실크로드에는 오아시스 육로, 초원로, 해양로 등이 포함되면서 문명 교류의 흔적은 동서와 남북으로, 선線에서 망상網狀구조로 확장되었다.

지금 우리는 디지털 공간을 통해 실크로드가 지구촌을 에워싸고 있음을 보게 된다. 우리는 마치 망사주머니 속의 양파처럼 조밀한 실크로드의 그물에 둘러싸인 지구촌의 고금古今 문물과 동시에 교류하고 있는 것이다. 실크로드는 과거 문물의 교류 흔적을 추적하는 것만이 아니라 미래 세계에 그려질 새로운 문명과 문화를 예상하게 해준다.

처음 실크로드 답사 팀과 동행하면서 그리스 로마의 문명이 어떻게 동양으로 들어오게 되었고, 반대로 동양의 문명이 서양에 끼친 영향, 기독교와 이슬람, 불교가 어떻게 상호 교류하고 있는지를 눈으로 확인하는 것은 신나는 일이었다.

그러나 실크로드 답사가 계속되면서 눈으로 볼 수 없지만 마음으로 헤아려 볼 수 있는 어떤 것들을 추적해 본다는 것은 더욱 고맙고 신나는 일이었다. 혜초 스님의 발자취를 따라가며 혜초 스님과 나를 동일시해 1,200년 전의 하늘과 땅, 산과 강물, 그때 혜초 스님이 헤아렸을 세상과 지금 내가 보고 있는 세상을 대비시켜 본다는 것, 혹은 책 속에서 혹은 옛이야기 속에서 만났던 사람들의 고향을 찾아가 지금까지 전해오고 있는 그들의 이야기를 듣고, 전해오는 신화와 전설을 채록하고, 그것이 우리 생활과 문학에 어떻게 스며들었는가를 찾아보는 것 등등은 늘 경이롭고 고마웠다.

나는 때로 책 속에서 만났던 사람들이 살았던 장소를 찾아가서 그 사람들에 관련된 이야기를 들으면서 시간을 초월해 그들을 직접 만나고 있는 듯한 감동을 받고는 했다. 돌아보면 나는 학문적 지식이나 실질적 이익을 위해서가 아니라 새로운 것을 보고 듣고 만나고, 옛사람들의 흔적과 거기에 관련된 이야기를 듣는 것이 좋아서 여로에 오르고는 했다.

이런 이유들로, 나는 나의 여행일기에 '실크로드의 나그네'라는 제목을 주었다. 이것은 실크로드로 찾아 나선 나그네라는 의미도 있지만, 내가 보고 들은 이야기를 한 필의 조촐한 비단으로 짜보고 싶다는 욕망, 내가 짠 이야기의 비단을 조심스레 풀어내 보여주고 들려주고 싶다는 희망도 곁들여 있는 것이다.

제1권 동양편은 한국과 중국편으로 구성되어 있다. 한국편에서는 강원대 교수 문화유적답사 팀, 강원대 사대교수 세미나 팀, 강원대 국어교육과 문화답사 팀, 문화기획 '금토' 팀과 함께 했다. 중국편에서는 한중인문학회의 해외 학술연구 발표대회에 참석, 학술대회 이후 회원들과 함께 여행했었던 여정들을 기록하였다.

제2권 동남아시아편에서 카라코룸 하이웨이와 해양 실크로드 여행은 한국문명교류연구소 팀과, 캄보디아 여행은 강원대 과학교육과 교수세미나 팀과 동행했다. 한국문명교류연구소 팀과의 탐방 때에는 정수일 교수께서 인솔해주셨다. 정수일 교수께서는 문명 교류의 현장에서, 또는 달리는 버스 안에서 우리가 찾아간 지점의 문명 교류 배경과 과정, 특징들에 대해 강의해주셨다.

제3권 러시아·북아프리카·레반트편에서 러시아 여행은 강원대 사대 교수 세미나 팀과, 북아프리카 여행은 한국문명교류연구소 팀과, 레반트 지역 여행은 인터넷신문『프레시안』의 인문학습원 답사 팀과 동행했다. 모스크바의 톨스토이 집 박물관에서 톨스토이가 직접 만든 가구와 옷들을 보았고, 무엇보다도 톨스토이 생전의 음성을 녹음한, 톨스토이의 육성을 들을 수 있었던 것은 경이로움 그 자체였다.

2011년 1월, 레반트 지역 여행지인 레바논, 시리아, 요르단, 이집트를 여행할 당시, 레바논에서 시리아로 국경을 넘어서자 레바논에서 장기 집권 독재정치에 항거하는 시위가 일어났다. 시리아에서 요르단으로 들어서자 역시 시리아에서도 같은 이유로 격렬한 시위가 일어났다는 소식을, 요르단에서 이집트로 들어가던 때에 이집트의 카이로 거리에는 무장한 군인과 탱크가 요소요소를 지키고 검문검색이 일고 있었다. 카이로의 한 호텔에서 발이 묶였다가, 아수라가 되어버린 카이로공항을 빠져나오던 때의 긴박한 순간을 잊을 수 없다. 이집트 탈출(탈애굽) 이후 이제 5년이 지났는데 아직도 레반트 지역의 정국은 혼미 상태에 있다. 특히 시리아에서는 정부군과 반정부군 사이의 격렬한 갈등이 지속되고 있고 이집트에서의 일도 심각하다. 레바논, 시리아, 요르단, 이집트, 그곳 순박한 사람들에게 불어 닥친 시련의 날들이 빨리 끝나기를 기도할 뿐이다.

여행지에서 대부분의 사진은 가급적 저자가 찍은 것을, 그러나 여의치 않을 경우 동행한 회원의 사진을 사진 주인들에게 허락도 받지 않고 그대로 실었다. 이점 그분들께 양해의 말씀을 구한다. 한국 홍도 여행에서는 강원대 김재구 교수,

러시아 여행에서는 저자의 카메라 고장으로 신관석, 황향희, 이경희 교수의 사진에 전적으로 의지했다. 레반트 여행에서는 한국외대의 유재원 교수, 이화여대의 김홍남 교수, 소설가 성낙주 선생의 사진을 게재했다. 사진 주인들께 깊은 감사의 말씀을 올린다. (사진을 이용할 경우 사진 주인의 성함을 함께 밝히도록 했다.)

아직도 내전이 지속되고 있는 레반트 지역, 일부 과격 단체와 시리아 난민 문제, 전쟁과 정쟁政爭 속에서 세상은 각박해지고, 위기 속으로 떠밀려 가는 듯한 느낌이다.

고향을 잃고 떠도는 난민들에게 편안한 거처가 마련되기를, 전쟁과 전쟁의 위기가 있는 곳에 평화가 이루어지기를 기도한다.

2016. 2. 20 솔바람마루에서

유인순

차례

북아프리카

낙타는 간다

레반트
구약의 시대로 들어가다

러시아

톨스토이의
음성을
듣다

 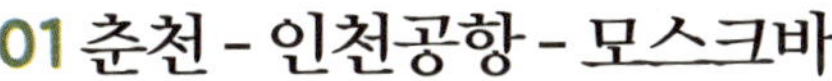

01 춘천 – 인천공항 – 모스크바

새벽 5시 이전에 잠에서 깨어나 여행 가방을 다시 한 번 더 점검했다. 새벽의 뒤뚜르(후평동) 거리에선 택시가 드물었다. 10분 이상을 기다려서 시외버스터미널로 갔다. 약속 시간보다 25분 일찍 도착했는데 신혜숙 교수는 이미 먼저 와 있었다. 서울에서 직접 공항으로 오는 한 명을 제외하고는 모두 제 시간에 와서 같이 인천공항행 버스에 올랐다. 버스는 8시 30분 정시에 출발했다.

이번 러시아행에는 모두 13명의 회원이 참석, 약대 신관석 교수, 체육학부의 오수일, 황향희 교수, 문화예술대의 신혜숙 교수를 제외하면 9명은 사범대 소속 교수들이다. 여성 4명, 남성 9명. 버스가 출발하자 홍민식 학장과 백인학 교수, 두 분이 각각 직접 자료를 검색해서 만든 자료집을 나누어 주셨다. 자료집은 인터넷에서 얻어낸 수준이라 깊지는 않았지만 우리 일행을 위한 깊은 배려가 스며든 것이라 고맙기 그지없었다.

인천공항으로 향하는 경춘국도에는 안개가 짙었다. 대성리의 북한강 공원을 지나면서 마음 속으로 '잘 다녀오겠습니다'라고 인사 드렸다. 그동안 성적 처리 하고, 임용시험 특강 준비와 특강을 하느라고 어머니를 찾아뵙지 못하고 오르게 된 여로였다. 국도변에는 녹음이 무성하고 산록엔 밤꽃이 강아지 꼬리 같이 몽글몽글하게 피어 있었다.

밤꽃 피어나는 계절에

러시아로 가는 길

안개 짙어

길 잃은 듯

막막해지는 가슴

혼란의 시기에 찾아가

붉은 광장 지하묘에서 만났던,

사상으로 세상을 재단한 인물

레닌의 미라를 떠올린다.

강산이 두 번 바뀌고

다시 찾아가는 러시아

톨스토이, 도스토옙스키,

투르게네, 푸시킨, 고골리, 체호프

귀에 익은 이름들 중얼거리며

차창 밖의 안개를 본다.

인천공항에 도착했다(10:47). 여행사 '투어 2000'에서 함께 동행하는 가이드 배은정 씨, 키가 크고 시원스런 인상의 여성, 그러나 억양이 강하다. 우리가 묵을 모스크바의 호텔이나 호텔 근처에서는 생수를 살 만한 마땅한 곳이 없으니 아예 공항 마트에서 생수를 한두 병 사서, 큰 가방에 넣어 부치라고 한다. 그리고 이번 우리 팀에 합류하는 신혼부부가 한 쌍 있다고 전했다. 그러나 신혼 팀은 약속 시간이 되어도 나타나지 않았다.

"차두리다! 차두리! 얼굴 좀 보여주세요!"

생수를 사러 공항 내 마트로 가던 중에 갑자기 황향희 교수가 놀라움과 반가움에 들뜬 목소리로 어린애 같이 외쳤다. 바로 옆을 지나고 있는 큰 키에 다부진 몸매를 가진 짙은 구릿빛 팔뚝의 사내, 움직이는 동상이었다. 체육인도 연예인만큼, 아니 그보다 더 사랑받고 있다는 것을 처음 확인했다. 나는 차두리 선수의 옆모습과 뒷모습만 보았지만, 그의 머리통은 구릿빛의 단단한 축구공으로 보였다.

조금 이른 점심으로 공항 내 지하식당에서 돌솥 비빔밥을 주문했다. 지리과의 옥한석 교수가 미아가 되어 끝내 식당에 나타나지 않았다. 음식이 나오기 전, 셀프 서비스인 음료대에서 물을 받아 이경희 선생을 비롯한 여성회원이 회원 전원에게 돌렸는데, 피정만 교수께서 회원 수만큼의 물잔을 쟁반에 담아 가지고 엄숙한 표정, 조신한 걸음새로 회원들에게로 오셨다. 회원 모두에게 '물 먹이려한' 그 갸륵한 정성 앞에 안범희 교수가 고마운 마음을 담아 한 마디로 평하였다. '착한 여우 돼지'라고. '여우 돼지'는 피 교수의 별명이라고 했다.

모스크바행 KE923기는 14시 35분에 이륙했다.

비행기가 고도를 높이기 시작하면서 기장이 인사말을 한다. 인천에서 모스크바까지는 4,092마일(6,584km), 대략 9시간 15분 정도가 걸린다고 한다.

비행기 안에서

구름 위에서

세상을 내려다보면

우산살처럼, 실핏줄처럼 퍼져 나간 산줄기

길은 사방으로 뻗쳐 있네.

길이 있는 곳에 마을이 있고

협곡을 따라 용수철처럼 구불거리는 강

경사가 완만한 곳에

사람의 손길이 스쳐간 흔적.

러시아령으로 들어선 하늘

짙고 굵은 윤곽으로 구불거리는 강

강이 있는 연안은 녹색지대

원류에서 튕겨져 나간 지류들

다시 합류하는 강

강이 있기에 숲이 있고
사람들 깃들어 사네.
이야기들 올망졸망 엮으며 사네.

　구름이 차단막처럼 사람 사는 세상을 가리면 비행기는 구름 속을, 구름 위를 날고 있다. 한국어 발음이 정확한 러시아 여승무원이 와서 원하는 것을 묻는다. '백포도주!' 하자 '아! 백포도주!' 하더니 그녀는 자랑스레 적포도주를 따라주고 설탕에 버무린 땅콩 두 봉지와 밝은 웃음을 선물로 주고 간다. 기내식은 쇠고기 덮밥, 서너 시간 뒤에 삼각 김밥과 오렌지 주스가 나왔다.

　독서등을 켜놓고 『문학사상』 6월호를 읽었다. 올해는 평론가 김환태 탄생 100주년이 되는 해, 김환태 특별논단이 실려 있었다. 김환태의 결혼기념 사진도 있다. 김환태의 아내 박봉자는 시인 박용철의 누이동생이며, 또 김유정이 사망 직전까지 연애편지 30여 통을 써 보냈던 여인이다. 김유정의 일방적인 편지 공세에 침묵으로 응대하였다 하여 김유정 사후, 매정한 여성이라고, 평론가 김문집의 험한 독설까지 들어야 했던 여성이었다.

　김환태 박봉자의 결혼기념 사진 맨앞줄에 있는 어린 들러리, 대여섯 살 먹은 사내아이는 박봉자의 오빠이며 시인인 박용철의 장남이라고 한다. 사진에는 나와 있지 않지만 김환태는 일본 유학 당시 일본인 여성과의 사이에 딸 하나를 두고 있었다는 이야기를 후에 들었다. 1936년 6월 1일의 결혼식, 그러나 1944년 5월 26일 36세의 나이로 김환태는 2남 1녀를 남기고 사망한다. 병인은 결핵이라고 한다. 이듬해 차남 사망 이후 박봉자는 교사 생활을 하며 남매를 키워야 했다. 흥미로운 것은 김환태의 호가 눌인訥人, 말더듬을 눌訥, 김환태는 말을 더듬었던가. 아니면 말이 없던 사람인가……, 그도 아니라면, 한 마디 말에도 신중을 기해 생각을 얹어서 말하던 사람이었던가.

김유정은 말더듬이었다. 김유정은 중학시절 눌언訥言 교정소에 다녀 심한 말더듬은 면했다지만 그러나 긴장하면 말을 더듬어서 그의 고등학교 시절 별명은 말더듬이였다. 박봉자를 중심으로 김환태와 김유정, 두 남자는 모두 1930년대 중반 순수문학운동단체였던 구인회의 회원이었다. 박봉자가 김환태와 결혼한 다음 해에 김유정이 결핵으로 사망했고, 그 7년 후에 김환태 또한 결핵으로 사망했다.

김유정을 천재적 작가라고 칭찬하고 다니던, 구인회 멤버였던 이상. 이상의 연인은 권영희였다. 그러나 이상의 친구 정인택이 권영희를 짝사랑하여 자살미수 소동을 벌이는 바람에 어쩔 수 없이 권영희는 정인택과 결혼, 딸을 둘 낳았다. 그러나 월북 후 이태 만에 정인택이 사망하자 권영희는 마침 독신으로 월북했던 박태원과 재혼했다. 이후 권영희는 녹내장으로 장님이 된 박태원을 도와 박태원이 구술한 원고를 받아써서 『갑오농민전쟁』을 완성시켰고 박태원은 생전에 인민작가로 추대 받았다. 그리고 올해2009는 역시 박태원 탄생 100주년 되는 해라 서울 청계천 가까운 곳에 박태원 기념박물관이 개관되고 기념 학술대회가 열린다.

천재 시인이며 수필가며 작가였던 이상이 정식으로 결혼한 변동림은 이상이 사망한 후에 화가 김환기와 재혼했다. 두 사람 모두 재혼이었다. 그녀는 한국전쟁이 정전된 얼마 후 먼저 프랑스로 가서 프랑스 미술계의 평단에 줄을 대고 당시 홍익대 미대 학장이었던 남편 김환기를 프랑스로 불러들여 남편이 프랑스 화단에 뿌리 내리게 했다. 그녀는 다시 뉴욕으로 남편을 불러들여 김환태를 세계적인 화가로 만들었다. 김환태가 사망한 후 변동림은 남편의 미술관을 서울에 세웠다. 이름하여 수화미술관이 바로 그것이다.

박봉자를 사랑하던 두 남자 ─ 김유정과 김환태는 모두 명이 짧았다. 하느님의 뜻이니 무어라고 말할 수 있을까. 박봉자 그녀는 남편과 사별 이후 교사 생활을 하면서 남매를 미국 유학 보냈고 아들은 미국 북일리노이 대학 교수^{경제학박사}가 되었다. 딸은 샌프란시스코에서 부군과 함께 무역업에 종사하고 있다고 한다(문학사상자료조사연구실,『김환태 전집』, 문학사상사, 1988, 427쪽). 김유정의 첫사랑이었던 박녹주는 젊은 시절 한량들과의 호사스럽던 생활이 끝난 뒤 만년에는 소생 없이 홀로 외롭게 살다가 사망했다. 그녀의 나이 일흔네다섯 살 무렵이었다. 김유정이 사랑하던 여성들이 생활전선 속에 뛰어들어 살아야 했던 것과 달리 이상이 사랑했던 여성들은 비록 초혼에서는 남편과 사별했지만 그녀들의 역할은 재혼 이후부터 발휘된다.

권영희와 변동림은 모두 자신들의 문학세계를 펼치며 동시에 남편들의 예술세계를 위해 적극 협력했다. 권영희는 소설가의 아내로, 변동림은 화가의 아내로 그들이 갖고 있는 문학적 재능(권영희는 소설로, 변동림은 수필로)을 자신과 남편들을 위해서 발휘했다.

책을 읽다가 싫증이 나면 앞 의자 뒷면에 달린 작은 스크린을 통해서 영화를 보았다. 권상우와 이보영이 주연한 〈슬픔보다 더 슬픈 이야기〉, 제목으로 보면 지독한 멜로인데 그 내용도 뻔할 것이 분명한데, 이야기 속에 이야기들이 들어가 엮어지는 솜씨가 독특했다. 소설로 치면 한 소설 속에 두 개의 액자가 들어간 형식이다. 천방지축 소꿉친구로 보이는 두 청춘 남녀, 두 사람 모두 고아 출신, 하는 짓은 어이없도록 철부지들이나 실은 그들이 서로를 얼마나 깊이 사랑하는지, 그 사랑의 깊이가 두 사람 모두 죽고 나서야 밝혀지는 이야기. 정말로 '슬픔보다 더 슬픈 이야기'였다.

외국 영화 장르 가운데 클래식이 있기에 들어가 보니 잉그리드 버그먼과 율브리너가 나온 〈아나스타샤〉, 러시아 마지막 황제 니콜라이 2세의 막내딸을 주인공으로 한 영화였다. 1917년 러시아 혁명으로 제정 러시아가 망하고 황제 일가는 지하실에서 총살형으로 처형되는데 우여곡절 끝에 살아난 황제의 막내딸 공주, 그녀는 충격으로 정신병원을 전전하다가 우연히 러시아 황제 일가의 재산이 스위스 은행에 비축되어 있다는 사실을 알고, 그 연고자를 찾고 있는 제정 러시아 시대의, 장군의 눈에 띄게 된다. 그 장군 역을 맡은 이가 율브리너였다. 막대한 재산을 찾기 위해서는 가짜 공주라도 만들어내야 할 판에 나타난 공주, 율브리너는 공주를 교육시키는 동안에 그녀가 실제 공주인 아나스타샤임을 알게 된다.

마침내 황실의 마지막 어른인 태황후로부터 공주가 실제 공주라는 사실을 인정받게 되면서, 공주는 황제가의 왕자와 결혼을 약속하게 되고, 그제야 공주와 장군은 서로를 사랑하고 있다는 사실을 알게 된다. 공주와 장군의 사랑을 눈치 채게 된 태황후는 두 사람의 행복을 빌어주며 함께 떠나게 한다. 태황후는 공주의 결혼식 선포에 초대되어 온 제정 러시아 구 귀족들에게 '모든 것은 한 판의 연극이었다'라고 말하기로 하면서 영화는 끝난다. 아주 산뜻한 내용이었다. 짜임새 있는 이야기에 연기력도 기가 막히게 깔끔했다.

모스크바

마침내 모스크바 상공으로 들어선 비행기, 숲이 무성한 평야지대였다. 초록색 삼림을 중심에 두고 붉은 지붕이 많은 마을들이 보였다. 저 숲속으로 들어가면 다시 마을로 돌아올 수 있을까 싶게 삼림은 무성했다. 호수는 검은 대리석처럼 매끄럽게 빛나고 강물은 길게, 길게 구불거리고 있었다.

인천공항에서 14시 35분에 이륙했던 KE932호기는 마침내, 23시 36분에 모스크바의 셰레메티예보 공항에 착륙했다. 러시아 표준시간으로 오후 6시 36분이었다. 바깥 기온은 14도라고 했다.

모스크바 상공에서 비행기 유리창을 통해 사진을 찍으려고 시도하던 나는, 카메라에 이상이 발생했음을 알았다. 셔터가 눌러지지 않았다. 공항에서 입국 수속을 기다리며 동행하는 분들께 내 카메라를 손봐달라고 부탁했으나 그분들도 이유를 모르겠다고 했다. 카메라 없이 하는 여행이라……. 황향희, 신관석, 옥한석 교수께 아무쪼록 문화유적 사진을 많이 찍어달라고 부탁했다.

공항의 입국 수속대를 통과하는 데 오래 지체되었다. 눈치를 보다가 전자장치

부착 여권만 통과할 수 있다는 곳에 가서 줄을 섰다. 나는 이번 봄에 새로 여권을 만들었기에 전자장치가 부착되어 있었다. 하지만, 전자 여권을 갖고 있어도 수속대의 컴퓨터 화면이 너무 더디게 부팅되었다. 모스크바의 느려터진 PC를 보면서 한국이 IT 강국임을 다시 한 번 더 느낄 수 있었다.

입국대를 빠져나와 한참을 기다려도 우리 일행들은 나오지를 못했다. 다른 줄의 입국 수속대에서는 거의 손으로 문서를 작성하는 형편이었다. 입국대를 빠져나와 짐을 찾으려고 가보니 화물들은 컨베이어 벨트에서 내려져 무질서하게 여기 저기 놓여 있었다. 모스크바의 국제공항 수준이……. 허긴 우리나라도 90년대 중반까지는 그랬을 것이다.

모스크바 셰레메티예보 공항의 바깥 기온은 서늘했다. 모스크바 현지 가이드와는 24시 55분에 만났다. 유학생 신찬호 씨, 30대 중반으로 보였다. 키가 크고 머리가 덥수룩했다. 첫인상과는 달리 목소리는 부드럽고 말은 매끄러웠다. 그의 말로는 강원도가 평창 동계올림픽 유치를 하기 위해 러시아에 와서 홍보활동을 할 때 그가 통역을 맡았고 KBS를 비롯한 방송사들과 주요 중앙지 기자들을 위한 홍보, 프레젠테이션까지 맡았었노라고 말했다. 자부심이 그득 찬 말이었다.

시계를 현지 시간으로 바꾸었다. 한국 시간과 5시간의 차이가 있었다. 19시 55분, 그러나 대낮처럼 밝았다. 우리가 도착한 셰레메티예보공항은 모스크바에서 28km 떨어진 곳에 위치한 곳, 공항은 1960년대에 건설되었고, 공항의 직원들은 모두 KGB 요원들이라고 했다. 모스크바 입성 3일 이내에 거주지 등록을 해야 하고 도시 간 이동을 하게 되면 다시 거주지 등록을 해야 한다고 했다. 공항에서 호텔까지는 이곳의 퇴근 시간대와 맞물려 1시간 이상 걸릴 것이라고 했다.

공항에서 시내로 가는 도로는 차들이 엉켜들고 있었다. 열린 버스 창을 통해서 매연이 쏟아져 들어왔다. 차멀미 기운이 돌기 시작했다. 어지럽고 구토증이 났다.

전용 버스 안에서 내다보는 모스크바는 광활한 평원 지역, 도로변에는 자작나무가 무성했다. 자작나무는 러시아의 국목國木, 러시아 삼림의 60% 이상을 차지하고 있고 땔감자작나무 숯이나 종이의 원료, 건축물의 목재로 사용, 자일리톨 껌의 중요한 원료, 또 그 수액을 먹을 수 있다고 한다. 사우나를 좋아하는 이곳 사람들은 사우나 안에서 자작나무의 여린 가지로 몸을 가볍게 두드려 혈액순환을 돕는다고도 한다. 그런가 하면 러시아의 특산물 가운데 하나인 차가버섯은 자작나무에서 자란다고 한다. 보기에 훤칠하고 그 줄기가 백색이라 고급스럽게 보이는 이 나무의 용도가 이렇게도 다양했던가.

호텔로 가는 전용 버스 안에서 가이드는 모스크바에 대한 개략적인 설명을 했다. 정리하면 다음과 같다.

- 모스크바의 위치는 북위 53도, 약간의 백야 현상이 나타난다. 북쪽으로 올라갈수록 백야 현상은 극명하게 나타난다. 12월 22일 동지에 이르면 해를 보기가 힘들다. 모스크바의 경우도 오전 10시 정도에 해가 떠서 오후 2시에 해가 진다. 하루에 해를 볼 수 있는 시간은 4시간 정도이다.
- 소비에트 연방은 1991년 해체, 현재는 러시아 연방공화국, 국토 면적은 1,700만 km^2로 지구 표면의 1/8에 육박한다. 동서 간 11,000km, 남북 간 4,000km, 대한민

국의 171배에 해당되는 면적이다. 소비에트는 광활한 면적으로 하여 한 나라 안에서 시차는 11시간대를 통과하게 된다. 러시아의 기온은 북에서 남에 이르기까지 한겨울에서 한여름에 이르는 온도 차이를 보여준다. 인구는 세계에서 4번째로 1억 5천만 명에 이른다. 주된 인종은 동슬라브족으로 1억 2천만 명, 그 외에 몽골, 우크라이나인들이 대거 거주하고, 한국인도 14만 7천 명이 살고 있다.

• 소비에트의 역사는 선사시대부터 사람들이 살기 시작했지만 3~5세기경 동슬라브인들이 이 지역에 정착하게 되고 이들이 9세기부터 국가를 형성하기 시작했다. 국가 형성에는 두 가지 학설이 전한다. 하나는 바이킹 족들이 남하하여 키예프 지역 — 현재의 우크라이나 수도에 나라를 세웠다는 노르만 학설, 또 다른 하나는 동슬라브인들이 자발적으로 세웠다는 학설, 그러나 현재 역사학자들은 노르만 학설에 손을 들어주고 있다.

• 11세기경 러시아는 여러 나라로 분열되어 있었고 1240~1480년 몽고족의 침략, 이로 인해 240년간이나 몽고족의 통치를 받아야 했다. 15세기에 이르러 이반 3세(모스크바 공국의 황금기)가 몽고군을 축출했고, 16세기에 이반 4세(모스크바 공국의 쇠퇴기)는 최초로 자신을 '차르'(황제)라고 부르게 했다. 제정 러시아 시대는 17~19세기에 걸친다. 1610~1613년까지 폴란드와의 전쟁이 벌어지고 9세기 이후 모스크바 공국까지 이어왔던 류리크 왕조는 붕괴되고 이후, 로마노프 왕조가 들어서게 된다(1618). 이후 표트르 대제, 예카테리나 대제, 안나 대제, 알렉산드르 황제, 니콜라이 황제들이 제정 러시아를 이끌어 갔다.

• 표트르 대제는 스웨덴과의 대북방전쟁(1700~1721)을 승리로 이끈 뒤, 스웨덴으로

부터 획득한 땅에 피터폴 요새를 축성한다. 나아가 본래 늪지대였던 이 지역에 사방에서 불러 모은 조경사와 건축사로 하여금 운하를 만들고, 유럽풍의 새로운 도시를 건설하게 하는데 이때 희생된 사람들이 3만 명 이상, 1712년에는 새로 만들어진 도시 상트페테르부르크를 수도로 삼게 된다.

- 1812년 9월에는 나폴레옹이 모스크바로 진격, 12월에 후퇴하게 되는데 그때 포로가 되어 나폴레옹을 따라 파리로 들어갔던 장교, 군인, 학생들이 발전된 유럽 사회의 면모(1789년 프랑스 혁명, 농노제, 전제주의 정치의 폐지)를 보게 된다. 이들은 귀국 후 후진국 수준에 머물러 있던 모스크바 공국에 대해서 반성하게 되고 1825년 12월 니콜라이 1세 즉위식 날 농노해방과 전제정치 폐지를 요구하는 반란을 일으킨다. 물론 반란은 실패로 끝났지만 (반란으로 인한 사망자는 180명) 이 반란은 사회주의로 가는 제1의 기폭제가 되었다.

- 1861 알렉산드르 황제는 농노제도를 폐지했고 1870년, 1880년, 인민주의자들이 활동이 활발해진다. 1904년 노일전쟁의 패배로 황제에 대한 불신이 팽배해진 가운데, 1905년 10만 노동자와 농민들이 겨울 궁전의 광장 앞에 모여서 당시 황제였던 니콜라이 2세에게 자유와 토지와 빵을 요구하는 시위를 벌이게 되는데 이를 '피의 일요일' 사건이라고 부른다. 왜냐하면 니콜라이 2세는 이들 시위대에게 발포하도록 명령, 사망자 5천 명이 발생하고 이것이 사회주의로 가는 제2 기폭제가 되었던 것이다. 1914년 제1차 세계대전, 1917년 10월 혁명, 니콜라이 2세의 퇴진과 함께 제정 러시아는 역사 속으로 사라지고 세계 최초의 소비에트 연방이 설립된다.

- 레닌(1870~1924)은 1917년 10월 혁명을 지휘했다. 그리고 1918년 7월 16일 니콜

라이 2세와 그 가족들 7인과 의사와 하인들 4명을 예카체린부르크 시내의 한 집에서 총살형으로 처형한다. 로마노프 왕가의 혈통이 끝난 곳이 예카체린부르크이고 이것을 주도한 사람이 레닌이었다. 1918 레닌은 수도를 다시 모스크바로 천도, 신경제정책을 펼친다. 1922년 5월에 레닌이 뇌출혈로 쓰러지자 스탈린이 집권한다.

- 스탈린(1879~1953)은 그루지야(조지아) 출신으로 어머니가 절실한 기독교 신자, 어머니의 뜻을 따라 신학교에 다니다가 어린 시절 귀족들의 횡포와 농노들의 고통을 보면서 혁명에 참가, 레닌의 신임을 받게 된다. 그는 1922년 4월에 서기장직에 취임했고, 레닌이 쓰러지자 그의 지위는 극적으로 상승했다. 스탈린은 1932년 러시아 최초의 지하철을 건설, 1937년 강제 이주정책 실시, 연해주에 살던 고려인들에게 일본 첩자의 누명을 씌우고 중앙아시로 강제 이주시킨다. 고려인들은 강제 이주의 와중에 노인과 어린이 1/4이 사망했다.

- 1953년 스탈린이 사망하자, 흐루시초프(1894~1971)가 집권한다. 흐루시초프 시대에는 스탈린 시대의 독재 공포 정치가 완화되기는 하지만, 그는 동서냉각 체제의 원흉으로 지적된다. 그는 1957년 원자폭탄 제작, 1957년 세계최초 인공위성 발사, 1959년 수소폭탄 제조, 1959년 대륙 간 탄도 제작, 1961년 4월 12일 세계 최초의 유인위성을 발사하는데 이때 최초의 우주인은 유리 가가린이었다.

- 흐루시초프, 브레주네프(1906~1982), 고르바초프, 옐친(1937~2007), 이후 소비에트 연방은 해체되고 지금은 러시아 연방공화국으로 탈바꿈했다. 1991~1999까지 정권을 잡은 옐친, 그의 업적은 러시아를 자본주의 민주주의로 이끈 것, 그러나 건강상 악화로 정권을 푸틴에게 넘겨주었다. 푸틴은 2000년 4월부터 2008년 4월까

지 집권, 그의 업적은 경제 안정과 2014년 동계올림픽을 유치한 데에 있다. 푸틴은 대통령 임기가 끝나자 그의 정치적 후계자인 메드베데프에게 정권을 넘겨주었다. 현재 러시아의 대통령인 메드베데프의 업적은 히딩크를 러시아 대표 축구단 감독으로 영입했다는 것이다.

- 러시아의 경제를 살펴보기로 하자. 자료는 2007~2008년의 것인데 일인당 GNP는 7,500달러, 평균 임금은 800달러 정도, 주요 수출품은 지하자원과 무기(武器)이다. 지하자원으로는 석유, 가스, 철, 알루미늄, 니켈, 크롬 등이며 석유는 사우디아라비아 다음 가는 수출국이다. 비공식 자료에 의하면 러시아의 석유 매장량은 세계 제1위라고 한다. 가스는 세계 매장량의 67%, 전량 유럽으로 수출하고 있다.

- 모스크바라는 도시는 모스크바 강에서 유래한다. 먼저 모스크바라는 강이 있었고 강을 중심으로 도시가 생성되어 모스크바라는 도시가 만들어졌다. 모스크바의 교육제도는 초등학교에서 대학원까지 무료 교육, 아파트, 전기세 수도세들이 모두 무료이다.

전용 버스가 모스크바 시내로 입성했다. 눈에 보이는 건물들을 가리키며 가이드는 설명하기 시작했다. 먼저 크렘린 성, 1157년에 건설되었다. 모스크바 공국의 황금 시대에 건축되었다. 한때 페테르부르크로 수도가 옮겨지기도 했지만 1918년에 레닌이 수도를 다시 모스크바로 천도한 이래 오늘까지 정치, 경제, 사회의 중심지로 계속되고 있다. 인구는 9백만 명, 면적은 900km^2, 서울의 1.5배 정도 크다고 했다.

시내의 건물들은 대개 큼직하고 반듯한 석조건물들이었다. 근래에 지어진 건축물들도 있었지만 옛 건물들이 더 많은 듯. 다시 보이는 높다란 아파트, 유럽에서 가장 높은 고층 아파트(높이 280m)라고 했다. 큼직한 대형 석조 건물 옆을 지났다. 고르바초프 재단 앞을 통과했다. 지금도 고르바초프가 그 곳에서 일을 하고 있다고 한다.

현지 시간 21시 8분에 이즈마일로보IZMAILOVO 호텔에 도착했다. 그동안 차멀미를 하느라고 눈을 감고 있었다. 2428호에 배당받았다. 룸메이트는 황향희 교수.

내일 일정은 7 : 00 / 8 : 00 / 9 : 00.

2009.6.17. 수요일. 갬.

 ## 02 모스크바 2

모스크바의 백야와 한국 러시아 간의 시차 극복을 못해서 비몽사몽간인데, 새벽녘 휴대폰 소리가 요란하게 울어댔다. 황향희 교수의 어린 딸이 엄마 보고 싶다며 전화를 해온 것이다. 초등학교 저학년생인 딸이 엄마 보고 싶다며 울먹이는 소리가 또렷하게 들려왔다. 모스크바 표준시간으로 새벽 2시 반, 한국 시간으로는 아침 7시 반일 것이다. 딸과 아들의 전화를 받는 황향희 선생, 사랑으로 넘쳐나는 그녀의 표정에서 관음보살상에서 보았던 것과 같은 자애로움이 흘러넘쳤다. 그래, 세상의 모든 어머니는 관세음보살이다.

새벽 4시경에 잠자리에서 일어났다. 이즈마일로보 호텔 2428호실. 커튼을 걷고 바깥을 내다보았다. 새벽 4시가 조금 지났을 뿐인데도 바깥은 대낮처럼 밝았다. 지평선 위로 떠오르는 구름, 호텔 가까운 곳에 운동 경기장 스타디움이 두 곳이나 있고 호텔에서 얼마 떨어지지 않은 곳에 작은 호수, 바실리 성당을 복제해놓은 듯 울긋불긋한 첨탑을 가진 사원이 한 곳. 나중에 듣고 보니 호텔 가까운 곳에 체육대학이 있다고 한다.

호텔 실내는 작은 원룸 구조, 싱글 침대는 다소 작아서 체격이 큰 사람이 누우면 발이 공중에 걸릴 정도, 욕조는 물이 바깥으로 나가는 것을 방지하기 위해 커튼 대신 유리창을 달아놓아 욕실과 화장실이 분리되어 있었다.

호텔의 조식 메뉴는 훌륭했다. 너무도 오랜만에 먹어보는 시커멓고 시큼한 호밀빵, 달걀프라이에 얹어준 색색의 채소(보기에만 호사스러웠지 맛은 그저 달걀 프라이였다), 다양한 소시지, 신선한 채소들과 과일, 다양한 과일 주스들, 과식할 정도로 잘 먹었다.

9시 11분에 전용버스편으로 호텔을 출발했다. 신혼부부의 지각으로 출발 시간이 11분 지연되었다. 우리 팀은 약속시간 10분 전에 이미 버스에 탑승하고 있었다. 나는 기분 전환용으로 청바지 위에 흰 면 티셔츠, 노란 잠바를 입었는데 모스크바의 아침 날씨는 서늘하다 못해 추웠다. 아침 기온은 13도였다.

붉은 광장 쪽으로 이동하는 버스 안에서 현지 가이드 신찬호 씨가 간단한 러시아어, 러시아 문자에 대한 코믹한 설명이 있었다. 먼저 러시아 문자 생성의 전설이라고 할까……

러시아 키릴 왕조 시절, 문자를 얻어오기 위해 황제는 사신을 영국으로 보냈다. 러시아에서 영국까지는 30여 일에 걸친 긴 여행이었다. 사신은 영문자 52개를 얻어서 다시 30여 일에 걸친 긴 여행에서 돌아와 크렘린에 도착하게 된다. 그런데 사신은 너무도 기쁜 나머지 영문자가 담긴 상자를 들고 궁 안으로 달려들어오던 중 그만 넘어지고 만다. 그 바람에 상자 안에 들어 있던 영문자들이 쏟아져 나와 일부는 부서지고 일부는 뭉그러지거나 이지러지고……. 사신은 당황해서 쏟아져 나온 이 문자들을 상자에 쓸어 담고 재생불능의 문자는 그대로 발로 뭉개어버린다. 그래서 남은 것이 오늘 날의 러시아 문자라고……. 사실 러시아 문자를 보면 영어 알파벳과 비슷하면서도 다르다. 어떤 것은 영문자를 좌우로 틀어놓거나 상하로 뒤집어 놓은 것과 같은 문자들이다.

전설과 달리 역사적 사실에서 찾아낼 수 있는 이 키릴 문자에 대한 브리태니커 백과사전의 설명은 이렇다.

키릴 문자는 '슬라브족에게 파견된 사도'인 그리스의 두 형제(키릴 문자라는 이름의 기원이 된 성 키릴루수 또는 콘스탄티누스(827~869))와 성 메토디우스(825~884)가 만든 것으로 여겨진다. 슬라브어는 음운이 풍부하기 때문에, 그 소리를 표기하기 위해 원래는 43개의 자모가 만들어졌다.

('키릴 문자', 한국 브리태니커 온라인, http://preview.britannica.co.kr/bol/topic.asp?article_id=b22k1148a, 최종검색일 : 2009.6.24)

키릴 형제가 실존 인물로 성인으로 추앙받은 9세기 때의 사람이라는 것을 감안, 러시아의 키릴 문자는 그리스 문자를 본떠 만든 것이고 당시 43개 자모였던 것이 근대 러시아 문자에서는 32개의 자모로 간략 사용되고 있다.

한편 한국어에 스며든 러시아어는 의외로 많은 편이라고 한다. 페치카^{벽난로}, 륙색^{배낭}, 꾸시꾸시 등이 바로 그것들, 특히 과자이름인 '꾸시꾸시'는 러시아어로 '맛있게 드세요'라는 의미의 말을 상품명으로 차용한 것이라고 한다.

한편 외우기 쉬운 러시아어를 몇 개 예로 들어 주었다. 지하철은 땅 밑으로 다니니까 '미트로' 물은 바다에 많으니까 바다, 그러나 러시아식 발음은 '위다', 우유는 경상도 식으로 '뭐할라코', 라이터는 '자지깔까', 재떨이는 '때때로노차' 등등.

여행 중에 요긴하게 쓸 수 있는 러시아로, '안녕하세요?'는 '즈드랏스부이쩨', '감사합니다'는 '스파시바'…….

모스크바 도시계획에 대한 이야기도 해주었다. 모스크바는 원형 도시로 한가운데에 크렘린성이 13세기에 건설되었고 사드 순환도로 바깥은 17세기에, 다시 순환도로 바깥은 현대에 건설되었다고 했다.

올드 타운 지역

올드 타운 지역에 입성한 것은 10시 10분경이었다. 거리에는 한국의 일반버스보다 조금 작은 규모의 전동버스가 달리고 있었다. 최대 시속 50km의 이 전동버스는 서민들이 주로 이용한다. 저렴하고 편하기는 하나 공중에 사방으로 걸쳐진 전선이 도시 미관을 해치고 있고, 전동버스가 앞에서 달리면 뒤따르는 차량들은 전동버스에 맞추어 운행 속도를 맞추어야 하므로 교통 정체의 원인이 된다. 일반택시는 노란색이고, 택시 수효는 많지 않다. 특이한 것은 일반인의 승용차가 때로 택시영업을 하고 있다는 것이다.

올드 타운 지역에는 백색 건물들이 많이 보였다. 모스크바 지역에 석회석 매장량이 많다는 데서 그 이유를 찾을 수 있다고 했다. 대부분의 건물들은 석회석으로 건축, 크렘린도 석회석으로 지어져 14세기만 해도 모스크바는 '백색의 도시'라 불리었다고 한다. 그러나 대지진 후 15세기 이후부터는 빨간 벽돌 건축물들이 들어서기 시작했다.

먼저 1800년대에 세워진 중국인 차茶 상점을 보았다. 그리스 원형 기둥양식이 원용된 2층 건물이었다. 곧이어 KGB광장이 나타났다. 공포의 KGB 건물은 5층 규모의 건물이었다. 곧이어 류벤카 광장, 스탈린 시대의 뾰족탑 형식의 건물인 건설부 청사가 나타났다. 이와 같은 뾰족탑 형식의 건물은 모스크바 안에 8개나 있다고 했다. 전용 버스는 모스크바 최초의 외국대사관인 1400년대의 영국대사관 건물 앞을 지나 달리다가 바실리 성당이 바라보이는 길가 고가도로변에 차를 주차했다.

크렘린 시계탑

붉은 광장으로 올라가는 언덕길의 왼쪽, 바실리 성당의 건너편에 1600년대에 만들어진 시계탑이 있었다. 시계탑의 맨위에는 스탈린 시대 이후에 만들어진 별 모양의 장식이 장착되어 있었다. 별의 길이는 4m, 스탈린 이전에는 황제를

시계탑

상징하는 쌍두雙頭의 독수리상이 장착되어 있었다고 한다. 시계탑의 시계는 동서남북에 배치되어 있고 지름이 7.62m, 이 시계는 모스크바의 표준시간을 알리는, 모스크바에서 가장 정확한 시계, 가히 '시계의 황제'라 할 만했다. 시계는 15분마다 종을 치고 있다고 한다.

바실리 성당

9개의 양파 모양의 채색 지붕을 가진 동화속의 성당처럼 아름다운 성당이다. 1551~1561년에 걸쳐 이반 4세가 몽고군 축출을 기념하여 건축가 보스토니크를 시켜 건축했다. 9개의 양파 모양의 탑은 제각기 다른 색채와 모양으로 변화를 주고 있는데 이들이 보여주는 부조화의 조화가 불러온 아름다움은 각박한 현실 속에서

휘청이는 사람들에게 잠시 동안 동화의 세계로 들어가게 하는 마력을 갖고 있다.

이반 4세는 시계탑 옆에 있는 황제궁에 살면서 바실리 성당이 지닌 아름다움을 능가할 새로운 건물이 나올까 두려워 바실리 성당 건축가의 두 눈을 뽑았다고 한다. 어디선가 들어본 적이 있는 듯한 폭군의 횡포다. 하긴 이반 4세는 러시아 역사상 최악의 폭군으로 불린다. 그의 별명은 황제가 아니라 뇌제雷帝였다.

붉은 광장과 레닌 영묘관

붉은 광장의 본래 이름은 크라스나야 쁠로샤지 — 아름다운 광장이란 의미이다. 예로부터 러시아에서는 아름다운 아가씨를 '빨간 아가씨'로 불러 왔는데 이

1 시계탑과 바실리 성당
2 레닌 영묘관. 왼쪽 하단부에 검은색 대리석 띠를 두른 건물

런 저런 이유로 아름다운 광장이란 의미는 붉은 광장이란 이름을 갖게 되었다
고 한다.

붉은 광장 안으로 들어가서 왼쪽에 검은 대리석의 반듯한 건물 — 레닌 영묘
관이 있고 정면으로는 역사박물관의 붉은 건물, 오른쪽에는 국영 백화점인 백
색의 거대한 굼 백화점 건물이 있다. 레닌 묘역 뒤로는 러시아 애국지사의 동상
들이 서있는데 레닌 묘역 뒤편 중심으로부터 세 번째가 스탈린의 동상이라고
했다. 스탈린도 한때는 레닌처럼 묘역을 갖고 그의 시신은 방부처리 되어 사람
들의 추앙을 받은 적이 있었다고, 그러나 흐루시초프 시절, 스탈린의 묘역은 해
체되고 그의 시체는 매장되었다. 소비에트 연방이 붕괴되고, 내가 레닌의 영묘
관을 둘러보고 돌아온 얼마 뒤, 레닌의 묘역도 운영비 문제로 인해 레닌의 유해
화장 여부 문제가 뉴스의 한 귀퉁이를 차지한 때가 있었음을 기억한다.

레닌 영묘관 앞에서

오래 전 그대 영묘관을 찾았을 때
눈 쌓인 붉은 광장,
그대를 만나려고 줄서 있던 사람들,
생의 미궁에서
그대를 통해 해결책을 찾으려던 사람들,
조명 아래 그대 분장된 납색의 얼굴
이데올로기로 맺어진 그대의 동지들은
그대 앞에 경건했었다.

내 불행의 시초가 당신에게 있었다고
당신이 이끌던 이데올로기가
실패작으로 판명되지 않았느냐고
그대에게 항의 하는 마음으로
그대의 미라를 바라보았었다.

계급 없는 사회로의 꿈은 위대했겠지만
희생자가 너무 많았다.
이데올로기가 무엇인지 모르면서

이데올로기의 도구 되어 폐기처분된 사람들.

다시 찾아온 그대의 영묘관.

땡볕 아래 참배 행렬은 여전히 길게 늘어서 있지만

예전의 경건함과는 다른 분위기

그대는 여전히 러시아인에게 최고의 숭배자

지난 날 그대 앞에서 눈물짓던 '인민'들

지금도 그러할까.

줄 밖에 선 나는

얼음의 시선으로

역사의 책장을 들척인다.

　역사박물관과 굼 백화점 사이에 있는 이름 모를 작은 정교회 건물 안으로 들어가 보았다. 황금색 옷을 걸친 신부가 신자들을 위해서 기도해 주고, 교회당 안으로 들어서는 사람들은 가느다란 초를 사서 불을 붙이고 있었다.

굼 국립 백화점

성채처럼 높다랗고 긴 대규모의 국립 백화점. 모스크바 아니, 러시아 상류층들만이 이용할 수 있는 백화점이다. 예전에 상가와 상가 사이는 마차가 다녔다고 하는데, 상가와 상가 위로 돔식의 투명 지붕을 덮어서 자연 채광과 보온을 한다.

서방 세계의 유명 메이커 제품이 모두 들어오고 있는 곳, 계급 없는 사회주의 국가를 위해 평생을 바쳤던 레닌은, 러시아의 상류층, 당원 계급이란 새로운 계급이 사회주의 국가의 기둥이 되고 있음에 대해 어떻게 생각할까……. 굼 백화점 3층에 있는 무료 화장실을 이용했다. 청결 유지가 잘 된 곳이었다.

구세주그리스도 성당

붉은 광장을 나와 한 쪽에 모스크바 강을, 한 쪽에 크렘린 성채를 따라 차는 달렸다. 모스크바 강과 푸른 숲이 어우러져 참으로 아름다운 정경을 만들고 있었다. 점심을 먹으러 가던 길에 현재까지도 종교 활동이 진행 중인 러시아정교 구세주그리스도 성당흐람 흐리스타에 들렀다. 1800년대에 건설되었고 이곳에서 장례식을 치룬 러시아의 대표적인 유명 인사로는 소설가 솔제니친, 옐친 대통령, 고르바

1 굼 백화점 내관
2 굼 백화점 외관
3 구세주그리스도 성당 외관

초프의 부인 라이사 여사 등
으로 한국으로 치면 명동 성
당과 같은 지위에 있는 성당
이라고 했다.

　정교회는 4세기, 로마에서
신권과 왕권의 대결로 패배한
교황이 이스탄불콘스탄티노플로
가면서 시작된다. 최초의 정교
회 성당은 터키의 이스탄불에 있는 아야소피아 성당이다. 몇 년 전, 아야소피아
성당을 찾아갔을 때, 이슬람교도들이 성당 벽화에 덧바른 회칠을 벗겨내는 작
업이 한창이었던 기억이 난다. 이슬람교도들은 타교의 건물이나 유적들을 파괴
하지 않고 그대로 자기들의 필요에 따라 회칠해서 사용하고 있었던 것이다.

　구소련 지역의 국가에는 정교회 건물이 많은데 그 가운데 가장 대표적인 성
당이 우리가 찾아간 모스크바 소재 '구세주그리스도 성당'이라고 한다. 정교회
가 가톨릭과 뚜렷이 구분되는 것은 성당 안에 의자가 없고 모든 미사는 서서 진
행된다. 성호를 그을 때 가톨릭은 중지로 이마, 가슴, 왼쪽 가슴, 오른쪽 가슴 순
인데 정교회에서는 세 손가락으로, 그리고 가슴의 좌우 순이 가톨릭과 반대가
된다고 한다. 특히 정교회에서는 동쪽에 지성소를 둔다. 정교회에서 지성소는
제대가 있는 방향이다. 지성소는 달리 '신의 문'으로 불리기도 한다고. 지성소로
의 출입에서 여성은 금지, 황제와 신부, 남성만이 가능하다. '구세주그리스도 성

당' 건물의 특징은 석회석으로 되어 있지만 석회석과 석회석의 연결은 달걀의 노른자를 첨가하여 반죽한 접착제를 사용했다고 한다.

구세주그리스도 성당 안으로 들어갔다. 작년에 소설가 솔제니친의 장례미사가 이루어졌던 곳이라기에 더 눈여겨 보게 되었다.

성당 안의 제단은 탑 모양, 수많은 금은 세공으로 장식된 초상화들이 탑을 둘러싸고 있었다. 제단 옆에 모신 예수 모자상 위에 별도로 금은으로 장식된 관 모양의 것이 덧씌워져 있었다. 돔 형식의 중앙 천장화에는 성부의 상, 성부의 무릎에는 성자의 모습, 그리고 날개가 2개, 4개, 6개 달린 천사들의 모습, 이들 천사들은 사람의 얼굴 모습에 동체, 그리고 날개만 달려 있었다. 천사들의 지위에 따라 날개 수효가 차별화된, 인간이라기보다는 인간의 얼굴을 가진 새의 모습이라고 할까. 그러나 인간 세계를 다룬 벽화 쪽으로 시선을 내리면 천사는 인간의 얼굴과 몸체에 비의飛衣 차림, 진실로 신을 모신 이품 천사, 사품 천사, 육품 천사가 우리 앞에 나타난다면 우리는 얼굴과 동체와 날개만 가진 기이한 천사의 모습 앞에 공포로 화석이 되어 버릴지도 모르겠다.

이곳 러시아정교회에서 모신 아기 예수와 그리고 관련된 신화적 전설적인 인물들의 그림은, 로마 가톨릭에서 보아온 인상과는 분명히 달랐다. 아기 예수는 눈이 알사탕처럼 크고 동그란 모습이었다. 성화聖畵는 그들을 모시고 그들을 그리는 사람의 모습이 많이 반영된다는 것을 새삼 생각하게 했다. 그에 비하면 한국의 성화는 대개 로마 가톨릭의 것을 그대로 받아들이고 있지 아니한가. 근래에 한복을 입은 성 가족의 모습이 그려지기는 하지만……

이곳 구세주그리스도 성당을 물러나면서 보니 왼쪽에 인간 유체를 모신 곳들이 몇 군데 있고 사람들은 줄을 지어 기다리다가 금은 장식으로 장식된 유체를 보면서 친구親口의 예식을 거행하고 있었다. 가서 보니 치아를 모신 곳, 팔다리뼈의 파편을 모신 곳들이 있었다. 이들은 성인 서품에 오른 이들의 유체였을까…….

성당 바깥으로 나와 보니 내가 제일 마지막 주자인 듯, 서둘러 동행들이 모여 있는 곳으로 갔다. 성당 내의 촬영이 금지되어 있어서 사람들은 대충 둘러보고 나온 모양, 나는 이상하다고 생각하는 곳마다 들러서 들여다보고 기록하다 보니 늦어졌던 것이다.

점심은 한때 한국인이 경영하다가 마피아의 협박으로 싼값에 넘긴, 마피아는 다시 이 호텔을 비싼 값에 미국의 라스베이거스 호텔 기업으로 넘겼다고 하는 곳이었다. 지금은 5성급이 된 코르스톤KORSTON 호텔은 입구에서부터 검색이 엄격했다. 숄더백은 컨베이어 벨트에 얹어주고 손님은 X-RAY 통관대를 지나야 했다. 1층 실내는 넓고 길고, 게임기로 가득했다. 지하의 테리야키Teriyaki란 이름의 일식집, 기념이라며 옥한석 교수가 일식집 간판 앞에 나를 세워놓고 사진을 찍으셨다. 점심 메뉴는 도시락. 일반 도시락 요리와는 달리 관광객 선택 요리인 모양, 음식은 별 맛이 없었고, 김치는 그 솜씨가 제법 먹을 만했다.

러시아의 지하궁 — 지하철

1931년에 완성, 세계문화유산에 등재되었다는 지하철역. 러시아 지하궁이라 불리는 지하철을 보러 갔다. 가는 길에 대사관 거리 — 서독 대사관, 동독 대사관, 스웨덴 대사관, 불가리아·루마니아·북한 대사관이 몰려 있는 곳들을 지났다. 제2차 세계대전 당시의 전몰자들을 기념하는 전승공원에는 숲이 무성했다. 기념탑에는 아기 천사를 안은 자유의 여신상이 보였다. 좀 더 가자 파리의 개선문을 본딴 모스크바의 개선문도 보였다.

13시 30분에 메트로폴리탄지하철 입구에 도착했다. 입구는 음산했다. 철빔으로 지탱되고 있는 지하세계, 미래의 핵전쟁이 일어나면 피신소가 되리라고 했다. 11개 노선에 180개의 지하철역이 있고 100년 전부터 공사가 시작되어 1931년에 완공, 핵전쟁이 일어나도 가장 안전한 곳은 모스크바의 지하철역. 제2차 세계대전 당시 스탈린은 이 지하 동굴에 작전본부를 두고 전쟁을 지휘했다. 세계 최초의 터널 공법에 의해 지하철을 건설한 곳, 그러다 보니 하루에 1m 정도씩 밖에는 파들어 갈 수가 없었다고 한다. 180개 지하철역 가운데 같은 모양새는 한 곳도 없는 곳. 150m 아래로 내려가는 에스컬레이터를 탔다. 대단했다. 실내조명이 휘황했다.

1 모스크바 지하철의 지하로 내려가는 에스컬레이터
2 모스크바 지하철의 백색 대리석 역

지하역 플랫폼에 섰다. 전동차들이 달리고 있었다. 전력 공급은 레일을 통해 받기에 전동차 위는 말끔했다. 전동차들은 1분 30초~2분 간격으로 들어오고 나가고 있었다. 지하철에 탑승했다. 철제품의 미색의자, 갈색 가죽 등받이와 받침의 조화에서 기품을 느낄 수 있었다. 차 안의 승객들은 반팔에서 겨울 외투에 이르기까지 다양한 차림, 젊은이들은 MP3를 듣거나 휴대폰의 문자판을 두드리고 있었다.

한 정거장을 타고 내렸다. 화강암과 대리석으로 장식된 역내는 단순하면서도 기품이 있었다. 계단을 타고 올라 환승역으로 나갔다. 모자이크화로 장식된 역이었다. 모두 천연석과 고열에서 처리한 철과 유리들을 이용해서 만든 모자이크화들, 물감으로 그린 그림보다 더 정교했다. 모자이크화를 만드는 데 $1m^2$를 두 사람이 함께 작업했을 때 2년이 소요된다고 했다. 우리가 본 지하철역은 무수한 모자이크화로 장식되어 있었다. 이 한 역의 모자이크 예술화 작업을 위해서 대체 얼마나 많은 기간이, 얼마나 많은 사람들이 매달려 있었던 것일까.

또 다른 환승역, 백색 대리석의 역이었다. 이탈리아에서 가져온 백색 대리석이라고 했다. 그러나 이들 백색 대리석은 실은 1918년 이전에는 성당 건물에 사용되었던 것이다. 러시아 혁명 이후 수많

은 성당건물이 폭파 내지 해체 당했고, 그때의 재료들을 옮겨와 지하철 역사에 쓰게 했다고 한다. 백색 대리석의 건축 양식은 그리스의 그것을 그대로 옮겨놓은 듯한 모습이었다.

다시 옮겨간 곳은, 벽화가 모자이크화로 만들어진 곳, 레닌이 키에프 시절 사회주의 운동을 하던 당시의 모습, 서민들의 생활상, 인민들 앞에서 시낭송을 하고 있는 푸시킨의 모습이 벽화로 처리되고 있었다. 벽화는 석회석으로 장식된 액자 안에 담겨 있었다. 생활의 예술화, 역사의 예술화라고 할까. 모스크바 지하철의 전체 이름은 '레닌 모스크바 지하철역'. 이 지하철역은 러시아, 우크라이나의 역사서를 보지 않고도 그림만 보면 당시 삶의 모습을 배울 수 있는 곳이었다. 과연 세계문화유산에 등재될 만한 곳이었다. 평양의 지하철역은 이곳 러시아의 지하철 공법을 받아들여 러시아보다 더 깊고 정교하게 만들어졌다고 한다.

1 지하철 모자이크 벽화, 레닌이 연설하는 모습
2 아르바트의 거리

아르바트 거리와 아르바

아르바트 거리로 들어섰다. 아르바트에서 '아르바'는 여관이란 의미, 17~18세기에 붉은 광장은 실은 시장이었다고 한다. 시장에 몰려든 사람들을 위해 여관이 들어선 거리, 여관이 많은 거리를 의미하는 것이 '아르바트'다. 아르바트 거리는 총길이가 900m 정도. 백인학 교수는 이 거리가 아르바이트하는 거리라 하여 우리들을 웃게 만들었다.

아르바트 거리의 14시 45분, 한산했다. 1992년의 1월, 소비에트 연방이 붕괴되면서 아르바트 거리에는 생필품이 부족한 사람들이 집안의 물건들을 들고 나

와 물물교환을 하고 있었다. 집안 대대로 내려오던 이콘들이 빵과 바꾸어지기 위해 사람들을 기다리고 있었다. 그러나 관광객들이 그런 소중한 물건들을 사 간다고 해도 결국은 세관에서 다시 환수한다고 하여 싼값으로 나온 문화재급의 물건들을 그냥 구경만 하던 생각이 난다. 그때 아르바트 거리는 재래시장처럼 사람과 물건들이 넘쳐나고 있었다. 그리고 지금 2009년 6월, 아르바트 거리에 는 즉석에서 초상화를 그려주는 화가들 몇 사람이 좌판을 벌이고 있고, 간혹 거 리의 악사들이 즉석 연주를 하며 모쪼록 손님들의 시선을 끌려고 정성을 들이 고 있을 뿐이다.

푸시킨과 그의 러브 스토리

푸시킨1799~1837이 신접살이를 하던 집은 밝은 하늘색의 2층집, 전면의 유리 창 틀은 모두 백색이고 1층 전면의 벽에는 푸른색 바탕에 50cm 정도의 간격을 둔 백색의 가로줄들이 쳐 있는 상큼한 인상의 집이었다. 건물 중앙 전면에 푸시킨 의 초상을 부조한 타원형의 금속판이 걸려 있고, 그 앞에서 몇 사람의 젊은 연주 가들이 자리를 잡고 있었다.

　푸시킨 당시에 러시아인들은 프랑스 문화에 경도되어 있었다. 그러나 푸시킨 은 러시아어로 「예프게니 오네긴」, 「청동기사」, 「스페이드의 여왕」, 「대위의 딸」 같은 작품을 썼다. 이후 투르게네프, 톨스토이, 도스토예프스키, 고골리, 고리키, 곤차로프, 체호프 같은 이들이 러시아어로 창작을 하면서 러시아 문학은 황금 기를 맞게 된다. 진실로 푸시킨은 러시아 문학의 아버지로 지칭되었다. 러시아

푸시킨 집 앞에서 연주하는 젊은이들

문학의 어머니는 고골리로 지칭되기도 했다.

푸시킨은 38세에 요절했다. 푸시킨은 1831년 당대 최고의 미녀인 나탈리야 니콜라예브나 곤차로바에게 세 번에 걸쳐 청혼하나 거절당하다가 네 번째 청혼에 성공, 결혼한다. 그때 푸시킨은 33살, 나탈리아는 19살이었다. 아르바트의 이 집에서 두 사람은 신혼살림을 차린다. 그런데 당시 알렉산드르 황제가 푸시킨을 가정교사로 임명, 모스크바에 살던 푸시킨은 상트페테르부르크의 겨울 궁전으로 가게 된다. 이때 푸시킨의 아내 나탈리아를 보게 된 황제는 한눈에 반해서 나탈리아를 정부로 삼게 된다. 그리고 황제는 푸시킨의 분노를 가라앉히기 위해 푸시킨에게 후작의 작위를 주었다.

1837년 나탈리아는 자신의 형부 단테스와 다시 불륜을 맺었다는 소문을 흘

리게 된다.(이것은 푸시킨의 정적이 푸시킨의 분노를 격발시키기 위해 흘린 낭설이었다고 한다) '사방의 남자들에게 자기 아내를 빼앗기고도 가만히 있는 놈'이란 익명의 투서를 받게 된 푸시킨은 격노하여 소문을 퍼뜨린 단테스에게 결투를 신청한다. 그리고 1837년 2월 푸시킨은 단테스와 결투 중에 가슴에 총을 맞고 이틀 후 사망하게 된다. 다른 일설에 의하면 단테스는 나탈리아를 짝사랑했을 뿐이었다고도 한다.

푸시킨의 초상화가 부조된 청동 원판 앞에서 사진을 찍었다. 푸시킨이 신접살림을 살던 집 앞, 거리 건너편에는 행복하던 시절의 푸시킨과 나탈리아가 서로 손을 잡고 선 큼직한 동상이 서 있었다. 인터넷을 통해 현재 초상화로 남아 있는 나탈리아의 얼굴을 보니 참으로 아름다웠다. 갈색 머리의 갈색 눈, 오뚝한 코, 청순함과 요염함을 함께 갖춘 여성이었다. 1960~80년대 세계적인 미인으로 칭송받던 엘리자베스 테일러와 비슷한 인상을 갖고 있었다. 여자의 아름다움은 남편의 자랑이지만 동시에 불행이 된다는 것을 실제 삶으로 보여준 나탈리아의 젊고 아름다운 모습, 두 사람의 동상 앞에서도 사진을 찍었다.

1
2
1 푸시킨의 초상화가 부조된 동판
2 아나톨리의 초상화가 부조된 동판

아나톨리 리바코프의 집

아르바트 거리 깊숙이 들어갔다. 또 다른 문학인의 집, 『아르바트의 아이들』
의 작가인 아나톨리 리바코프_{Anatoli Rybakov, 1911~1998}의 초상화가 부조된 동판이
걸려 있었다. 아나톨리 리바코프는 아르바트의 거리에 있는 이 집에서 1919~
1933년까지 살았다고 한다. 『아르바트의 아이들』에 대해서는 간략하게나마 소
개가 필요하다. 리바코프는 1960년대에 『아르바트의 아이들_Deti Arbata_』을 썼
지만 소련 당국은 이 작품의 발매를 금지했다. 해외에서 소설을 출판할 수도 있
었지만 리바코프는 이 작품이 소련 국민들에게 특별한 의미를 갖고 있으며 외
국에서 먼저 출판하는 것은 작가로서의 의무를 저버리는 행위라고 믿어 서방의
출판 제의를 거절했다. 1980년대에 소련 정부가 억압 정책을 완화하자 이 소설
은 마침내 대중에게 읽히게
되었다. 스탈린의 잔인성에
대한 3부작의 논의는 서방
독자들에게는 그리 놀라운
것이 아니지만 러시아에서
는 상당한 논쟁을 불러일으
켰다.

한편 또 다른 자료에서 보니 『아르바트의 아이들』은 '소련 내에서도 발간 이틀 만에 50만 부가 매진될 정도로 호평을 받은 동시에 세계적 명성 또한 얻고 있는' 작가라고 한다. 본래 우크라이나 출신인 이 작가의 작품이 한국에 최초로 소개된 것은 1992년 소련 붕괴 직후였다. 우리나라에서 이 작품이 번역되어 출판되자 금방 베스트셀러 대열에 올랐다고 한다. 안타깝게도 나는 아직 이 작품을 읽지 못했다. 올해 안으로 이 작품을 읽어볼 생각이다. 이 작품에 아르바트 거리에 대한 묘사가 잘 나와 있다고 한다.

아르바트 거리 450m 지점에 '박탄 코프 극장' 건물이 있었다. 18세기에 건립되었고 이곳에서는 오페라와 코미디가 많이 공연되었고 오페라 작품 중 많이 공연된 것은 푸치니의 〈투란도트 공주〉, 지금도 극장 벽면에 투란도트 공주상이 붙어 있었다.

빅토르 최 골목

아르바트 거리의 중간쯤 되는 곳에서, 작은 골목으로 들어가는 입구, 공장처럼 높직하고 허름한 건물 벽에 스프레이로 쓴 낙서들이 있었다. 골목은 좁고 어두워 보이는데 자동차들이 주차해 있었다. 낙서들 위로 높직한 곳에 한 젊은이의 사진이 액자에 담긴 채 부착되어 있었다. 이름 하여 '빅토르 최'의 골목. 빅토르 최의 사진이었다.

빅토르 최는 한국계 4세, 카자흐스탄에서 1962년 출생했다. 빅토르 최의 부모는 후에 상트페테르부르크로 이주, 빅토르 최는 이곳에서 성장했다. 그는 미술

빅토르 최의 사진

에 천재적인 재능을 보여 최고의 미술
학교인 레핀 미술 아카데미에 입학했
다. 그는 미술학교 재학 중 보컬 그룹을
결성, 노래를 하기 시작하는데 반체제
적 노래를 부르다가 학교로부터 제적
당했다.

빅토르 최는 이후 공업학교로 진학했
으나 적성에 맞지 않아 그만두고 아르바트의 거리로 나와 무명 시절 악기를 연
주하며 노래를 부르기 시작, 우연히 PD의 눈에 띄어 앨범을 제작하게 된다. 이
때 그는 '키노'란 그룹을 결성, 이름을 알리기 시작하게 된다. 그러나 이 노래가
펑키록이라는 러시아 최초의 장르를 소개했고 노랫말 자체가 반체제적인 것이
라 민중의 호응을 얻는 대신 KGB로부터 협박을 받게 된다.

빅토르 최는 국민의 열광을 받으며 더욱 반체제적인 노래를 만들어 불렀다.
그리고 1990년 8월 15일 그는 라트르비타의 수도 리가에서 연주를 마치고 홀로
운전하며 돌아오는 길에 대형 트럭과의 충돌로 의문사를 당했다. 이후 빅토르
최를 추모하는 문구가 아르바트의 한 골목에 쓰이고, 정부당국은 이를 지우고
여기에 반발하여 더 많은 문구들이 써지면서 이 골목에는 빅토르 최를 사랑하
는 사람들, 반체제적 성향이 깊은 사람들이 모여들면서 유명해졌다. 빅토르 최
를 사랑하는 사람들은 KGB가 빅토르 최를 살해했다고 믿고 있다. 이후 아르바
트의 빅토르 최 골목은 반체제적 인사들의 모임터가 되었다고 한다.

　귀국 후에, 빅토르 최의 노래를 들어보았다. 러시아어로 불러서 그 내용을 알 수는 없어도 볼륨감이 느껴지는 우렁찬, 호소력이 있는 목소리의 가수였다. 그는 러시아의 민중가수였던 것이다.

러시아 전통주 크바스

아르바트 거리를 걷다가 길거리 카페로 들어갔다. 홍민식 학장께서 러시아의 전통주 '크바스'를 사주겠노라고 했다. 노상 카페에 앉아서 오가는 아르바트의 사람들을 보았다. 인종도, 그들의 옷차림도 다양했다. 카페로 들어온 젊은 여성

빅토르 최 골목 담벽

이 생맥주 한 잔을 셀프 서비스로 가져와서 맥주를 마시며 책을 보는 모습이 보기 좋았다. 참새 몇 마리가 날아 들어와 사람을 두려워하지 않고 식탁 위 아래로 깡충대며 빵 부스러기를 쪼아 먹고 다녔다. 평화로운 정경이었다. '크바스'는 우리네의 수정과와 비슷한 빛깔인데 알코올 도수는 느껴지지 않고 감주에 사이다를 섞은 듯한 맛이었다. 푸시킨도, 빅토르 최도 이 거리에서 크바스를 마시며 건배를 외쳤을까…….

우리들이 크바스를 마시며 아르바트 거리의 낭만을 즐기고 있는 동안, 푸시킨 집 앞에서 약속한 시간이 지나도 일행이 보이지 않자 배은정 씨가 찾아왔다. 약속 시간에서 10분 이상이 지나 있었다. 걸음을 재촉해서 가보니 홀로 미아가 되었던 안범희 선생이 푸시킨 집 앞에서 거리의 악사들이 벌이는 즉석연주를 보고 있었다.

톨스토이 공원 및 톨스토이 집-박물관

아르바트 거리에서 톨스토이 박물관으로 가는 동안 대로변에 있는 거대한 빌딩— 롯데백화점을 보았다. 모두 21층짜리 대형 건물로 1층은 백화점, 3층까지는 상가, 이후부터는 아파트라고 하는데 현재는 적응 실패로, 상가 건물은 빈 곳이 많다고 했다. 그 옆에 다시 롯데그룹 관련 건물을 지을 예정이라고 하는데 그렇게 되면 고군분투 중인 그룹에 숨통이 트이게 될까.

톨스토이 공원은 풍성하고도 높직한 나무들이 숲을 이룬, 조경이 잘 된 화단을 갖고 있었다. 대로를 앞에 두고, 공원 전면에는 3단, 88톤의 화강암을 수직으로 이어붙인 톨스토이의 거대한 석상이 있었다. 톨스토이 공원 앞길은 '톨스토이 거리'라 불렸다. 톨스토이 집-박물관은 공원으로부터 걸어서 6~7분가량이 걸렸다.

톨스토이의 집-박물관은 벽돌색의 높은 담장과 상대적으로 작은 출입구를 가졌고 '톨스토이 박물관'이란 명패가 부착되어 있었다. 작은 출입구를 지나 정원으로 들어서자 짙은 오렌지빛의 2층 목조 건물이 나타났다. 정원에 있는 나무들은 모두 톨스토이가 손수 심은 것들이었다. 톨스토이는 1882년부터 20년간 이곳에서 살았고, 1921년부터 이곳은 일반에게 공개되기 시작하였다.

여기서 밝혀야 될 것은 톨스토이가 20년간 살던 집-박물관과는 달리, 이곳에서 가까운 크루셰프 만시온Krushchev Mansion에 '톨스토이 박물관'이 있다는 것이다.

1 톨스토이 공원에서
2 톨스토이 집 현관

1911년 톨스토이 사망 1주년을 기념하여 톨스토이 집을 방문했던 레닌의 명령으로 톨스토이 관련 자료들을 수집, 1939년에 개관된 곳이 '톨스토이 박물관'이다. 두 장소 모두 '톨스토이 박물관'이란 이름을 갖고 있지만, 톨스토이가 가족들과 함께 살던 집은 편의상 '집-박물관'으로 불린다.

톨스토이의 생애는 소설보다도 더 극적이다. 톨스토이는 1828년 모스크바로부터 남쪽으로 160km 떨어진 야스나야 폴랴나의 영지에서 톨스토이 백작 댁의 4남으로 태어났다. 그러나 두 살 때 어머니를, 아홉 살 때 아버지를 잃고 이후 고모들의 손에서 양육되었다. 형제자매는 4남 1녀였지만, 1남과 3남은 요절하고, 둘째 형은 이기적이었으며 유일한 여동생 마리아는 상냥했지만 결혼 생활에 실패하자 평생을 수도원에서 살았다.

톨스토이의 젊은 시절은 방황과 방탕의 연속이었다. 카잔 대학을 중퇴하고, 상속받은 농지를 경영하지만 경험 부족으로 실패, 모스크바로 가서 방탕에 빠지고 도박판에서 큰 빚을 지기도 했다. 이후 코카사스로 가서 하사관 임관시험에 합격, 포병으로 현역에 입대했다. 그는 이곳에서 전투에 투입되기도 하고, 창작 생활을 시작했다. 그는 자주 창녀촌을 찾거나 도박판을 출입했다. 특이한 것은 그의 문학적 명성이 이 시기부터 널리 알려지기 시작했다는 것이다.

군에서 제대한 톨스토이는 전업 작가로의 길을 선택한다. 그는 해외 여행과 창작 생활, 유부녀와의 연애, 도박으로 인한 파산 등을 경험한다. 그는 도스토예프스키처럼 중증의 도박 중독자였다. 이런 와중에도 그는 농민을 위한 학교를 세워 운영했다.

톨스토이가 결혼한 것은 그의 나이 서른네 살1862 때였다. 아내 소피아는 열여덟 살이었다. 톨스토이는 어린 아내를 지극히 사랑했다. 두 사람 사이에는 13남매가 태어났지만 그 가운데 5남매는 일찍 사망했다.

짙은 오렌지빛 목제 2층 건물인 톨스토이의 집 안으로 들어섰다. 이 집에는 16개의 크고 작은 방이 있고 톨스토이를 존경하는 이들이 톨스토이를 찾아와 토론과 낭독회와 콘서트 모임을 가졌었다고 한다. 시인인 라이너 마리아 릴케, 철학자인 니체, 릴케와 니체의 연인이었던 문필가 루 살로메, 러시아의 작가인 체호프, 그리고 고리키도 이 집으로 톨스토이를 찾아왔었다.

현관에는 50대 전반의 중년 부인이 앉아 있다가 우리에게 가죽으로 된 큼직한 슬리퍼를 신발 위에 신으라고 했다. 가죽 슬리퍼를 신발 위에 신는 것은 까다롭고 귀찮은 작업이었다.

먼저 1층에 있는 가족들의 식당으로 들어갔다. 톨스토이가 그의 아내와, 그리고 8남매(3명의 딸과 5명의 아들)와 함께 둘러앉아 식사를 하던 식탁이 있었다. 흰 식탁보가 덮인 식탁에는 당시 톨스토이 가족들이 사용하던 하얀 사기에 청색 꽃무늬가 그려진 식기들이 종류별로, 가족 수효에 따라 놓여 있었다. 톨스토이가 앉았던 의자, 아내 소피아와 자녀들이 앉았던 목제 의자들이 자리를 지키고 있었다. 술을 즐기던 톨스토이의 자리 앞에는 작은 술잔이 하나 놓여 있었다. 가족 수효에 따른 의자 말고도, 가족들의 식사를 시중들던 하녀의 자리도 있었다.

식당 벽에는 큰딸 타치아나가 그린 둘째딸의 초상화가 걸려 있었다. 타치아나는 미술에 재능이 있었다. 타치아나의 스승은 레핀으로 그는 후에 미술 아카데미를 세운 유명한 화가였다. 식당 한쪽 구석에는 로열 피아노 한 대가 놓여 있었다. 첫 아들 세르게이가 연주하던 피아노였다.

톨스토이의 침실로 들어갔다. 예상과는 달리 톨스토이의 침대는 작았다. 사진 속의 텁석부리 톨스토이는 대인으로 보였다. 그의 작품을 읽으면 그 작품 속에서 들려오는 목소리는 굵고 나지막하고 따뜻했다. 작품의 규모가 크기에 톨스토이는 거구의 사람이리라 생각했다. 그러나 실제 톨스토이의 체구는 비교적 작았다고 한다. 키는 165cm 안팎이 되었을까.

침실에는 톨스토이가 입던 옷이 있었다. 어두운 갈색 바탕에 동일 계통색으로 조화를 이룬 색동옷이었다. 톨스토이의 침실 옆에는 7살 때 죽은 막내아들의 방, 막내가 쓰던 작은 침대가 있었다. 연이어 아이들의 공부방, 하인들의 작업실이 있었다. 방마다 각기 다른 노부인들이 지키고 앉아 있었다. 건물 내부 벽을 이용한 진열장에는 톨스토이가 직접 직조하고 디자인해서 입었던 모피를 안감으로 댄 옷이 있었다. 손수 양털로 천을 짜고, 디자인을 하고, 봉제를 했다는 외투—톨스토이는 유능한 의상 디자이너이고 봉제사였다.

1880년대부터 20여 년간 이 집에서는 어떤 일들이 있었을까. 아이들의 교육을 위해 모스크바 생활을 하게 된 톨스토이는 손수 만든 양가죽 외투를 걸치고 나무꾼들과 함께 모스크바 변두리의 야산에서 나무를 해오곤 하였다고 한다.

이 무렵 톨스토이는 궁핍한 서민들의 삶을 직접 목격하면서 불평등한 사회에 대한 노여움을 품고 있었다. 가난한 서민들을 위해서 그는 그의 재산을 모두 나누어 주려는 계획을 세우고 있었다. 아내와의 갈등은 여기에서 비롯되었다. 가족을 위해 재산을 지키려는 소피아와, 기독교적 이념을 실현시키기 위해 자신의 재산을 포기하려는 톨스토이와의 갈등은 격렬했다. 그 결과 톨스토이는 아내가 관리하던 재산과 전집의 출판 권리를 모두 아내에게 이양하지 않을 수 없었다. 이 무렵 집필된 것이 『인생론』, 「크로이처 소나타」, 「바보 이반 이야기」이다. 톨스토이는 부당한 사회에 대한 노여움을 직설적인 논문들을 통하여 발표하기도 했다.

흔히 세계 3대 악처 가운데 한 사람으로 톨스토이의 아내를 꼽는다. 톨스토이는 지독한 악필이었다. 톨스토이의 글씨를 독해할 수 있는 사람은 소피아뿐이었다. 톨스토이가 악필로 쓴 모든 원고를 소피아는 정서해서 출판사로 보내고 이를 관리했다. 「크로이처 소나타」는 발표 즉시 검열에 걸려 판금조처 당했지만, 입소문을 통해 이 작품을 알게 된 사람들은 필사본을 통해서 읽었다. 심지어 황제와 황후들까지도 필사본으로 「크로이처 소나타」를 읽었다. 소피아는 러시아에서 금지된 남편의 이 작품을 프랑스어로 번역하여 프랑스에서 출판했다.

소피아는 남편에게 유능하고도 충실한 비서였고 사업 경영자였으며 여덟 명의 자녀들에게는 자상한 어머니고 한 집안을 이끌어가야 하는 가장이었다. 소피아의 입장에서 보면 톨스토이는 치유 불능의 도박 중독자, 현실인식이 결여된 이상주의자였다.

2층으로 올라갔다. 역시 노부인이 방을 지키고 있었다. 우리를 본 그녀는 낡은 카세트 녹음기를 틀었다. 발명왕 에디슨은 축음기를 발명한 직후 러시아에 있는 톨스토이에게 축음기를 선물로 보내주었다. 톨스토이의 목소리는 에디슨

이 보내온 축음기에 녹음되었다. 톨스토이가 사망하기 2년 전의 일이었다. 당시의 축음기는 톨스토이 박물관에서 보관하고 있다. 우리는 그 축음기에 담겼던 톨스토이의 목소리를 다시 녹음테이프에 옮긴 소리를 듣게 되었다. 1908년에 녹음된, 다시 카세트 테이프에 옮겨진 톨스토이의 목소리는 카랑카랑하고 쇳소리가 나면서도 윤택했다.

> 자 나의 친구들이여. 항상 저에게 오십시오, 저는 항상 당신들을 반길 것이고 항상 당신들을 좋아할 것입니다. 내가 당신들에게 바라는 것은, 공부하십시오. 언제나 공부를 하게 되면 미래가 밝아질 것입니다. 항상 공부하십시오. 그리고 안녕히 계십시오. 나는 당신들을 사랑합니다.

톨스토이가 전하는 말 ― '공부하라, 항상 공부하라'는 말은 그가 진정으로 사랑하고 존경했었던 한 위대한 이의 말을 연상시킨다. '깨어 있어라, 항상 준비하고 깨어 있어라' 하던…….

톨스토이가 전하는 말의 앞뒤를 장식한 음악 연주자는 당시 모스크바 음대 교수이며 유명한 피아니스트 홀든 베이저, 녹음 당시 연주에 사용되었던 그랜드 피아노가 2층 거실 한 구석에 전시되어 있었다. 실내에서의 모든 사진 촬영은 금지되어 있었다. 우리에게 톨스토의의 음성이 담긴 카세트 테이프를 틀어준 노부인과 기념사진을 찍었다.

1891년 톨스토이와 소피아 사이의 갈등은 첨예했다. 톨스토이는 그의 저작권

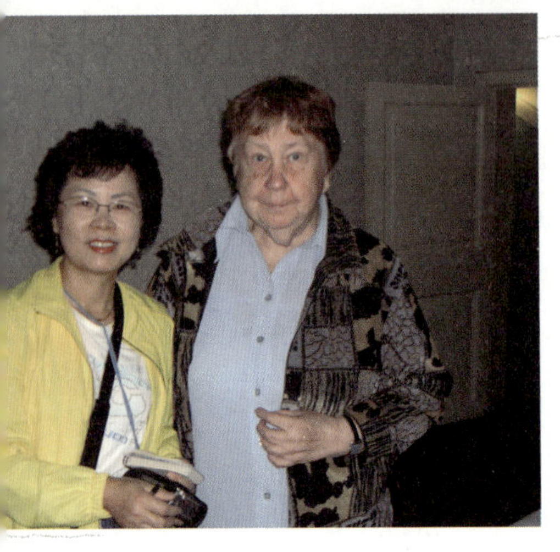

전체를 공개하고 토지도 농도들에게 분배하겠노라고 했다. 분노한 소피아는 가출했고 이에 톨스토이는 양보하여 1881년 이후의 모든 작품의 저작권만을 공개하겠다고 신문지상을 통해 발표했다.

1890년대 이후 톨스토이는 빈민구제 활동에 전념하고 모든 창작을 포기하는 대신, 논문을 통해 사회적 모순을 고발하고 무저항주의를 주장했다. 톨스토이는 군대를 악으로 보고 있었다. 이것은 곧 병역 거부 운동으로 이어졌다. 당시 반러시아정교회에 속하는 두호보르 교도들이 집단적으로 병역을 거부하게 된 것이다. 톨스토이는 이들의 캐나다 이주 자금을 마련하기 위해 여러 나라에 구호금을 호소하는 한편, 그 자신도 원고를 팔아 이주 자금을 마련하고자 했다. 그래서 절필 10년여 만에 창작에 매달리게 되는데 이것이 바로 장편『부활』이었다.

『부활』은 1899년 3월부터 12월까지 주간지『니버』에 연재되었다. 톨스토이 나이 71세 때의 작품이다. 이 작품의 삽화를 그린 사람은 소설가 파스테르나크의 부친 레오니드 파스테르나크였다.

『부활』의 집필실 — 2층에서 아래층으로 내려가는 모서리에 있었다. 문을 열자 창밖으로 숲이 보이는 자그마한 방이었다. 창쪽을 향해 방의 왼편 벽에 바투 붙인 자그마한, 투박한 모양새의 목제 테이블, 그 앞에 다리가 짧은 목제 의자가 있었다. 만년의 톨스토이는 시력이 떨어지면서 테이블과 눈과의 거리를 좁히고

관리책임자 노부인과 함께

자 의자 다리를 잘라냈다. 안경알의 도수를 높이는 대신 의자의 다리를 잘라낸 톨스토이, 작가란 그렇게 엉뚱한 발상을 밀고 나가는 사람들인가. 방안 오른편 안쪽에 침대 겸용의 검은 소파와, 안락의자 5개가 자리 잡고 있었다. 자그마한 방안, 자그마한 목제 테이블 위에서 위대한 작품『부활』이 태어났다.

『부활』은 네프류도프와 카투사의 뼈를 깎는 반성을 통한 부활에 초점을 맞추면서 동시에 당시 러시아의 정치, 사회, 교육, 종교, 법률 등 제반 분야에 걸친 모순과 불합리를 지적하고 비판, 고발한 작품이었다. 그래서 이 작품은 처음 게제될 당시 검열에 걸려 550여 자가 삭제되었다. 러시아정교회는 1991년, 교회를 비판했다 하여 톨스토이를 파문했다.

집필실에서 나와 아래층으로 내려가는 벽 쪽에 자전거 한 대가 전시되어 있었다. 톨스토이가 손수 조립한 자전거였다. 놀라운 것은 톨스토이가 처음 자전거를 배워서 즐겨 타기 시작한 때의 나이가 67세였다는 것이다. 새로운 것에 대한 거인의 호기심은 망설임이 없었다. 톨스토이가 직접 만든 가죽장화, 직접 직조해서 만든 가죽잠바도 전시되고 있었다. 톨스토이는 생필품 대부분을 손수 만들어서 사용했다.

톨스토이가 살던 집안을 한 바퀴 둘러보고 바깥으로 나왔다. 문득, 톨스토이의 육필원고를 보지 못했다는 데에 생각이 미쳤다. 가이드와 함께 다시 집안으로 들어가 관리인에게 육필원고를 보여 달라고 했다. 대부분의 톨스토이 육필원고는 톨스토이 박물관에 가 있다고 했다. 관리인은 별도로 그가 보관하고 있던 엽서 2배 정도 크기의 종이에 기록된 톨스토이의 육필을 꺼내서 보여주었다.

깨알보다도 작은 글씨들, 그나마 포개 써진 글씨들. 그 말미에 '1889.12.26'이란 날짜가 기록되어 있었다. 당시 상류사회의 풍조가 개성적인 필체를 고집해서 그렇게 고약한 필체가 유행이었다고는 해도, 톨스토이의 그것은 심각했다. 아내 소피아만이 그 글씨체를 알아보고 남편의 초고를 정서해서 출판사로 보냈다는 말이 실감이 났다.

오렌지빛 건물에서 나와 정원 깊숙이 숲 사이로 들어갔다. 눈앞에 높이 20m 지름 40m 정도의 나지막한 언덕 — 톨스토이가 직접 흙을 퍼날라서 쌓았다는 동산이 있었다. 동산으로 오르는 길은 나선형으로 위를 향하고 있었다. 동산에 오르자 무성한 숲 사이로 톨스토이의 짙은 오렌지빛 목재 2층집이 보였다.

톨스토이가 만들어 놓은 긴 통나무 의자에 앉아 보았다. 사회의 불평등에 분노하면서 자신의 재산을 내놓고 농노들을 해방시켜 토지를 나누어줄 것을 계획하던 곳, 아내와 가족들과의 불화 속에서 끓어오르는 섭섭함과 슬픔을 홀로 가

톨스토이의 동산

라앉히던 곳, 『부활』을 집필하면서 때로 사색에 잠기던 곳, 톨스토이가 생명을 불어넣어 그려 나가던 네프류도프와 카투사, 톨스토이가 보았던 두 젊은 연인의 환한 웃음, 그들이 들었던 부활절 교회당의 종소리가…… 내 귀에도 들려오는 듯했다.

16시 15분, 톨스토이의 손길이 닿았던 집에서 출발했다.

노보데비치 수도원 옆의 호수

톨스토이 생가에서 돌아오는 길에 노보데비치 수도원 옆을 지났다. 1524년 모스크바 대공大公 바실리 3세가 폴란드령이었던 스몰렌스크를 탈환한 기념으로 건립한 곳, 전쟁 중에는 요새의 역할을 겸했다고 한다. 그곳에 고리키, 체호프, 마야코프스키 들의 무덤이 있다기에 들르고 싶다는 의향을 밝혔으나 별도 입장료와 별도 가이드비를 지불해야 한다기에 참기로 했다. 볼 곳은 많으나 한국 여행사에서 계획해 놓았던 관광 상품을 제외하고는 모두 과외 비용을 요구했다. 가이드는 아침에 들렀던 구세주그리스도 성당 방문이 서비스였음을 강조, 다시 서비스 차원으로 차이코프스키가 백조의 호수를 작곡할 때 영감을 받았었다는 호수로 우리를 안내했다. 서비스가 아니라 자투리 시간 활용으로 찾아간 것임이 눈에 훤한데도 그렇게 말을 했다.

노보데비치 수도원의 서쪽에 있는 호수는 아담했다. 호수의 수면에는 수도원의 높다란 담장과 뾰족당 건물들이 떠 있었다. 지상의 수도원과 호수의 수면 위에 떠있는 수도원…… 모스크바에서 가장 아름다운 곳으로 사진에 많이 나오

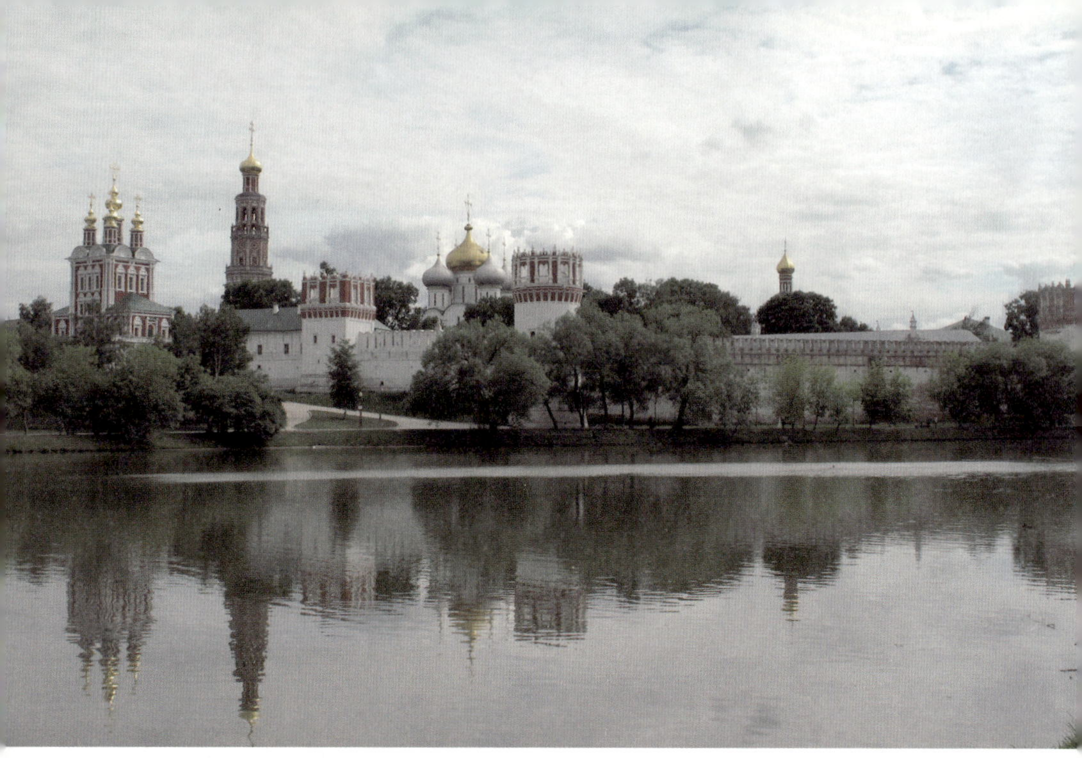

는 장소라 했다. 동정녀 수도원 — 노보데비치 수도원 건물의 돔은 황금으로 장
식되어 있었다. 1810년 나폴레옹과의 전쟁 당시, 계속 후퇴를 하라던 쿠투조프
장군이 이 사원에서 출정 축성을 받고 출격했다. 그의 작전 지휘는 처음에는 패
한 듯했다. 후퇴를 명했다. 그러나 그것은 작전상 후퇴였다. '모스크바는 잃어도
러시아는 잃을 수 없다'고 후퇴, 9월에 모스크바에 입성한 나폴레옹은 땔감과
식량의 부족으로 12월에 퇴각, 쿠투조프 장군이 이 수도원에서 축성을 받았기
에 힘든 전쟁을 승리로 이끌 수 있었다고 해서 이 수도원은 더욱 유명해졌다.

　　일부 피곤한 사람들은 호숫가 나무 그늘에 앉아 휴식을 취하고, 5~6인의 동

호수에 비친 노보데비치 사원

행들과 호수를 한 바퀴 돌았다. 나도 함께 끼어서 호수에 비치는 사원과 바람에 흔들리는 호면, 오래된 수도원의 담장에 서린 이끼를 바라보면서 걸었다.

어디쯤에서였을까. 차이코프스키가 호면을 바라보던 곳이, 그때 그의 귀에 들려오던 최초의 멜로디는 어떤 것이었을까……. 명곡 〈백조의 호수〉를 탄생시킨 호수의 잔물결을 보면서 잠시 걸음을 멈추다 보면 동행들은 저만큼 앞서 가고 있었다. 동행들과 보조를 맞추기 위해서 발걸음을 서두르다 보면, 뒤에서 누군가 잡아당기는 것 같은 느낌, 천천히 여유있게 걸으며 느껴 보라고, 차이코프스키가 장난스런 웃음을 흘리는 것 같았다. 예까지 와서 왜 자신을 찾아보고 가지 않느냐고 체호프가 익살스럽게 옷자락을 잡아당기는 것 같기도 했다……. 호수에서 17시에 출발, 모스크바 종합대학교로 향했다.

모스크바 종합대학교

모스크바 종합대학교는 1755년에 미하일 로마노프가 설립, 학교 부지는 120만 평, 19개 학부로 구성되어 있다. 한국의 학제와 달리 이곳 대학은 6년제, 졸업하면 석사학위를 받게 된다. 이 학교에 진학하려면 고교 3년간 all A를 받아야 입학 신청이 가능하다. 시험을 보기 전에 고등학교에서 추천, 원서를 내면 서류전형을 통해 시험 볼 자격 유무를 학생들에게 통지, 통지받은 학생들은 2월 중순에 이곳에 와서 일주일 동안에 4과목의 필기시험을 본다. 첫날은 러시아어 시험, 이것이 다음날 시험 볼 자격을 판가름한다. 다음날 수학시험, 그리고 다음날부터 지원학과의 과목 시험을 보게 된다. 4과목의 필기시험이 끝난 7일째에 당

락이 결정된다. 일단 입학이 되면 졸업은 6년 후에 하게 된다. 모스크바 최초의 한국인 학생은 조만식·조봉암 선생, 북한에는 더 많다. 해방 이후의 학생들로는 황장엽, 연영묵, 김영남, 김정일 국방장 등이 이곳 출신이라고 한다.

학교 캠퍼스 안으로 시내버스가 오가고 있었다. 학생 19만 명, 교수 4,500명에 이르며, 12명의 노벨 수상자가 나왔고 이 수상자들을 기념하는 흉상은 중앙본부 앞에 있다. 학교는 자작나무 숲으로 둘러싸여 있고, 학교 안의 크고 작은 도로변에는 사과나무를 심었는데 이는 뉴턴의 사과나무를 생각하라는 의도에 의한 것이라 한다. 사과나무는 곧 진리의 나무라는 것이 이곳 사람들의 생각이라고 한다. 마침 가이드 신찬호 씨는 모스크바 종합대학교에서 화학과 박사과정 중에 있으며 현재 휴학한 지 2년이 지났다고 했다. 이과理科 출신으로 아나운서를 능가하는 언변, 익숙한 문화재 해설사……. 어느 것이 그에게 더 보람 있는 일이 될 것인가……. 러시아인의 학비는 무료, 외국인은 연 7~8천 달러가 요구된다고.

저녁 식사는 점심을 먹었던 호텔의 1층 깊숙한 곳, 파친코 게임기가 가득한 곳을 가로질러 들어가자 한국식당 '가야', 메뉴는 버섯쇠고기찌개. 청양고추를

모스크바 종합대학교

넣어서 매콤한 찌개였다.

　18시 20분에 식당을 출발하여 10분 뒤에 호텔에 도착했다. 백야지대의 오후 6시는 한낮이나 마찬가지였다. 특별히 갈 만한 곳도 없고, 무엇보다도 경제적인 점을 고려, 개인당 200루블씩 추렴해서 가까운 술집으로 갔다.

러시아의 술집문화

옛날 한국의 시골 초등학교 같은 모양새의 술집에는 제법 사람들이 많았다. 통나무 테이블과 의자가 있었다. 우리 팀은 한 자리에 모여 즐기고 싶었지만 테이블 배치가 힘들어 두 팀으로 나뉘어 앉았다. 안주와 술은 술집에서 직접 만든 것이었다. 마른안주와 감자튀김, 생선구이 같은 안주들이 계속 나왔다. 맥주가 들척지근했고 제법 맛이 좋았다. 이곳 사람들은 팝콘 접시를 앞에 하고 조용히 맥주잔을 기울이며 책을 읽거나 조용히 대화를 나누고 있었다. 노부부가 들어와 서로 마주보며 잔을 들고 있었다. 안주로 테이블을 그득 채우고 호탕한 웃음을 터뜨리며 술잔을 기울이는 것은 한국인만의 주류문화인가…….

　술맛은 좋으나, 속에서 술을 받아들이지 않았다. 어지럽고, 춥고, 사지가 나른한가 하면 욱신대고 구역질이 나고. 500cc 술잔을 앞에 두고 한 시간 동안 마신 것이 고작 2/3잔. 피곤해서 견딜 수가 없었다. 먼저 가겠다고 나서자 서너 명이 따라서 퇴장을 통고, 결국 모두 일어나서 나왔다. 피곤한 이들은 먼저 들어가기로, 신명이 넘치는 이들은 2차를 가기로 했는데, 계산이 끝나지 않았는지 바깥에 서서 20분 가까이 기다려도 따라오지를 않기에 그냥 호텔방으로 돌아왔다.

나중에 황향희 교수가 들어왔다. 계산을 하는데 정도 이상의 술값, 홍민식 학장이 따지니까 두 테이블을 하나로 합쳐 자리 배치한 것과, 한 테이블에 의자 하나 더 갖다놓고 앉은 것은 특별 전세나 마찬가지이기에 각각 500루피씩 1천 루피를 추가 계산했더라는 것이었다. 약이 오른 홍 학장이 끝까지 따지자 자기네들의 규정이고 규정문이 있다고 하더라나. 그렇다면 외국인에게 그런 규정이 있음을 미리 알려야 했다. 규정을 알리지 않고 추가 계산을 요구했다면 그것은 술집 쪽의 과실이었다. 결국 홍 학장은 1천 루피 추가 계산을 무효화시켰다. 러시아, 모스크바의 음흉한 사람을 한국인들은 크렘린 같다고 부른다. 허긴 날보고 크렘린이라고 부른 사람이 있기도 했다. 너무 말을 하지 않는다고……. 모스크바 사람들은 크렘린처럼 음흉한가. 아니면 우리와는 전혀 다른 주류문화를 갖고 있는 것일까.

내일 일정은 6:30 / 7:30 / 8:30.

2009. 6. 18. 목요일. 갬.

03 모스크바 – 상트페테르부르크

4시 30분에 기상했다. 지난 밤 술집에서 돌아오는 길로 목욕하고 밤 11시경 그대로 잠자리에 들었었다.

일출 무렵.

지평선 위로는 잿빛 구름

하늘 높은 곳에는

드문드문 채색 구름

예서 이틀 밤을 보냈고

떠나야 할 시간

이 방, 저 하늘을 바라볼 수 있기에

감사, 감사, 감사.

베가 커피

여행일기를 정리하다가 7시에 식사하러 식당으로 갔다. 호밀빵과 '베가 커피'로 하루가 행복하다. '베가 커피'란 이 호텔에서 특이한 과정을 거쳐 제공되는 커피다. 소주잔 크기의 잔에 커피 원액을 따라서 불에 달군 모래에 묻어 놓으면 잠시 뒤에 이것이 보글보글 끓는다. 이때 끓고 있는 잔을 조심스레 꺼내서 다시 조그만 커피 잔에 옮겨 담고, 이것을 호두, 잣, 땅콩 같은 견과류와 함께 내준다.

'베가 커피'는 인내심을 가지고 기다린 사람들에게만 전달된다. '베가 커피'를 욕심내는 네 사람의 여성 교수들 이경희, 신혜숙, 황향희 그리고 나 이 커피 끓이는 과정을 구경하면서 입맛을 다시자 젊은 바리스타는 우리에게 자리로 돌아가 기다리라고 했다. 잠시 후, 우리에게 배달된 '베가 커피'를 조심스럽게 입안에 머금고 천천히 입안에서 한 바퀴 돌리자 커피는 절로 입안을 매끄럽게 감돌다가 목을 타고 넘어간다. 매끄럽고 부드러운 커피 — '베가 커피'를 목구멍으로 흘려보내고 나서의 첫 느낌이 그랬다.

오늘 나의 패션은 청바지에 녹색 티셔츠, 그리고 백색 잠바 차림, 빨간 모자를 준비했다. 모스크바의 기후가 서늘한 것을 미처 생각지 못한 이경희 교수에게 노란 잠바를 빌려주었다.

이후 노란 잠바를 입은 이경희 교수를 볼 때마다 나는 순간적으로 이 교수를 거울에 비친 나의 모습으로 착각하고는 했다.

짐을 꾸려 가지고 전용 버스에 올랐다. 오늘도 예정 시간보다 10분 늦게 출발했다. 우리 동행들 황향희 교수가 30대 후반, 이후는 모두 50대 이상의 연령들이라 우리 팀에 합류한 신혼부부의 표정과 행동에 은근히 관심이 많다. 첫날도 지각, 두 사람은 언제나 손을 잡고 다닌다. 오늘 배은정 씨로부터 나온 이야기가 우리 모두에게 슬금슬금 전달되었다. 신혼부부에게 배당된 방에 각각의 싱글 침대가 나와서 미안했던 배은정 씨—. 어제 저녁 케이크 상자를 들고 있는 배은정 씨를 보았다. 그녀는 케이크를 사 가지고 신혼부부에게 미안한 마음을 전하러 갔고, 신랑과 화해의 악수를 나누었다. 바로 그 순간 신부가 화를 냈다는 것이다. 배은정 씨에게는 자기 남편에게 함부로 악수하지 말라고, 남편에게도 다른 여성과 악수하지 말라고, 그 말을 듣고 우리는 모두 웃음을 터뜨렸다. 그렇게 서로에 대한 감동과 집착이 강하던 때가 정작 우리에게도 있었던가 하고……. 귀여웠다.

크렘린 궁전으로 가는 전속버스 안에서 현지 가이드 신찬호 씨가 러시아의 3대 축복과 저주에 대해 말했다. 3대 축복이란 광대한 국토, 성실한 여자, 그리고 보드카. 반대로 3대 저주란 나쁜 기후, 알코올 중독의 남자, 그리고 보드카라고. 러시아의 대표적인 술은 축복과 동시에 저주받은 물품이었다. 러시아의 여성들은 아름답고 성실한데, 러시아의 남성들은 알코올 중독자가 많아서 이혼율로 치면 세계적으로도 유명한 곳이라 했다. 날씨가 춥기에 보드카를 마시다 보니 알코올 중독이 될 수밖에 없는 러시아의 기후. 오죽하면 고르바초프 시절 금주 운동의 일환으로 볼드비아 지방의 포도나무를 모두 잘라내게 했을까. 후일, 볼드비아인이 고르바초프를 증오하지 않을 수 없게 되었다고는 해도.

신찬호 씨가 들려준 러시아의 유명 술에 대한 소개는 다음과 같다.

러시아의 대표적인 술은 보드카, 스피리트, 사마곤.

'보드카'는 13세기 초에 제조된 무색무취의 술, 주재료는 감자, 보드카는 감자 증류주다. 알코올 도수는 보통 40도. 알코올에 주정도수를 규정해준 이는 화학 원소 주기율표를 만든 멘델레프였다. '스피리트'는 알코올 도수가 가장 높은 시베리아의 술로 90도 정도. 이 술은 집에서 제조가 가능하고 안주로는 '쌀라'가 제격인데 '쌀라'는 염장한 돼지비계. 돼지비계를 소금에 7일간 염장한 것이다. '사마곤'은 약초에 따라 다양한 색채를 보여주며 보통 35~40도에 이른다. 보드카는 제조국에 따라서 스웨덴의 앱솔루트, 미국의 스미노프, 핀란드의 핀란디아, 러시아는 스탠다드가 유명하다. 러시아의 스탠다드 가운데는 철갑상어 알을 넣어 제조한 벨루가가 더 유명하다.

보드카를 멋지게 마시는 방법은 공복에 한 잔을 원샷으로 마시는 것, 보드카를 맛있게 먹으려면 냉동시켰다가 먹어야 하고 한국에서 보드카를 먹을 때 안주로 좋은 것은 보쌈, 삼겹구이, 연어회, 참치회 등이 좋다. 보드카의 별칭은 '애비 에미도 모르는 술'로 칭한다.

크렘린 궁전 kremlin

9시 40분, 크렘린 궁전 앞에 도착했다. 나폴레옹과 황제들이 들어갔었던 '삼위일체의 문'을 통과해서 궁전 안으로 들어갔다. 크렘린 궁 안으로 찬란한 햇빛이 쏟아졌다. 크렘린 궁전은 4층의 노란색 건물이고 그 뒤로 초록색 건물과 초록색 별을 단 첨탑이 보였다. 크렘린은 '요새'를 의미하는 말, 붉은 벽돌의 건물은 15세기 모스크바 대지진 이후 성이 허물어지자 다시 재건축되었다.

크렘린 궁전은 전체적으로 보아 모스크바 강工을 따라 한 변이 약 700m의 삼각형 꼴로, 둘레 2,235km, 높이 5~19m, 9개의 탑 20개의 망루가 있고 그중의 하나가 삼위일체의 탑이다. 탑 꼭대기 별 장식의 지름은 4m가 넘는다. 왼쪽에 보이는 탑은 니콜스카이 탑, 역시 거대한 별 모양의 장식이 있다. 왼쪽 노란 건물은 병기고였지만 지금은 크렘린 수비대가 일을 보고 있고, 앞에 보이는 대포는 나폴레옹과 전쟁 당시 쓰이던 것으로 현재 이런 대포가 805기나 이곳에 보관 전시되고 있다. 오른편의 흰 건물은 대극장으로 당원대회를 열었던 곳, 고르바초프가 페레스트로이카 정책노선을 펼쳤던 곳이기도 하다. 크렘린의 대부분의 건물들은 1400~1700년대에 만들어진 것들인데 대극장 건물만 1967년도에

오른쪽 노란 건물은 병기고, 가운데는 니콜스카이. 왼쪽은 대극장

만들어졌다. 그러나 주변 건물들과 조화를 이루지 못하고 있어서 조만간 이 건물은 허물리게 될 것이다.

대통령 집무실

입구 쪽에서 왼편에 보이는 황토색 건물이 러시아 대통령의 집무실이 있는 곳이다. 청와대와 백악관에는 대통령의 집무실과 가족들이 함께 사는 곳이 있지만 크렘린궁에는 대통령 집무실만 있고 대통령은 날마다 출퇴근을 하게 된다. 대통령궁을 처음 사용한 사람은 레닌. 스탈린도 집무실과 가족 저택을 사용했다고 한다. 그러나 흐루시초프 이후부터는 출퇴근을 하게 되었다고 한다.

거대한 대포

아주 거대한 대포 한 문이 있었다. 1500년대 제작된 것으로 세계 최대의 대포라 한다. 대포 구경이 890 mm, 길이는 514 cm, 무게는 40톤. 대포 밑받침대에 있는 대포알의 무게는 1톤, 지름이 900 mm여서 대포 구경에 들어가지 못한다. 이들로 미루어 이 대포는 전시효과를 노리기 위한 것으로 보인다. 이 대포를 만든 목적은 잦은 몽고군의 침략을 저지하기 위해 크렘린 반대편에 세워 놓았던 것인데 이것을 궁 안으로 들여왔다. 세계에서 가장 큰 대포에 대한 설명이 끝나자마자, "공갈 대포네!" 강승호 교수가 한 마디로 말씀하셨다.

1 대통령 집무실
2 크렘린 궁내에 전시된 거대한 대포
3 성당 광장

성당 광장

러시아 궁정에서는 궁궐 건물을 짓기 전에 먼저 성당들을 지었다. 십이사도 성당러시아 대주교의 개인성당, 성모승천 성당황제들의 대관식을 거행하는 성당, 황후의 성당황후 개인성당, 성모수태고지 성당황제들의 결혼식 및 황족들의 세례식을 거행하는 성당, 성 미카엘 성당황제의 무덤 — 로마노프 이전 황제들, 이반대제의 종루, 이렇게 여섯 개의 성당이 비교적 자그마한 광장을 중심으로 모여 있었다. 황후의 성당은 황금 장식을 갖춘 아름다운 성당이었다. 이들 성당의 건축 양식은 돔 양식으로 이는 비잔틴의 영향을 받은 것으로 보인다. 곧 무슬림의 양식이 가졌던 돔 양식을 성당 건축에 응용한 것으로 돔은 촛불이 타오르는 것을 형상화한 것이라고 했다. 그러나 내가

중동의 무슬림 지역을 여행했을 때, 무슬림 사원이 갖고 있는 돔은 본래 유목민들의 천막을 본딴 것이라고 들었다. 오래 전의 영화로, 사람들에게 짙은 감동을 주었던 러시아 영화〈시베리아의 사랑〉은 이곳 성당 광장에서 촬영되었다고 한다.

성모승천 성당

러시아 국보 1호로 황제가 대관식을 거행하던 성당이다. 제정 러시아 시기에도 황제들이 상트페테르부르크로부터 일주일씩 말을 탈고 와서 이곳 성모승천 성당에서 대관식을 거행했다고 한다. 이 성당에서 마지막으로 대관식을 치른 이는 러시아 마지막 황제였던 니콜라이 2세였다. 그러나 이 성당에 마지막으로 출입했던 황제는 1986년 영국의 엘리자베스 여왕이었다. 그녀는 고르바초프의 초청으로 크렘린에 왔다가 이곳 성당을 방문했었던 것이다.

성당 안으로 들어가 보았다. 동쪽에 지성소를 모시었고 천장화로부터 사방 벽에 그득한 이콘들, 이들은 모두 전 세계적인 성인들을 그린 것으로 1400년대의 작품이라고 한다. 특히 아름다운 이콘이 많은 성당이었다.

이콘에 대한 가이드의 설명 — 이콘은 자작나무나 보리수를 7년간 건조시켰다가 20벌의 석고를 입히고 그 위에 그린 그림이다. 예수의 이콘은 '베르니카'에서 나온 형상에 기초를 두고 있다(베로니카의 수건에 찍힌 예수의 얼굴상. 베로니카가 니카로 축약되고 이후 티콘 - 이콘으로 바뀌게 되었다고 한다).

동쪽에 신의 문인 지성소를 모신 성당, 서쪽에는 최후의 심판 장면을 그린 그림 아래 열두 제자의 모습과 아담과 이브의 모습이 있었다. 이들은 모두 600년

성모승천 성당 입구

전에 제작된 작품들이다. 아담과 이브를 커다란 원형 고리 10여 개가 조이는 듯 감싸고 있었는데 이것은 이들 부부가 저지를 죄의 굴레를 의미한다고 한다.

성당 안을 다시 천천히 돌아보았다. 성모 승천 성당은 세계에서 프레스코화를 가장 많이 소장한 성당으로 알려져 있다. 이 성당에서 배치된 프레스코화는 대체로 서쪽과 남쪽에는 예수 일대기를, 북쪽에는 성모의 일생을 표상하는 내용을 담고 있고 이들 모두는 세계문화유산으로 등재되어 있다고 했다. 프레스코화는 젖은 석고벽에 20~30명이 동시에 수백 번에 걸쳐 물감으로 칠을 해야 하는 관계로 그림의 원작자가 누구인가를 추적하는 것은 무의미하다고 한다.

성당 안에는 세 개의 커다란 궁륭이 있고 궁륭 안에는 눈이 동그랗고 동안인 예수상을 모시고 있었다. 이 성당 벽을 가득 메운 이콘은 위로부터 제5단에 신, 제4단에 기도하는 모습들, 제3단에 예수상, 제2단에 예언자들, 제1단에 구약의 내용들을 압축한 그림들을 배치하고 있었다.

가이드의 설명에 따르면 주보 성당의 주인은 대개 지성소 오른쪽에 배치된다. 이 성당의 지성소 바로 오른쪽에 예수성화를 배치했다. 이 성당에서는 예수상 하단에 성모 승천의 모습이 그려져 있었다. 성모는 침상에서 영면에 들었는데 마리아의 침상 위 중앙에 예수성화 — 예수는 왼손에 등불 모양의 것을 들고 있는데 이것이 영면한 마리아의 영혼이라고 한다. 성모는 예수를 통해서 승천하였음을 이콘을 통해 보여주고 있는 것이다.

천장에 걸린 네 개의 상들리에는 1800년대 제품이다. 현재 이 성당에는 이오나 주교와 페스마겐 주교 두 분의 시신이 관에 담겨 보관되고 있고 19명의 유해는 지하에 모셔져 있다고 한다.

성미카엘 성당

로마노프 왕가의 무덤으로 56위의 유해 가운데 현재는 48위의 유해를 모시고 있다. 표트르 2세와 3세의 유해도 이 성당에 모셔지고 있다. 성 미카엘 주보 성당, 미카엘은 천사장의 이름이다. 지성소 오른쪽에 미카엘상이 있었다. 마침 검은 옷차림의 아카펠라 성가대 5인(남 3인, 여 2인)이 나와서 성가를 부르기 시작했다 공명이 잘 되는 성당 안에서 부르는 아카펠라 성가대의 노래, 잠시 천당이란 바로 여기인가 하고 생각했다. 이들의 노래를 MP3로 녹음해서 확인까지 했는데 나중에 아무리 찾아보아도 트랙에 없었다. 아마 나의 기계작동 실수에서 나온 것일 게다.

이반대제의 종루

두 개의 황금색 돔을 가진 첨탑이 있는 백색 건물, 이반 대제의 종루는 일종의 감시탑으로, 예전에는 전쟁이 났을 때 이 종루의 종을 쳤다고 하며, 종루의 위치는 모스크바의 정중앙에 자리하고 있다. 종루의 높이는 82m, 지금은 종교 행사 때에만 종을 치는데 그 소리가 영혼을 맑게 해준다고 한다. 종루의 종각에는 모두 21개의 종들이 달려 있고 그중에는 70톤에 이르는 대형종도 있다고 한다.

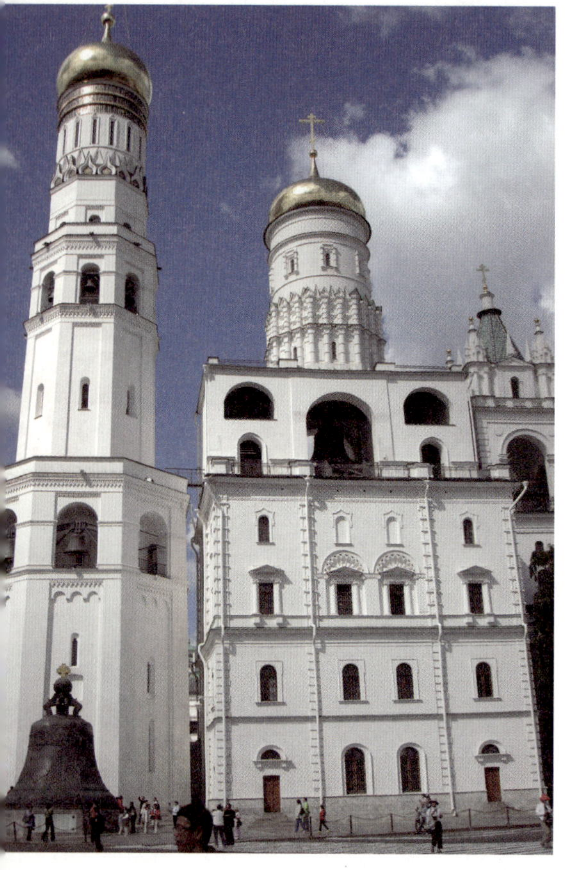

대종 大鐘

안나 여제 때 이반 마트린과 미하일 부자의 작품으로 높이 6.16m. 직경 6.6m, 무게 200톤. 여기에 금 75kg, 은 25kg 외에 동銅도 넣어 주조했다. 완성된 종을 들어올리는 순간 추락하여 전면 부분이 떨어져 나갔다는 설과, 종을 주조하던 중에 큰 화재가 나자 누군가 종에 물을 부었더니 일부가 떨어져 나갔다는 설도 있다. 결국 이 종은 오랜 동안 땅속에 파묻혀 있었는데, 100년이 지나 이 사실을 알게 된 건축가들이 이를 파내었다. 지상으로 끌어올려진 종의 모습, 그 조각이 너무도 아름다워서 현재의 위치에서 전시하고 있다고 한다. 떨어져 나간 종의 파편 앞에서 사진 찍는 이들, 성인 4~5인이 파편 앞에 서면 파편은 완벽하게 가려질 수 있는 크기였다.

1 종루
2 한 조각이 떨어져 나간 대종

크렘린 정원

정원이 잘 손질되어 있었다. 러시아 대통령이 외국에서 온 귀빈들과 함께 산책하는 곳이라고 한다. 정원 안에 커다란 참나무가 한 그루 있었다. 1961년 4월 23일 우주여행에서 귀환한 우주인 유리 가가린과 당시의 수상 흐루시초프가 기념 식수한 것으로 높이는 20여m 되게 자라 있었다. 사람이 아무리 영물이라고 해도 한 그루의 참나무 수명보다도 짧다는 것에 대해서는 어떻게 설명을 해야 하나…….

11시에 크렘린 궁 밖으로 나왔다. 출구의 맞은편에 고풍스러운 큰 건물이 보였다. 옛날에 는 귀족의 저택이었지만 지금은 '레닌 박물관'으로 이용되고 있는 건물이었다.

모스크바 강이 크렘린 궁전 주변을 아름답게 감싸고 있었다. 모스크바 강 연안은 숲으로 단장된 자연 공원, 모스크바 강을 가로 지르는 다리의 조형미도 아름답고, 숲과 강이 잘 조화되어 눈으로만 보기에는 지상낙원이었다. 과연, 세계를 양끌이 하던 나라답다는 감탄사가 절로 나왔다.

점심은 어제 점심과 저녁을 먹었던 코르스톤 호텔 내의 '가야식당'. 생선두부찌개를 먹었다. 국물이 시원했다. 그리고 11시 55분에 식당을 출발, 공항으로 향했다. 강행군에 지쳤던지 버스 안에서 자다가 깨어 보니 공항이었다. 모스크바종합대학교 박사과정 중에 휴학하고 지금은 가이드를 하고 있다는 신찬호 씨와 작별했다.

12시 45분에 페테스부르크행 FV136호기에 탑승했다. 그리고 15시 10분에 비행기는 모스크바공항을 이륙했다.

모스크바를 떠나며

모스크바 국내선 공항
상트페테르부르크행 비행기 안
또 다시 올 수 있을까
다시 오기까지 17년이 흘렀다.

이틀 밤을 지내고 다시 떠난다.
러시아는 내게 어떤 나라인가
사회주의자들에게 마음의 본향
내게는 낯설고 원망스런 나라.
톨스토이와 도스토예프스키, 푸시킨, 고리키, 고골리, 체호프

만일 내 가슴에 이들이 없었다면

로스께는 도둑, 강도, 살인자, 강간범

조선 사람들의 팔목시계를 강탈해서

대여섯 개씩 팔뚝에 차고 으스대던 종족들

오늘 내게 고마운 모스크바의 추억은

톨스토이의 목소리를 들었고

그가 살던 집을 보았고

그가 직접 만든 물품들을 보았던 것

모스크바에서 상트페테르부르크까지

비행시간 1시간 10분의 거리

자동차로는 열흘이 걸리더라고 했다.

예전에도 비행기로 날아갔었다.

모스크바여, 모스크바여!

그대 그 자리에서 건재하라.

나는 내 자리에서 건재하리니

우리 서로의 자리를 지키면

세상은 평화로워지리라.

상트페테르부르크

16시 10분, 상트페테르부르크 공항에 착륙했다. 모스크바에서 이곳까지 60분이 걸렸다. 상트페테르부르크 상공에서 내려다보니 도시는 온통 숲의 나라, 잘 구획된 시가지가 시원하게 보였다. 짐을 찾아서 바깥으로 나가니 안존한 인상의 여성 가이드가 나와서 인사를 했다. 러시아 문학을 전공하여 석사학위를 받았다는 가이드의 이름은 태이미太伊美. 성씨도 이름도 특이했다. 목소리는 가늘지만 부드럽고 나지막했다. 1994년 러시아에 유학을 왔고 지금은 한국의 부평에서 살고 있는 주부지만 1년 정도를 기약하고 다시 상트페테르부르크에 와 있다고 했다.

공항에서 시내로 들어가는 길에 태이미 씨가 상트페테르부르크에 대한 개략적인 설명을 했다.

상트페테르부르크 — 제정 러시아 시대의 수도, 표트르 대제(1645~1727)가 이 도시를 건설하고 수도로 삼았다. 이곳은 본래 늪지였다. 100여 개 이상의 섬이 있고 운하만 해도 3개가 있다. 상트페테르부르크는 1914년에 페테르그라드로 개칭되었고, 레닌이 사망한 1924년부터 레닌그라드로 불렸다. 그리고 1994년부터 다시 옛 이름으로 돌아갔다. 모스크바와 비교하면 그 면적과 인구 면에서 모스크바의 절반 정도 밖에 되지 않으나 문화유적이 엄청나게 많다.

상트페테르부르크는 겨울이 1년 중에 8달, 해 뜨는 날은 연중 60일 정도, 북위 60도에 위치한 이 도시는 현재 백야의 절정을 이루고 있다. 영화 〈안나 카레리나〉, 〈백야〉가 이 도시에서 촬영될 정도로 아름다운 도시다. 현재 이곳에는 현대 그룹을 비롯한 한국의 대기업들이 들어와 있고 한국과는 직항로로 대한항공이 주 3회 들어오고 있다.

본래 이 도시는 핀란드와 스웨덴 사람들이 들어와 살던 곳, 모스크바가 스웨덴과 싸워서 얻은 땅으로 표트르 대제는 바다를 통한 북방정책을 펼칠 꿈에 부풀어 이곳에 수도를 정했다.

상트페테르부르크 시내로 진입했다. 커다란 건물들, 상가에는 물건들이 그득했다. 태이미 씨의 설명이 계속되었다. 이 지역에 살고 있는 사람들은 모두 자신의 고향에 대해서 문화시민으로서의 긍지를 갖고 있다고 한다. 그러나 이곳의 날씨는 변덕이 심해서 늘 우산을 준비해야 하고, 또 따뜻한 겉옷을 준비하고 있어야 한다. 이런 변덕스런 날씨 덕택에 이곳 사람들은 자신도 모르게 철학자가 된다. 기후가 좋지 않은 곳에 살고 있기에, 오랜 동안 실내에서 살다 보면 생각에 잠기게 되고 꿈꾸게 되고, 결국 세계적으로 유명한 대작가들이 배출됨이 우연이 아니라고 했다.

'전쟁 기념탑' 옆을 지났다. 제2차 세계대전 당시 독일군의 900일간에 걸친 포위 속에서 이 도시민 가운데 100만 명 이상이 아사餓死했다. 지금 거리에서 보게 되는 왜소한 노인 분들은 모두 그때 영양실조로 자라지 못했기 때문이다. 일기도 좋지 않고 일조량 부족으로 농사도 지을 수 없었던 지역이기에 전쟁 당시 포위된 이 지역에서 아사자와 영양실조에 걸린 사람들이 나올 수밖에 없었던 것이다.

상트페테르부르크의 건축물들은 달걀에 비유하면 대개 세 층위로 나눌 수 있다. 제정 러시아 시대 유적들은 노른자에, 소비에트 시대 건축물들은 흰자에 요즘 짓는 아파트들은 껍질에 해당된다.

'승리의 공원'을 지났다. 숲이 무성했다. 이 도시의 녹지는 50%가 넘는 곳, 공항에서 모스크바 대로를 향해 달리는 길은 넓고 시원하게 뚫려 있었다. 태이미가 갑자기 버스 앞을 달리고 있는 관광버스를 가리켰다.

"저 버스를 타면 한국의 제주도까지 갈 수 있어요!"

버스에는 '아름다운 제주'라는 한글 글씨가 쓰여 있었다. 이 도시의 주민은 500만 명, 주민 수를 훨씬 넘어서는 관광객들 때문에 한때 관광버스가 부족했다고 한다. 그때 여기저기서 들여온 관광버스 가운데 제주도에서 사용되던 중고 버스가 이 도시로 들어온 것이었다.

'모스크바문'을 보았다. 750km 떨어진 곳에 모스크바가 있다고 했다. 이곳에서 모스크바까지는 철도로 8시간이 걸린다고 한다. 이 지역은 자동차보다는 철로를 이용하는 것이 훨씬 편하다고 했다.

'터키문'은 터키와의 전쟁에서 승전을 기념하는 문이라고 했다.

석조 다리를 건넜다. 운하가 흐르고 있었다. 띤나야 지역, 도스토예프스키 작품에서 소냐의 아버지가 술에 취해 다니던 거리라고 했다. 길가에 면한 건물들에는 유명 인사들의 행적을 알려주는 자그마한 표지판들이 부착되어 있었다.

상트페테르부르크의 도시 성립 300주년을 기념하는 '평화탑' 옆을 지났다. '카잔 성당', '피의 성당' 건물들이 가까이 다가왔다. 내려서 걸으면서 보고 싶은데 그냥 버스 안에서 보라고만 한다.

카잔 성당

러시아 건축가 바로니킨이 세운 성당, 1811년도에 완공했다. 이 성당에 '카잔'이라는 이름이 붙은 데에는 다음과 같은 이야기가 있다. 한때 러시아 제국은 몽골의 지배를 받고 있었다. 몽골이 세운 킵차크한국의 수도가 카잔이었고, 카잔은 현재 러시아 타타르스탄 공화국의 수도이다. 이 카잔 지역에 성모께서 발현하셨다. 카잔의 성모상을 그린 이콘을 모신 러시아 장군 쿠투조프는 성모상에 간절히 기원하여 폴란드의 전장에서, 스웨덴의 전장에서, 프랑스의 전장에서 모두 승리할 수 있었다. 이것이 알렉산드르 1세 때 건립된 이 성당에 '카잔 성당'이라는 이름을 붙이게 된 유래다. 이 '카잔 성당'에는 나폴레옹 전쟁을 승리로 이끈 쿠투조프 장군의 무덤을 모시고 있다. '카잔 성당'은 전체적으로 보았을 때, 인간 몸의 구조 — 머리, 눈^{창문}, 양팔을 벌린 듯한 느낌, 카잔 성당을 찾는 이들을 끌어안아 주는 모습을 형상화한 것인데 이것은 로마의 베드로 성당을 본 딴 모양이라고 한다.

피의 성당

거리에서 큼직한 황금 돔, 그리고 오른쪽에 청백색의 작은 돔을 갖고 있는 피의 성당 건물을 멀리서 바라만 보았다. '피의 성당'은 자유주의 교육을 받은 혁명적 사상가, 농노해방 운동을 펼치려던 알렉산드르 2세가 과격 테러리스트가 던진 폭탄으로 암살당한 곳, 황제가 피 흘리며 죽어간 곳이라 하여 성당을 짓는 데 헌금으로만 지어졌고 황제가 피 흘린 곳이라 하여 성당 이름은 '피의 성당'이 되었다.

 저만치 배경으로 보이는 피의 성당

차도와 인도에는 넘치도록 많은 사람들이 바쁘게 오가고 있었다. 카잔 성당, 피의 성당 모두 건물 밖에서만 보았다.

다시 버스에 올라 저녁을 먹으러 가는 길에 태이미 씨는 표트르 대제의 기행에 대해 이야기했다. 키 204cm의 거구인 사내, 도시 건설을 위해서 스스로 건축, 조선, 목공 등의 기술을 익혔다. 그는 이곳에 유럽풍의 도시를 건설하기 위해 소용되는 막대한 자금을 준비하기 위해서 서양에서 커피와 술과 담배와 같이 한 번 맛들이면 그 중독자가 되고 마는 기호품들을 들여와 이 나라 귀족들을 중독시켰다. 이들 기호품의 판매를 통해 그는 세수稅收를 높였던 것이다. 또한 늪지대인 이곳에 거대 도시를 세우기 위해서, 이곳에 들어오는 이들은 누구나 돌멩이를 갖고 오게 했다. 마침내 1703년, 5월 27일이 이 도시는 완벽하게 유럽풍의 풍모를 지닌 상트페테르부르크 — 환상적이고 예술적인 도시로 태어나게 되었던 것이다.

네바 강의 운하에서 유람선을 타고 유람선 안에서 상트페테르부르크를 구경하는 데 60유로라고 했다. 모두 유람선 관광을 선택했다. 날이 꾸물대고 있었다. 그러더니 빗줄기가 억세게 쏟아지기 시작했다. 비가 오면서 기온도 급강하했다.

분수 운하의 유람선

빗발이 약해질 무렵 버스에서 내려 분수 운하를 오가는 자그마한 유람선에 올랐다. '여름 정원'에 분수가 많아서, '여름 정원'을 한 옆에 끼고 달리는 운하의 이름은 '분수 운하'라 부른다고 했다.

19시 20분, 한국으로 치면 오후 7시인데도 대낮과 같았다. 유람선의 반은 지붕과 투명한 유리창이 있는 선실, 나머지 반은 그대로 갑판이었다. 어느 틈에 태이미 씨는 보드카와 샴페인, 과일 안주버찌, 살구, 오렌지 들을 선실 식탁 위에 펼쳐 놓고 있었다. 그녀의 한국인 동료 여성이 나와서 거들었다. 장대비가 선실 지붕을 두드리는 소리를 배경음악으로 들으며 실내에서 보드카를 마셨다. 유리창에 사선을 그으며 번지는 빗줄기가 추상화 같았다.

거짓말처럼 장대비가 개자 하늘은 청명해졌다. 모두 갑판으로 나갔다. 상트페테르부르크 시내를 가로 세로 구획하여 흐르는 운하의 위로는 작은 다리들이 있었고 유람선은 그 다리 아래를 잘도 지났다.

차이코프스키가 법대생 시절 다니던 학교, 초록색 지붕의 노란 벽으로 된 건물을 보았다. 도스토예프스키가 다니던 학교, 운하의 초록색 다리 옆으로 있는 살구색의 육군공병학교였다. 도스토예프스키는 동갑내기들에 비해 학교생활이 1년 늦었는데 이는 입학시험을 보러 와서 교수님께 인사를 하지 않았기 때문이다. 결국 그는 괘씸죄로 입학시험에 불합격, 다음 해에야 입학할 수 있었다고 한다. 태이미 씨는 무슨 귀족의 집, 여름 궁전의 정원 등등, 달리는 배 안에서 운하 양쪽으로 펼쳐지는 집들을 가리켰다. 건물 양식의 기둥은 그리스 건축물의 이오니아식, 도리아식, 코린트식의 모습들이 재현되고 있었다.

300여 년이 넘은 표트르 대제 당시의 '여름 정원'의 숲이 풍성하게 펼쳐지고 있었다. '여름 정원'의 일부에서는 현재까지도 약초를 재배하고 있다고 한다. 분수를 가로지르는 아름다운, 창과 방패를 조각한 장식품으로 되어 있는 다리, 운하

유람선에서 본 운하 양안의 고색 창연한 건축물들

의 주변을 지탱한 넙적 넙적한 돌들은 핀란드 만에서 옮겨온 것들이라고 했다.

갑판 위에서 개인사진과 단체사진들을 찍었다. 신혜숙 선생과 황향희 선생의 포즈는 모델보다도 더 자연스럽고 예쁘다. 평소에는 잘 웃고 자연스럽던 남성 교수들은 특히 강승호, 백인학, 홍민식, 신관석, 허남욱 선생은 카메라 앞에서는 갑자기 경직되고 화가 난 모습들로 변한다.

60유로에 해당될 만큼의 설명과 술과 술안주……. 한 시간 분량의 유람선 타기……. 태이미 씨는 선주에게 한 시간 분량의 선박 사용료를 내고, 술과 안주는 그녀들이 직접 사와서 관광객의 입맛을 맞추어 주는, 그녀들의 수입이 쏠쏠할 것이라고 생각한다. 다시 유람선에 나오자 니콜라이 1세가 올라탄 기마상이 빗물에 씻겨 싱싱한 모습으로 보였다.

버스에 오르자 모두 한 시간 동안 누렸던 분수 운하에서의 선상 감상을 말하기 시작했다.

태이미 : 이중적인 세상 — 아름답고도 힘든 삶의 세상, 차이코프스키, 도스토예프스
키, 예술인들의 발자국이 찍힌 도시, 겨울에 오면 눈물 나는 도시
홍민식 : 떠나간 사람을 다시 불러들이는 도시
백인학 : 백인학의 도시, 백야의 도시
강승호 : 맑은 영혼을 다소 흔들리게 하는 도시

태이미 씨의 말에 의하면 이곳은 겨울 실내 온도는 26도, 바깥 온도는 영하

36도. 참으로 실내외의 온도차가 극심한 도시다. 전속버스가 호텔로 향하는 동안 에르미타주 미술관, 구 해군성 박물관, 로스트랄 등대, 바실리 섬……. 지나는 명소마다 이름을 늘어놓는데 버스는 너무 빨리 달려서 제대로 내다볼 수가 없었다.

그렇게도 무섭게 비가 쏟아지더니, 에르미타주 미술관 위로 무지개가 떴다. 밤 10시가 넘은 시간에, 하늘에 걸린 무지개를 볼 수 있는 곳이 상트페테르부르크였다. 버스가 시내의 순환 도로를 달리는 동안 1700년대에 제작된 목제 다리, 피터 폴 요새 위로 뜬 무지개, 예카테리나 여제가 세운 여학생 교육기관, 1917년 4월 혁명을 알린 5천 톤급 미만의 배 오로라호를 보았다. 영화 속의 광경을 스쳐보듯이, 버스 안에서 내다보는 도시 여행……. 예카테리나 1세의 정부였던 상인 출신의 멘시코프가 여제로부터 하사받아 살던 집 등등. 23시 13분 호텔에 도착했다. 상트페테르부르크 주변부에 있는 마치 학교 기숙사 같은 분위기의 호텔, 좁고 긴 복도를 걸어 방으로 가면서 수도원의 한 지점을 지나고 있다고 생각했다. 카렐리나KARELLA 호텔 406호실에 배정받았다.

내일 일정은 7 : 00 / 8 : 00 / 9 : 00.

2009. 6. 19. 금요일, 갬·흐림·비·갬.

04 상트페테르부르크

3시 50분에 기상했다. 백야의 상트페테르부르크의 이른 새벽, 어둠과 밝음의 경계 지대에서 내다보는 객실 밖은 희끄무레했다.

문득 가슴을 흔들고 지나가는 어두움, 짜증스러움, 평소에는 느끼지 못했지만 이번에는 유독 보드카에 흔들리고 있다. 보드카는 러시아인에게만 축복이고 저주가 아니라 우리에게도 축복이며 동시에 부끄러움이다.

새벽이 창밖에서 넘치듯 흐르고 있었다. 호텔 주변은 그저 넓은 벌과 같았다. 아침 산책을 다녀오신 강승호 선생이 라일락이 한철이라며 라일락 꽃송아리 한 가지를 꺾어다 주셨다. 이곳 호텔 식당의 조반 메뉴는 단출했다.

여름 궁전을 향해 출발했다(09:00). 호텔 정원에는 라일락이 만개해 있었다. 날씨는 싸늘했다. 14도라고 했다. 전용 버스는 네바 강의 흐름을 타고 달리고 있었다. 여름 궁전을 한 바퀴 돌고 나면 러시아의 서구화를 꿈꾸던 표트르 대제의 꿈에 세뇌되어 갈 수밖에 없다고 했다.

핀란드 역

조그만 기차 역사 앞을 지났다. 핀란드 철도의 러시아 방면 종착역 — 1917년 4월 13일 스위스에서 레닌이 귀국하던 '핀란드 역'이었다. 이 역에서 레닌이 내리자 그를 기리는 수많은 인민들이 나와서 환영했다. 레닌은 그를 기다려 환영해 준 대중들 앞에서 최초의 볼셰비키 연설을 이 역 앞에서 했다. 대중들 앞에서 연설하는 레닌 동상이 부근 어디엔가 있다고 했으나 버스는 그저 앞을 향해 달려 갔다.

'실내 승마 연습장', 표트르 대제가 겨울에 승마 연습을 하던 커다란 건물, 그 앞에 근육질 남성의 나신상이 있었다. 내용이 너무 짧다. 위나 아래 주제에 함께 넣을 순 없을지.

'성 이사크 성당' 앞을 지났다. 제2차 세계대전 당시 폭탄의 흔적이 원형 기둥 에 남아 있었다. 원형 기둥은 모두 48개, 원주 하나당 무게는 1톤, 1818~1858년 까지 40년의 긴 공정, 공사에 동원된 인원 50만 명, 그 가운데 2만 명 이상의 사 망자가 나왔는데 채석장에서 희생자가 많았다. 성 이사크 성당의 황금빛 돔에 는 100kg 이상의 금을 사용했다고 한다. 전쟁 중에는 이 성당을 보호하기 위해 서 돔에 흰 천을 덮어서 번쩍거림을 가렸다고 한다(어떤 기록에서는 황금 돔의 번쩍거 림을 가리기 위해 회칠을 했다고도 한다). 성당 앞에는 니콜라이 2세와 그의 가족들의 동상이 있었다. 니콜라이 2세는 성당을 향하고 다른 가족들은 반대편을 바라보 는 조각이었다. 태이미 씨가 속사포처럼 설명하는 동안 나는 기계적으로 메모 를 했다. 설명 중간 중간에 안범희 교수가 끼어들어 추임새를 넣기도 했다. 안 교수는 이번 여행을 위해 러시아 역사서를 통독하고 오신 듯.

표트르 1세와 그의 가족들

여름 궁전을 향해 달리는 동안 태이미 씨는 러시아 표트르 대제 가족사에 대한 에피소드를 들려주었다. 그들을 정리하면 다음과 같다.

표트르 대제는 한 마디로 러시아의 서구화, 북방 진출, 황제 자리에 대한 쟁탈전으로 그의 일대기를 채운 사람이었다. 표트르 대제는 이를 위해 상트페테르부르크를 건설했다.

표트르 대제를 도운 측근으로는 상인 출신의 멘시코프가 있었다. 그는 변덕스럽고 까다로운 표트르 대제의 비위를 잘 맞추었다. 표트르 대제는 멘시코프의 첩에게 반해 자신의 본처는 수도원으로 보내고 부하의 첩을 아내로 맞아들였는데 그녀가 예카테리나 1세다. 대제와 예카테리나 1세 사이에는 13명의 자녀 출산, 그 가운데 2명만 남았다. 표트르는 자신에게 반역한 아들을 죽이고, 후계자를 정하지 못한 채 사망했다.

이에 대제의 총신이었던 멘시코프는 과거 자신의 첩이었던 표트르의 아내를 여제로 올려 예카테리나 1세가 되게 하지만 그녀는 2년 뒤에 병사하게 된다. 이에 멘시코프는 표트르의 손자(알렉산드로 왕자에게서 난 아들)에게 자기의 딸을 주게 되는데 이가 표트르 2세였다. 표트르 2세는 귀족들이 천거한 미녀 돌가 루카야를 아내로 맞지만 즉위 며칠 뒤에 사망하게 된다. 이에 귀족들은 표트르 1세의 조카딸로 당시 미망인이었던 안나를 여제 자리에 올린다. 안나는 배포가 큰 여자였다. 자신을 왕위에 올린 귀족들을 견제할 만한 수족들을 주변에 두었다.

안나 사망 후 귀족들은 마침내 표트르 1세의 딸 엘리자베타를 여제의 자리에 올리게 된다. 실상 엘리자베타에게는 약혼자가 있었다. 그는 후에 프랑스 루이 16세가 될 젊은이었다. 그러나 러시아에서 여제는 결혼을 해서는 안 된다는 법령에 따라 엘리자베타는 결혼을 포기하고 러시아 여제의 자리에 올랐다. 엘리자베타는 아버지 표트르 1세의 사업을 계승하여 정열적으로 일을 한다. 에르미타주 궁을 건설하고 교육기관을 세우고 정치에서도 능력을 발휘한다. 그러나 독신이었던 그녀는 사치를 즐겨 국고를 낭비했다. 그녀 사후 남겨진 드레스만 2만 5천 벌이었다고 한다.

엘리자베타 사후 역시 표트르 1세의 딸이었던 안나, 그 안나의 아들에게 왕좌가 전해지는데 이가 표트르 3세였다. 독일에서 독일인 아내와 살고 있던 그는 러시아 황제 자리에 즉위 후 6개월도 되지 않아 모든 것을 독일식으로 고치려고 했다. 그는 무능했고 아내에게 불성실했다. 이에 그의 독일인 아내는 당시 자신의 정부였던 그레고리 오를로프와, 그녀의 협조자들의 도움을 받아 표트르 3세를 제거하고 스스로 여제의 자리에 오른다. 그녀가 바로 예카테리나 2세였다. 그녀는 유능하고도 정력적인 여성이자 황제였다. 그녀는 유능한 정치가, 군사가들을 자신의 정부로 만들었고, 그들의 헌신적이며 전문가적인 도움을 받아 러시아 역사상 가장 광대한 국토와 강력한 정부를 만들었다.

'콘스탄틴 저택' 앞을 통과했다. 표트르 1세가 아들을 위해 지은 궁전, 이곳에서 경제 포럼을 열었다고 한다. 10분쯤 뒤, 숲속의 아름다운 성당 — 피터폴 성당 앞을 지났다. 여름 궁전은 상하 공원으로 나누어지고 있는데 분수공원은 아래에 있는 공원으로 이곳에 성 삼손과 사자가 결투하는 유명한 조각상이 있다고 했다.

여름 궁전

프랑스의 베르사이유 궁전을 본떠서 만든 궁전이었다. 이미 관광버스들이 주차장을 가득 채우고 있었다. 관광객들이 떼를 지어 몰려다니고 있었다. 관광 가이

드들은 저마다 헝겊으로 만든 꽃장식의 표식대를 들고 자신들의 관광객을 안내
했다. 우리 팀의 태이미 씨는 해바라기 꽃 모양의 표식대를 높이 들고 우리를 안
내했다.

　여름 궁전 앞에서 핀란드 만을 향해 뻗쳐 있는 운하를 보았다. 운하의 끝은 핀
란드 만이었다. 황제는 겨울궁전에서 운하를 이용, 핀란드 만으로 나와 이쪽으
로 항해하다가 다시 작은 배로 갈아타고 운하를 통해 이곳 여름 궁전으로 들어
왔다고 한다.

1 핀란드 만에서 여름 궁전으로 오는 운하
2 사자의 입을 찢고 있는 삼손

궁전 아래로 높다란 무대
(높이 40m 정도)처럼 자연 낙
차를 이용한 분수들이 산재
해 있었다. 무대 앞쪽에 성
삼손이 사자의 입을 찢는 순
간의 모습을 포착한, 역동적
인 황금 조각상이 있었다.
사자의 입에서 물줄기가 뻗
쳐 나오면 최대 20m까지 분
수가 솟구친다고 했다. 당시
사자는 스웨덴을 상징, 스웨
덴을 제압한다는 의미가 깃
들어 있었다고 한다.

　이곳의 성 삼손 상은 머리가 짧았다. 데리다에게 긴 머리칼을 빼앗기면서 신비
한 힘까지 빼앗겼던 삼손, 이곳 분수대의 삼손의 머리는 짧지만 풍성하고 웨이
브가 강했다. 주변에는 분수대 주변 호수로부터 여름 궁전이 있는 언덕 위까지
그리스 신화에 나오는 신들의 조각상 20여 개가 늘어서 있었다. 분수 쇼는 11시
정각에 시작한다고 했다.

　정원을 산책했다. 운하를 따라 바깥쪽으로 나가자 핀란드 만이 펼쳐졌다. 만
이라기보다는 호수처럼 보였다. 바닷바람이 상쾌했다. 바다와 운하가 만나는 지

점, 내륙으로 들어가는 운하 위에 걸쳐진 다리, 공원의 숲속에서 사람들은 모두 신선처럼 여유로운 표정들이었다. 이곳에서 여유와 행복을 느끼는 사람들이 있는 반면, 어디에선가는 눈물 흘리는 사람이 있으리라는 생각……. 분수 쇼에 맞추어서 발걸음을 빨리하여 돌아와 보니 이미 성 삼손 조각상이 잘 보이는 연못 주변에는 사람들이 빼곡히 자리를 차지하고 있었다.

11시 정각, 웅장한 오케스트라의 연주가 시작되면서 황금 사자의 입에서 물줄기가 솟구치기 시작했다. 물줄기는 점점 키를 키워 가더니 마침내 20m까지, 주변의 크고 작은 분수에서도 음악에 맞추어 물줄기들은 율동을 하기 시작했다. 300년 전 순전히 자연 낙차 수압을 이용해서 작동시켰던 분수였다. 파키스탄 라호르의 샬리마르 정원이었던가, 샤자한이 만들었던 분수가 있던 정원이 떠오른다. 그곳에서도 지상의 낙차, 수압을 이용한 분수공원이 있었다. 샤자한은 타지마할 궁전을 세운 황제였다.

여름 궁전 분수대의 무대

삼손의 분수상 앞에서

표트르 대제의 여름 궁전

핀란드 만이 눈앞까지 다가선 언덕

짧은 머리칼의 삼손

사자의 입을 찢고 있다.

(사자는 스웨덴의 상징물이라고 했다)

숏구치는 물줄기를 기다리는 사람들

황금의 삼손, 황금의 사자

사자 아가리에서

터져 나올 고통의 외침이 시각화되는 시간

언덕 위의 탑 위로 쌍두 독수리 날개를 활짝 펴는데

마침내 황금 사자의 치명적 고통

삼손의 머리 위로 물줄기되어 숏구쳤다가 떨어진다.

터져 나오는 오케스트라의 연주

박수치는 관광객들

분수에서 떨어져 내리는 물소리……에

가슴이 떨려온다.

삼손의 발 아래로 피어나는 무지개

투쟁에 몰두하는 모습은

도덕과 상관없이

정치적 알레고리와 관계없이

아름답다.

아름, 답다.

아, 름, 답, 다.

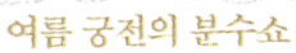
여름 궁전의 분수쇼

모름지기 분수는 아래에서 위로 보아야 장엄하고 신비하고 아름답다. 나는 아래에서 분수 쇼를 구경하다가 언덕 위로 올라가서 다시 보았는데 역시 아래에서 보았을 때가 훨씬 좋았다. 분수 쇼는 11시 20분에 끝났다. 사람들이 썰물처럼 밀려나갔다.

바실리 섬의 러시아 식당

다시 버스에 올랐다. 상트페테르부르크에 거주하는 고려인은 2만 명 정도, 한국인은 500명 정도. 대개 유학생이거나 기업에서 파견된 상주원들 특히 LG, 삼성, 대우 그룹에서 많이 파견되어 왔다고 한다. 우리는 곧 바실리 섬으로 들어섰다. 섬이라기에는 그대로 뭍이었다. 예전 바실리 씨가 소유하던 섬이라 하여 바실리 섬으로 불리는 곳으로 한국인들이 많이 살고 있다고 했다.

점심은 현지식을 먹는다고 하여 기대에 부풀었는데, 아담하게 잘 꾸려놓은 러시아 식당. 채소와 수프, 그리고 쇠고기를 넣은 마카로니가 나왔다. 피곤해서인지 입에 맞지 않았다. 검은 식빵 조각으로 대충 요기하고 주요리를 기다리는데, 내가 물린 마카로니가 주요리라고 했다. 다른 이들도 모두 주요리를 기다리다가 마카로니가 주요리라고 하자 어이없어 했다. 문화재는 많으나 먹을 만한 특징적인 요리가 없는 것인지 아니면 식대를 줄이기 위한 여행사의 선택인지, 아무튼 씁쓸했다.

에르미타주 미술관

13시 25분, 에르미타주 미술관에 입장했다. 외국의 대사들이 황제를 만나기 위해 오르던 '대사의 계단'을 올라갔다. 황금의 샹들리에가 호사스런 홀, 백색 대리석 원주圓柱의 방에는 대리석 기둥, 1천 주 이상이 된다고 했다

표트르 대제의 방

'표트르 대제의 방'이 있었다. 딸인 엘리자베타가 아버지를 위해 만든 방으로 대제의 초상화, 쌍두독수리의 문양, 그리고 미네르바가 있었다.

'문장의 방'은 외국 대사가 황제와의 만남의 시간을 위해 기다리던 곳으로 그리스의 코린트 장식을 한 황금의 기둥은 골이 패어 있었다. 기둥에 골을 넣은 것은 옛날 목재 기둥을 사용하던 시절, 물의 흐름을 돕기 위한 것이었다는데 그 무늬가 석재 장식에까지 흘러들어왔다.

이번에 처음 알게 된 사실 — 현재 우리가 보고 있는 에르미타주 미술관은 실은 1837년, 사흘간에

걸친 대화재 사건 이후 2년 만에 다시 복원된 것이라 한다.

'초상화의 방'에는 300점 이상의 초상화들이 걸려 있는데 주로 1812년 나폴레옹 전쟁 당시의 전쟁 영웅들의 초상화를 모아 놓은 곳이었다. 때로 초상화들 가운데 빈 공간은 자료가 없거나 반란에 가담한 사람들의 초상화를 제외시킨 것이다.

대제와 대사들의 만남의 장소인 '알현실 — 성 조지 홀'의 천장과 바닥은 같은 무늬, 이탈리아산 백색 대리석을 수입하여 장식, 성 조지의 그림은 창으로 용을 찌르는 순간의 장면을 그린 것이다. 이 건물에서 가장 화려한 방은 '공작의 방'으로 예카테리나 여제가 특히 좋아했었다는 방이다. 이 방에는 제임스 콕스가 만든 거대한 '황금공작시계'가 있었다. 장식물의 하단부에 버섯이 있고 그 버섯 안에 시계가 있다. 시계는 매 시간마다 공작이 날개를 펼치는 장관을 보여주게 된다. 정오에는 수탉이 울고 버섯 위의 잠자리는 초를 알려준다고 한다.

다음에는 미술품을 전시하는 방으로 갔다.

렘브란트의 〈돌아온 탕자〉, 〈다비드와 조나단〉, 〈십자가에서 내려지는 예수〉, 〈플로라〉 들이 있고 엘 그레코의 〈사도 베드로와 바울〉, 라파엘로의 〈코네스타빌레의 성모〉 들이 있었다. 루벤스의 작품들만을 모아 놓은 곳에서 『플랜더스의 개』에 나오는, 〈십자가에서 내려지는 예수〉의 그림에서 막달레나 마리아의 눈에 맺힌 그렁그렁한 눈물, 예수의 두 번째 발가락에 흘러내리는 피가 실상처럼 보이는 신비함, 〈시몬과 페로(로마인의 자비)〉의 그림들이 인상적이었다. 배교를 강요당하지만 이를 거부하는 아비, 죄수에게 주어진 아사餓死의 판정, 막 아이를 낳

은 딸은 아비를 위해 감옥의 아비를 찾아와 아비에게 젖을 먹인다는 기독교 박
해 시절의 에피소드를 작품으로 그린 그림이었다.

박물관의 3층 전시실에서는 트루아용의 〈시장 가는 길〉, 르누아르의 〈잔 사마
리의 초상〉, 모네의 〈워털루 다리〉, 그 외에 세잔느, 로뎅, 반 고흐, 고갱의 작품
들이 인상적이었다. 피카소 작품 전시실은 두 개의 방으로 초기 청색 시대의 작
품들과 큐비즘 시대의 작품들로 나뉘어 전시되고 있었다.

다시 2층으로 내려와 홀에 전시된 작품들을 보고, 황실 자녀들의 공부방까지
구경했다. 다리도 목도 뻣뻣했다. 황금 거실로 내려와서 한동안 휴식을 취하며
이곳 박물관의 대화재 이후 복원 공사를 위해 동원된 인부들이 겪었던 고충 —,
실외온도가 영하 30도, 실내온도 30도의 온도 차이를 극복하기 위해서 인부들
이 머리에 얼음을 올려놓고 작업을 해야 했었다는 이야기를 들었다. 소수의 귀
족들을 위해서 동원된 노동자들의 고충이 쌓이고 쌓여서 혁명이 일어나지 않을
수 없었던 역사적 사실, 그러나 그들 희생 위에서 지어진 예술적 건축물과 문화
재가 오늘날 러시아의 주요 수입원이 되고 있다는 것에 대해서 또 무슨 말을 해
야 할 것인가. 15시 15분에 에르미타주 미술관을 나왔다.

성 이사크 성당

성 이사크 성당으로 들어갔다(15:55). 거대한 청동제 철문에는 조각들이 섬세했다.
이 성당의 수용 인원은 1만 명, 성 이사크 성당의 건축 총감독은 프랑스인 몽페랑
이었다.

태이미 씨를 통해 들은 이야기를 정리해 본다.

　　본래 이 성당은 목재 건물로, 1813년에 성 이사크의 날(이사악키이 달마스키의 축일)에 태어난 표트르 대제를 기리기 위해 명명된 성당이었다. 그러나 몽페랑의 설계에 따라 가로 세로 각각 101m, 99m의, 높이 101.52m, 성당의 둥근 천장이 21.83m, 64~114톤에 이르는 72개의 거대한 원형의 기둥들로 둘러싸인 건물로 건축되기 시작했다. 이 성당은 1818~1858년까지 40년의 긴 공정 끝에 완공되었다. 이 성당을 위해 동원된 인력은 50만 명, 희생자만 2만 명에 이르는데 이들 희생자들은 대개 채석장에서 채석과정 중에 사고사, 병사, 아사로 인한 것들이었다. 채석장에서 채석되어 공정을 거친 기둥들은 굴려서 이곳까지 이동해 왔다. 황금빛 돔을 만드는 데 사용된 금이 100kg 이상, 늪지대에 기초를 세우기 위해 2만 4천 개의 말뚝이 박혀있다. 사원에는 저명한 22명의 화가들이 참여해서 만든 벽화 103점과 그림 52점이 있다.

　　성당 안으로 들어갔다. 성당 정중앙 천장에는 비둘기 그림2×3m이 있었다. 그 아래로는 12개의 창이 있고, 이어서 12제자의 그림, 이것을 그린 이는 브률로프. 천장을 바라보는 각도에 따라서 얼굴이 길게 보인다고 한다.

　　성 이사크 성당의 천장화와 벽화의 내용은 구약과 신약을 함께 어우른 것이다. 구약에서는 에덴동산 이야기를, 신약에서는 오병이어五餠二漁, 최후의 만찬, 겟세마네 동산에서 마지막 기도, 최후의 심판 그림들이 들어가 있다고 한다. 한편 성당 안에 있는 네 개의 굵은 기둥에는 각각 역삼각형 안에 인물들이 들어가 있는데 이는 4대 복음 저자를 그린 것. 동쪽에 있는 지성소의 스테인리스화를 위해서 독일의 뮌헨까지 기술자를 찾아가 2중 유리를 만들어 조립했다고 한다. 신이 승천하는 모습의 그림. 벽화는 1단에는 예수와 마리아, 러시아의 장군들과 사제들의 초상화를 넣었는데 모자이크로 이 초상화들을 그리기 위해 이탈리아까지 가서 기술을 배워 와서 만든 작품이라고 한다. 특히 〈성 예카테리나의 환상〉이라는 대형 모자이크 조판을 만드는 데 소용된 모자이크 조각은 1만 개 이상이 들어갔다. 천당 열쇠를 들고 있는 베드로상의 모자이크 그림도 인상적이었다.

세계대전 당시 성 이사크 성당을 보호하기 위한 노력들이 눈물겨웠다. 첫째는 풍선을 띄워 성당이 적기에 노출되지 않도록 하거나. 성당 가까이 접근하는 비행기를 향해서 발포도 서슴지 않았다고 한다. 한편 성 이사크 성당 앞의 표트르 대제의 동상을 보호하기 위해서는 동상 높이에 달하는 흙을 덮어서 위장했고, 성당 입구는 청동 음각주물 대문을 만들어 철저하게 보호했다고 한다.

성 이사크 성당의 건축 감독 몽페랑에 관한 에피소드 — 30대의 젊은 감독으로 와서 40년에 걸쳐 이 성당을 완성한 몽페랑은 성전 바닥에 자신의 무덤을 만들어주기를 바랐다. 그러나 자신의 요청이 거절당하자 울화병으로 사망, 그의 시신은 그의 고국인 프랑스로 운구되어졌다.

18시 30분, 한국인 식당에서 육개장으로 저녁을 먹고 출발했다.

알렉산드르 광장

공항으로 나가는 길에 잠시 들렀다. 예카테리나 여제의 동상이 있다는 곳이었다. 버스가 주차한 곳의 왼쪽으로 1832년 세운 알렉산드르 황실극장, 니진스키가 춤추던 곳이라고 한다. 공원 철책을 따라 한참 걸어갔으나 시간이 지나서 공원 입구는 잠겨 있었다. 멀리 예카테리나 황제상을 배경으로 사진을 찍었다. 10m쯤 되는 탑의 상단에는 한 아름다운 여자의 모습, 그 아랫단에는 돌아가면서 쭈그리고 앉아 있는 남자들의 상이 있는 탑이었다. 남성 교수들은 예카테리나 여제에 대해서 도덕성 운운하며 왈가왈부하나 여성인 나는 통쾌했다.

풀코보 공항

상트페테르부르크의 풀코보 공항으로 나갔다. 태이미 씨와 작별했다. 야무지면서도 감수성이 풍부하고 문학적 지식이 깊었던 여성, 우리에게는 좋은 가이드였다. 특히 나에게는.

배은정 씨가 화물을 부치고 비행기표를 받기 위해서 여권과 E-티켓을 걷었다. 갑자기 황향희 교수의 얼굴이 창백해졌다. E-티켓이 있어야만 비행기표 발매가 가능한데, 오늘 아침까지 잘 가지고 있다가 그냥 무용지물이라고 잠깐 오해하고 호텔 쓰레기통에 집어넣고 왔다는 것이었다. 러시아어로 의사소통이 되지 않는 곳에서, 필요한 서류를 버리고 말았으니…….우리 모두 단체이고 하니 걱정하

예카테리나 황제 상

지 말라고 해도 황향희 교수는 집에서 기다릴 아이들 생각에 마음이 조급했다.
E-티켓에는 서울 - 모스크바 - 상트페테르부르크 - 그리고 인천까지의 모든 계
약사항이 들어가 있는 것이었는데……. 은정 씨가 다급하게 일처리를 위해 오
가고, 우리는 여행사 서울 본사에 알리면 그곳에서 이메일로 보내주고, 다시 복
사하면 얼마든지 해결될 수 있으니 안심하라고 해도 황향희 교수는 얼이 빠진
듯 멍한 상태, 오수일 교수가 황향희 교수에게 걱정하지 말라고 달래고 있었다.
배은정 씨가 풀코보공항 내의 한국항공과 연락, 잘 해결되었다고 확인되기까지
10여 분 동안이 아마 황향희 교수에게는 참으로 길고 고통스러운 시간이었을
것이다.

일단 짐을 부치고 출국 수속을 밟고, 면세점을 한 바퀴 돌고는 22시 35분에
KE930 한국행 비행기에 탑승했다. 한국항공의 상냥한 여성 승무원들의 인사를
받으면서 비로소 한국으로 돌아간다는 감동이 왔다.

비행기는 22시 55분에 이륙했다. 백야지대의 바깥은 낮처럼 훤했다.

2006. 6. 20. 토요일, 갬.

05 상트페테르부르크 - 인천공항 - 춘천

깊이 잠들었다가 깨어났다. 비행기에 오르자마자 이내 잠들었다. 지금 러시아 시간으로 5시 36분, 울란바토르 상공을 거쳐 북경 쪽으로 접근하고 있는 듯, 산 악지대 위를 날고 있다. 제법 짙푸른 산악지대, 길이 보인다. 인간이 살고 있다 는 증거다.

한국에 가까이 다가서고 있다. 도착시간 30분을 앞두고 있다. 녹차죽, 커피, 과일로 이른 식사를 했다. 3박 5일의 여행 — 많이 피곤했었던가. 출발 당일의 기록은 메모지에만 있을 뿐, 옮겨 쓸 체력이 절대 부족했다.

꿈이었던가 싶다. 왕복 20시간이 넘는 길고도 긴 여정, 정작 구경을 할 수 있 었던 일정은 3박이 채 되지 못하는 짧은 일정. 톨스토이의 녹음된 육성을 재녹 음해 왔다는 것, 성 이사크 성당에서 아카펠라로 부른 성가를 녹음해 온 것, 특 별한 재료 채록은 그뿐이다.

20여 분 뒤에 인천공항에 도착하리라고 한다. 정오 무렵 될 것이다. 우리들은 춘천행 직행버스를 기다려 함께 이동할 것이다. 한국 시간 오후 5시 이전에 춘 천에 도착하게 될 것이다. 솔바람 마루, 그곳에서 나는 짐을 풀고, 지난 며칠 동 안 쌓인 먼지를 대충 닦아내고 세탁기에 빨래들을 넣고 돌려댄 다음, 샤워를 하 고, 잠 속으로 빠져들 것이다.

한국 시간 11시 55분, 인천공항에 착륙했다. 상트페테르부르크에서 인천까 지 11,100km, 밤새워 날아왔다. 간단히 입국 수속을 밟고, 지하식당으로 가서 육개장을 먹었다. 맛있었다. 상트페테르부르크의 한국 음식점에서 먹은 육개장은……, 그건 이름만 육개장이었다.

오후 2시에 출발하는 인천-춘천 직행버스에 올랐다. 고향으로, 집으로 가는 길은 행복하고 즐겁다.

2009. 6. 21, 일요일.

북아프리카
낙타는
간다

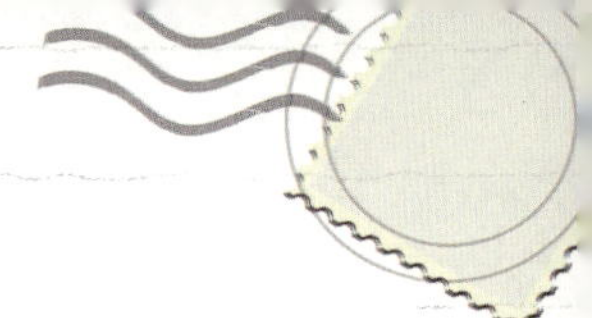

01 춘천 - 인천공항 - 두바이

5시 20분에 기상.

새벽에 일어나 여행 가방을 꾸렸다. 가슴이 설레었다. 먼 길 떠날 때엔 늘 야릇한 긴장과 공포와 불안과 조바심, 그리고 이들 모두가 뒤섞인 짜증과 즐거움이 동시에 나를 사로잡는다.

새벽 7시에 올케가 전화를 걸어왔다. 그렇지 않아도 이스라엘이 팔레스타인촌을 공격하여 수백 명의 사망자, 수천 명의 부상자를 내고 전 세계의 이목이 중동으로 향하고 있는데 인접 지역으로 여행을 간다니…….

"고모, 위험한 일이 생기면 제일 먼저 도망가요!"

올케는 웃음소리를 깔면서 인사를 했지만, 말린다고 가지 않을 시누이 성격을 잘 아는지라 그 정도에서 그쳤다. 30분쯤 뒤에 오빠가 다시 전화를 걸어 귀국 날짜를 물었다. 모르긴 해도 오빠도 걱정이 태산 같으리라. 염려 말라고, 잘 다녀오겠노라고 말했다.

점심 먹고 솔바람마루를 떠나기까지 이상하게 가슴이 설레서 그냥 손 놓고 하늘만 바라보다가 냉수 한 사발을 마셨다. 전선에 투입되는 종군기자의 마음이 이랬을까.

춘천 시외버스 터미널에서 인천공항행 버스는 출발했다(14:30). 김포공항에 도착(16:19), 서쪽 하늘에 수직 기둥 모양의 무지개가 떴다. 무지개는 인천공항에 도착(16:50)하기까지 서쪽 하늘에 걸려 있었다. 무지개를 바라보자 또다시 가슴이 설레기 시작했다.

공항 탑승 수속대 부근에 앉아 책을 읽기 시작했다. 웬 젊은 여성이 찾아와 해외여행자용 어댑터나 여행용 가방 벨트가 필요하지 않느냐고 물었다. 내 여행 가방을 보았다. 바로 전날 구입한 여행가방……. 어딘가 문제가 있는 듯 보였다. 춘천 이마트 지점에서 사가지고 와 보니 메이드 인 차이나 제품. 조금 불안했었다. 공항 내 마트에서 1만 8천 원을 주고 가방용 벨트를 사서 가방에 채웠다. 훨씬 안정감이 있어 보인다. 가방에 투입된 돈이 15만 원을 초과했다. 책을 읽으면서 호두과자와 생수로 저녁을 대신했다.

약속된 장소에서 북아프리카 답사 팀을 만났다. 23명이 함께 움직인다고 했다. 낯선 얼굴들이 더 많았다.

EK323호 좌석 번호 33D를 찾아가서 앉았다. 400명에 가까운 탑승객들이 비행기의 좌석을 그득 채웠다. 만석이었다. 에미레이트 항공사 여직원들의 제복은 짙은 베이지색의 정장, 자주색 모자 밑으로 베이지색 투명에 가까운 실크 머플러를 내려뜨리고 있었다.

EK323호 비행기가 이륙했다(23:55). 좌석 앞에 터치스크린이 있었다. TV, 게임, 영화를 즐길 수 있었다. 1시에 닭고기 요리가 배식되었다. 와인 한 병을 마신 이후 잠시 잠 속으로 빠져 들어갔다가 깨어나 승무원에게 냉수를 부탁해서 마셨다. 기내는 간접 조명으로 잠자기 좋게 해놓고 있었다. 자다 깨다 하다 보니 7시 30분, 조반으로 녹차죽이 나왔다.

두바이 공항에 착륙했다(09:30). 인천에서 두바이까지는 9시간 30분이 걸렸다. 두바이 표준시간에 맞추어 시계 바늘을 돌렸다. 한국과의 시차는 5시간, 두바이는 새벽 4시 30분이었다.

튀니지로 가는 비행기 출발 시간까지 공항 면세점을 기웃거렸다. 허경옥 선생과 항상 동행했다. CD점에서 두바이 전통음악이 담긴 CD 두 장을 유로화로 구입했다. 허경옥 선생은 항상 캠코더와 카메라를 갖고 다니며 이국의 풍물들, 특이한 물건이나 특이한 복색의 사람들을 보면 사진을 찍었다.

탑승 게이트와 가까운 카페에 앉아 여성 동행인들과 이야기를 나누게 되었다. 이경옥 선생은 3년 전까지는 불어교사였고 지금은 산청에서 살고 있는데 아들은 군복무를 끝냈고 딸은 한예종 전통예술원에 소고 전공으로 합격했다고 한다. 조용하지만 야무진 모습의 여성이다. 여성 회원 가운데 최연소인 김유경 선생은 중국 심천에서 거주하는데 이번 여행에 동참하기 위해 긴급 귀국했다고, 이목구비가 뚜렷하고 몸매가 늘씬하다. 40대 중반이라는데 여대생처럼 긴 머리카락은 빨간색으로 염색을 했고, 긴 손톱은 열 개의 보석이 박힌 듯, 패션잡지에 등장하는 모델처럼 멋지다. 김유경 선생의 특기는 10개 국어에 능통하다고 한다. 나선미 선생과는 페르시아 여행 때 한 번 동행했었는데 대학생과 고등학생인 남매를 두고 있다고 했다. 야무지고 당찬 성격이고 웃음소리가 호탕하다. 이혜경 교수는 카라코룸 여행 때 동행했었다. 이혜경 교수가 우리들을 위해 커피라떼, 바리에테, 주스, 그리고 당근 케이크와 록 키프트 케이크를 사서 나누어 주었다.

두바이 표준시간 8시 40분, EK749호기에 탑승했다. 승객을 400명 이상 태운 대형 여객기는 튀니스를 거처 트리폴리로 가는 항공기였다. 두바이 공항에 들어올 때도 그랬지만 비행기와 탑승 건물 사이의 거리는 셔틀버스로 거의 7~9분을 달려야 한다. 석유 생산국이 아니면 감히 생각을 할 수 없을 만큼 먼 거리였다. 공항 청사에서도 느꼈지만 다양한 사람들의 다양한 의상들, 반팔 소매차림, 나처럼 털코트로 중무장한 사람들, 세상은 다양성의 복합체라는 생각을 한다.

두바이 공항을 이륙했다(09 : 45). 이혜경 교수가 아랍인과 앉아 있던 자리에서 내 옆 좌석으로 옮겨와 앉았다. 나선미 선생은 계속 영화를 보고 있었고 나는 『문학사상』 1월호를 읽기 시작했다.

2009. 1. 6. 화요일, 갬.

 **02 두바이 - 튀니스**

튀니스

두바이 시간 16시 35분에 튀니스에 도착했다. 튀니스는 튀니지 공화국의 수도다.

튀니지는 마그레브Magrheb, 아랍어로 '해가 지는 곳', '서쪽'을 의미한다. 튀니지, 알제리, 모로코, 리비아 등이 자리한 북아프리카의 서부 지역 연방 가운데 자연 환경은 가장 좋지만, 동시에 가장 작은 나라로 국토의 면적은 한반도의 3/4 정도, 인구는 약 1천만 명에 달한다고 한다. 튀니지의 북쪽과 동쪽은 지중해에, 서쪽은 알제리에, 남쪽은 리비아에 접하고 있다.

튀니지Tunisia는 아랍어 Tunis로 이는 베르베르어로 '벼랑' 또는 '밤을 보내다'에 어원을 두고 있다고 한다. 역사적으로 보았을 때 튀니지는 기원전 카르타고 시절 명장 한니발이 활약했었던 곳이다. 전략적 위치로 보아 요지에 속했던 관계로 기원전에는 카르타고와 로마 속령 시대를 거쳐 7세기부터 이슬람화되고 16세기에는 오스만투르크에 지배당하고 17세기 초부터 세습 왕조가 들어섰다. 19세기 후반 프랑스령이 되고 1956년에 독립했지만 이후 부르기바Bourguiba의 일당제一黨制 정치가 31년간, 현 대통령인 벤 알리Ben Ali도 1987년 이래 현재2009까지 장기 집권을 하고 있다.

두바이 공항에서 여행사 '투어 블릭'의 강상훈 대표는 두바이 – 튀니스까지는 두세 시간 거리라고 말했었다. 그러나 그것은 시차를 계산하지 않은 데서 온 실수였다. 두바이에서 튀니스까지 오는 데에는 7시간이 걸렸다. 튀니스 현지 표준 시간은 13시 35분, 현지 기온은 16도였다.

수하물 찾는 곳, 짐이 나오기까지는 오래 기다려야 했다. 마침내 콘베어 벨트 위에서 가방을 내려 꺼내 보니 잠금장치 쪽에 충격을 받은 듯 조금 우그러져 있었다. 벨트를 풀고 열어보니 잠금장치에 이상이 있어 보였다. 가방에 거금을 투자한 첫 여행인데 곧바로 고장이라니……. 공항에서 털외투를 벗어 가방에 넣고 모직 기능성 등산복을 꺼내 입었다.

튀니스의 현지인 가이드는 미스터 야지르 아슬라마, 약간 검은 피부의 얼굴이었다. 그는 흰 바탕에 황금색 꽃판을 가진 향기로운 꽃 부케를 환영의 선물로 주었다. 꽃 이름을 물어보았더니 'HABA'라고 적어주고 발음은 '앗바' 강하게 냈다. 튀니스의 표준 시간에 맞추어 시계를 3시간 뒤로 돌려놓았다. 이곳에서 나온 전용 버스는 'Odesee', 첫 관광지로 모자이크 박물관으로 유명한 바르도 박물관까지는 20분이 걸린다고 했다.

박물관으로 가는 길가의 주택들은 흰색이거나 베이지색, 2층 건물이 주를 이루고 있었다. 흰색이 더 많았다. 건물의 벽은 두텁고 상대적으로 창문은 작았다. 겨울 평균 온도가 16도라면 여름에는 어떠할 것인가. 창문의 크기를 통해서 그 더위를 짐작할 수 있었다. 주택가의 울타리 안에는 노랗게 잘 익은 오렌지가 주렁주렁 열려 있었다. 튀니스 시민들의 옷차림은 두툼한 방한 코드 일색. 시내버스는 두 대의 버스를 이어붙인 노란색의 긴 버스였다.

이 지역은 겨울에는 한산하고 꽃 피는 4~6월이 되면 세계적인 부호들이 즐겨 찾는다고 한다. 가로수로는 단연 대추야자나무가 우세했다.

바르도 박물관 Musee du Bardo

튀니스 중심가와는 거리가 먼 외지에 있는 5~6층짜리 규모, 흰색 시멘트 건물이었다. AD 13세기경에 건축된 것을 오스만 터키 시절이던 17~18세기에 보수 확장, 당시 총독이었던 '바이' 군주가 저택으로 사용하였다고 한다. 건물 내부는 전형적인 아랍 귀족의 정원 양식을 갖추고 실내 구조는 그리스, 로마, 이집트의 양식이 혼합된 것이다. 그러나 이들은 충분히 부조화 속에서의 조화를 갖추고 있었다.

건물은 총독의 저택이었던 만큼 돔식궁륭식 화려한 천장을 가진 거실, 음악실,

1 바르도 박물관 내부
2 모자이크화 – 대서사시인 베르길리우스와 뮤즈 여신들

무도회장 등으로 나뉘고 계단은 대리석, 벽에는 모자이크 벽화들이, 바닥에도 모자이크 장식들로 되어 있었다. 이들 모자이크들은 거대한 카펫을 벽에 걸거나 바닥에 깔아 놓은 듯한 모습이었다. 천장의 돔식 천장은 섬세한 투각 — 석회나 진흙으로 투각을 빚고 여기에 방의 기능에 따라 백색, 황금색, 그밖에 화려한 채색 도료를 발라 호사스런 분위기를 연출했다. 우리들이 본 모자이크는 2~3세기경부터 오스만 터키 시대에 이르기까지 여러 곳에서 모자이크 실물을 수거, 이곳에 옮겨와 장식한 관계로 이곳을 모자이크 박물관이라 부른다고 한다.

방마다 일련번호가 있었다. 금은보석 세공의 전람실에 본 황금 목걸이와 귀걸이, 반지, 유리알처럼 투명한 보석 장신구들은 요즘 디자인이 지닌 섬세함과 세련됨을 넘어서고 있었다. 내게 가장 감동을 준 것은 대저택에서 별로 크지 않은 방에 있는 모자이크 인물화였다. 모자이크 인물화의 주인공은 로마의 대서사시인 베르길리우

스BC 70~19였다. 그는 흰옷에 금빛 바이어스 처리가 된 옷차림에 『아이네이스』의 인용문이 들어 있는 두루마리를 들고 앉아 있고 오른편에는 붉은 원피스에 초록 숄을 걸친 비극의 뮤즈가, 왼편에는 초록 원피스에 황금색 숄을 걸친 서사시의 뮤즈가 서있었다.

아이네아스(Αινείας)는 트로이와 로마의 신화적 영웅이다.

베르길리우스가 쓴 미완의 대서사시 『아이네이스(Aeneis 또는 Aeneid)』는 BC 29~19년경에 지어졌다. 그리스와의 전쟁에서 폐허가 된 트로이를 천신만고 끝에 탈출한 아이네아스는 아내의 유령이 알려주는 대로 티베르 강이 흐르는 서쪽으로 향하고, 이후 트라키아, 크레타, 시칠리아를 거치면서 모험 끝에 아프리카의 카르타고 연안에서 난파당한 뒤 구조된다.

과부가 된 카르타고의 여왕 디도를 만나 사랑에 빠진 아이네아스는 그의 목적지 로마로 가야 한다는 사실을 망각한다. 이때 메르쿠리우스의 충고로 아이네아스는 디도를 떠나고 디도는 그 충격으로 자살한다.

아이네아스 일행은 티베르 강 어구에 도착하여 왕에게는 환영을 받지만 다른 이들은 트로이인의 출현에 불쾌해 하며 공주인 라비니아와의 결혼을 반대한다. 그러나 난관을 뚫고 아이네아스는 라비니아와 결혼하고 영광스러운 새 터전 위에 라비니움(알바 롱가와 로마의 모체가 된 고대 도시)을 건설하게 된다. 이들 과정을 이야기에 담아 12권 분량에 걸쳐 적은 대서사시집이 『아이네이스』이다.

모자이크화 - 수렵도

모자이크화는 붓으로 그린 그림
에 못지않게 선이며 색채가 섬세하
게 처리되어 있었다. 짐승들이 함께
싸우거나 함께 놀고 있는 모습들이,
또 신화속의 신들의 모습들이 생동
감 있게 표현되어 있었다.

반면 건물 바닥의 모자이크화의
재료들은 채색 사기나 그런 종류의
미세한 파편들을 모아 완성한 것으
로 상대적으로 투박하게 보였다. 커다란 홀의 바닥 전체를 차지하고 있는 〈God
of snake〉란 제목을 가진 대형 모자이크화는, 상체는 인간이고 하체는 뱀의 형
상을 한 거인을 중심으로 역시 그 비슷한 형상의 존재들이 거인을 둘러싸고 있
는 모습을 그린 것이다. 세계에서 현전하는 모자이크화 가운데 온전한 모습을
갖춘 최대의 작품이라고 했다.

16시 30분에 바르도 박물관을 출발했다. 오른쪽에 튀니스호, 왼쪽에 지중해가
있었다. 튀니스호 쪽으로 멀리 보이는 산은 해발 580m의 부가르닌Boukornine 산. 바
닷가에 있는 산이라 그 정도면 이 지역에서는 대단히 높은 산으로 아틀라스 산
맥에 연결되어 있었다. 튀니스의 바르도 지역 일대는 확 뚫린 공간, 지평선이 끝
나는 곳에서 수평선이 시작되고 있었다.

포이보스Phebus 호텔로 가는 거리에는 유럽에서 들어온 중고차들이 많았다.

중동 지역에서는 많이 볼 수 있었던 한국 차들이 여기에서는 보기 힘들었다.

호텔 식당에서 저녁을 먹으며 얼굴 익히기 시간을 가졌다. 한동헌 씨 부인은 양현아 교수, 날씬한 몸매에 단아한 모습, 법대 교수라고 했다. 김시운 씨가 막내 여동생 김정희 선생을 동행했다. 문유찬 교수도 부부동반, 전상태 선생 부부, 인터넷 신문 프레시안의 이사 정관용 씨, 그리고 가정주부 이춘애 씨는 친구 최옥자 씨와 동참했다. 중국에서 온 김유경 선생, 요르단의 암만에서 유학 중인 정진한 선생 모두 처음 보는 이들이다. 정진한 선생은 이번 우리 팀에서 최연소자. 31세라고 한다. 북아프리카 문명 교류 답사 팀에 동행하기 위해서 결혼식 날짜까지 뒤로 미루었다고 하는데 귀염성 있는 동안의 젊은이다.

내 휴대폰은 구식이라 국제전화가 안 되고, 최신형의 휴대폰을 갖고 있는 이들은 수시로 가족에게 문자를 날리고 있었다. 나도 이제는 세상에 맞추어서 최신형 기기들로 교체시켜 가면서 편하게 살아보도록 하자.

방은 311호실로 배정받았다. 룸메이트는 허경옥 선생.

내일 일정은 6:60 / 7:30 / 8:30.

2009. 1. 7. 수요일. 갬.

03 튀니스 - 카르타고 - 나불

튀니스

튀니스 만의 새벽

두터운 어둠의 자락을

열어젖히자 내닫는

지중해의 수평선

여기는

북아프리카의 마그레브 지역

찬 유리창에 이마를 대고

꿈틀대는 튀니스 만의 겨울 바다를 본다.

완벽한 고요

창문을 연다.

방안으로 쏟아져 들어와 철썩이는 파도 소리

오래 기다리게 했다고 투덜댄다.

투덜대지 말아요.

그대를 만나려고

지구의 반 바퀴를 날아왔어요.

새벽은 밝아오고

파도는 푸른 의상으로 바꾸어 입는다.

호텔 객실에서 내다 본 바다

잠결에 깨어서 시계를 보고, 누웠다가 다시 깨고, 마침내 일어나 오늘 일정에 맞추어서 옷을 입는다(03:30). 안경을 찾는데 어디에도 없다. 룸메이트의 화장 가방 뒤로 보이는 안경, 집어 들고 보니 내 것은 아니다. 공부한다고 자료집 찾아들고 화장실로 들어간 허경옥 선생이 손에 잡히는 대로 내 안경을 갖고 들어간 모양이다. 안경이 없으면 아무것도 할 수 없다. 멍하니 앉아 있는데 화장실 안에서 새로 산 최신형 휴대폰으로 아들과 문자 연락을 주고받았다고 희색이 가득하여 방으로 나온 허 선생에게 하는 나의 첫 마디, "내 안경 줘요".

식당으로 갔다(07:30). 부지런한 이들은 이미 웅기중기 모여 앉아 있었다. 조반 메뉴는 삶은 달걀과 빵과 버터, 치즈, 과일, 커피와 주스. 치즈는 맛있었다. 문유찬 교수 부인 최원희 선생이 햇반과 갈치속젓을 가져오셨다. 뒤늦게 나온 바게트 빵을 잘라서 그 사이에 갈치속젓을 발라 먹었다. 동서양 맛의 결합이 새로운 맛을 낳았다. 갈치속젓은 처음 먹어보는 젓갈인데 시커멓고 냄새나는 젓갈이 이곳에서 이렇게 희한한 맛을 낼 줄이야……. 감동, 그 자체였다.

시디 부 사이드

전용 버스는 오른쪽에 튀니스호를 왼쪽에 지중해를 끼고 튀니스에서 가장 아름다운 마을로 가고 있다고 했다. 외부 온도는 10도, 제법 쌀쌀한 날씨였다. 나는 검정 기능복 위에 빨간 기능성 잠바를 입고 있었다.

바닷가 언덕에 세워진 '시디 부 사이드Sidi Bou Said' — 마을의 조성은 13세기부터. 수피 수도승이 이곳에 자리를 잡았고 16세기에는 스페인의 무슬림들이 이

곳에 정착했다. 자그마한 백색 건물들은 좁은 골목을 사이에 두고 이어지고 집 울타리 안에는 숲이 무성하고 붉은 또는 분홍색의 꽃들이 만발해 있었다.

지중해의 푸른 바다와 푸른 하늘, 흰 구름, 마을 건물들은 대개 백색이었고 창문은 바닷빛을 닮은 청색, 창틀이나 방범창의 색깔들도 청색이었다. 금속의 방범창들은 단순히 방범 기능을 넘어 집주인의 개성을 내보이는 디자인으로 꾸며져 있었다. 가로수는 대부분 대추야자나무들로 이따금 손톱 크기의 주황색 대추야자열매가 오그르르하게 맺혀 있었다.

시디 부 사이드는 하늘과 햇빛, 바다와 백색 건물들이 조화를 이룬 아름다움 외에도 현직 튀니지 대통령 앙리 씨의 고향 마을로도 유명하다고 했다. 튀니스의 로터리에는 20여 년에 걸쳐 장기 집권 중인 현 대통령의 모습을 담은 초상화, 대통령은 영화 광고 속의 배우 같은 포즈를 하고 있었다.

버스에서 내려 조금 경사진 시디 부 사이드 언덕길을 올라갔다. 오래된 오렌지나무에는 잘 익은 오렌지가 주렁주렁 달려 있고 어른 손바닥 두 개를 이어놓

1 시디 부 사이드 마을 언덕 위의 교회당
2 마을 언덕지대에 있는 백색건물과 청색 문
3 선인장의 빨간 열매

138

은 듯한 선인장 잎에는 주홍이나 빨간 열매가 열려 있었다. 선인장 열매는 식용으로 이용된다고 했다. 선인장이 있는 경사진 언덕에는 알로에를 닮은, 사람 키보다 훨씬 큰 선인장과의 식물이 있었다.

바다로 면한 높다란 언덕 지대에는 아기자기한 대문과 창문, 잘 손질된 정원을 가진 주거지와 상가를 겸한 골목이 미로처럼 여기저기 뻗어 있었다. 골목마다 개성적이고 예술적인 대문들이 눈길을 끌고 있었다. 아침 일찍 이 언덕 마을을 찾은 서양인 관광객들은 카메라를 들고 골목의 모습을 담기에 바빴다. 이 마을의 대문들만 찍어 가도 조촐한 작품집이 될 것이다.

하얀 건물, 하얀 담장을 배경으로 짙은 초록색 잎을 가진 덩굴 식물이 담장을 기어 내려와 줄기 끝에 빨간 꽃을 피운 모습은 가히 환상적이었다.

개성적인 대문들

카페 시디 샤반

시디 부 사이드에서 전망이 가장 좋다는, 대신 차값이 가장 비싸다는 카페 시디 샤반Sidi Chabaane으로 들어갔다. 앞쪽에 바다가 펼쳐지고 옆쪽으로는 벼랑 위에 세워진 대통령 궁전, 인접해서 스위스 대사관, 터기 대사관 건물이 보였다.

카페 시디 샤반

한 잔의 민트 차

뜨거운 찻잔을 두 손바닥으로 감싸노라면

수면 위로 부서져 내리는 햇살

향기로운 차에 꽂힌 햇살을 마시네

바다가 내려다보이는 언덕 위에

무성한 상록수의 숲

푸른 창틀을 가진 하얀 건물들

상록수 틈새마다 촘촘히 자리 잡았네

화사한 꽃송이들 만발하고

겨울 바다에 부서지는 햇살

탄성이 절로 나는

카페 시디 샤반에서

추억의 카메라 셔터를 누르네.

아름다운 바닷가의 언덕 마을에서 내려왔다. 전철 철로가 도로를 가로지르는 곳, 인접한 역에서 전철이 들어와 손님을 토해내고 태연스레 지나가면, 길에 잠시 정차해 있던 자동차들이 화닥닥 지나간다. 일행들이 돌아오기를 기다리는 시간, 김유경 선생, 우물처럼 깊은 정적이 드리운 도로 건너편 골목 안으로 스며들어갔다가 다시 골목 밖으로 나온다. 젊음이란 낯선 곳, 낯선 것들에 이끌리는 욕망 앞에서 솔직한 존재. 내 속에서 늘 끓어오르던 그 욕망들은 어디로 갔을까.

환전소에서 10유로를 18.09디나르로 교환했다. 언덕 위 카페에서 강대표에게 찻값을 대신 물어달라고 부탁했었다. 그 찻값을 갚으려고 했더니 전상태 선생이 우리 일행의 찻값을 모두 지불해 주셨다고 한다. 뒤늦게 감사 인사를 드렸다.

11시에 카르타고를 향해 출발했다. 카르타고로 가는 동안 버스 안에서 정수일 교수의 강의, 튀니지가 세계 3대 관광국으로 오른 이유에 대해 다음과 같이 말씀하셨다.

튀니지는 세계 3대 관광국, 특히 그 수도인 튀니스에는 연 600만 명 이상의 관광객이 찾아온다. 튀니스가 이렇듯 세계인들로부터 애호를 받는 첫째 이유는 유럽 지역과의 인접성, 둘째 고대 문명국으로서 유물 유적이 풍부한 점, 셋째 자연환경으로 좋은 날씨와 바다, 뛰어난 경치가 있다는 것, 넷째 교통망의 발달 등을 들 수 있다.

이 나라는 교육 투자에 적극적이고 교육 수준은 높으며 무료 교육이 실시되고 있다.
튀니지의 교육부는 2원 체제로 고등과학기술부 및 직업훈련부로 나누어져 있는데 이
는 프랑스식 교육제도를 수용해서 운영하고 있는 것이다.

흔히 튀니지 사람들을 가리켜 '머리는 유럽인, 가슴은 아랍인, 팔다리는 아프리카인
의 활발함과 부지런함을 갖고 있다'고 한다.

카르타고로 가는 길 왼쪽에는 앙리 현 대통령이 세운 모스크가, 오른쪽으로는
제2차 세계대전 당시 이 지역에서 사망한 3천여 명의 미국인 전사자를 추모하
는 공원이 조성되고 있었다.

카르타고의 건국신화와 디도 공주

카르타고 유적군에 도착했다(11:20). 1979년 10월 26일에 유네스코 세계유산으
로 지정된 곳이다.

카르타고의 건국신화에는 디도 공주의 이야기가 주요 소재로 등장한다. 디
도는 고대 페니키아인들이 튀니스만의 북쪽 연안에 건설한 도시국가 티레^{현 레}
^{바논}의 공주였다. 티레에 정변이 일어나면서 오빠인 피그말리온의 박해를 받
게 된 디도 공주^{아랍어권에서는 '엘리사'로 지칭}는 그녀를 따르는 80명의 부하와 함께
2,000km 이상 떨어진, 지중해의 요충지인 이곳으로 와서 망명을 요청한다. 동
시에 디도 공주는 이곳 원주민 족장 이아르 바스에게 '소가죽 한 장을 덮을 만큼
의 땅'을 요청한다. 허락을 얻은 디도 공주는 기지를 발휘, 한 장의 소가죽으로

길고도 가느다란 끈을 만들어 이 끈을 가능한 멀리 멀리 늘어놓아 '비르사Byrsa' 언덕 전체와 그 부근까지를 차지한다. 마침내 디도 공주는 '새로운 도시'라는 의미의 도시국가 '카르타고'를 건설했다. 카르타고의 본거지인 '비르사'는 그리스어로 '소가죽'을 의미한다.

디도 공주가 건설한 카르타고는 동, 아연을 팔아서 부국이 될 수 있었다. BC 6세기에는 서지중해의 무역권을 장악했고, BC 6세기 중반에는 시칠리아를 손에 넣었다. 그러나 300년에 걸친 그리스와의 전쟁에서 패배하고, 로마와의 전쟁3차에 걸친 포에니 전쟁에서 한니발 장군의 선전에도 불구하고 BC 146년 카르타고는 완전히 패망했다.

포에니 전쟁은 3차에 걸쳐 일어나지만 이들은 긴 세월과 규모가 큰 전쟁만을 말하는 것이다. 1차전에서 23년, 2차전에서 17년에 걸린 전쟁을 했다. 그리고 3차전에서 로마군이 카르타고를 포위하자 카르타고인 70만 명은 성문을 걸어 잠그고 3년간이나 로마군에 저항했다. 마침내 성안으로 들어온 로마군들은 철저하게 카르타고를 유린했다. 로마군은 카르타고 전역에 불을 질렀다. 이 불길은 6일간 계속되었다. 로마 원로원에서는 카르타고의 재기를 막기 위해 카르타고 전역에 소금을 뿌려 도시를 초토화시키도록 지시했다. 이때 수많은 카르타고의 유적들이 망실되었다.

포에니 전쟁에서 실제 전투 기간을 합하면 40년이다. 그렇지만 1차전의 발발에서 3차전의 종료 시기까지의 햇수를 합친다면 자그마치 118년간이나 된다. 진정 징글징글하게 지속된 전쟁이었던 것이다.

진망대 아래 로마시대 유적지

디도 공주와 아이네이스

전설 속 디도 공주의 이야기는 로마의 대서사시인 베르길리우스의 미완성 서사시 『아이네이스』에도 등장한다. 그리스와의 전쟁에서 폐허가 된 트로이를 천신만고 끝에 탈출한 아이네아스는 카르타고 연안에서 구조되었다. 아이네아스는 당시 미망이었던 카르타고의 공주 디도를 만나 이내 사랑에 빠지게 된다. 그러나 새로운 나라를 세워야 한다는 소명을 완수하기 위해 아이네아스는 디도 공주를 버리고 떠난다. 오라비에게 축출당하고, 첫 남편을 잃고, 새로이 만난 애인 아이네아스에게조차 버림받은 디도 공주는 결국 자살하고 만다.

한편 아이네아스는 알바니로 떠나 티베르 강 어구에 있는 나라의 공주 라비니아와와 결혼, 이후 라비니움^{알바 롱가와 로마의 모체가 된 고대 도시}을 건설하게 된다. 그리고 아이네아스의 후손 25대에 이르러 그 자손이 마침내 로마를 세우게 된다.

먼저 멀리 카르타고 바다와 인접한 시내가 보이는 전망대로 갔다. 카르타고 만에는 부촌^{富村}이, 튀니스 호수변에는 일반인의 마을이 조성되어 있었다. 전망대 아래로는 AD 1~2세기경의 로마 유적지가, 그보다 더 아래로는 고대 카르타고 시대의 유적층이 있다고 했다.

루이 9세와 성 루이스 성당

전망대의 배경지에는 거대한 규모의 성당 건물이 있었다. AD 13세기, 프랑스의 루이 9세가 이곳에서 기독교 선양사업을 펼치다가 전염병으로 사망, 19세기에 이르러 프랑스 정부가 루이 9세를 기념하기 위해 세운 성당이라고 했다. 성당의 이름은 '성 루이스 성당', 이 성당은 매년 10월 축제 때 음악회 장소로 사용되며 현재는 박물관으로 사용되고 있었다.

그러나 카르타고 지역에서는 루이 9세에 대해서 또 다른 이야기가 전해지고 있다. 루이 9세는 이슬람으로 개종, 그 이름도 '시디 부 사이드'로 개명했고 후에

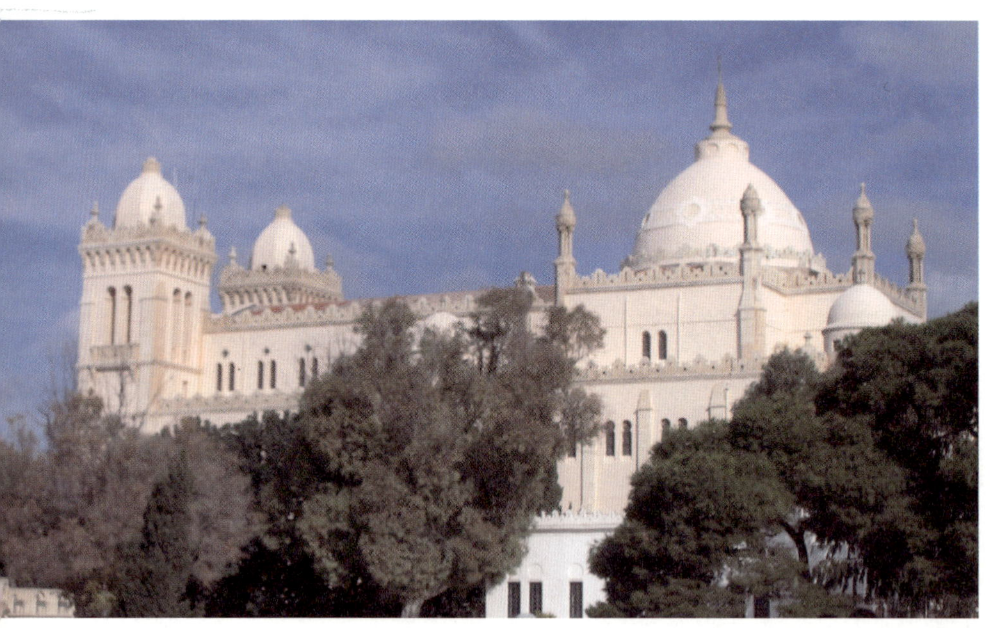

성 루이스 성당

이슬람 성인으로 추대되었다는 것이다. '시디 부 사이드'는 오전 중에 들른, 백색 건물과 푸른색 창문과 잘 꾸며놓은 정원이 아름다운 바닷가 언덕 위에 있던 마을 이름이다. 역사는 승자의 기록이지만 전설은 오랜 시간을 두고 숙성된 민중의 소망이라고 볼 때, 루이 9세의 이슬람으로의 개종과 이에 따른 '시디 부 사이드'란 그의 개명, 그리고 이 마을 이름과의 관련성을 외면할 수는 없을 것 같다.

루이 9세와 한국에 관한 에피소드를 정교수께서 소개하셨다.

【 루이 9세와 루블릭 선교사 그리고 까오리에서 온 사신 】

프랑스 왕 루이 9세는 십자군의 제4차, 5차전에 직접 참전했었던 골수 기독교신자였다. 그는 루블릭 선교사를 몽골에 파견(AD 1254)했다. 선교사 루블릭이 가져간 루이 9세의 복명서에는 동서가 협공하여 이슬람국을 개종시키자는 것이었다.

루블릭 선교사는 몽골의 수도 니히슬렐 후레헤(Niislel Khureheh, 울란바토르의 옛 이름)로 가서 그곳에 와있던 사신 가운데 '까오리(Corea)'에서 온 사신을 만났다는 기록(AD 1255)을 남겼다. 이 기록물은 현재 루브르 박물관에 소장되어 있다. 이것은 프랑스의 한국 관련 최초의 기록이다.

카르타고의 로마 유적지들을 보았다. 초기 로마시대의 유적은 이오니아식, 반면 후기 로마 유적은 코린트식이었다. 로마시대의 석주들은 동강나서 쓰러져 있고, 석주의 윗부분을 장식하던 코린트식 장식품 위에는 박물관 측에서 제라늄을 심어 놓았다. 제라늄 화분으로 바뀐 로마시대의 돌조각품들을 보면서 꽃과 전쟁, 사랑과 파괴를 생각했다.

멀리 공간뿐 아니라 과거의 시간 속으로 들어가 디도 공주의 슬픔과 한니발 장군의 한숨까지 생각하게 하는 조망대가 있는 높직한 언덕 위의 평원을 걸었다. 이 평원이 예전에는 카르타고를 지켜주는 건강의 신을 모시던 곳이었고 후대 로마의 지배를 받던 시기에는 도서관터였다고 한다.

박물관 안으로 들어가 이 지역에서 발굴된 유물들을 구경하다가 2층에서 1층으로 내려가는 계단 모서리에서 덕성스럽게 생긴 여성의 석조 두상을 보았다. 혹시 디도 공주의 그것이 아닐까 하여 열심히 사진을 찍었는데 나중에 물어보니 후기 로마시대 어느 귀족 부인의 조각상이라고 했다.

카르타고 박물관을 출발(12:18), 다음 장소로 이동했다.

아기들의 무덤 토펫

바닷가를 따라 달리던 길가 담장 안에 토펫Sanctuary of Tophet이 있었다. 본래 페니키아의 바알Baal과 타니트Tanit를 모시던 성역이라고 했다. 수많은 자그마한 비석들, 비석에는 어린아이의 모습이 부조로 조각되거나 직사각형 위에 작은 마름모꼴을 올려놓은 듯한 조각들이 뜰 안에 즐비하게 전시되어 있었다. 바알신은 살아있는 아기를 제물로 원했기 때문에 이곳에서 발견되는 비석들은 아기를 산 채로 희생 제물로 바쳐야 했었던 부모들이 그 애통한 마음을 돌에 새겨서 아기들의 영혼을 위로한 것이라고 한다. 지하 무덤 안에도 자그마한 비석들이 여기저기 있었다.

카르타고 내외항 상상도

현지 가이드는 토펫에 대해서 사람들이 잘못 알고 있다고 했다. 이곳 토펫 유적군에는 7개의 층에서 각 시대의 무덤들이 발견되었고 성인들의 무덤도 있다고 했다. 다만 아이들의 무덤이 특히 많은 것은 당시에 유아 사망률이 높았다는 것, 그래서 다음에 태어날 아이의 무병장수를 위해서 죽은 아이의 시신을 바알신과 타니트신에게 바쳤다는 것이다. 결코 자신들의 조상은 살아있는 아기를 희생 제물로 바친 것은 아니라고 했다.

어떻든 죽음이란 생명 있는 존재 모두에게 피할 수 없는 귀착지이지만, 어린 아이들의 죽음은 우리를 슬프게 한다. 그것이 먼 과거 시대에 있었던 일이라 할지라도. 이름 모를 아가들아 평안히 쉬어라, 마음으로 빌어주며 토펫을 떠났다.

내항

햇살 아래에서는 덥고 그늘로 들어서면 한기를 느끼게 하는 더위였다. 3천 년 전, 카르타고 시절에, 전함을 숨겨 놓았던 내항內港이 있었다. 조그만, 잔잔한 호수 같았다. 호수 가운데에 작은 섬 하나가 점찍듯이 들어가 있었다. 그러나 카르타고 시대에

이곳에서는 최대 20척 이상의 군함을 감추어둘 수 있었다고 한다. 13시 15분에

내항을 출발했다.

점심은 해안가에 위치한 호텔 리도^{Lido}에서 먹었다. 채소 샐러드가 한 접시 그 득, 얇게 민 밀가루 만두피 위에 새우와 감자를 으깨어 만든 소를 넣고 반달 모 양으로 빚어 기름에 튀긴 요리, 25cm 정도의 통생선구이가 한 사람당 한 마리 씩 나왔다. 후식으로는 아기 주먹만 한 서양 배 두 개와 손가락 한 마디만 한 유 과가 나왔다. 생선은 주둥이가 뾰죽하고 전체적으로 조기를 닮은 모습, 술 없이 통 생선 구이를 먹기는 조금 비릿하고 부담스러웠다.

호텔 리도의 식당에서 내다보는 지중해의 물결은 옥색이었다. 식사 후 바닷가 로 나가 밀려오는 물결에 손을 넣어 보았다. 지중해와의 악수—. 마침 물결에 휩 쓸려 온 어린애 주먹만 한 크기의 검은 화산석이 있어서 주워 들었다. 해변에는 덩굴과의 보라색 풀꽃이 피어 있었다. 모래 위의 꽃을 보며 최원희 선생이 '모래 가 꽃을 피우네!' 하고 감탄했다.

모래가 꽃을 피우네

지중해 연안
모래가 꽃을 피우네.

꽃잎은 보라색,
초록색 도톰한 덩굴은 모래 위로 뻗어가고

모래위의 덩굴에서 피어난 이름 모르는 꽃

혹여 해풍에 날아갈까 두려워

모래는 풀꽃의 뿌리를 거머쥐고 있네.

신의 손길

우리를 보듬어 주시듯

모래가 꽃을 피우네.

(2009.1.8, 13 : 10)

나불

한 시간여 만에 나불Nabeul에 도착했다(16:10). 나불은 아랍어로 '총명함'을 의미한다. 카르타고로부터 나불로 가는 길이 바다를 끼고 있어서 무척 아름다웠다. 나불은 도자기 도시Ceramic City로 불릴 정도로 도자기 산업이 발달한 곳이라 했다. 큰길가에 차를 세우고 도자기 상점 안으로 들어갔다. 상점 안에서 계단을 타고 아래층으로 가자 부녀자들이 초벌구이한 자기에 염료로 그림을 그려 넣고 있었다. 유약을 발라 다시 구워 내면 완성품이 되는 것, 그림 디자인은 잔손질이 많이 가는 것이었다. 그러나 정작 상품으로 내놓은 것을 보니 디자인은 복잡하고 야단스러워서 맘에 드는 것이 없었다. 나는 투각으로 조각해서 초벌구이 한 촛대꽂이 하나를 샀다. 가격은 5디나르. 도중에 깨뜨리지 않고 집까지 가져갈 수만 있다면 그보다 더 좋은 기념품은 없을 듯싶었다. 촛대꽂이는 사원의 삼각원뿔형 미나렛과 비슷한 모습, 그 아래 받침 단을 갖고 있었다.

17시에 나불의 케옵스Kheops 호텔 411호실에 짐을 풀었다. 호텔 베란다 앞으로 바다가 펼쳐져 있었다. 이곳이 지금은 한산하지만 여름 한 철에는 몹시 붐빈다는 아름다운 피서지. 섣달 열이틀 상현달이 떠오르고, 오

초벌도자기 위에 그림을 그리는 여성

리온좌 세 개의 별이 푸른 밤하늘에 걸리었다.

내일 일정은 7 : 00 / 8 : 00 / 9 : 00.

2009. 1. 8. 목요일, 갬.

04 나불 – 튀니스

4시 30분에 기상했다. 잠결에 허경옥 선생이 일어나 짐 정리를 하고 책을 읽고 있다는 것을 느낄 수 있었다. 일어나는 길로 여행일기를 정리했다.

호텔을 출발(09 : 00)한 버스가 미처 50m도 가기 전에 허 선생이 카메라 스틱을 호텔방에 두고 왔다고 버스에서 뛰어 내렸다. 황평우 선생의 말씀 — 물건을 잃은 사람은 회원들을 기다리게 한 벌칙으로 맥주를 사야 한다고 했다. 그것이 실크로드 팀의 전례라고 강조하자 모두들 박수를 쳤다.

수크 — 재래시장

중동 지역에서 재래시장을 바자르라고 부르는 것과 달리 북아프리카 지역에서는 수크suq라고 불렀다. 나불의 수크 지대로 들어서자(09 : 10), 상인들이 점포를 벌이고 있다가 우리 일행을 보자 '곤니치와'하고 인사했다. 우리가 인사를 받지 않자 '니하오'하고 인사말을 바꾸었다. 허 선생이 상인들에게 먼저 '안녕하세요' 하고 인사를 했다. 그러나 상인들의 '안녕하세요' 발음은 듣기에 어색했다. 한국어가 발음을 하기에 그렇게도 어려운 말이었던가.

재래시장의 상품 가운데 단연 가죽 제품이 많았다. 상인들은 'One Dina!' 또는 '잇찌 디나'를 외치며 손님들의 관심을 끌려고 했다.

30분간의 수크 구경을 마치고 약속 장소에서 모였을 때 최원희 선생과 황평우 선생이 검정색 울 소재의 튀니지 전통의상을 사서 입고 옷에 달린 후두까지 머리에 덮어쓰고 나타났다. 사막 지대에서 입을 옷이라고 했다. 모자가 달린 내리닫이 원피스형 옷이었다.

나불 박물관

수크에서 걸어서 나불 박물관으로 갔다(09:55). 가는 도중 대로변이나 로터리에 튀니지 현직 앙리 대통령의 초상화가 걸려 있었다. 박물관의 기념품 판매소에도 좌우에 똑같은 앙리 대통령의 초상화가 부착되어 있었다.

나불 박물관은 비교적 작았다. 제라늄 화분이 곳곳마다 놓여 있었다. 사진을 찍으려면 1디나르씩 내라기에 돈을 내지 않는 대신 사진도 찍지 않았다. 뒤태가 특히 엉덩이가 아름다운 여신이 모자이크 벽화 속에 그득 찰 정도로 크게 들어가 있었다. 이들 모자이크화나 도자기들은 네아폴리스의 무덤에서 나온 것들을 수집해서 박물관에 전시한 것이다. 박물관 소장품들은 대개 카르타고 시절이나 로마시대의 모자이크 작품들과 도자기들이라고 했다.

BC 3~6세기의 석조 탄히트 여신상과 스핑크스의 조각상이 있었다. 탄히트 여신상의 얼굴은 사자, 스핑크스는 가슴 아래 부분부터가 짐승의 모습이었다.

이 조각상들은 모두 이집트와 로마의 영향을 받은 것이라고 했다.

네아폴리스 Nea Polis

이 지역에 도시가 건설된 것은 BC 5세기경이었다. 그러나 로마의 아가토클레스가 군사를 이끌고 쳐들어와서 도시를 파괴했다. 제3차 포에니 전쟁이 끝났을 때 이 도시는 철저하게 파괴되었다. 이후 로마가 이곳을 다스리게 되면서 도시는 다시 재건되었다. 이때 그리스와 로마의 문화가 이 새로운 도시에 영향을 끼치게 되었다고 한다.

네아폴리스의 흔적이 남아 있는 바닷가 유적지로 들어섰다. 낮은 구릉이 있는 평야지대였다. 님프 여신의 신전 자리라고 했다. 구획이 잘된 고대의 담장이며 집터까지, 통행로에는 그리스 시대의 양식으로 넓은 밑돌들이 느슨하게 깔려 있었다. 널찍한 통돌을 깔아 만든 통행로를 따라서 옛날의 집터들, 그 집안의 바닥에 아직도 남아 있는 모자이크 장식들을 보았다. 님프 신전의 바닥에도 고대 그리스 시대의 모자이크가 남아 있었다. 표지판에는 이곳에서 님프의 모자이크화가 발굴되었음을 알리고 있었다. 나불 박물관에서 본 뒤태가 아름다운 여신의 모자이크화가 바로 이곳에서 가져간 것이었다.

다시 흙과 아프리카 클로버가 있는 통로를 걸을 때 발밑에서 투명한 소리를 내며 부서지는 소리 — 우렁이였다. 바닷가의 숲속에서 손톱 크기의 우렁이들이 뜻밖의 침입자들에게 수난을 당하고 있었다.

물고기 염장공장

님프의 신전에서 5분도 걸리지 않는 곳, 해변에 자리 잡은 물고기 염장공장鹽藏工場의 흔적이 그대로 남아 있었다. 고대 그리스 시절, 로마 시절, 이 지역의 어부들은 4월부터 10월까지 지중해로 출항하여 물고기를 잡아 이곳으로 가져왔다. 가져온 물고기는 이곳에서 손질을 하고 소금에 절여 보관했다가 그리스와 로마로 보내서 판매했다. 현재 남아 있는 유물로는 물고기 손질하던 장소, 소금에 절여 저장하던 곳, 활어를 보관하던 풀Pool, 수로 등이 있었다. 활어를 보관하던 풀 바닥에는 상기도 색채가 선명한 바둑판 모양의 무늬가, 안쪽 벽으로는 여러 종류의 물고기들이 헤엄치는 그림, 물고기 그림 한가운데는 머리에 한 쌍의 더듬이와, 게의 앞발과 같이 생긴 한 쌍의 뿔이 돋은, 장발에 구레나룻이 무성한 잘생긴 남성의 얼굴 그림이 있다. 풍어의 신을 육화시킨 그림인가. 적어도 2,500년 이전의 그림이다.

<table>
<tr><td>2</td><td>1 풍어의 신</td></tr>
<tr><td>1</td><td>2 메디나 거리의 가로수</td></tr>
</table>

11시 40분에 튀니스를 향해서 네아폴리스 출발, 나는 잠에 곯아떨어지고 말았다. 튀니스에 도착한 시간은 13시였다.

튀니스의 메디나

메디나는 구舊 시가지를 의미한다. 버스에서 내려 튀니스 시가지의 중심가를 걸었다. 가로수는 잎이 무성하고 두터운 포우커스 Foecus, 얼른 보면 우리나라 해안지대에 많은 동백나무 잎과 흡사하다. 줄기는 굵고 단단하고 상부로 가면서 무성한 잎들이 인접한 나무들의 잎과 엉키는데 이들을 장방형 또는 원형으로 전정해 놓으면 마치 초록색 직육면체나 초록색 원통이 공중에 떠있는 듯이 보인다.

튀니스의 메디나 골목은 미로였다. 거리의 가로수 디자인을 카메라에 담으며 무심코 앞에 가는 사람들을 따르다 보니 뒤에서 허경옥 선생이 나를 부르고 있었다. 정신을 차리고 보니 내가 따라가던 동양인들은 일본 관광객들이었다. 잠시 눈길을 놓으면 미아가 되는 판이었다.

메디나 골목의 미로를 통해 식당으로 들어갔다. 일본인 관광객들이 먼저 자리를 차지하고 있었다. 우리도 예약석으로 가서 자리를 정리하고 있는데 이혜경 교수가 웃으며 식당 바깥으로 나가고 있었다. 한승헌 선생 부부가 미아가 되어 있다고 휴대폰으로 알려온 것. 그들을 데리러 나간다고 했다. 식당이라고는 해도 좁은 골목에 좁은 문을 통해 기어들어가야 하는 묘한 곳이었다. 우리 팀은 뷔페로 차려진 음식을 각자 가져다 먹는데 일본인들은 앉아서 서비스를 받고 있었다. 요즘 엔화 강세의 힘을 눈으로 확인할 수 있었다.

아침에 카메라 스틱을 호텔방에 두고 나와서 그것을 찾으러 가느라고 시간을 소비한 허경옥 선생이 우리 모두를 위해서 맥주를 냈다. 오랜만에 시원한 맥주를 마시며 기분이 좋았다. 허경옥 선생이 맥주값에 지불한 돈으로는 카메라 스틱 두 개를 더 살 수 있다고 해서 미안했지만 그래도 재미있었다. 어떤 이유를 만들어서라도 모두를 기쁘게 해줄 수 있다는 것은 좋은 일이다.

지투나 모스크

일단 점심 식사가 끝난 후 모두 함께 메디나의 미로를 헤치고 지투나 모스크까지 갔다. 지투나 모스크Zitouna-The Great Mosque는 튀니지 최고最古의 사원, AD 723년, 튀니스에 수도를 정한 것을 기념하여 지은 것으로 공사 기간만 130여 년이 걸렸다고 한다. 모스크 중앙 건물의 석주는 카르타고 유적지에서 가져온 기둥 200여 개를 사용, 내부 장식이 무척 고풍스럽고 아름답다고 하나 비이슬람교도인 우리에게는 입장이 허락되지 않았다.

지투나 모스크의 정문 앞에서 미로에서 길을 잃지 않는 방법, 혹시 길을 잃었을 때 대처하는 방법에 대한 설명을 듣고 각자 팀을 이루어 흩어졌다. 메디나 골목은 참으로 미로였다. 우리는 아랍어가 유창한 정진한 선생과 김유경 선생을 따라 이동했다. 우리에게 주어진 시간은 90분, 갖고 싶은 상품은 보이지 않았다.

승리의 광장과 프랑스문

강상훈 대표의 뒤를 따라 20여 명이 함께 움직이는 시간, 미로를 지나자 광장이 나타났다. 승리의 광장, 그러나 별로 광장다워 보이지도 않았다. 우리가 생각하는 만큼 넓은 공간이 되지 못했다는 의미다. 승리의 광장 그 안에 프랑스문Porte de France이 있었다.

1848년에 세워진 성벽의 문이었으나 이후 성은 무너지고 문만 남았다. 처음 아랍인들은 이 문을 '바다의 문'이란 의미로 '밥 엘 바흐르'로 불렀으나 프랑스 식민지가 되면서 이 문을 통과하면 프랑스 주거 지역으로 들어가게 되어 이후 '프랑스문'으로 불리게 되었다고 한다.

프랑스문을 통과하자 프랑스 건물 양식을 본딴 초대형 건축물들이 좌우로 들어서 있었다. 파리 방문 경험을 가진 이들은 "와 샹젤리제 거리 같다~"며 환호했다. 차량도 사람도 많은 복잡한 거리였다.

성 빈센트드바울 성당

프랑스 거리 왼쪽에 커다란 성당이 있었다. 프랑스 점령 시대에 지어진 건물로 마치 이슬람 모스크처럼 전면에 두 개의 높다란 첨탑을 가진 성당이었다. 성당에 들어가 잠시 기도했다. 성당 바깥으로 나와서 보니 성당 건물 전면에 예수의

<table>
<tr><td>1</td><td></td><td rowspan="2">1, 2 성 빈센트드 바울 성당의 원경과 근경
3 시계탑</td></tr>
<tr><td>2</td><td>3</td></tr>
</table>

상반신 그림과 그 양편에서 날개 달린 천사가 나팔을 불면서 화관을 예수께 바치는 모습의 채색 벽화가 있었다.

이븐 할둔

이븐 할둔Ibn Khaldun, 1332~1406의 청동상은 성 빈센트드바울 성당의 바로 앞 거리 한가운데 있었다. 이븐 칼로다운은 튀니지 출신으로 이집트에서 총리를 지낸 영광스런 인물이라고 했다. 나불에서 튀니스로 오는 차 안에서 정 교수께서 그에 대한 강의를 하셨다는데 나는 그만 자느라고……. 철학자이며 역사가, 사회학자였다고 한다.

국립극장 앞에서 한동안 구경을 하다가 계속 프랑스 거리를 걸어 나갔다.

시계탑

시계탑의 시계는 16시 10분을 가리키고 있었다. 시계탑은 1987년 11월 7일, 튀니지 1대 대통령 부르기바의 31년에 걸친 장기 집권을 끝내고 제2대 앙리 대통령의 취임을 축하하기 위해 세웠다고 한다.

앙리 대통령 또한 20여 년에 걸친 장기 집권 중이고, 종신 대통령으로 헌법을 고치기까지 했다고……. 장기 집권의 폐해를 경험한 바 있는 우리이기에 안타까웠다. 물은 흐르지 않으면 썩는 것을, 장기 집권은 결국 부정과 부패로 끝나고 마는 것을 어찌할 것인가…….

16시 30분에 시계탑 출발, 17시에 포이보스 호텔에 도착, 108호실로 배당받았다. 저녁은 호텔 식당에서 들었다. 한동헌 선생 부부가 낮에 길 잃었던 것에 대한 미안함(?)으로 맥주를 샀고, 최원희 선생은 케밥에 딸려 나온 밥을 김으로 말아서 나누어 주었다. 오늘 많이 걸어서 발바닥이 아프다. 피곤해서 샤워도 하지 못하고 그냥 자려고 한다.

내일 일정은 5:50 / 6:30 / 7:30.

2009. 1. 9. 금요일. 안개 · 갬.

05 튀니스 - 두가 - 튀니지·알제리 국경 - 안나바

튀니스

4시 30분에 일어났다.

지난 저녁에는 일기만 간신히 정리하고 그대로 쓰러져 잠들었다. 튀니스의 중심가 메디나 거리의 복잡한 곳을 걸어 다닌 것이 사람의 힘을 소진시켜 버린 것일까. 허경옥 선생도 그대로 쓰러져 잠들었다가 자정이 지난 뒤에야 깨어나 움직이는 것 같았다. 지난밤에 부실하기는 해도 기억이 사라지기 전에 기록을 해 두었기로 오늘 아침은 한결 여유롭다. 오늘은 일정이 빡빡하다. 조반은 6시 30분에, 그리고 두가 지역을 거쳐서 국경에서 알제리로 입국, 안나바로 이동한다고 한다.

호텔을 출발할 때 기온은 7도, 쌀쌀했다. 김정희 선생이 차에 오르더니 동행들의 혈액형을 묻고 기록하기 시작했다. 어제는 나이와 띠를 묻고 사람들 외양의 특징적인 면들을 기록하더니 오늘은 아예 이름과 나이와 혈액형, 직업 같은 것까지 모두 표를 만들어 기록하고 있다. 이웃에게 다가서기 위한, ‘인간에 대한 애정’에서 비롯된 것이라고 자신의 작업에 그럴 듯한 명분을 붙인다.

호텔을 출발(07:36), 두가로 향했다. 이른 새벽의 튀니스 거리에는 두툼한 외투로 중무장한 출근자들이 버스 정류장에서 발을 구르고 있었다. 직선으로 펼쳐진 국도변 너머로부터 일출의 장관이 펼쳐졌다. 태양은 길 저쪽 편 산 위에서 튀니스 시로 들어오고 있었다.

두가로 가는 길 연변에는 나지막한 구릉지대 위에 올리브 농원이 펼쳐져 있었다. 참으로 넓은 평야였다. 지표면을 덮은 초록색의 보료는 밀밭일 것이다. 올리브는 그 열매가 식용으로 많이 쓰이지만, 올리브 오일은 비행기 엔진 오일로도 환영을 받고 있다고 한다.

튀니스 외곽 지대의 건물들은 나지막했고 굳이 백색 벽을 고집하지 않았다. 강봉구 선생은 길가에 있는 일반 건물들을 보면서 전 세계 어디서나 가난한 서민의 집은 비슷한 모습을 보이고 있다고, 이곳 튀니스 지역의 자그마한 집들도 아랍어 간판만 없다면 한국의 어느 지방 소도시와 비슷한 모습을 갖고 있다고 했다. 그분의 말씀을 듣고 보니 과연 그러했다. '모든 불행한 가정들은 다소간 엇비슷하다'고 한 나보코프의 말이 떠올랐다. 이 말은 본래 톨스토이가 '행복한 가정들은 모두 엇비슷하다'(『안나 카레니나』의 서문에서)고 했던 말을 나보코프가 패러디한 것이다. 튀니스 외곽지대를 지나며 내게는 나보코프의 말이 더 절실하게 가슴에 와 닿았다.

도시를 벗어나자 평야지대와 간혹 나지막한 구릉지대가 펼쳐지고 마을은 평야지대의 여기저기에 뚝뚝 떨어져 있다. 통로 하나 건너편에 앉은 김정희 선생은 내게 끊임없이 혈액형을 물어오고, 나는 직접 나를 관찰하면서 나의 혈액형을 유추해 보라고 했다.

비슷한 풍광이 지속되면서 버스 안에서는 잠에 빠지는 이들이 늘어나고, 나도 잠깐 눈을 붙였다. 어디선가 귀에 익은 편안한 멜로디가 차 안을 감돌았다. 이혜경 선생이 MP3의 볼륨을 높여 심수봉, 김추자의 노래를 들려주고 있었다. 멀리 떠나와서 듣는 내 나라의 대중가요 가수가 불러주는 노래를 들을 수 있다니……. 두가 지역이 인접한 곳에서 외부 기온은 14도를 나타내고 있었다. 이곳의 관광버스 안에는 현재 외부 기온과 시각을 알려주는 안내판이 있어서 좋았다. 산마을로 차는 들어서고 산기슭의 올리브 농원의 올리브나무들은 대부분 고목이다.

자동차는 산악지대의 좁은 언덕길을 조심스레 오르고 있었다. 로마시대 신궁의 기둥들이 보이기 시작했다.

두가 지역

두가^{Dougga} 지역 유적지의 주차장에 도착했다(09:50). 바람이 거칠었다. 얇은 방풍잠바 하나를 등산복 속에 더 껴입고 모자의 끈을 조였다. 튀니스로부터 110km 떨어진 두가 지역, 튀니지에 있는 로마시대의 유적지 가운데 보관 상태가 가장 양호하다는 곳이다. 두가 유적지는 평원지대를 벗어나 첩첩 산중의 상봉 부근에 자리하고 있었다. 해발 550m. 당시에는 약 3만 명의 인구가 거주하고 있었다고 한다. 카르타고 지역의 중심부에 있다는 두가는 이른바 요새와 같은 곳이었다. 산길을 오르기도 쉽지 않았을 것이다. 외부로부터 감추어진 지역이었다.

두가는 BC 2세기경 마시니사 왕^{BC 240~149}이 반유목민인 누미디아인들을 통일, 그들에게 농경 및 정착 생활을 시키면서 조성된 도시였다.

마시니사(Masinissa) 왕은 동부 누미디아 왕 마니사의 차남으로, 어린 시절 그의 부족과 동맹관계에 있던 카르타고에서 인질로 자랐다. 그는 특히 기마술이 뛰어났다. 그는 17세 때에 서부 누미디아 왕인 시팍스가 카르타고를 침략해오자 카르타고의 편에서 시팍스를 물리치는 데 공을 세웠다. 뿐만 아니라 BC 212~206년 스페인에서 카르타고 편의 선봉에 서서 로마 군대와 싸웠다.

그러나 BC 206년 동부 누미디아 왕이었던 아버지 가이아가 사망하자 이 틈새를 노린 시팍스의 공격 앞에 위기에 처하고 만다. 이때 카르타고가 중재자로 나서고 마시니사는 그의 약혼녀를 적국의 왕 시팍스에게 보내야 하는 굴욕을 겪게 된다.

이 무렵, 카르타고는 17년에 걸친 제2차 포에니 전쟁으로 쇠락 일변도에 있었다. 마시니사는 카르타고를 위해서 싸웠지만, 자신에게 굴욕적 동맹을 주선했던 카르타고를 버리고 대신 로마의 장군 스키피오에게 투항했다. 그는 스키피오와 함께 친(親) 카르타고계인 시팍스 군을 물리치고 실지(失地)를 회복, 빼앗겼던 약혼녀도 찾아왔다. 그러나 스키피오는 이미 적국의 왕 시팍스의 여자가 되어버린 약혼녀를 전리품으로 로마로 데려가야 한다고 했다. 이에 마시니사는 여자에게 자살을 권한다.

이후 로마의 장군 스키피오는 마시니사를 동부 누미디아의 유일한 왕으로 선포했고, 이에 대한 답례로 마시니사는 로마군대가 참전한 전투에서 혁혁한 공을 세웠다. 그 결과 마시니사는 서부 누미디아까지 차지하여 누미디아 전체의 왕이 되었다.

마시니사는 자신의 지배권을 카르타고에까지 뻗치고 싶어 했다. 여기에는 어린 시절 인질로 가서 살아야 했었던 카르타고, 젊은 시절 굴욕적 동맹을 강요했던 카르타고에 대한 증오심이 함께 작용했을 것이다.

마시니사는 계속해서 누미디아와 카르타고 사이에 영토 분쟁을 일으켰고, 이들을 해결하기 위해 로마는 BC 155년 대카토가 이끄는 로마 사절단을 아프리카로 보냈다. 카토는 아프리카 방문 후 원로원에 카르타고에 대한 철저한 파괴를 역설, 카르타고를 정복하려던 마시니사의 꿈은 좌절되었다.

BC 149년, 마시니사의 도발로 시작된 카르타고의 영토 분쟁에 로마군이 참전하면서 제3차 포에니 전쟁이 시작되고 그 3년 만에 카르타고는 철저하게 패배하고 파괴당했다. 마시니사는 포에니 전쟁이 발발되던 해에 그의 고향 시르타(콘스탄틴)에서 90세를 일기로 사망했다. 이후 마시니사가 통일 시켰던 누미디아는 분열되고 로마의 지배권 속으로 들어갔다.

누미디아의 왕 마시니사의 최대 목표는 누미디아인의 강력한 통일국가 건설이었다. 이를 위해 그는 카르타고의 농업기술을 도입하고, 반유목민이었던 누미디아인들을 강제로 농민으로 정착시켰다. '두가'는 이 무렵에 조성된 산상 도시였다. '두가', 또는 '투가'라는 말이 이 지역말로 '목초지'를 의미하고 있는 것은 마시니사의 이런 정책과 무관하지 않음을 보여준다.

원형 극장

원형 극장은 AD 168년 이 지역 어느 부호가 건설하여 두가 시에 기증한 것으로 수용 가능 관객수는 3,500명이라 한다. 원형 극장 전면의 기둥들은 파괴되어 없고, 반원형의 계단들은 약간 복원된 흔적이 보이기는 하지만 그럼에도 1800년 전의 모습이 그대로 남아 있었다. 마침 답사여행 온 학생들을 만났다. 동양인 관광객을 향한 그들의 인사는 "How are you?", "What is your name?"에 집중되고 있었다. 학생이냐? 몇 살이냐고 했더니 15살, 초급학교 학생이라고 했다. 이들은 9년간의 의무교육을 받고 있으니 아마 8, 9학년에 해당될 것이다. 세상 어디에서나 학생들은 명랑하고 적극적이다.

원형 극장의 상단에서는 산 아래로 평야지대가 눈에 들어왔다. 1997년 유네스코 세계문화유산으로 등재되었다고 한다. 워낙 아름다운 곳이라 여름이면 음악회가 열린다는 곳에서 허경옥 선생이 노래 한 곡을 뽑았다. 원형 극장 무대에서 부르는 노래 소리는 관객석 구석구석까지 잘 울려 퍼졌다.

의사당

원형 극장으로부터 의사당과 의사당을 둘러싸고 주택가의 돌담장들이 상기도 남아 있는 골목길을 걸었다. 과거를 향한 시간여행을 하고 있다는 감동이 물결쳐 왔다. 의사당의 굵은 기둥들이 세월의 무게 앞에 의연히 버티고 있었다. 의사당 안쪽으로는 중앙에 주피터, 좌우에 주노신과 미네르바신을 모셨던 장소가 있었다. AD 166년에 지어진 건물이다.

포럼

AD 14~37년까지 23년에 걸쳐 지어진 건물. 로마시대 공식적인 행사와 모임이 있었던 곳이라 한다. 포럼 전면에 '바람의 광장'이 있다. 이곳에는 열두 명의 바람의 신 이름이 기록되어 있다고 한다. 바람의 광장에서는 진정 바람의 세력이

두가 지역의 원형극장

대단했다. 손가락 끝이 시리고 콧물이 흘렀다. 산기슭 아래 마을에서는 밀이 파랗게 솟구쳐 오르고 있었는데 산 위에서는 바람과 바람이 충돌을 일으키고 있었다.

바람의 광장 앞에서

존재의 흔적은 한두 줄 기록으로 남거나
기억하던 이마저도 떠나버리면 그뿐
폐허의 도시에 돌덩어리만 뒹군다.

몇 개의 석주로 남아 있는 신전
관객도 배우도 없는 원형 극장
여기가 한때 번창했던 산중 도시였다니

거드름 피우며 즐기는 자 뒤에는
고통으로 비틀거리는 자 있었으리.
세월의 심연 속으로 침전한 사람들

바람 앞에 우리 또한 티끌이어라
바람은 정주하는 거처 없으니

바람이 가자 하면 따라나서야 한다.

저택 안의 정원

화강암 자연 벽돌로 단단하게 쌓아올린 산 위의 건물들은 신전, 포럼, 의사당을 중심으로 진을 치고 있었다. 건물의 주인들은 모두 당대의 귀족이나 권력자들이었다. 귀족의 저택 정원 안에는 인공연못의 흔적, 연못의 바닥에는 여전히 화려한 타일 무늬가 2000년 세월을 두고 남아 있었다.

리시니안 목욕탕

AD 260년 리시니Licini 가문에서 지어서 두가 시에 기증한 목욕탕이다. 그리고 AD 4세기에 다시 복원한 것을 우리가 보고 있다. 로마시대의 모든 사교는 목욕

170

탕에서 이루어졌다고 하더니 규모
가 어마어마했다. 냉탕과 온탕, 사우
나실, 불목하니가 장작불을 때던 곳,
휴게실의 흔적이 여전히 남아 있었
다. 사우나실은 온돌의 구조를 갖고
있었다고 한다. 한증막처럼 동굴 형
태를 이룬 곳은 노예들이 목욕하던
곳이라고 한다.

주노 신전

의사당으로부터 왼쪽 산기슭에 로
마의 여신 '주노 카엘레스티스'를 모
셨던 반달 모양의 담장과 반원형의

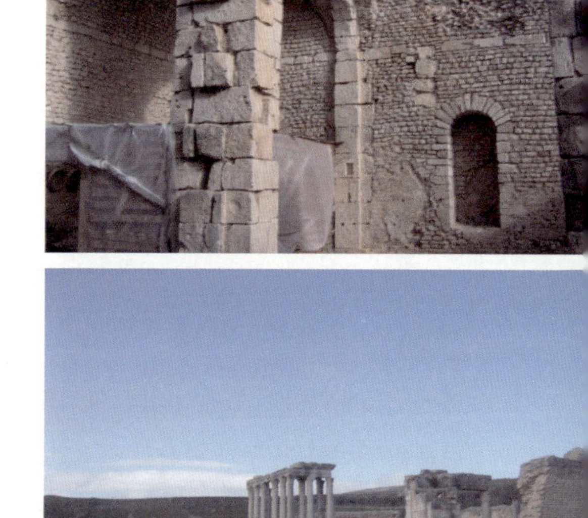

신전 기둥들이 남아 있었다. AD 222~225년, 3년간에 걸쳐 로마의 장군 줄리어
스 가비나우스가 지었다고 한다. 주노는 주피터의 아내이며 최고의 여신, 여자
들의 삶, 특히 결혼 생활의 전반과 관련되며, 여성의 수호신이라고 한다. 주노
신전의 담장은 같은 규격의 작은 벽돌들을 촘촘히 쌓아 올린 것이 오랜 세월을
버틸 수 있는 힘이 되어 준 듯했다.

　바람의 위세가 등등한 2천 년 전 로마인들의 거주지, 산기슭에 묵직한 화강암
직사면체를 소재로 신궁과 의사당과 목욕탕과 가옥을 짓고 살던 이들의 모습이

어른거리는 듯했다. 그 거리에 살던 사람들은 모두 흙이 되고 바람이 되고 구름
이 되어 사라졌지만, 달이 뜨는 밤이면, 옛날 이곳에 모여 살던 사람들이 긴 옷
자락 끌며 돌계단을, 넓은 밑돌을 깔아놓은 골목길을 오가며 옛날이야기 나누
지 않을까 싶은…….

세베루스 알렉산더 개선문

세베루스 알렉산더 통치시기에, 황제를 기리기 위해 AD 223~225년에 걸쳐 개
선문을 건설했다. 두가 마을의 중심인 포럼으로부터 서북쪽에 위치, 서쪽 관문
역할을 했다고 한다. 대체로 옛 모양새가 잘 보전되고 있었다.

　개선문 부근은 올리브나무가 무성했고 까맣게 익은 올리브 열매가 달려 있었
다. 손가락 한 마디 정도의 크기. 전상태 선생이 올리브 맛을 보라며 까맣게 잘
익은 올리브 열매를 하나 따서 주셨다. 과육을 살짝 베어 무는 순간, 입안에 쓴
맛이, 목이 아릿해 왔다. 과육의 즙은 선혈처럼 선명한 붉은색이었다. 소금에 절
인 올리브, 올리브기름 정도로 알고 있었는데 올리브 열매의 맛은 영 '아니 올시
다'였다. 소금을 넣어 발효시키면 쓰고 아린 맛이 사라지는 것일까.

새턴 신전

새턴 신전Temple of Saturm은 두가의 유적지 가운데 마지막으로 찾은 곳이었다. 본
래는 이곳이 태양신 바알의 신전 터였는데 AD 195년에 새턴 신을 위해 신전을
지었다고 한다. 새턴은 그리스 신화에서는 크로노스의 역할에, 로마 신화에서는

<table>
<tr><td>1</td><td>1 알렉산더 개선문</td></tr>
<tr><td>2</td><td>2 새턴신전</td></tr>
</table>

사투르누스에 비견된다. 사투르누스는 씨앗, 또는 씨앗 뿌리는 신이다. 새턴은 곧 농업의 신이다. 새턴 신전 아래는 멀리까지 밀밭이 펼쳐져 있었다. 농업의 신 새턴은 산 아래 마을의 끝없이 펼쳐진 밀밭의 수호신인가.

비잔틴 시대의 예배소

새턴 신전에서 경비초소 있는 쪽으로 방향을 틀었을 때 지금은 흔적만 남아 있는 지하 예배소가 나타났다. 로마 시대 기독교인들이 예배를 드리던 곳이다. 의사당 쪽에서 본 성당의 첨탑은 호사롭고도 높았었는데 이곳은 지하에 예배소가 있었다.

11시 50분에 모두들 버스로 올랐다. 춥지는 않으나 손이 몹시 시렸다. 버스에 오르자 전상태 선생이 한 잔의 보드카를 권하셨다. 보드카 한 잔에 추위가 가시고 기분이

유쾌해졌다.

　두가 문화유적지에서 가까운 투가Thugga 호텔의 식당으로 갔다. 브릭튀니지 식의 튀긴 만두이 나왔고 돼지고기와 카레 볶음밥이 나왔다. 김정희 선생이 우리 일행을 위해서 포도주를 샀다.

　여유 있게 점심을 즐기고 호텔 투가 출발(13 : 20), 튀니지와 알제리 국경 지대를 향해 달리기 시작했다. 찬바람 속에서 유적지를 걸어서 돌아다닌 피곤, 식곤증으로 잠에 빠져들었다.

　자다가 깨어 보니 전용차는 높은 산악지대를 달리고 있었다(15 : 32). 녹음이 짙은 마을의 주택들은 모두 백색 벽에 붉은 기와지붕, 고산지대의 초록색과 벽의 백색과 지붕의 적색이 보여주는 조화가 산뜻했다. 내 육체의 눈은 창밖의 산악 마을을 내다보고 있지만 내 마음의 눈앞에서는 유적지에서 보았던 석재 건물

지하 예배소

들, 골목들, 허물어진 벽들, 신전의 높직한 원형의 석주가 아른거렸다.

튀니지의 국경지대

15시 42분, 튀니지의 국경검색대 앞에서 내렸다. 일단 여권을 모두 제출, 현지 가이드가 출국 수속을 밟는 동안 버스에서 짐을 내렸다. 우리들의 출국 수속이 끝나는 대로 튀니지의 버스와 현지 가이드는 돌아가고, 알제리 쪽에서 버스와 현지 가이드가 나온다고 했다.

국경지대, 산악지대에 위치한 출입국 관리 사무소의 바깥에서 벌벌 떨고 있으려니 김정희 선생이 그녀의 등산용 모직 상의를 꺼내 입혀주었다. 그녀는 따뜻한 옷을 꺼내 주면서 또다시 혈액형을 물었고 나는 대답 대신 웃기만 했다. 최용희 선생이 따뜻한 찜질팩을 주머니에 넣어주었다.

국경지대, 양국의 출입국 사무소는 50m도 채 되지 않는 거리, 일단 출국 수속을 마치자 트렁크를 끌고 아스팔트로 포장된 광장을 가로질러 알제리 쪽으로 걸어서 이동했다.

알제리

17시 15분, 입국 수속이 끝나고 버스에 오르기까지 오래 건물 밖에서 떨어야 했다. 김시운 선생이 초콜릿을, 황평우 선생이 소주를 한 잔씩 나누어 주었다. 알제리 국경 검색대에서 입국 수속이 늦어진 것은 정전으로 컴퓨터를 사용할 수가 없었기 때문이다. 일일이 수작업을 해야 하는 관계로 시간이 지체되었고, 우리는 30분 이상을 떨어야 했다. 전용 버스에 오르자 이곳에서는 경찰이 외국인 관광객을 보호하기 위해 전용 버스의 앞뒤에서 호위를 해준다고 했다. 경찰차가 오기까지 또 버스 안에서 35분을 기다렸다. 그런데 우리에게 배당된 전용 버스에는 히터가 없었다.

경찰차가 버스의 앞뒤에서 우리가 탄 버스를 호위하면서 달리기 시작했다(17:50). 우리는 입국 심사에 너무 많은 시간이 걸렸다고 투덜대는데, 투어 블릭의 강상훈 대표 왈, 그나마도 짐 검사 하겠다는 것을 급행료를 주어서 간편 처리하게 되었다고 했다. 산악지대의 국경 검색대를 떠나 안나바로 오는 동안 섣달 보름달이 산에서부터 따라왔다. 바닷가 해안도로를 달릴 때 보름달은 바다 위에 둥실 뜬 채로 따라왔다.

안나바

알제리 안나바의 림 엘 드자밀Rym el Djamil 호텔에 도착(19:40), 208호실로 배정 받았다. 저녁은 20시 30분부터 1층 식당에서 들었다. 과일은 풍부했지만 주식으로 나온 오징어 수프와 쌀밥은 입에 맞지 않았다. 실내 현악단이 악기를 타면서 알제리 전통음악을 연주하기 시작, 귀가 따갑도록 시끄러웠다. 입맛을 돋우기 위해서 음악이 연주되어야 하는데 주객이 전도된 느낌이었다. 나는 도중에 나와 방으로 가서 휴식을 취했다. 많이 피곤하다.

내일 일정은 6:00 / 7:00 / 8:00.

2009. 1. 10. 토요일, 갬.

06 안나바 – 하맘 쉘랄라 – 콘스탄틴 – 세티프

안나바

2시 30분에 일어났다. 목욕하고 책상 앞에 앉았다. 지금은 3시 20분, 허경옥 선생은 자정이 넘도록 꼬물거리더니 깊은 잠에 빠져 있다. 지난 저녁, 식사 후 그대로 돌아와 옷을 입은 채, 세수도 하지 않고 그냥 쓰러져 잠들었었다. 잠결에도 허 선생이 일하고 있는 것을 알았지만 깨어 일어날 수가 없었다. 어제만 해도 7~8시간 버스로 이동했고 국경지대에서 몸이 얼었다. 감기약을 먹은 것이 나를 그렇게 잠에 취하게 한 것일까.

호텔 208호실의 문을 두드리는 소리(05:30), 이경옥 선생이 커피잔을 들고 모닝커피를 즐기고파 왔다고 한다. 허 선생, 얼른 일어나 물을 끓이고 커피를 탄다. 세 사람이 침대 위에 앉아서 커피를 마신다. 알제리의 안나바, 아침이 서서히 밝아온다. 빨갛게 염색한 머리칼, 고운 피부, 귀여운 몸빼 바지 차림, 다섯 발톱은 분홍색으로, 다섯 발톱은 검정색으로 매니큐어를 칠한 이경옥 선생, 여행하면서 참으로 좋은, 재미있는 사람들을 많이 만난다.

7시에 식당으로 갔더니 아직 준비가 되지 않아서 기다려야 했다. 어제 바람의 광장에서 찬바람을 많이 쐬었더니 감기 기운이 심하다. 아침 식사하러 나온 최용희 선생이 특별 '처방약'이라며 일본 상품 인스턴트 미소시루를 나누어 주었다. 조반 먹으면서 계속 속이 좋지 않았다. 허 선생도 속이 좋지 않다고 하더니 그예 화장실로 달려가 토해 냈다.

호텔을 출발(08:05), 콘스탄틴으로 향했다.

수평선 위로 하늘이 열리자 피어나는 찬란한 붉은 꽃 한 송이……. 아침 해가 바다 위로 떠오르고 있었다. 구름과 안개가 끼어 있었지만 서서히 붉어오는 구름, 구름이 터진 사이로 태양이 솟아올랐다. 지중해 지역 안나바의 아침이 그렇게 시작되고 있었다.

알제리 만의 등대

버스가 달린 지 얼마 되지 않았는데 바닷가로 돌출한 언덕길에서 버스가 서면서 내리라고 했다. 벼랑 위에 등대가 있었다. 1947년에 세운 등대가 알제리 만을 지키고 있었다. 등대가 있는 만의 해안선은 아름다웠지만 쓰레기 투기로 몸살을 앓고 있었다. 북쪽으로 멀리 돌출된 육지가 알제리의 최북단이라고 한다.

알제리는 아틀라스 산맥 1,000km 가량의 자락을 깔고 있는 곳. 산과 바다가 어우러져 아름다운 해안도로를 달렸다. 안나바는 알제리의 4대 도시(알제, 오랑, 콘스탄틴, 안나바) 가운데 하나로 알제리의 북부에 위치한, 역사가 깊은 곳이다. 카르타고 시대에 번성했었던 도시이기도 하다. 해상 무역의 기점으로 무역선들이 드나들었고 평균 강우량 1,000mm로 풍부해서 숲이 우거지고 농작물 수확량도 많아서 곡창지대로 불린다. 근래에는 유정의 발견으로 석유와 가스가 나오고 철광석이 나와서 제련공장이 들어서 있다고 한다.

알제리 만의 등대

성 어거스틴 성당

8시 45분, 안나바에 있는 성 어거스틴 성당으로 찾아 들어갔다. 별로 높지 않은 언덕 위에 두 개의 첨탑이 높다란 성 어거스틴 성당이 눈에 들어왔다. 성 어거스틴St. Aurelius Augustinus, 354~430은 서방 교회의 4대 교부 가운데 한 사람으로 기독교 신학은 물론 서양 철학사에 지대한 영향을 끼쳤던 성인이다.

성 어거스틴은 성당 건물이 있는 곳으로부터 60km쯤 떨어진 누미디아 타카스테에서 태어났다. 그는 로마령 아프리카에 있던 도시 히포 레기우스현재의 안나바에서 주교396~430를 역임했다. 그가 주교직에 있으면서 45세 때 쓴 『고백록』은 그가 가톨릭에 귀의하기 전 겪었던 그의 방황과 유년 시절을 고백한 책이다.

내가 성 어거스틴의 이름을 처음 들었던 것은 아마 여고 시절 성당에서 교리 공부를 하던 때였을 것이다. 삼위일체에 대해서 설명해 주시던 수녀님께서 어

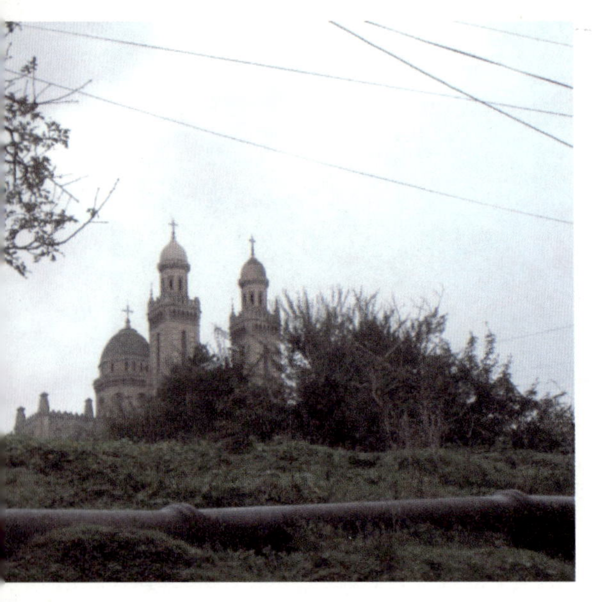

거스틴 성인의 이야기를 들려주셨다.

삼위일체의 신비를 곰곰 생각하던 어거스틴 성인이 어느 날 바닷가에서 어린아이 하나가 조그만 컵으로 바닷물을 길어 올려 모래 구덩이에 퍼붓고 있는 것을 보고 묻는다. "아이야 너는 지금 무엇을 하고 있느냐?" 아이는 대답한다. "저 바닷물을 모두 길어서 구덩이에 퍼 담으려고 합니다." 어거스틴은 그제야 깨닫는다. 유한한 존재가 어찌 무한한 신의 지혜를 모두 알 수 있을 것인가 하고.

그리고 또 어느 날 미사 시간에 어거스틴 성인의 어머니에 대한 이야기를 들었다. 기도의 힘에 대한 강론을 듣던 때였다. 어거스틴 성인의 어머니는 방탕한 생활을 하던 아들을 위해서 끝없이 기도하고, 어머니의 기도가 아들의 굳어버렸던 마음을 진실한 마음으로 바꾸어 놓게 되었다는 것이다. 어거스틴 성인이 선종에 든 때는 AD 430년 8월 28일 히포 레기우스에서였다. 이후 가톨릭에서 8월 28일은 어거스틴 성인의 축일로 전해져 온다.

성 어거스틴 성인의 성당은 1881년에 초석을 놓아 1940년에 완공되었다고 한다. 외양도 아름답지만 내부도 독특한 구조로 되어 있었다. 흔히 성당의 맨앞

성 어거스틴 성당

180

중앙에 제단이 있고 이를 중심으로 예배석이 배치되는데, 이곳의 성당은 중앙 부분에 제단, 그 앞에 예배석이 있었다. 그리고 제단 뒤로 영면에 든 어거스틴 성인의 등신대의 석고상이 높은 단 위에 모셔져 있었다.

어거스틴 성인의 상 앞에서 잠시 기도를 하고 나오는 길에 보니 키가 자그마한 여성 조각상이 있었다. 성모상인 줄 알고 가보았더니 아니었다. 지금 생각해 보니 아들을 위하여 평생 기도를 바쳐 오신 성인의 어머니 모니카가 아니었을까…….

성 어거스틴 성당으로 오르내리는 언덕, 계단 옆에는 2~3cm 길이의 날카로운 가시를 가진 나무들이 우거져 있었다. 예수께서 십자가에 달리셨을 때 씌워졌던 가시관, 바로 이런 가시나무 줄기를 얽어 관을 만들어 예수께 씌웠다고 최용희 선생이 말해 주었다.

로마시대 귀족의 주거지

성 어거스틴 성당이 배경으로 보이는 곳에 AD 3세기, 로마인들의 거주지 유적이 있었다. 차에서 내려 유적지로 올라갔다(09 : 20). 높은 기둥들과 집터의 흔적, 특히 눈을 끄는 것은 올리브 열매의 기름을 빼내는 돌 압착기였다. 얼른 보면 돌로 깎은 절구통같이 생겼으나 돌확 속에 올리브 열매를 넣고 위에서 돌 뚜껑으로 내리 누르면 기름이 쏟아져 나오도록 아래에 구멍이 뚫려 있었다.

이 무렵 이곳에 살던 로마인들은 대개 권력가들이었다고 한다. 해안가의 경치가 뛰어난 곳에 대저택을 짓고 살았는데 이 지역이 침전되기 시작하자 그들은 해안지대로부터 현재 우리가 보는 산기슭 쪽으로 이동하여 건물을 짓고 살았다는 것이다.

다시 버스에 올라 길을 재촉할 때, 국도변으로부터 14km 떨어진 곳에 『페스트』와 『이방인』의 작가 카뮈 Albert Camus, 1913~1960의 출생지 몽도비가 있다고 했다. 카뮈는 프랑스의 소설가, 극작가, 수필가, 모럴리스트이자 정치이론가였다. 그는 1957년에 노벨문학상을 수상했다. 그의 문학적 특징에 대해서 존 크루크솅크 J. Cruickshank 는 다음과 같이 말한다.

그의 글들은 주로 낯선 세계 속에서 살아가는 인간의 고독, 자신과 화해하지 못하는 개인의 소외, 악의 문제, 그리고 죽음이라는 임박한 파국을 이야기함으로써 전후 지식인들의 소외의식과 환멸을 정확하게 반영했다. 카뮈는 많은 동시대인의 허무주의를 이해하고 있었지만, 진실과 중용 및 정의 같은 가치에 대해서도 옹호할 필요가 있다고 주장했다. 후기 작품에서 그는 그리스도교 사상과 마르크스주의의 독단적 측면을 모두 거부하는 자유주의적 · 인도주의의 모습을 제시했다.

국도변에서 산 언덕 쪽으로 조그만 시멘트 건물, 프랑스의 알제리 통치 시절 프랑스군의 망루라고 했다. 알제리가 항불전쟁을 벌이던 당시 프랑스군은 이

올리브 기름틀

망루에서 알제리인들의 동태를 감시했다는 것이다.

하맘드비 또는 하맘 쉘랄라

하맘 쉘랄라 폭포로 간다기로 깊은 산중 숲속에 있는 폭포를 상상했다. 그런데 우리가 도착(11 : 15)한 자그마한 마을 입구의 개천에서는 수증기가 피어오르고 있었다. 노천 온천지대였다.

높이 20m 정도의 석회석 절벽 위로부터 뜨거운 폭포가 쏟아져 내려오고 있었다. 석회석 절벽은 석류동굴에서 보았던 것 같은 석순들이 달려 있었다. 살아 꿈틀거리는 생물체의 모습을 한 석회석 바위를 타고 97도의 물줄기가 흐른다고 했다. 온천수의 물줄기는 가슴 높이쯤 되는 곳에 만든 수로를 타고 흐르다가 개울로 흘러들어가 합류했다. 마을 청년들이 시멘트 수로 위로 올라가 흐르는 더운 물줄기에 발을 담그고 있었다.

역시 제일 용감한 이는 최용희 선생이었다. 검도 국가대표 선수 출신의 최용희 선생은 솔직, 활달, 천진과 순진으로 속을 채운 사람, 양말을 벗고 수로를 향해 돌진했다. 우리들도 최용희 선생 뒤를 따라 양말을 벗고 개울을 건너가 시멘트 수로 위로 올라갔다. 시멘트 턱에 앉아 발을 더운물에 담갔다. 뜨겁고 매끄러운 감촉이 발을 통해 온몸으로 퍼져 올랐다. 천지창조 이래, 지구 깊숙한 곳에 숨어있던 불덩어리의 기운이 그대로 전해오는 것이다. 물이 뜨거워서 두 발을 들어 올렸다 내렸다 하면서 있어야 했다.

우리들은 동네 사람들에게 구경의 대상이 되었다. 여자는 눈을 제외한 모두를

1, 2 하맘 쉘랄라 도천 온천 폭포

가리고 다녀야 하는 이슬람 문화권에서 일군의 동양 여자들이 맨발을 물속에 담그고 희희낙락하는 모습은 하만 쉘랄라 남성들에게 두고두고 얘기꺼리들을 만들어주는 행위였다. 뜨거운 물속에서 발갛게 익어오는 발을 보며 손질이 잘 된 김유경 선생의 열 발가락을 보았다. 김유경 선생은 손톱뿐만이 아니라 발톱 위에도 장인의 솜씨가 지나가 보석을 박은 듯했다.

반 시간 정도 머물다가 석회석 바위 위로 피어오르는 수증기를 뒤로 하고 아쉬운 마음으로 온천수가 흐르는 폭포를 떠났다. 한국에 그와 같은 노천온천이 있다면 재벌그룹에서 그냥 놓아둘 리가 없었을 것이다. 세계적인 관광단지 운운하며 마을 사람들 이주시키고 높고 넓게 담장을 둘러서 온천수 장사를 했을 것이다. 알제리는 사회주의 국가에다 이슬람 국가라 노천 온천의 귀한 물을 그대로 방류하고 있는 것이 다행스럽게 느껴지기도 하고 아쉽기도 했다.

10분도 지나지 않아 버스는 산악지대로 들어갔다. 우리들의 버스는 앞뒤에서 경찰들이 호위를 하고 있고 버스 안에는 알제리 가이드, 이 지방 가이드(지방이 바뀔 때마다 현지 가이드가 바뀌어 버스로 올라왔다)가 탔다. 경찰도 지역에 따라 교체되었다. 콘스탄틴 지역으로 들어섰다.

콘스탄틴의 마시니사 영묘

13시 20분, 바람이 거세게 부는 언덕 위의 평원지대, 거대한 바위들을 사다리꼴 형태로 쌓아올린 영묘 앞에 섰다.

BC 3세기, 베르베르계의 누미디아 왕이었던 마시니사 왕의 영묘였다. 어려서는 카르타고의 인질로 끌려가 외로운 날을 보냈고, 젊어서는 약혼녀를 적국의 왕에게 넘기라는 카르타고의 중재로 치욕의 날을 보내야 했었던 마시니사 왕, 이미 적국 왕에게 짓밟힌 약혼녀에게 독약을 주고 자살을 권유할 때 마시니사 왕의 가슴에는 카르타고에 대한 원한이 뼛속까지 박혔을 것이다. 결국 카르타고를 등지고 로마의 편에 서게 된 마시니사는 누미디아를 통일했지만 그의 사후 누미디아는 분열되고 마침내는 로마의 지배 아래 들어가고 말았다. 만일 그가 개인적 원한 대신 동족 베르베르인을 위해 카르타고와 더불어 로마에 끝까지 항쟁했다면? 역사에서 가정법은 통하지 않는다. 어차피 카르타고는 망하도

마시니사 영묘

록 되어 있었으니까.

어떻게 눈을 감았을까 마시니사는. 제3차 포에니 전쟁이 일어나던 그해에 마시니사는 죽었고, 카르타고는 완벽하게 궤멸되었으며, 로마는 세계를 제패하게 되었다. 미움도 원망도 세월이 지나면 몇 마디 이야기로 바뀌고 만다. 때로 잊혀지기도 하고.

알제리 쪽으로 들어와서 차안에서 바라본 주거 문화는 색채가 제각각, 집 형태도 제각각, 건축물의 주요 자재는 붉은 블록을 사용하고 있는데 블록은 큼직한 구멍을 많이 뚫어서 상대적으로 건물이 약하게 되지 않을까. 그러나 알제리의 자연 — 나지막한 구릉과 초록색의 밀밭은 지극히 아름다웠다.

콘스탄틴 시가의 첫인상

도심가를 가득 채운 아파트의 군락, 아파트의 창마다 하얀 접시 안테나가 매달려 있다. 이곳은 고원의 산악지대라 전파 장애가 심해서 접시 안테나를 설치해야만 TV 시청이 가능하다고 한다. 아파트 창문마다 하얀 접시꽃이 피어난 것 같았다.

콘스탄틴은 아틀라스 산맥의 북쪽 기슭에 위치, 해발 640m의 고원지대에 자리 잡고 있었다. 사방은 깊은 암석의 골짜기로 둘러싸이고 수직의 골짜기 아래로는 르메르 강이 흐르는 요새지대였다. 페니키아 어로 도시란 의미의 '시르타 Cirta'로 불리던 이곳은 마시니사 왕이 누미디아를 통일할 무렵부터 농경생활을 시작했고, 당시 왕국의 수도가 되었다고 한다. 시르타는 한때 내전으로 파괴 되었지만 313년 콘스탄티누스 대제[280~337] 때 재건되면서 콘스탄틴으로 불리게 되었다. 콘스탄티누스 대제는 로마의 황제로는 최초로 그리스도 교도임을 공언한 이다. 이후 5세기 초에는 반달족에게, 18세기에는 터키에게, 19세기 초에는 프랑스의 지배를 받았으나 알제리 해방운동의 중심지 역할을 했다. 현재 콘스탄틴은 알제리에서 세 번째로 인구가 많으며 알제리 북동부의 상업 중심지로 각광을 받고 있다고 한다.

콘스탄틴의 유학생 김형훈

14시에 콘스탄틴 중심가에 있는 식당 플라딴누에 도착했다. 식당 마당에는 승용차들이 즐비했다. 우리 팀의 최연소 정진한 선생이 누군가 해맑은 표정의 젊은이를 만나 반가워하고 있었다. 식당 안으로 들어가는 통로는 복잡했다. 정수일 교수께서 해맑은 표정의 젊은이에게 극진하셨다. 정진한 선생이 젊은이를 소개했다. 한국외대 아랍어과 출신으로 한국의 이슬람 사원에서 근무 중, 알제리에서 온 종교장관의 통역을 맡게 되었었고 그것이 계기가 되어 종교장관이 그를 알제리로 초청, 콘스탄틴 대학에서 공부하게 되었다는 것이다. 현재 이슬람 금융법을 전공하고 있는 그의 이름은 김형훈, 콘스탄틴 대학 유일의 한국 유학생이라고 했다.

김형훈은 식당 플라딴누는 콘스탄틴 시내에서 가장 유명한 식당이고, 지금 마당에 승용차가 즐비한 것은 종교성 장관과 도지사가 와서 식사 중이기 때문이라고 했다. 점심은 고기 수프와 쇠고기 스테이크, 밀밥이 나왔다. 그러나 나는 속이 좋지 않아서 수프와 바나나만을 먹었다.

개선문

개선문으로 가는 길에 절벽 위에 자리 잡은 마을, 절벽과 절벽을 이어주는 현수
교를 보았다. 수직의 절벽 아래로 바위를 뚫어 터널을 만들고 자동차들이 터널
을 지나가는 것이 보였다. 개선문은 절벽 위 마을에 있었다. 비가 내리고 있었
다. 개선문은 프랑스 식민지 시대에 건설된 것으로 건축물의 위에는 날개 달린
자유의 여신이 콘스탄틴 시내를 향해 양팔을 벌리고 날아오르기 직전의 모습으
로 서 있었다. 그러나 개선문에는 문장이 없었다. 알제리가 독립되면서 알제리
인들이 프랑스 문장을 떼어버렸기 때문이다.

시디 엠 시드 다리

해발 640m의 고원 위, 사방이 협곡으로 둘러싸인 콘스탄틴에서 외부로 나가기
위해서는 4개의 다리를 이용해야 한다. 수직의 협곡 사이에는 르메르 강이 흐르
는데 그중 시디 엠 시드Sidi M'cid 다리가 가장 유명하다. 시디 엠 시드 다리의 높이
는 175m, 길이는 160m, 폭 5.8m의 현수교인데 일방통행의 차도, 차도 양 옆으
로 인도가 있었다. 1912년 프랑스 군인들이 건설했다고 한다. 다리를 가운데 둔
르메르 강 양안兩岸의 절벽은 가로무늬의 주상절리, 다리 위에서 내려다 보면 다
리 아래 또 다리가, 바위를 뚫고 만든 터널 안으로는 달리는 자동차가 보였다.

　시디 엠시드 다리를 걸어서 건넜다. 가랑비가 내리고 있었다. 옷을 두툼하게

입었지만 그래도 서늘했다. 케이블카를 타고 르메르 강을 가로지르는 시디 엠시드 위를 지나기로 했다. 케이블카 구간은 한 구간, 곧바로 내렸다. 이 지역 사람들에게 케이블카는 전철과 같은 역할을 한다고 했다.

에미르 압델 카데르 모스크

에미르 압델 카데르 사원은 알제리의 민족적 영웅 압델 카데르_{1808~1883}를 기리기 위해 세워진 모스크. 압델 카데르는 이슬람 학자로 프랑스의 침략에 대해 지하드를 선포했던 반프랑스운동 지도자였다. 에미르 압델 카데르 사원에는 높다란 두 개의 첨탑이 있고 유학생 김형훈이 재학 중인 콘스탄틴 대학이 이 사원에 소속되어 있었다.

실내로 들어가기 위해 신을 벗어 신발장에 넣는데 신발장이 예술품이었다. 신발을 넣는 입구는 곡선으로 처리하고 번호표를 부착해서 신발주인이 신발을 찾

| 1 | 2 | 3 | 4 |

1 절벽 위에서 내려다본 수직의 협곡
2 개선문
3 시디 엠시드 다리
4 바위 터널

190

기 쉽게 도와주고 있었다. 검정에 가까운 고동색의 신발장에 신발을 넣으면 신발들의 색깔이 어우러져 만드는 또 하나의 그림이 그곳에 있었다.

사원의 내부는, 돔형 천장을 중심으로 화려한 타일로 장식된 굵고 둥근 기둥들이 천장을 떠받치고 있었다. 사원의 바닥은 연둣빛 양탄자에 분홍 테두리, 아래로 난방 파이프가 지나가고 있는지 따뜻했다.

비는 오고, 어둠이 스멀거리며 하늘을 덮치고 있었다. 모두 버스에 올랐다. 유학생 김형훈은 버스에 올라와 일일이 인사를 했다. 김정희 선생이 튜브에 든 고추장을 그에게 내밀었다. 현재는 이슬람의 보험제도 연구로 석사논문을 쓰고 있고, 이를 토대로 이슬람의 금융법으로 박사논문까지 쓰고 싶다는 젊은이에게 하느님의 그리고 알라신의 가호 있기를.

에미르 압델 카데르 모스크의 영내를 빠져나온 버스는 길 한 모퉁이에서 한 시간 이상을 기다려야 했다. 구간, 지역 이동에 따라 담당 경찰의 차가 와서 에

스코트를 해야 하는 알제리의 법을 따르기 위해서였다.

마침내 콘스탄틴을 떠나 세티프를 향했다. 비 오는 날의 실내 실외 온도는 모두 12도. 버스의 천장에선 찬바람이 불어 내렸다. 모두 두툼하게 중무장을 하고도 웅크린 자세였다. 졸면서 잠결에 보면 산악도로를 달리고 있고 차의 앞뒤에서 경찰차가 우리를 호위하고 있었다.

21시 50분에 세티프의 라비(Rabie) 호텔에 도착, 104호로 배정받았다.

내일 일정은 6 : 30 / 7 : 30 / 8 : 30.

2009. 1. 11. 일요일, 흐림 · 비.

에미르 압델 카데르 사원의 내부

07 세티프 – 지에밀라 – 알제

2시 30분에 기상.

세티프는 아틀라스 산맥의 남쪽 기슭, 해발 1,096m의 고원에 위치한 곳. 오늘 가게 될 지에밀라 지역은 해발 고도가 높고 추운 곳이니 아무쪼록 옷을 단단히 챙겨 입어야 한다기에 청바지 속에 잠옷 바지를 입었다. 위에도 내복에 털스웨터, 털조끼, 모직 기능복, 토끼털 내피의 외투로 중무장을 했다. 워낙 일찍 일어났기로 여행일기 정리하고 짐 정리까지 모두 마치고 나니 6시였다.

조반으로 요거트 2개, 카스텔라 한 쪽, 커피로 끝냈다(07:30). 여행 일정이 깊어지면서 피곤은 쌓이고 몸이 무거워진다. 양쪽 다리 무릎 관절이 시큰거려서 왼쪽 다리에만 파스를 붙였다. 허 선생에게 오빠와 언니가 있다기로 물어 보니 다섯 살 위인 언니는 성심여대 출신이고 오빠는 강원대 출신이라고 했다. 모두 춘천 사람들, 춘여고와 춘고 출신들이다.

호텔을 출발할 때(08:30) 바깥 온도는 6도, 쌀쌀했다. 냉동버스에 오르면서 걱정이 되었다. 발이 얼면 감기 기운이 심해질 터인데…….

새벽이면 호텔 주변을 산책하시는 강만길 교수, 새벽 운동을 나가는데 누군가 뒤를 따르더라고, 골목을 바꾸면 또다시 따라 붙는 추적자, 관광경찰이 관광객 보호차 그렇게 이른 새벽부터 임무를 수행해야 하는 것에 미안함을 느껴 산책 도중에 호텔로 되돌아오실 수밖에 없었노라고 말씀하셨다. 누군가의 보호를 받는 것은 안전을 보장받는 것이기는 하지만 그만큼 자유를 박탈당하는 것이 사실 아닌가.

출근길 무렵의 세티프 거리에는 양복 차림의 사람들 사이로 전통 의상인 벙거지 모자가 달린 내리닫이 옷을 입은 사람들이 서너 사람에 한 사람 꼴로 보인다. 바람이 많이 불고 추운 거리에서는 구멍이 덜 뚫린 내리닫이 옷이 보온에 훨씬 유리할 것이다.

지에밀라 유적군을 찾아가는 길은 광활한 초원지대를 거쳐야 했다. 안개가 짙었고 안개비가 내리는지 버스 전면 유리에는 창닦이가 줄곧 작동되고 있었다.

지에밀라 가는 길

안개 너머로 펼쳐진
과거로의 여행
지에밀라 — 로마시대의 산상 도시
산굽이 돌자 문득 나타난 산간 마을
폐차 직전의 차들이 골목 어귀에 있다.
과거로 가는 시간은
녹슨 자동차를 타고 가는가.
작은 마을에 자그마한 사원이 하나
기도로 산간 마을의 아침을 연다.

계곡을 이어주는 작은 교량을 건너고

벼랑길을 지나고

지에밀라 —

아랍어로 '아름다운 것'

아름다운 것을 찾아

아름다운 것들로 나를 채우면

내가 사는 세상은

아름다운 세상이 될까.

지에밀라

아틀라스의 남쪽 기슭, 겹겹 산속에 숨어 있던 아름다운 곳 — 지에밀라로 들어섰다(09:37). 작은 마을에 장이 서고 있었다. 오렌지며 사과를 담은 바구니들, 채소 바구니들이 상가를 채우고 있고 사람들은 외국인 관광객을 향해 웃음을 보여주었다.

　지에밀라 로마 유적군Roman Site of Djiemila이 있는 곳으로 들어갔다. 해발 950m 지점, 산은 높지 않고 산세가 부드러웠다. 이곳은 고대 로마시대의 도시국가 형태를 축소해서 보여주는 곳으로 이오니아 양식과 코린트 양식이 종합된 아름다운 건축물들을 갖고 있었다. 1982년 세계문화유산으로 지정된 곳. 카메라는 가능하나 비디오 촬영이 금지되어 있으니 눈치껏 처신하라고 했다. 문화재 보호 경찰들이 짙은 감빛 제복 차림에 장총을 착용하고 비 오는 숲속 유물들 사이 사이에서 우리들을 지켜보고 있었다. 간혹 비디오로 촬영하는 낌새가 보이면 어느새 따라와 비디오를 가진 이 옆에서 눈총을 주는 것만으로 장총보다 더한 위력을 발휘한다.

정수일 교수는 이곳 지에밀라 유적군의 특징은 첫째, 후기 로마시대의 완결된 형식을 갖고 있고 둘째, 도시 건물들의 구획이 명확하며, 셋째, 유물들은 조밀한 구도를 보여주고 있다고 정의했다.

지에밀라의 평균 해발은 950m 이상이지만 이곳은 곡창지대이고 경치가 뛰어나서 AD 96~97년에는 로마 3군단 군인들의 식민 거주지이자 요새지로, AD 3세기에는 카라칼라 황제의 개선문이, AD 4세기에는 시장을 열 수 있는 광장이 건설되기도 한 것으로 보아 거주민들은 2만 명 이상이 되었을 것으로 추정한다고 했다.

지에밀라 — 로마 도시국가들의 건축물들은 처음에는 십+자 형태의 기본 통로를 만들고 이후 방사선형으로 통행로를 두면서 발전되었다고 했다. 산기슭에서 아래쪽을 향해서 조밀하게 건축물들의 흔적이 남아 있었다. 크고 작은 흔적들 — 신전, 개선문, 공공 목욕탕, 시장, 원형 극장, 바실리카공공의 장소 — 재판장, 토론장들이 남아 있었다.

로마시대 건축물에 사용되었던 반듯한 모양의 화강석 거죽에는 잿빛 바위꽃이 피어 고색창연했다.

원경으로 본 셉티미우스 세베루스 신전

셉티미우스 세베루스의 신전

지에밀라 유적군 가운데 가장 상단부에 가장 큰 규모로 남아 있는 유적은 셉티미우스 세베루스146~211에게 헌정된 신전이다. 세베루스 신전은 10여 개의 계단 위에 굵은 원주를 지니고 있었다. 신전 아래 회랑이 있었던 곳에는 역시 많은 원주들이 남아 있었다.

세베루스는 로마 식민지 렙티스마그나 출신 기사의 아들이었으나 군대의 지휘관으로 원로원에 진출, 황제의 자리에 올랐다. 그는 18년 동안 그의 아들 카라칼라와 함께 공동으로 황제 자리를 지켰다. 세베루스는 스스로 신이라 칭하며 자신의 왕조를 세웠고 군대에서 지배적인 역할을 부여했다. 그는 군대의 지지를 얻었으며 통치체제를 군사적 군주제로 전환시켰다.

세례소와 목욕탕

보슬비 내리는 가운데 처음 찾아간 곳은 세례소洗禮所였다. 조금 협소하다고 느껴지는 문을 통과, 안으로 들어가자 실내는 의외로 넓었다. 건물 바닥에 십자형의 수조水槽가 있고 수조 바닥은 채색한 물고기 그림이 모자이크 타일 속에 있었다. 이 수조 안에서 침례 의식을 행했다고 한다. 세례소 건물 바깥쪽에는 세례식에 사용되는 물 저장고가 있었다.

목욕탕은 지에밀라 유적군에서 가장 넓게 터를 잡았다. 로마시대 목욕탕은 일종의 사교장이었다. 2천 6백 평방미터의 대형 목욕탕은 고·중·저의 온도에 따라 사우나탕, 역시 그에 따른 욕탕이 있고, 각각 방의 크기는 강의실보다 조금 크거나 비슷한 정도였다. 건물 바깥으로 불을 때던 곳, 저수시설 등이 있었다.

카라칼라 황제의 개선문

개선문의 외양은 세계 어디서나 거의 비슷한 모양이다. 다만 그 크기에 약간의 차이가 있을 뿐이다. 카라칼라188~217 황제는 로마 황제 가운데 미치광이에 폭

<table>
<tr><td>1</td><td>2</td><td>3</td><td>4</td></tr>
</table>

1 옆에서 본 셉티 미우스 세베루스 신전
2 세례소
3 목욕탕
4 개선문

군으로 정평이 나 있는 인물이다. 주요 업적으로는 로마에 거대한 목욕탕을 짓고 212년 로마 제국의 모든 자유민에게 로마 시민권을 주는 칙령을 발표했다는 정도. 카라칼라는 현재의 이란 지역에서 파르티아인과 싸우다가 장교에게 살해당했다. 카라칼라의 후계자였던 마크리누스의 교사에 의한 것인 듯하다는 것이 역사가의 증언이다. 카라칼라 개선문은 AD 3세기경에 세워졌다.

희생 제물 처리장과 시장

카라칼라 개선문 앞에 희생 제물 처리장이 있었다. 소나 양의 피를 빼고 그 몸을 조각내어 제물을 준비하던 곳으로 화강암을 재료로 만들었다.

시장은 지에밀라 유적군들의 중심 부위에 자리 잡고 있었다. 시장의 규모는 일반 강의실의 두 배 정도 크기, 중앙에 채소 세척장(가운데 작은 샘이나 우물이 있었던 듯하다), 주변에 상품을 올려놓는 상품 진열대가 있었다.

특이한 것은 AD 2~3세기 곡물을 계량하는 석조 계량기였다. 싱크대처럼 생긴 받침석 위에 가로로 놓인 두터운 돌판2×1×0.5m 정도, 그 돌판은 크기와 깊이가 각기 다른 3개의 확^{절구처럼 움푹하게 파낸 형상}을 갖고 있었다. 각각의 확의 가운데는 내용물을 아래로 내려 보내는 지름 7~8cm 정도 되는 작은 구멍을 뚫어 놓았다. 주로 곡물을 계량할 때 쓰는 것으로 15kg, 10kg, 5kg 분량을 다루는 계량기였다. 이들 움푹한 확에 곡물을 담고 밀대로 밀어낸 다음에 아래 구멍에 포대자루나 큰 그릇을 받쳐놓고 곡물을 쏟아내게 되어 있었다. 이들 돌판의 확 옆에는 70~80cm 길이의 회초리 모양의 자^尺가 부조로 새겨져 있었다. 이것은 길이를 잴 때 사용하던 것이었다.

상품 진열대는 받침대 위에 같은 두께의 돌판을 걸쳐 놓은 것으로 ㄇ 모양, 이들 진열대에는 서로 다른 아름다운 조각들이 부조로 되어 있었다.

좌식 변기의 공중화장실

시장 가까운 곳에 12~14명이 동시에 사용할 수 있는 좌식 변기의 공중화장실이 있었다. 공중화장실의 3면 벽에는 길고 넓은 석판의 의자를 벽에 부착시켜 놓았다. 석판의자에는 열쇠구멍^{Ω 모양}을 확대해 놓은 것 같은 구멍을 통해 배설물이 아래로 떨어져 나갈 수 있도록 만들었다. 로마시대에는 포럼을 만들어 토론을 즐기던 문화가 공중화장실까지 확대 적용된 것일까. 10여 명의 사람들이 모두 알궁둥이를 까고 가로 세로 마주 앉아서 무슨 이야기를 나누었을까.

<table>
<tr><td>1</td><td>2</td><td>1 시장의 계량기 돌확과 돌자</td></tr>
<tr><td rowspan="2"></td><td rowspan="2"></td><td>2 상품진열대</td></tr>
<tr><td>3, 4 공중변소</td></tr>
</table>

두 개 동그라미의 비밀

시장으로부터 위로 다시 유물들을 살펴보며 올라가는 길이었다. 로마시대의 노래방이 있었던 곳이라고 가이드는 익살스럽게 소개했다. 석재 기단만 남아 있는 공간으로 들어가는 입구에 두 개의 마이크를 잡아매어 놓은 듯한 조각이 문설주에 새겨져 있었다. 공간 내부는 조그만 내부공간으로 나뉘어져 있었다. 현지 가이드는 그곳보다 더 리얼하고 실감나는 곳이 있다며 우리를 안내했다. 검은 대리석 석판에 추상화 같은 몇 개의 선이 엇갈려 있는 모습, 내게는 그렇게만 보였다. 사람들은 대단히 리얼하게 표시했다며 웃었다. 내가 어리둥절해 하자 옆에 있던 여성 회원이 발기한 남성의 심볼을 그린 것이라고 했다. 강 대표는 이 표시들은 로마시대 벽사辟邪의 기능을 가진 것이라고 말했다. 여성 상징, 혹은 남성 상징을 표시한 것이라면 벽사 쪽보다는 생산력 상징을 의미하는 것이 아닐까……. 그렇다면, 조밀하게 들어앉은 도시의 한가운데까지 파고든 환락의 장소, 유곽지대……. 아마 그럴 것이다.

원형 극장

지에밀라의 원형 극장은 성벽의 바깥쪽, 산 아래쪽에 자리하고 있었다. 비에 젖은 경사진 길을 내려가다가 진흙길 위에서 미끄러져 그만 엉덩방아를 찧었다. 원형 극장 쪽으로 미끄러졌다면 대형사고가 날 만한 지역이었다.

이번 여행의 깜짝 스타는 이경옥 선생이었다. 불어교사 출신인 이경옥 선생은 불어권의 북아프리카 지역에서 물 만난 물고기였다. 길에서 또는 관광지에서 이 나라 사람들을 만나면 우리를 위해 불어 통역관이 되어 주었다(마그레브 연방의 사람들은 오랜 프랑스 식민통치를 받은 탓에 그들의 자국어보다는 불어에 더 익숙하다). 어제 긴 버스 여행에서는 단소를 불어서 무료하기 짝이 없었던 우리를 행복하게 해주더니 오늘은 원형 극장 무대 위에서 맑은 소프라노로 〈저 구름 흘러가는 곳〉을 열창했다. 그녀의 목소리는 지에밀라 원형 극장 안에서 공명을 일으키며 멀리까지 퍼져 나갔다. 비오는 날, 우산을 쓰고 듣는 〈저 구름 흘러가는 곳〉은 그런 대로 운치가 있었다.

박물관

박물관은 지에밀라 유적지로 들어서는 입구에 있었다. 박물관 안에서는 촬영 금지, 소장품들은 지에밀라 유적지에서 나온 유물들이었다. 유적지의 건축물 바닥에서 떼어낸 모자이크들을 박물관의 벽에 부착시켜서 전시하고 있었다. 유물들은 빈약했다.

　지에밀라 유적지를 출발(12:35), 다시 세티프를 향했다. 산간 마을을 벗어나자 갑자기 복잡해진 거리, 미니버스마다 사람들이 가득 탔다. 미니버스에 빼곡하게 탑승하고 있던 중고생 정도의 학생들이 우리들과 눈이 마주치자 무어라고 소리를 질렀다. 거리에는 많은 사람들을 태운 대형 차량들이 지나고 있었다. 우리가 타고 가던 버스가 거리 한모퉁이에 정차했다. 차는 더 나아가지를 못했다. 가이드는 우리를 에스코트하던 관광경찰들과 연락을 취하더니, 지금 거리를 메운 차량과 사람들은 이스라엘의 팔레스타인 침공을 규탄하는 궐기대회에 동원되어 세티프 시내로 이동 중이라고 했다. 세티프 중심가에서도 시위가 진행되고 있는데 우리가 묵었던 호텔이 시내 중심가에 있어서 전용차를 그곳으로 움직일 수 없다는 것, 차 안에서 안전하게 기다릴 수밖에 없겠다는 이야기를 했다. 기다리는 수밖에 없었다.

호텔에서 늦은 점심을 먹고 호텔 앞 거리를 행진하는 시위대를 건물 안에서 지켜보았다. 젊은 시위대들은 구호를 외치며 행진하고 있었다. 호텔 식당 지배인이 시위 군중을 가리키며 '안티 이스라엘'이라고 설명했다.

거리가 다시 원상으로 회복되면서 세티프의 호텔을 떠났다(15:05). 히터가 고장난 전용 버스 안은 냉동고였다. 급체로 무력감이 왔다. 이춘애 선생이 지압봉을 가지고 와서 내 손톱뿌리에 지압을 했다. 그래도 통하지 않았다. 앞좌석에 앉았던 김정희 선생이 내게 겉옷을 벗으라고 했다. 그리고 양쪽 팔꿈치 아래를 강하게 지압, 통증이 심했다. 그것이 바로 체했다는 증거라고, 더욱 아프게 지압, 신음소리를 삼키다 보니 눈물이 줄줄 흘러 내렸다. 다시 손가락과 손바닥에 지압을 했다. 김정희 선생의 악력이 대단했다. 등줄기를 아프게 두드렸다. 그러면서 장난기 어린 얼굴로 연신 '혈액형은?'을 반복했다. 우리 팀 모두의 나이와 혈액형과 직업을 토대로 표를 작성했는데 내 혈액형만 빠져 있었던 것이다. 김정희 선생의 손맛은 매섭고 나는 신음소리 대신 눈물을 줄줄 흘렸다. 거듭 혈액형을 물어대는 김 선생과 나는 대단한 사건을 앞에 하고 있는 고문자와 피고문자 같은 상황을 연출했다(이후 잠시 동안이지만 내 별명은 눈물의 여왕이 되었다. 신음 소리는 의지의 힘으로 참을 수 있는데 눈물은 그와는 관계가 없다는 사실을 처음 알았다).

알제로 가는 연도에는 안개가 짙었다. 나는 한바탕의 강력한 지압을 받고는 그대로 잠속으로 빠져들어 갔다. 세티프에서 알제로 가는 길은 멀었다. 18시 15분에 이름 모를 길가의 휴게소에서 잠시 휴식을 취하고 다시 차에 올랐다.

최용희 선생이 버스 뒤편으로 가더니 여성 회원들의 단합대회로 팔씨름 대회를 제안, 곧이어 응원과 환호의 소리가 들렸다. 김시운 선생이 무료함을 달래기 위해 MP3를 귀에 꽂고 노래를 따라 부르는 모양이었다. 김시운 선생의 노래 소리를 듣고 있던 일행이 목소리를 키우라고 야단이었다. 때맞추어 허경옥 선생도 분위기를 띄우면서 자연스럽게 버스 안은 '달리는 노래방'으로 바뀌었다. 모두들 한 차례씩 돌아가며 노래를 부르게 했다. 환자라고 내버려 두었던 내게도 노래 주문이 들어왔다. 나는 옛날 노래 〈보슬비〉를 불렀다. 그러나 목소리가 제대로 나오지 않았다.

노래방의 막판은 양현아 교수가 장식했다. 예쁘고 귀엽고 상냥하고 거기다 노래까지 잘했다. 감탄하고 있는데 이번에는 남편 한동헌 선생이 나섰다. 평소 노래를 시키면 극력 사양하던 한 선생이 이번에는 자발적으로 나서서 노래를 불렀다. 그것도 연속 세 곡이나 불렀다. 양현아 교수는 한동헌 선생의 노래에 반하고 한 선생은 양 교수의 애교에 반한 것은 아닐까. 김유경 선생도 노래를 잘 불렀다. 가수 주현미 씨가 우리 버스에 오른 듯한 느낌이었다.

22시에 알제에 도착했다. 세티프에서 냉동 버스를 타고 달린 지 7시간 반 만에 도착한 것이다. 큰길에 버스를 세우고 호텔까지 짐을 끌고 100m 이상을 걸어서 이동해야 했다.

엘 드자자이르^{El-Djazair} 호텔의 3312호실로 배당받았다.

내일 일정은 7:00 / 8:00 / 9:00.

2009. 1. 12, 월요일, 비.

 **08 알제**

5시에 일어났다.

지난밤에는 숙면을 했다. 새벽 1시가 넘어서 잠자리에 누웠고 깊은 꿈속으로 들어갔다. 알제에서 맞는 첫날, 바깥에서 나무 막대를 부딪는 듯한 소리, 새들이 나무 위에 앉아 있었다. 생김새도 크기도 참새 같이 생겼는데 빗속에서 그들이 내는 소리는 목탁 두드리는 소리와 비슷했다. 불빛 휘황한 호텔 정원에, 정원수 들이 바람에 심하게 흔들리고 있다. 알제리에서 연이틀이나 비를 맞으며 다녔 다. 이쪽 지역에서 이틀 연속의 비는 없다고 하던데 어제는 종일 비가 내리지 않 았던가.

호텔을 출발(09:40), 알제 시내 유적지 답사에 나섰다. 아침에 자주색 등산모 가 보이지 않아서 애를 태웠다. 그것은 10년 전, 홍석균 교수에게 선물 받은 이 래 내가 즐겨 쓰고 다니는 모자였다. 홍 교수가 세상을 뜬 지도 3년 반이 지났다. 홍 교수는 교수 산악회에서 같이 활동했던 후배 교수다. 그런데 오늘 아침 차에 오르고 보니 선반 위에 등산모가 있었다. 어제 저녁 피곤에 지쳐 등산모가 차 바닥에 떨어진 것도 모르고 그냥 차에서 내렸다. 운전기사가 나중에 모자를 발견하고 내 좌석의 선반 위에 올려놓은 것이다.

알제리는 아프리카 대륙에서 두 번째로 큰 영토를 갖고는 있다지만, 오랜 수난의 세월로 점철된 나라다. 1830년대부터 프랑스의 식민지가 되었고, 8년에 걸친 격렬한 해방전쟁의 결과 1962년에야 독립된 나라. 프랑스의 알제리 통치 기간은 132년이나 계속되었다. 알제리의 독립을 위해서 희생된 이들이 100만여 명, 강제 이주된 이들이 200만 명 이상이라고 한다. 혹독한 시련의 세월을 보냈던 알제리였다.

승전 기념탑

호텔로부터 가까운 곳, 알제의 바다가 보이는 언덕 위에 승전 기념탑이 있었다. 1984년 알제리의 전 대통령 시절에 세워진 것. 세 개의 거대한 기둥이 안쪽으로 휘어져 올라가면서 상단부에서 결합, 전체적으로 삼각뿔 모양의 탑이었다. 이들 세 개의 기둥(혹은 다리)은 각각 공업 · 농업 · 문화의 상승을 상징하는 것이라 한다. 탑의 기단부에는 프랑스에 대항하는 시민군과 정규군의 조각상이 각각 바깥쪽을 향해 서 있었다.

승전참가 희생자 추모 기념관

승전 기념탑의 지하층에 알제리 독립을 위해 희생한 이들을 추모하는 기념관이 있었다. 기념관 입구에는 말을 탄 여성 전사가 전투 중인 장면의 그림 ― 1830년대 프랑스 통치시절, 전설적인 여성 전사 파티마의 전투 장면을 상상화로 재현시킨 것이라고 했다.

기념관 전면에는 알제리의 민족주의자 에미르 압델 카데르의 초상화가 있었다. 압델 카데르1808~1883는 27세에 이슬람국의 종교ㆍ정치 지도자인 에미르에 취임, 반불투쟁을 선언하고 정규군을 조직하여 국토의 1/3을 장악하기도 했다. 그러나 그는 부족 내부의 대립으로 뜻을 이루지 못하고 1847년 5년간 프랑스군에 구금되기도 했다. 압델 카데르는 1855년 다마스쿠스로 망명하여 저술 활동을 통해 반불투쟁을 계속, 알제리 민족의 영웅으로 추대받고 있는 인물이다.

압델 카데르가 처음 불을 붙인 반불투쟁은 1947년 젊은 청년들의 급진적인 독립운동 단체를 조직하게 되었다. 그리고 이 단체는 1952년 혁명위원회를 조직, 1954년 11월 1일에 혁명대회를 열며 이후 1962년 7월 3일 프랑스의 드골 대통령으로부터 알제리의 독립을 선포하게 하기까지 8년간에 걸친 치열한 독립 전쟁을 치렀다. 이후 알제리는 무장을 통해 혁명을 성공시킨 대표적인 사례가 되고 있다고 한다. 알제리 전쟁에 대한 이야기를 들으면서 갑자기 단재 신채호 선생이 생각나는 이유는 어디에 있는 것일까…….

기념관 안에는 알제리 독립전쟁 당시 고문 받는 민족주의자들의 사진, 희생된 시신들, 전쟁 당시의 무기들이 전시되고 있었다. 프랑스군의 최신식 전쟁 무기와 알제리인들의 원시적인 무기들이 대조적으로 진열된 코너도 있었다.

추모 기념관은 강대국이 자국의 이익을 추구하기 위한 얼마만큼 인면수심의 작태를 연출했었는지, 또 약자가 살아남기 위해서는 얼마만큼 많은 희생을 치러야 하는지를 보여주는 곳이었다.

추모 기념관 출발(11 : 00), 바르도 박물관으로 향했다. 해안 언덕길에 촘촘히 들어선 아파트 군락들, 5~6층짜리 아파트들이었다. 길은 좁고 소형 승용차들이 길 양편으로 주차하고 있어서 복잡했다.

바르도 박물관

바르도 박물관Bardo Museum은 18세기에 튀니지 왕자가 처음 이곳에 별궁을 세우고 거처하던 곳, 프랑스 통치시절에는 오랜 동안 프랑스의 관공서로 사용되었고, 1936년 이후부터 선사유물을 전시하는 박물관으로 용도가 바뀌게 된 곳이다. 바르도란 명칭은 프랑스 통치 시절의 총독의 이름이었을 것으로 추정한다. 이곳은 사하라 사막에서 나온 암각화, 화석, 선사유물들이 주를 이루고 있었다.

전시된 선사유물들은 돌바늘, 돌도끼, 돌칼 등과 타조 알, 뒷머리가 돌출된 사람의 두개골 들이 있었다. 사하라 사막에서 가져온 암각화에는 남녀가 가축을 기르는 모습이 그려져 있었다. 이 그림을 통해서 암각화가 나온 지대가 예전에는 사막이 아니라 초원이었음을 유추할 수 있다고 했다.

벽화 가운데는 탁본화가 있었다. 등신대의 여성을 그린 그림으로 모딜리아니의 그림 속에서나 만날 것 같은 긴 목과 긴 팔, 긴 다리, 간략한 선으로 표시된 날씬한 여성이었다. 놀라운 것은 미니스커트에 단화, 핸드백을 든 모습이었다. 외계인이었을까? 어떻게 선사시대의 여성이 현대 여성의 복색을 하고 있다는 말인가…….

지중해에서 가져온 백인종의 석관, 그 안에 있던 미라는 172~175cm의 신장을 갖고 있었다고 한다. 또 전설적인 뚜라 여왕의 무덤이 미니어처로 제작되어 전시되고 있었다. 여왕의 무덤은 백색의 궁전 같았다. 그 외에도 항아리, 절구공이, 도자기들도 있었다.

바르도 박물관을 출발(11 : 40), 신시가지로 나갔다. 점심은 신시가지 중심부에 있는 식당에서 생선 요리로 먹었다. 채소가 풍부하게 나왔다.

카스바

식당 출발(14 : 20), 카스바로 향했다. 언덕 위에 들어선 5층 이상의 건물들은 백색 벽에 붉은 기와를 얹고 있었다. 5분쯤 뒤에 카스바의 알제리 성에 도착. 오스만투르크 시대의 성채가 남아 있었다.(북아 3939 성채) 성채를 지나자 오래된 건물들과 좁은 골목길이 드러났다. 좁은 골목 앞에서 정수일 교수의 즉석 강연 ―.

이 지역을 배경으로 이탈리아의 질로 폰테코르보 감독이 1965년에 다큐 영화 〈알제리 전투〉를 찍었다. 그 내용은 1954~57년까지 알제리 민족해방전선이 프랑스 식민통치에 대항해 벌인 무장 투쟁을 극화한 것이었다.

이 영화는 베니스 영화제에서 황금사자상을 수상, 이때 영화 스텝들이 수상식장에서 일괄 퇴장함으로서 프랑스의 비인간적 행위에 대한 침묵의 시위를 벌인 것으로 유명하다.

르 클레지오는 알제리의 혁명 운동가 파농을 소재로 〈파농〉을 창작, 프랑스 지성인의 자성을 보여주었고 영화 〈친밀한 적〉은 알제리 내전 당시 연합군과 알제리 점령군이었던 프랑스군의 만행을 고발하는 작품이었다.

정 교수는 또 프랑스 지성인들의 과거 역사에 대한 반성, 그 가운데 알제리 전쟁 중 악명 높은 공수부대 대령 마티유에 대한 것도 언급, 제2차 세계대전 당시 나치 치하에서 반 나치 운동의 본부를 알제에 두었던 마티유 대령이 알제리에 와서 저지른 비행에 대한 것들을 말씀하셨다.

알제리에 오기 전까지 알제리에 대해서 나는 아는 것이 거의 없었다. 프랑스 혁명, 자유와 평화, 평등, 예술의 나라로 알고 있었던 프랑스가 알제리에서 130여 년 동안 저지른 만행에 대해서는 더욱 몰랐다. 빛과 어둠이라고 할까……. 패배하지 않으려면, 굴욕을 겪지 않으려면 스스로 강해지는 수밖에 없다. 그것이 알제리에 와서 느낀 나의 소감이다.

수백 년 전에는 화려하고 아름다웠을 건물들과 골목들이 이제는 알제에서 가장 가난한 사람들이 모여 살고 있다는 카스바의 좁은 골목과 계단을 걸어 내려왔다.

오스만 시기의 총독 관저

바닷가에 있는 오스만 터키 시절의 총독 관저로 들어갔다. 산뜻한 색채의 모자이크 타일, 그리스식 머리장식에 사선으로 변화를 준 둥근 기둥, 2층으로 올라가자 스테인드글라스의 창이 있고 창문을 열자 바다가 철석이고 있었다. 바다 건너편은 스페인이라고 했다. 파도가 높았다.

프랑스 시절에 지은 바닷가의 가톨릭 성당으로 향하던 버스는, 도로 공사로 길이 막혔다고 되돌아 나오더니 바닷가에 우리를 내려놓았다. 파도가 높았다.

관광 경찰들은 멀찍이 서서 우리가 정해진 구역 바깥으로 나가지 않도록 지켜보고 있었다. 딱히 갈 곳도 없었다. 버스에 올라 호텔로 출발, 17시 30분에 호텔에 도착했다.

내일 일정은 5:00 / 6:00 / 7:00.

2009. 1. 13. 화요일. 갬.

 ## 09 알제 - 카사블랑카 - 라바트

알제

3시 3분 기상.

여행일기를 정리하면서 새벽 시간을 보냈다. 가까운 곳 이슬람 사원에서 코란을 외우는 소리가 들린다.

기도

우리가 겪었던 고통을

이 나라 사람들도 겪었고 겪고 있습니다.

어디에서나 약소국가의 백성들은 슬픕니다.

알제의 새벽

가까운 어딘가에 사원이 있는 듯

알라의 신을 부르는 기도소리 들려옵니다.

우리 모두에게 평화를 주소서.

우리의 소망은

우리 모두를 위한

안녕과 평화입니다.

간절히 원하오니 서로 사랑하고

용서하게 하소서.

평화를 주소서.

20분 뒤면 이 호텔을 떠나 비행장으로, 그리고 알제를 떠난다. 서러운 역사를 지닌, 여전히 살기 힘든 알제리의 사람들, 그들에게 평화가 오기를 —.

조반은 객실에서 바나나와 오렌지로 해결, 비행기 탑승을 위해서 트렁크를 정리하는데 잠금장치가 말을 듣지 않았다. 틈새가 벌어지면서 말썽이었다. 프런트에서 기다리는 동안 여러 번 손을 보고서야 간신히 잠그고 벨트로 고정시킬 수 있었다.

7시 10분에 호텔에서 버스가 있는 큰길까지 100m 가까운 거리를 걸어 나왔다. 버스 앞에는 운전사, 알제리 가이드, 알제 현지 가이드, 경찰까지 예닐곱 명이 서 있었다. 버스에 오르면서 누군가 '감옥에서 나오는 기분'이라고 말했다. 경찰들이 호위를 해주고, 길이 막힐 때에는 사이렌을 울려 길을 터주고, 쇼핑을 하는 동안에는 멀찍이 서서 혹시라도 있을지 모를 날치기에 대비해주고, 길을 잘못 들어서 혼자 벗어나 있을 때에는 친절하게 다가와 방향을 제시해주고, 고맙기는 고맙다. 그러나 누군가의 지속적인 눈길을 받고 있다는 것, 보호가 아니라 통제의 그늘 속에 갇혀 있어야 한다는 것, 그건 정말 싫었다.

호텔 앞 거리에서 출발했다(07:15). 알제의 새벽 거리는 이른 출근을 서두르는 사람들과 가로등이 서로 인사하고 있었다. 아스팔트는 비에 젖어 번들댔다. 알제리에서 3일간이나 비와 함께 있었다. 30분 만에 알제공항에 도착, 비를 맞으며 공항 청사 안으로 들어갔다. 입국 수속을 마치고 들어가 탑승 시간을 기다리는 동안 모두들 알제리의 추억을 환기시켜줄 기념품들을 샀다. 물건 흥정 잘하기로 소문난 허경옥, 이경옥, 양현아 선생, 그들이 고른 기념품을 구경하기만 했다.

AH412호에 탑승 (09:20), 좌석번호 20F, 창가 자리였다.

알제공항을 이륙했다(10:15). 옆에는 황평우 선생, 비행기에서 내준 기내식을 먹고 잠시 눈을 붙였는데 옆에서 깨우기에 눈을 떠보니 어느새 모로코의 카사블랑카 공항이 내려다 보였다.

카사블랑카

11시 30분에 카사블랑카의 모하메드5세 공항에 착륙했다. 알제로부터 2시간 15분이 걸렸다. 표준 시간에 따라 시계 바늘을 한 시간 뒤로 돌려주었다. 한국과의 시차는 9시간이다.

입국 수속을 마치고 나오자 한국인 현지 가이드, 총명해 보이는 한국 여성 가이드가 기다리고 있었다. 조재영이라고 했다. 공항 청사 밖으로 나서자 햇살이 따가웠다. 모로코의 빛나는 햇살, 눈이 부셨다. 전용 버스에 오르는 길로 선 블록 크림을 발랐다.

공항 출발(11:35), 모로코의 수도 라바트로 향하는 길이었다. 조재영 씨는 조금 서투르기는 해도 또박또박 모로코의 전반에 대한 소개를 했지만 새벽에 호텔을 빠져나와야 했던 관계로 피곤했던 나는 반은 졸면서 반은 들으면서 메모를 했다. 그녀의 말을 정리하면 다음과 같다.

【 모로코의 개요 】

• 카사블랑카에서 라바트까지는 91km, 버스로 90분이 소요된다.

• 모로코에서 사람을 처음 만났을 때의 인사는 "살라 말리쿰!(안녕하세요)" 하면 "말리쿰 살라!(네, 안녕하세요)"로 주고받는다.

• 모로코의 정식 국명은 Kingdom of Moroko, 국토의 면적은 서부 사하라 지역 포함 71,850km², 인구는 3,400만 명, 국민 평균 소득은 1인당 3,000달러, 최저 임금은 2,100원이다.

- 밀은 11월에 파종하여 6월에 수확하며 경작지의 담장구획은 선인장을 심어서 표시한다. 건물의 기와가 초록색인 것은 초록색이 이슬람을 상징하고 있기 때문이다.

- 교통수단은 도시에서는 자동차를 이용하지만 농촌 지역에서는 노새, 당나귀, 말이 주요 운송수단이 된다. 모로코 시내에서 택시는 3인용과 6인용으로 나뉘고, 3인용은 쁘띠 택시, 6인용은 그랑 택시로 불린다.

- 모로코 가옥의 특징은 창문이 작다는 것, 이 작은 창에 커튼을 드리우고 산다. 사생활 보호에 중점을 두고 있다는 말인데, 반면에 작은 창의 커튼 뒤에서 끊임없이 바깥을 내다본다는 의미이기도 하다. 이것은 다시 내가 아닌 남을 지켜본다는 것은 그 사람과 어울리고 싶다는 것을 의미한다. 이런 욕망은 모로코 사람들의 성격적 특징으로 나타난다. 그들은 대체로 다혈질이다. 남의 일에 참견을 많이 한다. 시장 같은 곳에서 길을 물을 때에는 조심해야 한다. 너도 나도 길을 가리켜 준다고 엉뚱한 곳을 말하기 때문이다.

- 한국 교민들이 사는 곳은 아가디르인데 원양어업에 종사하는 이들, 선교사들, LG, 삼성, 기아, 현대에서 파견된 사람들도 있다. 이들 한국인은 대체로 300~500인에 이른다.

- 모로코의 문화유적 계통을 보면 중세시대의 도시가 많이 잘 보존되어 있다. 현대식 주거지로는 아파트가 많이 들어서고 있고 농촌 지역은 3~5층 아파트, 도시에서는 5층 이상의 아파트들이 있다.

- 경제적인 측면에서 보면 빈부격차가 심하다. 그러나 현 국왕인 모하메드 6세가 들어서면서 서민들을 위한 빵('홉스'라고 부르는 둥근 빵)과 난방용 가스를 저렴하게

공급하고 있다.

- 모로코의 치안은 잘 되는 편이지만 아침저녁에는 조심해야 한다.
- 모로코는 대체로 '되는 일도 없고 안 되는 일도 없다'는 말과 '아프리카 중에서 가장 추운 나라'라는 말을 듣고 있다.
- 모로코에서 자주 듣게 되는 메디나와 카스바에 대해서는 구분을 해야 하겠다. '메디나'는 옛 도시 가운데 상업 지역과 공공 지역이 포함된 것을 의미하고, '카스바'는 메디나와 비슷하지만 전쟁에 대비해 건설된 성채를 의미한다. 카스바에는 모스크(사원), 화덕, 분수, 목욕탕 시설이 구비되어 있다.
- 모로코의 교육에서 학제는 5(초), 4(중), 3(고)제도, 어린이에게 5~6세 때부터 코란(이슬람경전)을 암기 시킨다.

한국인 가이드 조재영 씨의 설명을 들으며 달리는 동안 차창 밖으로 밀밭의 초록이 찬란했다. 모로코는 지난 해 30년 만의 최고 강수량을 보였다고 한다. 그 결과 초록의 풍요를 누리게 되었다. 라바트 지역으로 들어서 해안가에서 정차, 확 터진 바다와 파도의 흰 갈퀴를 보았다. 대서양이었다.

라바트

해안가에 있는 식당으로 들어갔다. 대서양의 까마득한 수평선과 높은 파도를 볼 수 있었다. 오늘은 특히 파도가 높은 날이라고 했다.

바다가 내려다보이는 창가에 앉아 생선요리를 먹었다. 문유찬 교수 부부가 우

우다야의 해변

리 일행에게 내는 포도주를 마시며 바다와 수평선과 하늘을 바라보았다. 와인 잔을 눈높이로 올려 보았다. 붉은 와인 위로 푸른 바다와 포말져 밀려오는 메밀꽃이 보였다. 와인잔을 바다를 향해 오래 들고 있다가 입에 넣으면 바다와 파도가 가슴 속으로 와르륵 쏟아져 들어왔다.

바닷가에서 와인을

모로코의 해안 도시 우다야
해안에 면한 생선 요리 집
와인잔을 들어 대서양과 인사한다.

살라 말리쿰!

말리쿰 살라!

와인잔을 높이 들고

바다를 향해 윙크하면

붉은 와인 위로 몰려드는

푸른 파도와 흰 물갈퀴

와인잔 안에서 바다가 출렁인다.

그대 잔을 높이 들어

바다에게도 권하라.

와인잔을 입안에 쏟아 부우면

가슴 속에서 출렁거리는 바다

바다 내가 되고

나 바다 되리니

우다야 카스바의 골목풍경

식사 후 버스에 올라 10분쯤 달려 간 곳, 바닷가 언덕 위에 우다야 카스바가 있

었다. 12세기 베르베르의 우다야 왕조 시절에 조성된 마을, 좁은 골목 안으로 들

어가면 나지막한 집들, 모든 집들의 아랫부분과 창문과 문이란 문들은 밝은 청

1 우다야 카스바의 골목
2 우다야 곶

색, 윗부분은 백색으로 도
색된, 청백색靑白色의 마을
로 들어갔다. 넓은 길이라
해도 소형 승용차 한 대가
간신히 지나갈 정도, 좁은
골목은 한두 사람이 다닐
정도, 골목 위로 오르자
옛 성과 넓은 공터와 곡물
창고였던 큼직한 건물이
보였다.

고성의 벽에 기대어 아
틀라스 산맥에 발원지를
두고 흘러온 부레그레그
강 어귀와 대서양이 만나
는 지점, 뾰족하게 나와 있
는 곳을 내려다 보았다. 성
채에서 보면 건너편이 라
바트의 신시가지, 신시가지
쪽 해안에 공동묘지가 보

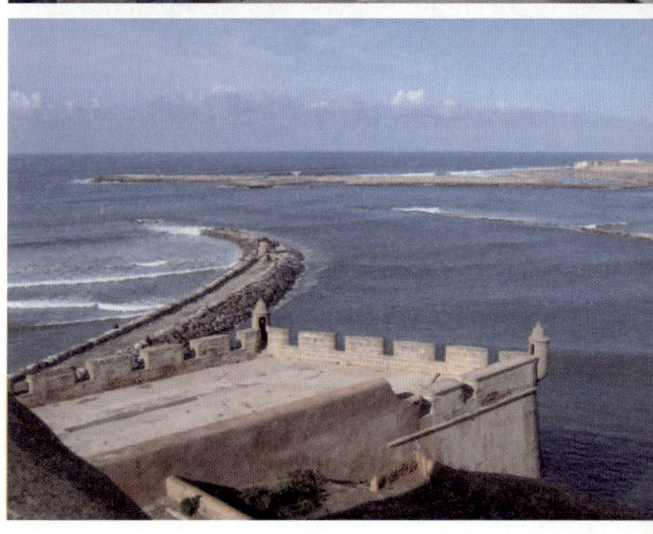

였다. 모두 12세기 무렵의 것으로 이 무덤들만으로도 침략자들의 사기를 꺾기 위

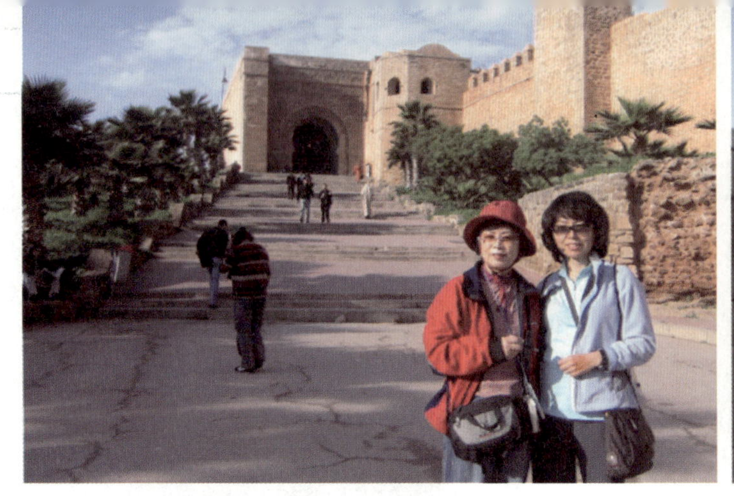

한 전략이었다고 한다.

곡물 창고로 사용되었다는 건물 안을 기웃거렸다. 안에는 카펫을 짜는 직조기 앞에서 젊은 여성들이 카펫을 짜고 있었다. 그중 한 여성이 다정하게 웃으며 손으로 자기네 옆에 와서 보라고 한다. 자기네 의자에 앉아도 보라고 한다. 고맙다며 사진을 찍고 나자 곧 손을 내민다. 돈을 내라는 것이다. 돈이 없다고 하자 짭짭 소리를 내며 껌이라도 내놓으라고 한다. 참으로 친절하구나 하던 감탄은 이내 당혹감으로 바뀐다. 가방 속에서 아직 많이 남아 있는 껌을 봉지채로 주고 나와 버렸다.

우다야 카스바의 박물관

우다야 박물관Musee Des Oudaia은 언덕 위, 큰길에 면해 있는 황토색의 단단한 벽돌로 지어진 고성이었다. 건물과 건물 사이에는 정원을 조성해서 숲이 무성했다. 라바트에서 '가장 아름다운 정원'이라는 찬사를 받고 있는 곳이라고 했다.

박물관에는 베르베르인의 혼례복과 민속공예품들이 전시되어 있고, 악기 박물관도 있다고 하나 정원을 사진에 담느라고 들어가 보지는 못했다. 15시 25분에 박물관을 출발했다.

모하메드 5세의 영묘

모하메드 5세의 영묘가 있는 영내로 들어가는 출입구에는 상하 붉은 옷에 흰 망토, 초록색 모자를 쓴 기마병이 부동자세로 경비를 서고 있었다. 영묘를 모신 사원은 백색 건물에 초록색의 삼각지붕, 건물의 전면에 커다란 세 개의 아치형 문을 가진 구조, 건물의 사방에 역시 커다란 아치형 문이 있고 문 앞에는 붉은 옷의 정장을 한 경비병들이 부동자세로 서 있었다.

모하메드 5세는 프랑스 식민통치에 항거하여 선두에서 독립운동을 지휘하던 모로코의 술탄 벤 유세프였다. 당시 그는 입헌정부를 이끌고 있었다. 1943년 민족주의자와 인민운동이 연합해서 창당한 독립당이 독립성명서를 여러 곳에 전달했으나 거부당하자 이들은 술탄 벤 유세프를 내세워 독립운동을 지휘하게 했다.

그러나 술탄 벤 유세프와 프랑스 행정부와의 갈등이 발생하자 술탄을 제거하려는 세력이 등장, 1953년 술탄은 퇴위가 아닌 망명을 선택했고, 후임 술탄으로 모하메드 이븐 아라파가 선임되었다. 그러나 이븐 아라파는 모로코 전역에서 일어난 항의 운동으로 왕위를 포기, 망명했던 술탄 벤 유세프가 돌아와 복위했다.

1956년 모로코가 프랑스로부터 독립, 1957년 9월 술탄을 왕으로 개명하게 되자, 술탄 벤 유세프는 왕 모하메드 5세가 되었다. 1961년 2월에 모하메드 5세가 사망하자 아들인 하산 2세가 왕위에 올랐다. 그러나 그 또한 1999년 7월 23일 사망, 현재의 왕인 모하메드 6세는 1999년 7월 왕위를 계승했다. 모하메드 5세의 영묘는 1962년부터 400명의 장인들의 손으로 7년에 걸쳐 완공되었다.

영묘 안으로 들어갔다. 붉은 정장 차림의 경비원들이 여기 저기 배치되어 있었다. 모하메드 5세의 영묘는 지하에 안장되어 있는데 1층이나 2층 난간에서 지하에 안장된 3기의 영묘를 볼 수 있었다. 지하의 한가운데 하얀 대리석관은 모하메드 5세의 관, 뒤쪽으로 왼쪽에 하산 1세(하산 2세의 아우), 오른쪽에 하산 2세의 하얀 대리석관이 모셔져 있다. 지하 및 사방의 벽을 꾸민 것은 모로코 각처에서 운송해온 최고 양질의 대리석. 이들은 채색 모자이크로 처리되어 단아하면서도 엄숙한 분위기를 자아내고 있었다.

하산탑

하산탑

하산탑은 모하메드 5세의 영묘 건너편에 있는 미완의 첨탑으로, 알 무와히둔 왕조의 3대 야쿠브 엘 만수르 왕이 AD 1195년부터 세우기 시작했다. 만수르 왕은 세계 최대의 모스크(사원) 건설을 꿈꾸었으나 공사 시작 4년 후, 왕의 사망으로 사원은 물론 탑의 공사는 중단되었다. 만수르 왕은 생전에 모스크를 3곳에 세웠는데 그 중 하나인 하산탑은 미완의 것으로 그치고 말았다.

붉은 사암을 사용한 하산탑은 한 변이 16m인 정사각형 형태로 높이 86m까지 계획되어 있었다고 하나 현재 높이는 44m에 머물러 있다. 하산탑과 모하메드 영묘 사이의 광장에는 제가끔 키가 다른 석주가 353개, 그러나 1755년에 발생한 지진으로 현재는 276개가 남아있고 이들은 모두 로마시대 건축물에서 가져온 것이라고 했다.

우리 일행이 영묘 앞에 서서 높낮이가 서로 다른 276개의 석주들과 미완의 하산탑을 바라보고 있는 동안 챙이 검고 크라운이 노란 커플 모자를 쓴 한동헌 선생 부부, 아내가 앞서서 두 팔을 양옆으로 힘차게 휘두르며 기둥 사이를 누비며 나아가자 똑같은 폼으로 남편이 뒤따랐다. 유치원 원아들이 "따따따 따따따 주먹손으로 따따따 따따따 나팔붑니다"를 노래하며 행진하듯, 무릎을 높이 들어 올리며 두 팔을 모아 지그재그 양옆으로 휘두르는 중년 부부의 귀여운(?) 행진 앞에 모두들 웃으며 박수를 쳤다. 하산탑 앞에서 한동헌 선생 부부는 참으로 귀여운 어린이로 돌아가 있었다.

16시 정시에 하산 타워 앞을 출발, 로마시대 유물을 전시하고 있는 고고학 박물관으로 향했다.

고고학 박물관

로마시대 유물을 전시하고 있는 고고학 박물관의 2층은 공사 중, 지하와 1층에 전시된 유물만 볼 수 있었다. 백색 대리석으로 조각한 사람의 머리, 날개 달린 스핑크스, 태양 모양의 청동 가면, 청동 조각의 바쿠스 상반신상이 있었다. 술병을 든 바쿠스상은 대략 20×20cm 크기였다.

1층 전시실 중앙 지점에는 몸을 한 쪽으로 기대고 반쯤 누워있는, 등신대보다는 큰 프톨레마이오스Ptolemaios, Ptolemy의 동상이 있었다. 조그만 안내판에는 카라칼라에게 살해되었다고 적혀 있었다. 프톨레마이오스는 AD 2세기 로마령 이집트에 살면서 그리스어를 구사한 지리학자이자 천문학자 겸 점성가로 천동설을 주장한 사람이다. 그는 '지구는 고정되어 있으며 우주의 중심이 곧 지구'라고 했다. 이런 프톨레마이오스의 주장은 코페르니쿠스가 지동설을 주장하기까지 많은 사람들에게 영향을 끼쳤다. 천동설의 주창자가 로마사에서 가장 잔인한 폭군이며 미치광이 황제 가운데 한 사람인 카라칼라에게 처형당했다는 것은 또 무슨 역사의 아이러니인가. 카라칼라 또한 그의 악행으로 인해 암살당하지 않았던가.

그밖에도 베르베르인들과 로마인들을 모델로 한 동상들이 많이 있었다. 문유찬 교수가 내게 베르베르인과 로마인을 구별하는 방법을 알려주었다 베르베르인은 윗눈썹 아래 콧날이 약간 들어갔다가 튀어 나오고, 로마인은 콧날이 이마로부터 수직으로 연결되어 있다고 했다.

라바트 왕궁

1894년에 지어진 후 왕족들이 거주해왔던 라바트 왕궁은 현재는 왕의 집무를 위한 궁으로 사용되고 있고 총리의 집무실도 이 안에 있다고 한다. 버스가 궁문(대사의 문이라고 불림)을 통과해 들어갔다. 흰 벽과 녹색 성가퀴와 지붕을 가진 왕궁이 나타났다. 먼저 왕궁 영내에 있는 모스크 아루파스 모스크로 갔다. 흰 벽에 수많은 아치형 문을 가진 모스크의 첨탑에는 밝은 갈색 모자이크 타일의 도안이 그려져 있어서 중후한 느낌을 주었다.

버스는 모스크 건물의 뒤편에 주차시키고 모스크 앞 광장을 가로질러서 왕궁이 있는 쪽으로 갔다. 붉은 옷차림의 경비병들과 진한 감빛 경찰제복을 입은 이

들이 왕궁의 정문은 물론 요소요소에서 경비를 서고 있었다. 왕궁의 정문 안으로 겹겹이 늘어선 건물의 문들이 보였다. 왕궁의 정문은 개선문과 같은 인상을 주었다. 베이지색을 바탕으로 하고 있는 정문은 한가운데 높직한 아치형의 문이 있고 네모난 상단부(ㅁ)에는 하늘색의 큼직한 국화꽃 같은 무늬가 황금색 테두리로 장식되어 있었다.

왕궁의 정문 앞에서 정수일 교수께서 1960년, 중국인의 신분으로 튀니지를 거쳐 모로코를 방문했었던 시절의 사진을 보여주셨다. 중국 외교관 신분으로 모로코를 방문했지만 실은 알제리 전쟁 상황을 현지에서 중국에 보고하기 위해

1 아루파스 모스크 측면
2 모로코 왕궁 정문
3 50년 전의 정수일 교수. 뒷줄의 오른쪽 두 번째

228

파견된 특수 신분, 사진은 모로코의 당시 왕이었던 모하메드 5세를 알현하기 위해 각국 외교사절들과 함께 모로코 왕궁 담당자의 안내를 받아 접견실로 향하는 모습을 담은, 흑백 사진이었다. 정 교수는 의전 담당자의 바로 뒤편에 서 있는데 워낙 헌칠한 체격이라 금방 알아볼 수 있었다. 정 교수의 20대 후반의 모습은 50년의 세월이 지난 지금 보아도 별로 훼손되지 않은 모습, 20대의 정 교수가 당시 만났던 모하메드 5세와 그의 두 아들은 지금 모두 영묘에 함께 안장되어 있다. 정 교수께서는 50년 세월을 건너 뛰어 추억으로 이르는 건물을 기웃거리며 왕궁 경내의 변모를 짚어주시며 감격해 하셨다.

왕궁을 떠났다(17:20). 로마시대 조성된 셀라의 성채를 찾아갔다. 그러나 시간이 늦어서 성채의 문은 닫혀 있었다. 성채 바깥에서 독특한 구조의 성문을 구경하다가 다음날 다시 와보기로 하고 버스에 올랐다.

시내 중심가는 도로가 좁은데다가 도로 양편으로 주차해 놓은 차량들이 많아서 버스 운행은 곡예를 하는 듯했다. 시내 한가운데서 남녀 젊은 시위대들이 이스라엘을 규탄하는 시위를 하고 있었다. 한 100명 정도? 인원은 많지 않으나 경찰이 시위대를 둘러싸고 있었다. 버스가 좀 더 전진하자 이번에는 200명 정도의 시위대가 구호를 외치며 노래를 부르고 있었다.

마질리스Majiliss 호텔에 도착(18:05), 312호실로 배정받았다.

내일 일정은 6:30 / 7:30 / 8:30.

2009. 1. 14. 목요일, 알제 비, 카사블랑카 · 라바트 쾌청.

10 라바트 – 셀라 – 탕헤르

라바트

3시 30분에 기상, 세수하고는 다시 자리에 누웠다가 깨어보니 4시 30분이었다. 자료집을 읽기에 객실의 조명은 어둡다. 어제 다녀왔었던 곳을 자료집에서 찾아 확인하고, 오늘 찾아갈 곳들에 대해 예습을 한다. 오늘은 탕헤르로 가서 그곳의 오랜 유적들을 보게 되리라고 한다. 좋은 추억을 만들고 반드시 기록으로 남길 것. 페스에서는 반드시 가죽제품을 기념품으로 사도록 할 것.

7시 30분에 조반으로 요거트 2개, 빵, 소시지와 커피를 들었다. 트렁크를 들고 나가 버스에 싣고 보니 하늘이 흐리고 날씨는 선선했다. 하룻밤을 보내놓고 보니 호텔은 라바트의 성채 안에 있었다. 주변에 호텔들이 몰려 있고 가까운 곳에는 기차역도 있어서 어떤 회원은 기적 소리 때문에 숙면을 할 수 없었다고 했다.

호텔 출발(08:35), 셀라의 성채로 갔다.

독특한 디자인의 첨탑 상단

로마 유적군

셀라는 붉은 벽돌의 성
채, 입구의 둔중한 두 개
의 첨탑은 상단이 벌집
모양을 가진 독특한 양
식으로 눈길을 끌었다.
BC 3세기에 고대 페니
키아 사람들이 이곳에
살았고 AD 40년, 로마가
점령하면서 로마의 도시
로 발전했다. AD 14세기
아부 알 하산 시대에는
베르베르의 도시였고,
시대에 따라 다양한 유
적을 가진 종합 선물세
트 같은 곳이 셀라의 유
적군이다.

입구를 통해 고대의 성채로 들어섰을 때에 잘 꾸며 놓은 정원의 숲길이 정갈
했다. 먼저 찾아간 곳은 입구에서도 길 쪽에서 가까이 있는 로마시대의 유적지
였다. 대저택의 초석들, 무너져 내린 건물의 벽들만 남아 있었다. 로마시대 건축

물로 들어가는 길 입구에는 주황색 글라디올라스가 활짝 피어 관광객을 맞아들이고 있었다.

다시 길로 나와 숲길을 내려가는데 일행들이 탄성을 지르고 있었다. 오래된 고목 우듬지에 검정색 부리가 길고 다리도 긴, 머리부터 날개는 하얀데 꼬리 쪽이 까만 새 서너 마리가 둥지를 지키고 있었다. 황새였다. 반가워서 사진을 찍다 보니 황새는 그들만이 아니었다. 오래된 이슬람 사원의 첨탑 위에도, 오래된 영묘의 건축물 위에도, 높다란 성채 위에도 무수히 많은 황새군이 있었다. 어디선가 대나무줄기를 두드리는 듯한 소리, 목탁을 두드리는 듯한 소리가 일정하게 울려 퍼졌다. 황새들이 긴 부리를 부딪쳐가며 내는 소리, 그들은 번식을 위해 셀라의 숲을 찾았다가 관광객의 등장을 보고 서로에게 위험을 알리고 있었다. 상하 부리를 부딪쳐가며……. 마치 잘 훈련된 타악기 연주를 듣는 듯했다. 실은 그것이 황새들의 통신수단인 것을.

황새가 우리나라에만 있는 천연기념물인줄 알았다. 그런데 이곳에 와서 보니 황새는 전 세계에서 서식하는 철새였다. 황새 관련 자료를 찾아보니 다음과 같이 나와 있다.

황새는 유럽 중부와 남부, 이베리아반도, 아프리카북부, 터키, 이란, 파미르 고원 부근, 우수리지방, 중국 동부지방, 우리나라 및 일본 등지에서 번식하고 북부의 번식 집단은 겨울에 아프리카 · 인도 북부 · 중국 동북부로 이동한다.

('황새', 한국민족문화대백과사전, http://encykorea.aks.ac.kr/, 최종검색일 : 2016.5.16)

<table>
<tr><td>1</td><td>2</td></tr>
</table>

1 황새와 둥지
2 첨탑 위의 황새 둥지

다시 넓은 길을 따라 내려가자 이번에는 야생 고양이 떼를 만났다. 대여섯 마리의 고양이들이 허물어진 건물들 사이에 또는 길 위나 담장 위에 웅크리고 있었다.

아부 알 하산의 영묘

아부 알 하산의 영묘는 사람 하나가 겨우 통과할 만한 입구를 가진 벽돌 건물 안으로 들어가야 했다. 로마시대에 지어졌을 이 건물은 14세기 이후부터 검은 술탄 아부 알 하산과 그의 가족들의 영묘로 사용되고 있는데 지금은 천장은 날아가고 높은 건물의 벽들만 남아 있었다. 건물 벽에 소량으로 남아 있는 모자이크 타일, 조금 큼직한 방에 남아 있는, 모자이크 타일 뚜껑으로 덮인 세 기의 관은 모두 아부 알 하산 가족의 것이라 했다.

아부 알 하산은 마린 왕조의 술탄으로 재위 시(1331~1351)에 마린 왕조의 영토를 확장시켰고 스페인과 알제리 튀니지까지 공격하여 통일된 북아프리카 제국을 건설했던 사람이라 한다. 그가 전쟁터에 나가 있는 동안 그의 아들 아부 이난이 반란을 일으켰다. 아부 알 하산은 아들이 일으킨 반란을 진압하러 나섰으나 자신의 군대에게 배신당하고 결국 술탄 자리를 아들에게 양보해야 했다. 아부 알 하산은 1351년 5월에 사망하고 셀라에 안장되었다.

모스크

로마 유적군이며 아부 알 하산의 영묘, 모스크^{이슬람 사원}는 모두 셀라의 성채 안에 근접해 있었다. 하산의 영묘에서 모스크의 장방형 미나렛^{첨탑} 위에 나뭇가지들을 물어다가 큼직한 둥지를 틀고 탑 아래 탐방객을 지켜보고 있는 황새를 관찰할 수 있을 정도로 이 유적지들은 근접해 있다.

모스크의 벽이 터진 틈으로 들어가자 지하에 남아 있는 직사각형의 넓은 터전에는 벌집처럼 칸칸으로 나누어진 작은 공간들이 있었다.

이는 마드라사^{기숙학교}로 신학생들의 공부방과 침실 역할을 하는 곳이었다. 전체 구조는 아래 그림과 같다. 마주 바라보이는 방들 사이로 휴식 공간인 중정^{中庭}을 두고 있다.

		방	방	방	방	방	방	방	방	방	방	
		중정(정원)										출입구
		방	방	방	방	방	방	방	방	방	방	

그리고 이들 방은 대개 2층으로 구분되고 방 한 칸에 5~6인의 학생들이 머물면서 지하 1층에서는 공부를, 지하 2층에서는 휴식을 취하도록 하는 구조로 되어 있다고 한다. 공부방과 침실로 쓰였다는 공간을 벗어나자 이번에는 학생들

을 위한 하맘_{공동목욕탕} 시설이 나왔다. 바닥은 온돌로 따뜻하게 하고, 벽에는 수로를 연결시켜 그 물을 퍼서 몸을 씻을 수 있도록 한 구조였다.

모스크의 바깥으로 나왔다. 오렌지나무들이 정원을 채우고 있었다. 정원 한쪽에는 샘이 있었다. 주먹보다 큰 오렌지들이 주렁주렁 달려 있고 솟아오른 샘물은 작은 수로를 통해 정원의 숲 사이로 흐르고 있었다.

셀라 지역을 출발했다(09:30). 모로코의 수도 라바트 시내 중심가를 지났다. 미대사관을 비롯한 외국대사관 건물들이 있는 거리는 조용하고 정리가 잘 된 곳이었다.

탕헤르로 가는 길가에 현 모로코 왕이 거주하고 있는 왕궁이 있다고 했다. 왕궁이 있는 방향의 가로수는 키가 워낙 커서 가로수가 바로 높은 담장 노릇을 하고 있었다. 경비병들만 보이지 않는다면 그곳에 왕궁이 있으리라고는 생각도 못할 정도였다.

고속도로의 양편은 모두 광활한 평원지대, 연둣빛 밀밭이 끝없이 펼쳐져 있었다. 모로코 최대의 밀 생산지라고 했다. 현지 가이드 미스터 압둘은 모로코를 우리에게 자세히 안내하고 싶어 했다. 모로코는 자유주의 국가이고 평화롭고 또 발전 가능성이 많은 나라라고. 현재 모로코의 대통령 모하메드 6세는 보다 자유주의적이고 개방적이어서 전 세계를 순방, 외자를 적극 유치, 일자리를 창출하고 있기 때문에 국민들의 신망이 높은 대통령이라고.

버스가 달리기 시작한 지 1시간쯤 지났다. 시에브 강 다리를 건넜다. 이후 탕헤르에 도착하기까지 후쿠스 강, 타하트 강을 건너야 했는데 이들은 모두 아틀라스 산맥에서 발원하여 대서양으로 유입된다고 한다. 버스 안에서 이븐 바투타와 그의 여행에 대한 정수일 교수의 강의를 들었다. 정리하면 다음과 같다.

【 이븐 바투타와 세계여행 】

중세기에 이븐 바투타(1304~1368)의 세계여행이 가능했었던 이유는 어디에 있을까.

첫째, 이븐 바투타는 이곳저곳 이슬람교를 선교하는 이슬람 지도자로 존경을 받고 있었다.

둘째, 이븐 바투타는 그가 머무는 여러 여행지에서 결혼하고 자손도 낳았다.

셋째, '살롬, 나의 형제여'라는 이슬람 문화는 바투타가 긴 여행을 하는 데 안락을 제공했다.

넷째, 당시는 수니파(신비주의자)가 극성했던 시기, 자기실현, 단련, 극복, 고행을 거친 정체성 찾기라는 새로운 유파들이 활동하던 시기, 도처에 이런 수도자들을 위한 수도원이 많이 있었고 이것이 바투타가 30년에 걸친 여행을 하는 데 많은 도움을 주었을 것이다.

【 이븐 바투타 여행기의 역사적 위치 】

첫째, 당시 세계를 이해하는 데 역사적 지식의 보고가 된다(특히 인도 왕국에 대한 객관적, 논리적 보고로서의 역할이 크다).

둘째, 바투타의 여행기 도처에 세계적인 이슬람 학자와 왕을 직접 만나 대담을 나눈 기록이 있다. 인물사전으로서의 역할이 크다.

셋째, 문명교류사 — 당시대의 실록적인 특성을 갖고 있다. 뿐만 아니라 당시 인간 교류, 바다나 성곽의 구조, 생활습속 등등을 살펴볼 수 있다.

넷째, 문학적인 가치 — 여행문학 장르의 한 전형을 이루고 있다.

(세계 4대 여행기 작가는 마르코 폴로, 오도릭, 이븐 바투타, 혜초)

【 이븐 바투타의 여행기 발굴 및 번역 과정 】

이븐 바투타는 1325~1354년까지 30년에 걸쳐 3대륙 10만km를 여행, 만년에 모로 코로 돌아와 술탄의 부탁으로 그가 겪었던 이야기를 시인이며 작가인 이븐 주자이 앞에서 구술, 기록하게 한다. 이븐 바투타가 경험한 이국의 풍물과 인정, 사건들은 당시의 대문장가였던 이븐 주자이의 붓끝에서 완성되어 알려지게 되었다.

그러나 중세에 작성된 '이븐 바투타의 여행기'는 1809년에 영국인이 초역본을 발견, 1829년 영어로 번역했다. 1853년에 원본이 발견되자 5년간에 걸친 작업으로 불어번역본이 나왔다. 1932년 영국에서 13년에 걸친 작업으로 완역 영어번역본이 나왔다.

정수일의 완역 한역본은 깐수 간첩사건으로 감옥에 있을 때 1년 9개월에 걸친 작업으로 나왔다. 번역 기간을 밝힐 수 없는 이유는 당시 정수일을 도와준 담당교도관들을 보호하기 위한 것이다. 『이븐 바투타 여행기』에 삽입된 지도는 감옥에서 문풍지를 바르라고 배포한 토막종이를 이어 붙여서 만든 것이다.

탕헤르

탕헤르Tangier 지역으로 들어섰다(12:30). 라바트에서 탕헤르까지는 3시간이 걸렸다. 탕헤르는 지브롤터 해협에 있는 항구 도시. 인구 200만. 현재 탕헤르는 외자 유치로 공장지대가 설립되었고 자유무역항 지역으로도 설정되었으며, 이 지역에서 생산되는 생산품은 직접 유럽시장으로 수출되고 있다고 한다.

탕헤르는 베르베르족의 여신 '팅가'의 이름에서 유래된 것으로 알려져 있다. 베르베르족 신화에 의하면 팅가Tinga 또는 Tinjis 여신이 헤라클레스와의 두 번째 결혼에서 얻은 아들인 소팍스Sophax가 어머니를 기리기 위한 이 도시를 건설했다고 한다.

탕헤르의 역사는 BC 5세기 초까지 올라간다. 카르타고인들이 세운 고대 페니키아의 도시가 탕헤르였다, 탕헤르는 전략적 요충지에 자리 잡고 있었던 탓에 페니키아 시대부터 1950년 독립에 이르기까지 그 주체 세력이 수없이 바뀌는 환란의 세월을 보내야 했다. BC 1세기에 로마의 식민지로 시작해서, 반달족의 약탈의 대상으로, 비잔티움의 일부로, 아랍의 지배지로, 15세기 이후부터는 포르투갈, 에스파냐, 프랑스의 통치 지역으로, 1648년 잠시 모로코령으로, 곧바로 에스파냐와 프랑스령으로, 제1차 세계대전 후에는 영세중립도시로, 제2차 세계대전 후에는 잠시 에스파냐령으로, 그리고 1956년에 모로코에 반환되면서 오늘에 이르렀다.

탕헤르 시내로 들어서면서 진입로에 'LG 냉장고' 선전 간판이 크게 걸려 있고, 곧이어 '현대자동차' 입간판이 보였다. '기아자동차'들이 간간이 눈에 들어

바다 건너편이 스페인. 최원희 선생이 포즈를 취하고 있다.

왔다. 시내 진입로의 가로수는
플라타너스였다.

　전용 버스가 바닷가 해안도
로변에 잠시 정차했다(12 : 52).
멀리 바다 건너가 스페인 땅, 탕
헤르와 스페인까지는 직선거리
16km, 쾌속선으로 달리면 35분

거리, 수영에 자신이 있는 사람이라면 수영으로 넉넉히 건널 수 있을 만한 거리라
했다. 버스에 탄 채로 시티 투어, 시내 중심가의 번화한 거리는 '모하메드 5세의 거
리'라는 칭호가 붙어 있었다.

　탕헤르 가는 1923~1953년까지 미, 불, 영, 스페인, 이탈리아 등을 비롯해 8개
국이 지역을 나누어 관리했다. 치안유지는 탕헤르 당국이, 나머지는 각기 8개국
의 문화적 전통에 따라 관리되어졌다고 한다.

　버스는 복잡한 골목을 지나며 바다로 면한 호텔을 지났다(13 : 20). 처칠 수상이
머물던 호텔, 세계적인 유명 인사들이 이용하던 호텔이었다고 하나 호텔 이름
을 제대로 듣지 못했다. 골목 양쪽으로 승용차들이 주차하고 있어서 대형버스
가 통과하기에는 아슬아슬했다.

　식당은 골목 깊숙한 곳 2층에 있었다. 레스토랑 함마디Hammadi, 아랍 전통의상
을 입은 악사들이 전통악기를 연주하고 있었다. 조금 몸매가 뚱뚱한 젊은 무희
가 가볍게 춤을 추며 식당 사이를 누비고 있었다. 채소 샐러드가 새콤하고 싱싱

했고 빵과 닭고기도 맛있었다. 후식으로 나온 오렌지는 둥글고 얇게 저며서 그 위에 약간의 설탕과 계피가루를 뿌려주었다.

이븐 바투타의 영묘

식사 후, 좁은 골목길을 걸어서 세계 4대 여행문학가 중 한 사람인 탕헤르 출신의 여행가 이븐 바투타의 영묘를 찾아갔다. 골목길은 좁아서 두 사람이 나란히 걷기에는 불편했다. 공동수도가 있는 언덕길을 오르자 나타난 '이븐 바투타 거리'는 미로였다. 현지 가이드의 뒤를 따라 부지런히 올라간 골목 한 쪽에 지극히 낮고 자그마한 집, 벽 모서리에 돌출된 시멘트 기둥, 자그마한 하얀 석판에 채색 꽃무늬로 처리한 윤곽선, 그 안에 '이븐 바투타의 무덤'이라는 표지판이 나타났다. 그 표지판에 잇대어 있는 건물의 출입구, 관리인이 와서 목제 대문에 나란히 걸린 두 개의 자물쇠, 그 아래편에 있는 자물쇠, 모두 세 개의 자물쇠를 열어준 다음에 작은 방안으로 들어갔다.

2×4m가 될까 말까 한 작은 공간의 벽 한 쪽 면에 초록색 카펫이 덮인, 윗면

1 시장골목
2 젊은 무희
3 이븐 바투타의 집을 찾아가는 골목
4, 5 이븐 바투타의 집 표지판

이 삼각형인 관이 놓여 있었다.
초록색 카펫에는 황금색 아랍문
자가 도안처럼 예쁘게 새겨 있었
다. 벽면에는 이븐 바투타의 여
행기가 얌전하게 진열되어 있었
다. 사진을 찍고는 얼른 방에서
나와 다른 회원들이 구경할 수
있도록 했다. 5~6인이 간신히 둘
러서 사진을 찍을 수 있을 정도
의 협소한 공간이었다.

메디나

골목은 서로 엉키고 풀리고 골목마다 상가로 이어지고 있었다. 모로코 전통의 상을 입은 사람들이 골목을 지나갈 때 몰래 사진을 찍으려고 하면 어느 틈에 얼굴을 가리고 사라져 갔다. 모로코인들의 주식인 둥글고 넓적한 빵을 가득 담은 리어카가 있기에 사진을 찍다 보니 빵 주인인 중년 남자는 두 손으로 얼굴을 가리고 손가락 사이로 우리를 관찰하고 있었다.

30유로를 모로코 화폐로 바꾸었다. 유로 대 디람의 환율은 1 : 1.1.

모하메드 5세가 연설할 때 이용한 건물과 유태인 골목

좁은 골목을 벗어나오자 자그마한 광장, 광장을 가운데 두고 길은 방사선에 가깝게 뻗어나가고 있었다. 언덕 쪽으로 조그만 하얀 건물이 있었는데 그곳이 작은 왕궁 자리었고 그곳에서 1947년 4월 모하메드 5세가 군중 앞에서 모로코의

1 골목에서 이븐 바투타와의 인사를 기다리는 동행들
2 이븐 바투타의 관
3 이스마엘 국왕이 지은 모스크

독립운동에 참여를 권하는 연설을 했다고 한다.

유태인 골목은 시장 안으로 들어가 언덕 쪽에 있는 골목으로 들어섰다. 금은 세공점 거리였다. 그러나 상점 가운데 반 정도는 닫혀 있었다. 이곳은 오후 2~4시 사이는 시에스타 타임, 문을 닫은 곳은 아직 낮잠을 자고 있는 중이라고 한다.

미영사관 건물과 이스마엘 국왕이 지은 모스크

골목길을 돌아서 찾아간 곳에 '미국의 거리' 그리고 골목 2층 작은 평수의 건물 창턱에 옛날 미국영사관 자리임을 밝히는 표지판이 있었다. 대국인 미국의 영사관이 있던 2층 건물은 30평이 될까 말까. 이븐 바투타의 영묘가 5평 남짓임을 생각한다면 이곳 탕헤르의 모든 집들은 축소지향으로 흘러가고 있는 것일까.

16시에 17세기에 이스마엘 국왕이 지었다는 모스크에 도착했다. 메디나의 한구석에 있는 백색 건물이었다. 건물은 전체가 백색이고 4각의 미나렛은 밝은 초록색 도안으로, 전체적으로 단순하면서도 우아해 보이는 사원이었다. 그러나 비 이슬람교도는 출입금지 지역, 바깥에서만 기웃거려야 했다.

지브롤터 해협이 보이는 언덕

메디나에서 버스에 올라 40분쯤 가자 한참 개발 중인 신시가지를 지나면서 높다란 언덕으로 올라갔다. 지브롤터 해협이 한눈에 보이는 지점이었다. 바다 건너 저편에 나지막한 산맥이 보였다. 스페인의 산 '자발 타리크'라고 했다.

지브롤터 해협을 보며

아프리카의 북단

모로코 탕헤르의 언덕

이 언덕과 건너편 타리크 산까지는

바닷길로 16km

1300년 전 이슬람 西 征伐軍의 타리크 장군

7,000여의 베르베르군 이끌고

바닷길로 출정해서 상륙했던 산.

대승의 영광은 타리크 장군의 이름을

반도의 산에 남겼다.

자발 타리크(타리크 산)라고

지브롤터를 기점으로

스페인 전역에서 맹위를 떨치던 타리크 장군

스페인 영토의 2/3를 점령했지만

칼리프는 타리크 장군을 귀환시켰고

공금횡령죄로 몰아 처형했다.

타리크 장군은 세상을 떠났어도

그의 용맹과 승리는

타리크 산에 이름을 남겼고

자발 타리크

영어식 발음으로 지브롤터

타리크 장군의 슬픈 이야기는

지브롤터의 지명전설 속에서 피어난다.

711년 5월 타리크 이븐 지야드(Tariq ibn Ziyad)는 7천의 병사를 데리고 지브롤터 반도를 점령, 내쳐 스페인 깊숙이 들어가 국토의 2/3를 차지했다. 그러나 714년에 타리크는 다마스쿠스로 귀환하라는 칼리프의 명령을 따랐고, 공금횡령죄로 고발당한 뒤 비밀히 처형당했다.

바다 안개 속에 아슴푸레 건너다 보이는 자발 타리크를 향해 서서 타리크 장군을 생각하고 있는데 최원희 선생이 술과 안주를, 강만길 교수께서 보드카를, 황평우 선생이 돼지머리 대신 스팸 햄통을 뜯어 햄 조각을 제수로, 그리고 향불 대신 담배에 불을 붙여 땅에 꽂고 즉석 제상을 차렸다. 역사와 전설과 여행의 신에게 제사를 올려야 한다는 것이었다. 정수일 교수께서 멀리 자발 타리크와 해협의 바다를 향해 깊숙히 허리를 구부리고 우리 답사 팀 모두 여행 무사히 마치고 갈 수 있도록 도와주십사는 소망의 말씀을 바치셨다. 덩달아 나는 무릎 꿇고 지브롤터의 해신에게 절을 올렸다. 이븐 바투타의 영묘에 참배할 수 있었던 것, 지브롤터의 바닷물에 손을 담글 수 있었던 것, 이 지역의 지명전설 하나를 알게된 것 등, 모두 고맙기만 했다.

안개 속에 황혼이 지고 있었다. 모두들 버스에 올라 지브롤터 해협을 한 번 더 바라보았다. 그냥 호텔로 가야 한다는 것이 미진하다는 느낌, 전망 좋은 지브롤터의 바닷가 커피숍으로 가서 바다의 낭만을 즐기자는 이야기들이 나왔다. 겨울의 지브롤터 바닷가의 위락지는 조용했다. 강 대표는 알아서 팀을 만들어 즐기다가 정해진 시간에 버스에 탑승하라고 했다. 그러나 함께 있고 싶다는 생각이 모두의 가슴에 일고 있었던가. 강 대표를 따라서 줄레줄레 카페로 들어갔다. 강 대표에게 내가 모두의 커피값을 계산하고 싶다고 했다. 그는 아마도 순서를 기다려야 할 것이라고 했다. 누가 시키지 않아도 장소를 바꿀 때마다, 회원들은 돌아가면서 일행들 전체를 위한 무언가를 제공하려고 해왔다.

카페의 2층으로 올라갔다. 지브롤터의 겨울 바다가 카페 마당의 열대수 사이

로 보였다. 야자나무와, 대추야자나무 가지 사이로 보이는 탕헤르의 겨울 바다,
이곳에 오지 않았다면 어떻게 타리크 장군의 이야기를, 지브롤터의 지명 전설
을, 이븐 바투타의 영묘에 대해서 알 수 있었을까. 강 대표가 사람들에게 오늘
의 물주物主가 유선생이라고 밝히자 모두들 박수를 치며 커피를, 아이스크림을,
녹차를 주문했다. 커피 맛이 좋아서 한잔 더 하겠다는 이, 아이스크림을 커피와
함께 맛보고 싶다는 이들이 나왔다. 모두 어린이가 된 듯 명랑한 모습들이었다.
계산할 때 보니 35유로화, 한국 돈 6만 5천 원. 풍경이 기가 막히게 좋은 곳에
서, 커피로 유명한 모로코의 탕헤르에서, 특별히 우리가 찾아간 카페 칸딘스키
Kandinsky의 커피 향은 환상적이었다.

18시 25분, 인터콘티넨탈Intercont-inental 호텔에 도착, 2205호를 배정받았다.

내일 일정은 5:00 / 6:00 / 7:00.

2009. 1. 15. 목요일.

11 탕헤르 - 볼루빌리스 - 물레이 이드리스 - 메크네스 - 페스

4시 30분에 기상.

호텔출발(07:15). 많이 서둘러야 했다. 버스 안에서 김유경 선생의 표정이 시
무룩했다. 카메라를 잃어버렸다는 것이다. 김유경 선생의 카메라 이야기는 금방
버스 안에 퍼졌고, 이야기를 듣던 김정희 선생의 표정이 재미있어 죽겠다는 표

정으로 바뀌었다. 그리고 갖고 나온 카메라를 내밀었다. 지난 저녁 김유경 선생이 김정희 선생 방에 잠시 들렀었는데 그때 카메라를 두고 간 것을 나중에 발견했다는 것이다. 김유경 선생 얼굴이 금시에 밝아졌다.

탕헤르의 새벽 시가지는 조용하고 깨끗했다. 페스로 가는 길가에 가로등 불빛이 창백했다.

나그네

새벽하늘의 별들
점차 빛을 잃어가고
지평선은 아득하다.

예서 고국은 20여만 리
지금쯤 고향은 눈 덮인 계절
이곳이 새벽일 때 그곳은 저물녘

이국의 새벽녘
먼 길 나서는 여자
어디선가 부르는 소리 있어
찾아 나선다.

고속도로변의 딸기 재배 단지 옆을 지난다. 거대한 평원에 대규모 비닐하우스들이 들어서 있고 울긋불긋한 옷을 입은 원주민 농부들이 딸기 열매 같이 옹기종기 모여들고 있었다. 여기에서 수확한 딸기들은 스페인으로 수출한다.

길은 고속도로에서 국도로 접어들고 스페인 군대가 주둔했던 지역을 지나자, 길 한가운데에 T자 모양의 시멘트 건물이 나타났다. 여기에서부터가 프랑스 군대가 주둔하던 지역으로 들어가는 지점, 말하자면 스페인령과 프랑스령 사이의 경계 지역이었다.

모로코 안에서 스페인령이니 프랑스령이니 하는 것은 모로코의 근세사를 알고 있어야 이해가 가능하다. 모로코는 1830년경 프랑스령이 되었다가 1912년에 프랑스와 에스파냐의 보호령으로 분할, 1956년 3월 프랑스로부터 독립, 같은 해 4월, 에스파냐로부터 독립했다.

T자 모양의 시멘트 건물을 보며 판문점을 생각했다. 분할 통치되던 모로코는 이미 50여 년 전에 독립되고 한 나라가 되었다. 한국은 언제쯤 통일된 조국을 가질 것인가.

달리는 버스 안에서 정수일 교수의 강의(09：40) ―, 한반도의 고지도에 관한, 그리고 한국 고지도에 등장한 아프리카에 대한 내용이었다. 정리하면 다음과 같다.

한국지리사(韓國地理史)에 대한 관심은 세계에 대한 우리의 인식을 돌아보는 것이다.

첫째, 우리가 만든 지도 가운데 세계지도가 들어간 가장 오래된 지도는 1402년에 만든 〈혼일강리역대국도지도(混一疆理歷代國都地圖)〉(1402년 조선인 김사형과 이무의 공동 작품. 일본 류고쿠 대학(龍谷大學) 소장) 이다. 이것의 표지에는 조선지도가 들어가 있고, 그 안에는 세계지도는 물론 세계 각국의 역사가 소개되고 있다.

조선지도에 세계지도가 들어간 배경을 보자. 고려 말엽, 사신들이 원나라에서 만든 세계지도를 수입해 왔다. 그러나 이들 지도에 아프리카는 없었다. 그럼에도 불구하고 〈혼일강리역대국도지도〉에는 아프리카가 들어가 있고 35개의 아프리카 지명, 100여 개의 유럽 지명이 들어가 있다. 이로 미루어 조선 왕조가 국가적 사업의 일환으로 지도를 만들 때에 얼마나 많은 문헌과 증언을 참고했는가를, 그리고 완벽에 가까운 세계지도를 만들기 위해 얼마나 많이 노력했는가를 알 수 있다.

권근(權近)은 〈혼일강리역대국도지도〉의 발문에서 이 지도는 중국 지도에 한반도 지도를 합한 것이라고 했다. 주목할 것은 한반도의 국토가 일본의 그것보다 4배나 크게 그려졌다는 사실이다. 이는 일본에 대한 우리의 심리적 지도를 표현한 것으로 본다.

이어서 정 교수는 〈혼일강리역대국도지도〉에 삽입된 세계지도를 보여주셨다. 이 지도에서는 일본이 보이지 않았다. 원본은 일본 교토의 류고쿠 대학과 규슈의 혼코지本光寺 등 2개처에 보관되고 있다고 한다. 그런데 일본 당국은 이 원본을 중국, 일본, 미국의 전공학자만 불러서 공개했다고 한다. 정 교수께서 우리에게 제시한 지도는 1984년 서울대에서 열린 학술대회에 당시 일본인 학자가 가져온 것을 영인한 것이라고 했다. 한편 정 교수는 2007년 교토의 류고쿠 대학에 가서 자료 관람을 요청했으나 거절당했다는 사실을 들려주셨다. 자료 관람

불가의 근저에는 일본지도보다 크게 그려진 조선지도에 대한 일본인들의 불편한 심사가 크게 작용한 것이 아니겠느냐는 것이 정 교수의 주장. 다시 이어지는 강의.

둘째, 서양지도에 한반도가 나타나기 시작한 것은 1562년 스페인 사람 벨호가 제작한 지도에서인데 한반도라는 국명은 표기되지 않았다. 그러나 1595년 프랑스의 멜카토르가 세계지도를 만들었을 때 여기에는 한국이 'Corea'로 명기되었다.

아랍지도에 한반도가 나타난 것은 훨씬 이전의 일로 1154년 리비아의 지도에 이미 '新羅'란 국명이 나오고 있었다(정 교수가 수집한, 한반도를 표시하거나 표기한 아랍지도는 12개에 이른다).

셋째, 우리 선조들의 문헌에 외국 관련 사항이 나타나기 시작한 것은 1617년에 지봉 이수광이 편찬한 『지봉유설』이다. 이 책은 17세기에 제작된 세계적인 백과사전으로 총 13권 20권으로 구성, 여기에는 인문학, 생물학, 세계인문지리가 포함되며 영국, 포르투갈, 동남아시아에 대한 기사가 들어가 있고 전체 3,004개 조항이 등장한다.

1857년에는 조선 후기 실학자인 최항기가 『지구전요』를 편찬했는데 세계지도를 갖춘 백과사전이다. 여기에는 오대주 육대양에 관한 구체적 내용이 소개되고 아프리카, 라틴 아메리카가 나온다. 특이한 것은 『지구전요』에 소개된 아프리카 지도가 현재의 아프리카 지도에 근접해 있다는 점이다. 그 외에도 '모로코 → 마라카'로, '사하라 사막 → 사할람 대막'으로, '아프리카 → 아비리카'로, '아틀라스 → 아득랍사'로 표기되어 비교적 원음에 가까운 표기를 하고 있음에 주목하게 된다.

정수일 교수의 버스 안에서의 강의는 25분 남짓 진행되었고, 나로서는 처음 들어보는 분야의 것이라 흥미로웠다. 정 교수의 강의를 듣는 동안 오렌지 농장 지대인 '시디가슴'을 지나고 텐트가 쳐진 시장 지대를 지났다. 도중에 버스는 전진 방향 쪽의 도로가 붕괴되었다는 뒤늦은 정보를 듣고 방향을 돌려 좁은 언덕 길로 들어섰다.

11시 30분경, 자동차 길 위로는 척박한 초원지대, 아래쪽으로는 과수원 지대가 나타났다. 과수원 지대 사이사이로 아름다운 연두색 밀밭이 높고 낮은 구릉 전체를 덮고 있었다. 때로는 올리브나무 농장이 나타났다. 올리브는 8월과 12월, 일 년에 두 번 수확한다고 했다. 올리브 농장의 올리브나무 사이에는 유채꽃이 피어 있었다.

볼루빌리스의 로마시대 유적군

올리브 농원과 광활한 밀밭 너머 녹색의 평원 한가운데에 AD 2세기경에 세워진 고대 로마시대의 유적지 '볼루빌리스'가 나타났다(11:50). 로마시대부터 올리브를 재배해오던 곳이라 한다. 길가에 차를 세우고 멀리 있는 유적지를 바라보았다. 원형 극장이 남아 있고 아스라이 옛 건물들의 기둥과 초석이 보였다. 카메라를 줌인으로 해서 원경으로 유적지를 담았다. 자동차 도로 하나 건너 민가의 울타리에 연분홍 꽃, 살구꽃이 피어 있었다. 마침 몸체가 작은 나귀 두 마리가 등에 커다란 꼴단을 메고 길을 건너 지나갔다. 향수를 불러일으키는 장면이었다.

강 대표가 볼루빌리스에 대해 간단히 소개했다. 도시가 건설된 것은 카르타고

볼로빌리스, 로마시대의 유적

시대(BC 7), 로마시대에는 중요한 경제 도시였고, AD 2~3세기경에는 인구 2만 여 명에 이르는 대도시였다고 한다. 그러나 1722년 대지진으로 파괴되고 현재 남아 있는 것은 신전과 목욕탕, 원형 극장 등이라 한다.

물레이 이드리스 마을

버스가 강파른 산길로 들어섰다. 지그재그로 펼쳐진 길을 따라 올라가며 고산 지대의 협곡, 경사가 심한 벼랑을 의지해서 오래된, 그러나 단단한 백색 또는 갈색의 3~4층짜리 건물들이 나타났다. 마치 바닷가 언덕 위의 집들처럼 조밀하게, 그러나 전망을 즐기기 위해 지어놓은 집들처럼 보였다. 페스에 모로코의 첫

수도를 삼았었던 이드리스 1세의 무덤이 있는 마을이라고 했다. AD 8세기에 이드리스 1세가 페스의 동쪽 제방에 도시를 건설했고 AD 9세기 초에 그의 아들인 이드리스 2세가 서쪽 제방에 도시를 세우면서 왕국을 열었다. 당시 물레이 이드리스 마을의 원주민들을 이슬람으로 귀화시킨 이가 이드리스 1세였다고 한다. 차를 타고 가면서 차 안에서 마을을 사진에 담았다.

메크네스

굽이굽이 돌아서 산 언덕에 도착했을 때(12:20), 2~3층의 단아한 시멘트 건축물들로 이루어진 메크네스 시가지가 펼쳐져 있었다. 카르타고 · 로마시대에 번성했던 곳이고 베르베르인, 그리스인, 유대인, 시리아인들이 함께 어울려서 살았다고 한다. AD 8세기에 이드리스 1세가 들어오면서 사하라에서 흑인 노예 3천 명을 데리고 와서 메크네스 시를 건설하게 했다. 그러나 1722년, 리스본에 진원지를 둔 대지진으로 파괴되었다가 다시 재건되었다. 메크네스 지역은 프랑스 지배시절, 포도 농장으로 개간되면서 지금은 모로코 최고의 포도주 산지로 알려져 있는 곳이다.

메크네스 시의 시청은 7층의 미색 건물이었다. 시청 앞 광장을 돌아서 팰리스 텔아브^{Palais Terrab} 카페에서 점심 식사를 들었다. 커다란 둥근 빵과 채소샐러드, 큼지막한 오지그릇에 감자, 당근, 올리브 열매, 단호박, 쇠고기를 넣고 끓인 음식이 나

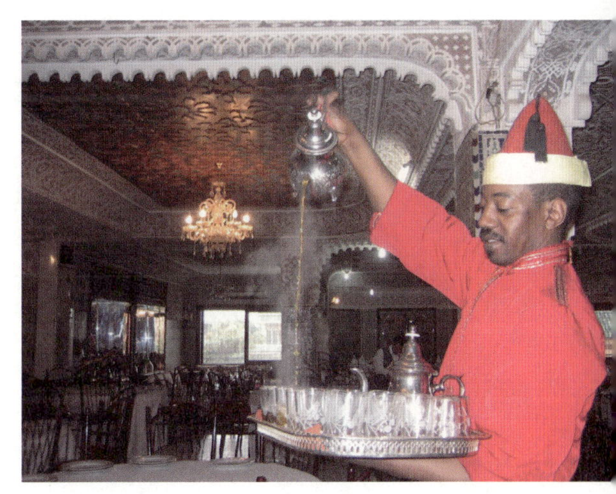

왔다. 우리들의 점심 식사를 위해서 강만길 교수께서 메크네스산 포도주를 내셨다. 최원희 선생이 우메보시를 나누어 주었고, 포도주가 향기롭고 맛있어서 나는 세 잔이나 마셨다.

식당 출발(13:30), 차 안에서 각자 여행하면서 느낀 일들을 소개하는 시간, 정언 선생께서 긴 여행의 피로 회복에는 '김형곤식 거시기 개그'가 최고라며 소개했다. 그분은 평소에는 말이 없고, 예민해 보이는 분인데 그가 들려준 '거시기 개그'를 비롯, '할머니들의 관광 개그' 시리즈도 거시기한 것이 거시기하게 재미있었다. 그냥 재미만 있는 것이 아니고 한 번 생각해 볼 만한 것이기에 이곳에 소개한다.

한 남자의 거시기가 특히 크다는 소문이 났다. 그러나 그의 거시기는 그냥 보기에는 별 볼 일이 없었다. 한 번은 그가 거시기를 보여주었는데 '우~다'라는 문신이 들어가 있었다. 머리를 갸웃했더니 그가 확실하게 보여주었다. 그의 거시기에는 '우리는 민족중흥의 역사적 사명을 띠고 이 땅에 태어났다'라는 국민교육헌장의 첫 문장이 새겨져 있었다. 그 남자의 문신 앞에서 기죽지 않으려고 문신하는 집을 찾아가 거시기에 문신을 부탁했다. 역시 '우~다'가 새겨졌다. 자랑스럽게 확인해 보니 '우습다'라고 되어 있었다.

제1탄: 해외관광에 나선 가이드가 입국 수속을 빨리 마치고 나가서 아무리 기다려도 할머니들이 나오지 않았다. 들어가 보니 '비행기 타고 온 사람에게 버스표 내라고 한다'고 할머니들이 노발대발하고 있었다. — 패스포트(여권)를 보여 달라는 말을 버스표로 잘못 알아들은 것이다.

제2탄: 입국 수속이 조속히 이루어지지 않았다. — 검색대의 외국인 눈에는 보글보글 볶은 파마머리, 까맣게 그을린 얼굴, ○○부녀회 글씨가 새겨진 단체 잠바 차림, 머리에는 모두 같은 보퉁이를 이고 있어서 할머니들을 구별하기가 쉽지 않았던 것이다.

페스

페스Fez에 도착했다(14 : 40). AD 9세기 초에 모로코의 최초의 수도로 정해졌던 곳으로 모로코의 4대 도시카사블랑카, 라바트, 마라케시, 페스 가운데 네 번째로 큰 도시이고 역시 모로코의 황제 도시페스, 마라케시, 메크네스, 라바트 가운데 가장 오래된 도시라 한다.

버스는 먼저 멜라하 거리로 들어섰다. 예전에 유태인들이 소금무역을 하던 장소로 유태인 거주지를 멜라하라 부른다고 했다. 그러나 유태인들은 안달루시아로 이주해 가고 지금은 모로코인들이 상점을 운영하고 있다고 했다. 우리가 방문한 날이 금요일이라 상점들은 문이 닫혀 있었다.

페스 왕궁

버스 안에서 페스 왕궁을 보았다. 14세기에 건축된 왕궁이라고 했다. 높다란 담장, 커다란 왕궁 문 앞에는 세 명의 근위병이 서 있고, 왕궁 둘레에는 화려한 깃발들이 날리고 있었다. 현지 가이드에 의하면 현재 모로코의 왕인 모하메드 6세가 페스에 와있다고 했다. 모하메드 6세의 왕비는 페스 출신의 평민인데 왕은 처가가 있는 페스를 자주 방문하는 편이라고 했다.

14시 50분, 쿠아타라 박물관Quartara Musium에 도착했다. 17세기에 건설된 왕궁, 지금은 박물관으로 사용되고 있었다. 박물관 안에는 금사金絲로 수놓은 견직물들, 요대와 머플러, 금세공품, 왕족들이 입는 금사로 된 직물들이 전시되고 있었다. 타악기들과 나발, 현악기로는 바이올린보다 조금 큰 듯한 악기, 비파, 하프들, 목이 긴 초록색의 가죽장화, 그리고 생활용품으로는 짚신, 놀라운 것은 손잡이가 달린 맷돌도 있었다. 우리나라 맷돌이 상하가 거의 비슷한 돌을 맷중쇠로 연결시켜 놓은 것에 비해 페스의 맷돌은 아랫돌이 현저하게 폭이 넓고 키도 컸다.

박물관 내부도 볼 만한 것이 많았지만 외부의 정원이 대단했다. 거목과 고목들로 이루어진 정원이었다. 향나무와 대추야자나무 가운데는 높이가 10층 아파트를 넘어설 정도의 거목들이 있었다.

메디나

구시가지 메디나로 나갔다. 무하마드 5세가 1944년 1월 11일 모로코의 독립을 선언하던 장소, 현장까지 직접 가지는 못하고, 손가락으로 가리켜 주는 곳, 그 건물을 멀리서 바라보기만 했다. 독립 선언에 대해 지도자들이 지지 서명한, 서명자들의 이름이 백색 대리석에 검정 글씨로 새겨져 있다고 한다.

메디나 안으로 들어갔다 비좁은 구시가지의 상점가에는 사람들이 북적댔다. 일단 중심부에 있는 광장 —, 이름이 광장이지 강의실 크기의 조그마한 지점이었다. 14세기에 지어졌다는 목재 박물관이 있었다. 그러나 입장료를 별도로 내야 한다 하기로 그냥 큼직한 목재의 문만 바라보고는 이드리스 2세의 영묘가 있는 사원을 바깥에서만 보았다. 이 지역에서도 비이슬람교도는 사원 출입이 금지되어 있었다.

카라위인 모스크

메디나의 중심부에 북아프리카 최대의 사원인 카라위인 모스크가 있었다. AD 859년 카이르완의 망명자 알페헤리의 딸 파티마 공주가 세웠다는 사원이다. 2만 명을 수용할 수 있는 카라위인 모스크는 사원이 완공되자 대학으로 사용되었기로 세계 최고最古 사원으로 지칭되기도 하는데 현재는 다시 사원으로 사용되고 있다고 한다.

카라위인 모스크 정문 앞에서 일단 팀을 만들어 메디나 구경을 하기로 했다. 골목은 미로와 같아서 혼자 구경을 하기에는 안심이 되지 않는 곳, 허경옥, 정진한, 최원희, 이경옥 선생과 한 팀이 되어서 먼저 유태인들이 금은 세공방을 하던 골목을 돌아보았다. 이곳 사람들은 점심 식사 후에는 모두 낮잠을 자는 시간이 있어서 골목 안의 상점은 반 이상이 문을 닫고 있었다. 그러나 진열장에 나와 있는 금은 세공품은 정교하고도 품위가 있어 보였다.

정진한 선생이 아랍 전통의상을 사고 싶어 했다. 고깔모자가 달린 내리닫이의 통옷이었다. 그가 옷을 흥정하는 동안 허경옥 선생과 함께 CD점을 기웃거렸다. 허 선생은 여행 중의 일상을 캠코더로 찍어서 동영상 작품을 만든다. 작품의 배경음악이 필요했던 것이다.

약속된 시간 약속된 장소에서 다시 만나서 페스에서 유명한 가죽공장을 찾아가기로 했다. 구시가지의 골목은 좁고 어둡고, 낯선 사람들과 줄곧 어깨가 부딪쳤다. 어떤 골목은 한 사람이 간신히 들어갈 수 있는 곳, 혹여 과체중인 사람이 들어갈 수 있을까 싶은 골목이 여기저기로 뚫려 있었다. 내가 직접 그 좁은 골목

을 20~30m 정도 걸어 들어가 보았다. 평상복을 입었을 때는 가능하지만 페티코트의 드레스를 입었다면 분명 양쪽 벽에 드레스 자락이 닿을 만한 골목, 그나마 막다른 골목이었고 좌우로 문이 있었다. 문 안으로 들어가면, 예상과는 달리 넓고 쾌적한 공간이 있다고 했다.

가죽공장

좁은 골목을 헤치고 간 막다른 골목, 오래된 옛 건물들이 기울어져, 더 이상 기우는 것을 방지하기 위해 각목으로 버티어 놓은 골목으로 들어섰다. 이 지역 현지 가이드라고 나선 이는 예순을 넘긴 듯한 명랑한 할아버지, 밝은 갈색 외투에 하늘색 방울모자, 빨간 목도리 차림에 우리들의 앞뒤를 열심히 오가며 "왼쪽!", "빨리!", "오른쪽", "머리 조심!" 토막 한국말로 안내했다.

가죽공장 지대는 커다란 4~5층 되는 건물이었다. 1층 현관을 통과하자 2, 3,

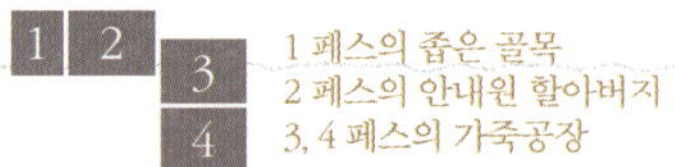

1 페스의 좁은 골목
2 페스의 안내원 할아버지
3, 4 페스의 가죽공장

4층의 급한 계단은 한 사
람이 간신히 다닐 수 있는
폭이었다. 옥상으로 오르자
건물 안쪽 마당에 자리 잡
은 작업장이 내려다보였다.
　바둑판같이 늘어선 대략
사방 1.5m, 높이 1m 간격의
시멘트 구멍들은 다양한 염
료들이 들어가 있는 염색통
이었다. 한 쪽에는 가죽을
탈색하는 양잿물들이 들어
있는 역시 바둑판같이 늘어
선 구멍들, 반대편에는 염
색된 가죽들을 건조시키는
벽이 있었다.
　가죽 염색 공정은 무두질
을 한다고 하는데 그 과정
은 먼저 2주일 동안 양잿물
에 가죽을 침전시켜 기름

과 불순물 제거는 물론 탈색을 시키고, 다시 1주일 동안 색채에 침전시켜 염색

을 하고 나머지 1주일 동안은 볕에 가죽을 건조시킨다고 했다.

가죽공장 건물의 1층부터 3층까지는 가죽제품을 파는 상점이었다. 가죽의류, 가죽 장식품 등 고가의 상품들은 2, 3층에, 1층에는 비교적 저렴한 신발 종류와 작은 가방들이 있었다. 나는 주머니 사정을 감안하면서 가죽 실내화를 사고자 했다. 그러나 의외로 가격은 높았다. 상품은 우수하나 가격이……. 대량구입으로 살 것이니 가격을 인하시키자고 몇 번 흥정을 붙였으나 되지 않았다. 그렇다고 우리 일행들과의 약속을 외면하고 나 혼자서만 물건을 살 수도 없었다. 결국 우리들의 계획은 실패하고, 공장 직영 상점을 나와서 공장으로 가는 골목 입구의 가죽신 상점에서 우리는 직영 상점의 1/3 가격으로, 물건들을 구입했다. 나는 노란색과 짙은 갈색의 실내화를 각각 5달러씩에 구입했다.

올드 메디아

올드 메디아 지역에 도착(17 : 30), 멀리 신시가지가 보이는 언덕 위로 올라갔다. 언덕 위에는 높고 낮은 구릉지대를 따라 오래된 폐허의 성벽이 있었다. 절벽 한 가운데에는 혈거부족들이 살았었던 것일까, 굴들이 뚫려 있었다. 부서진 성벽의 갈퀴 위로 안개와 석양이 함께 쏟아지고 있었다. 건너편의 부서진 성벽 위를 젊은 연인들이 걷고 있었다. 옛 성벽만이 늙는 것이 아니라 사람도 또한 늙어가고, 때로 사랑도 변한다는 것을 그들 젊은 연인들은 알고 있을까.

호텔 타트Tghat에 도착(17 : 50), 208호로 배정받았다. 방에서 잠시 쉬다가 레스토랑으로 내려갔다. 저녁 메뉴는 화려했으나 속이 좋지 않아서 그냥 먹는 시늉

올드메디아 성벽

만 하다가 끝냈다. 내가 힘들어하는 것을 지켜보던 김정희 선생이 수지침을 갖고 호텔 방까지 따라왔다. 그녀는 익숙하게 팔꿈치에서부터 손가락에 이르기까지 손으로 훑어 내리더니 수지침을 엄지 손톱 뿌리 부분에 찔러 넣었다. 곧바로 피가 솟기 시작했다. 그녀는 휴지로 피를 닦아내며 시커먼 피가 솟구치고 있다고 했다. 양손 엄지손가락에서 피를 뽑고 나자 답답하던 속이 가라앉았다.

여성 회원들은 이경옥, 김유경 선생의 방으로 모이라는 연락이 왔다. 함께 여행하면서 서로 이야기할 시간이 없었기로 단합대회를 하자는 것이었다. 가서 보니 이미 많은 회원들이 참석해서 이야기를 나누고 있었다. 나는 자리를 내어주는 대로 침대 위로 올라가서 엎드려 있다가 먼저 우리 방으로 돌아왔다. 너무도 피곤해서 세수만 간신히 하고 그대로 자리에 누워 버렸다.

내일 일정은 5 : 00 / 6 : 00 / 8 : 00.

 **12 페스-이무저-이프란-지즈강-메디트 -에르푸드- 사하라**

5시에 기상. 지난 저녁에 아무 것도 하지 못하고 그대로 잠들었다. 여행하면서 그대로 곯아떨어져 잠든 것은 드문 일이었다. 그러나 지압을 받았고 또 손가락 을 따서 나쁜 피를 빼낸 것은 숙면을 취하게 해주었다. 조반은 빵과 삶은 달걀, 요구르트, 커피, 충분한 양의 오렌지 주스를 마셨다.

페스에서 사하라 사막을 향해 출발했다(07 : 10). 오전 7시 무렵의 페스의 거리 는 어슴푸레했다. 안개가 자욱한 새벽 거리를 간간이 부지런한 행인이 지나고 있었다. 사하라 사막 가운데서도 가장 아름다운 메르주가 사막으로 가기 위해 서는 먼저 사막 입구 도시인 에르푸드로 가야 한다고 했다. 곧 정면으로 큰 산이 나타났다. 아틀라스 산이라고 했다. 도로의 양쪽은 평야지대, 올리브 농장지대 를 지났다. 하늘은 흐려 있었다. 산악 도시 이무저를 지난다.

이무저 마을을 지나며

가죽공업의 도시 페스를 뒤에 두고

사하라를 향해서 달린다.

우뚝 솟은 산—

아틀라스 산이 앞에서 달려든다.

산을 굽이굽이 돌아 달리면

산간 도로 변 마을 굴뚝에는

새벽을 여는 연기의 풍성한 머리채

하늘에는 새벽달

사원의 탑은 하늘을 찌르고

프랑스풍의 가옥들과 정돈된 거리

1200년 전에 조성된 이무저 마을

프랑스 통치시대

프랑스인의 마음을 사로잡던 마을

한 여름 더위를 피해

도시민들이 찾아오는 이무저

산 아래 밀밭에는 연둣빛이 짙은데

이프란

8시경, 해발 1,300m 정도의 산길을 지나면서 산봉우리에는 눈이 덮이고 야생 올리브나무 줄기에는 설화가 피어 있었다. 구름 사이로 태양이 나왔다. 동굴이란 의미를 갖고 있다는 '이프란Ifrane' 지역은 해발 1,600m가 넘는 고산지대에 자리 잡고 있었다. 옛날에는 사자가 들끓던 지역이었다고 한다. 지금은 모로코 최고의 사립대학인 알 아크와인 대학이 있고 유명 스키장이 있는 곳, 모로코의 스위스로 불릴 정도로 겨울에는 평균 1m 이상의 눈이 쌓여 있다는 곳이다. 화장실을 이용하기 위해서는 레스토랑이 있는 이프란의 중심가에서 잠시 휴식을 취해야 했다. 삼나무가 밀생한 공원 앞에는 화강암 석재, 거대한 통돌로 조각된 전설의 사자상이 있었다. 앉은 키 2m, 웅크린 길이 6m 정도. 그 전설은 알 수 없어도, 사자의 얼굴은 두렵다기보다는 친근한 표정이었다.

이프란 지역은 삼나무 숲이 많고 야생 원숭이가 많다고 한다. 스키장이 있는 곳은 해발 2,004m 지역, 우리가 탄 차는 해발 1,850m의 삼나무 숲길을 뚫고 달렸다. 스키장 부근에서 잠시 차를 세우고 끝없이 펼쳐진 설원을 배경으로 사진을 찍었다.

두텁게 쌓인 눈과 삼나무 숲, 푸른 하늘, 바람이 불 때마다 눈 회오리가 하늘로 올랐다. 해발 2,000m의 고산지대 위에 끝없이 펼쳐진 고원지대, 삼나무와 눈

이프란의 사자상

과 빛나는 햇빛, 고원지대의 저만큼 끝자락에 구름이 있고 구름 위로 이름 모를 고산들의 봉우리가 둥실 떠 있었다. 이렇게 높은 산 위에 드넓은 고원지대가 펼쳐져 있으리라고는 전혀 상상도 하지 못했다.

　아스팔트 도로의 양 옆으로는 눈이 두텁게 쌓여 있고 고산지대의 산중 마을 '티마디트'의 가옥들은 돌을 쌓아 올린 나지막한 집, 베르베르인들이 모여 사는 마을을 지났다(09:30). 다시 30분 정도를 달리자 잣자미티 지역, 해발 2,178m라고 했다. 아틀라스 산 깊은 계곡지대에서 양을 치고 농사를 지으며 살아가는 아주 작은 외딴집이 보였다. 외롭지 않을까…… 사람 구경을 하지 못하고 살아가다 보면 말이나 제대로 할 수 있을까. 누군가 베두인과 베르베르인의 차이를 설명해 주었다. 베두인은 사막 지대에서 살아가는 유목민이고 베르베르인은 아틀라스 산에 거처를 잡고 살아가는 사람이라고.

마침내 높고도 길었던 아틀라스 산으로부터 차는 벗어나기 시작, 산 아래 마을로 내려가자 마을 개들이 어슬렁대며 차를 향해 겁도 없이(?) 접근해 오고 있었다. 관광객들이 창밖으로 던져주는 음식에 맛을 들인 개들이라고 했다.

미들 아틀라스 산맥에서 벗어나자 곧바로 눈앞에 평원지대가 펼쳐졌다(10:10). 그러나 황야지대였다. 멀리 웅장한 산줄기가 나타났다. 해발 3,737m의 제벨 아야치Ayachi 산은 눈에 덮여 있고, 우리가 달리는 황야의 끝은 하늘에 닿아 있었다. 사하라로 가기 위해서는 이제부터 구릉지대인 황야를 지나고 아야치 산과, 하이 아야치 산을, 그리고 다시 하이 아틀라스 산을 지나야 한다고 했다. 하이 아틀라스의 최고봉은 해발 4,167m의 제벨 투브칼Toubkal이라 했다.

어디를 둘러보아도 싯누런 색의 흙과 산, 바위들뿐이었다. 자동차의 오른쪽으로 아야치 산맥이 따라 붙었다. 도로변 바위들은 밀가루 반죽이 엉켜 붙은 모습, 밀가루 반죽의 파도가 밀려오다가 응고되어 버린 듯한 모습이다.

미델트의 호텔 카스바

10시 50분, 프랑스 군인들이 주둔해 있었던 마을, 프랑스인들이 세운 교회당 건물이 남아 있는 대도시 미델트 지역으로 들어갔다. 우리가 이른 점심 식사를 위해서 들어간 호텔 카스바는 미델트의 중심가에 한참 떨어져 나온 곳에 위치한, 고성古城을 연상시키는 황토색의 큼직한 건물이었다.

호텔 식당은 아랍 전통식의 실내로 꾸며 있고, 오지그릇질그릇에 역시 같은 오지로 만든 고깔 모양의 뚜껑이 덮인 채 나온 요리가 눈길을 끌었다. 이 지역의 전통적인 쇠고기찜 요리였다. 가마솥 뚜껑을 엎어놓은 듯이 움푹한 그릇의 맨 아래에 쇠고기 덩어리를 썰어 놓고 그 위에 채소와 대추야자 열매를 놓고 오랜 시간 푹 쪄내는 동안 대추야자의 달큰한 맛은 고기에 배고, 고기의 구수한 맛은 대추야자에 배어들었다.

오지그릇 속에서 뜨거운 열기를 그대로 지닌 채 식탁 위에 올려진 쇠고기찜을 보면서 뚝배기 속에서 보글거리던 우리네 된장찌개를 연상했다. 흙으로 빚은 그릇에 요리를 하고 열기를 그대로 보존시키면서 상 위에 올릴 생각을 한 것은 누구였을까. 이 호텔 식당에서는 막 구워낸 둥근 빵을 식지 않도록 뚜껑이 있는, 천으로 휘감은 바구니에 담아 내왔다. 따뜻한 둥근 빵셰헤드과 뜨거운 쇠고기찜을 먹으면서 계속 뚝배기 속 된장찌개와 가마솥에서 막 퍼 담은 뜨거운 밥을 생각했다.

12시 5분에 호텔 카스바를 출발했다.

하이 아틀라스 산맥을 오르며

설산과 설원

삼나무 숲을 거느린

전설의 사자 마을 지나

굽이굽이 길고도 험한 산길을 내려오자

미들 아틀라스 산맥이 끝났다.

넓은 황토 빛의 구릉지대를 달려

호텔 카스바에서

갓 구워낸 빵과

대추야자를 곁들인 쇠고기 찜

싱싱한 오렌지를 먹었다.

따뜻하고 맛있는 음식에

광활한 구릉지대

구름으로 가리었던

하이 아틀라스 산맥을 보여주시니

연신 감사합니다라고 중얼댄다.

하이 아틀라스로의 진입로에는

키 작은 관목과 시뻘건 흙더미

하이 아틀라스의 북녘 길 위에서

달려온 구릉지대를 돌아보고

예까지 이른 내 삶을 되돌아본다.

(2009. 1. 17. 12：12)

산간지대의 마을에 올리브 농장이 있고(13:10) 그들의 가옥은 황토벽돌로 지어 주변 흙과 동일한 색상이었다. 보호색, 흙에서 나서 흙과 더불어 살아가는 이곳 베르베르 사람들. 30분쯤 더 달리자 '하산 댐'이 보이기 시작했다. '하산 댐'은 하이 아틀라스 산맥에서 나오는 물을 저장해서 전력공급은 물론이고 농업용수와 생활용수로 쓰게 하는 모로코의 유방이란다. 휴게실에서 휴식을 취했다.

'하산 댐' 휴게소에서 출발(14:05), 목적지까지 78km가 남았다고 한다. 남동부 모로코의 주도인 '에라시디아Errachidia'를 통과했다. 이곳은 알제리와 가까운 지역이라 군사 도시이고 대학도 있다고 한다. 건물들은 밝은 갈색이나 핑크빛을 띠고 있다.

지즈 강 ― 가젤 강

마침내 하이 아틀라스를 빠져나왔다. '에라시디아' 지역부터 사막풍의 풍경이 펼쳐졌다. 도시 지역을 벗어나자 사막의 평원지대가 펼쳐졌다. 30분쯤 달리자 사막의 평원지대의 한가운데가 뚝 떨어져 벌어지면서 생긴 협곡, 그 아래로 '지즈'(아프리카 영양의 일종인 가젤을 베르베르어로 지즈라고 하는데, 한 때 이곳은 많은 가젤들이 뛰어놀던 곳이라고 한다) 강이 흐르고 강 주변으로 오아시스 마을이 형성되어 있었다. 사막의 평원지대는 높은데 까마득하게 아래편으로 형성된 대추야자나무가 무성한 마을을 내려다보면서 다만 감탄할 뿐이었다. 바람이 사나워서 얼른 차에 올랐다.

산간 마을 옆을 지나는데 비가 내리고 있었다. 버스 앞창으로 굵은 빗줄기가

흘러내리고 있었다. 산간 마을의 주민들이 우산을 쓰고 지나고 있었다. 버스는 대추야자나무 숲 사이로 달리고 있었다. 대추야자나무의 수명은 150년, 한 그루에 한 가족 3대에 걸쳐서 수확을 할 수 있을 정도로 장수하는 보물단지, 아프리카인들의 화수분이란다.

길 옆으로 언덕을 따라 길게 묘목밭이 있는데 싸리나무 가지 같은 것으로 칸칸이 나뉘어져 있었다. 대충 70×100×100cm의 크기로 된 울타리, 이 지역에는 4월이면 모래 바람이 심하게 불기 때문에 묘목을 보호해주기 위한 울타리라고 했다.

모래언덕砂丘들이 보이기 시작(15:20), 모래 바람이 불어 앞이 부옇다. 예전에는 이 지역이 바다였다고 한다. 그래서 이곳 모래에는 소금기가 많다고. 1936년 이탈리아의 고고학자들이 이 지역에서 공룡 화석을 발굴했다. 마을에는 대추야자나무가 그득하다.

'마하디드 카스바' 성을 지났다. 성 안에는 왕궁이 있다. 현 모로코 대통령이 이 지역 출신이라고 한다.

지즈 강가의 오아시스 마을

에르푸드

사하라 사막의 입구 도시인 에르푸드에 도착했다(15:30). 버스는 랜드 크루즈 회사 앞까지 가서 우리를 내려주었다. 페스에서 7시 10분에 출발해서 8시간 반 만에 도착했다. 10분쯤 뒤에 우리 팀 4인(강봉구·김시운·허경옥·유인순)이 탄 4륜 구동 지프차가 출발했다.

지프차 안은 깨끗했고 문들은 단단히 닫혔다. 에르푸드 시가지는 자전거를 타는 이들이 많았다. 지프차는 시내에서 벗어나자 폭 30~40m 정도의 커다란 개울을 건너고 공동묘지를 지나고, 황무지를 지났다.

2차선 도로는 직선이었다. 쓰레기밭이 나타나고, 그리고 황야지대로 들어섰다. 카스바 호텔로 가는 표시판이 보였고 곧이어 베르베르인이 사는 텐트가 나타났다. 잠시 내려서 사진을 찍기로 했다. 텐트 안에 고물고물, 연년생인 듯싶은 베르베르인의 젖먹이부터 네댓 살까지 서너 명의 아이가 젊은 어미를 가운데 두고 관광객들을 구경하고 있었다. 모래 바람이 심해서 눈을 뜨기 어려웠다.

사하라 ─ 메르주가 사막

우리의 숙소로 정해진 오베르주 베르베르Auberge Berberes에 도착했다(16:35). 이름은 호텔이지만 우리네 시골의 여인숙이나 민박집보다도 못한 작은 집이었다. 그곳에서 낙타들과 낙타몰이꾼들이 기다리고 있었다.

낙타는 비교적 자그마했다. 낙타 한 마리에 두 사람씩 타기로 되어 있었다. 나와 허 선생이 같이 타기로 했다. 낙타에 안장이 있기는 해도 안장이란 것이 부실

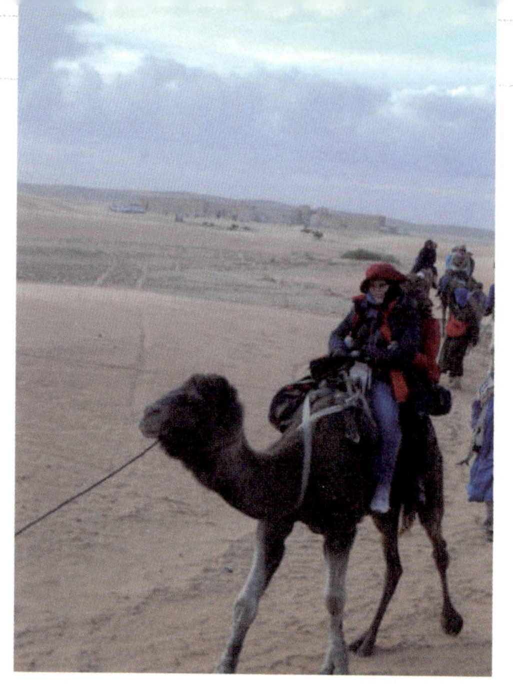

했다. 내가 앞자리에 타고 T자 형의 손잡이를 두 손으로 잡았다. 뒤에서 허 선생이 내 몸체를 안았다. 낙타의 등뼈가 사타구니에 맞닿았다. 낙타가 꺼덕이며 걸을 때마다 몸의 중심을 잡기가 어려웠다. 낙타 몸의 리듬에 따라야 한다는 걸 알고는 있지만, 낙타가 움직일 때마다 몸이 한 쪽으로 쏠렸다. 그때마다 젊은 낙타몰이가 내 몸을 치밀어 올려주고는 했다.

메르주가 사막, 사하라 사막 가운데서도 가장 예쁜 곳이라고 했다. 모래는 밝은 주황색이었다. 모래 언덕을 오르고 내릴 때마다 낙타의 움직임이 상하로 거칠었다. 모래 계곡 사이에 우물이 있었다. 우물에는 전선과 굵은 고무호스가 연결되어 있었다. 전기로 지하수를 퍼 올리는 모양이었다. 가까운 곳에서 또 다른 우물을 보았다.

사막이 아름다운 것은 어딘가에 우물을 갖고 있기 때문이야.

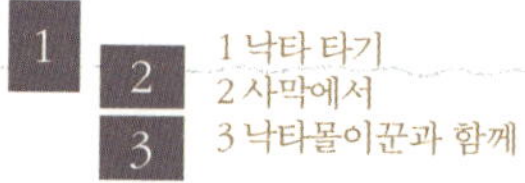

1 낙타 타기
2 사막에서
3 낙타몰이꾼과 함께

어린 왕자가 조종사에게 들려주던 앳된 목소리가 들려오는 듯했다. 이제 더 이상 우물과 두레박과 도르래를 보기 힘든 세상에 살고 있는 우리들. 우물에서 두레박으로 물을 푸던 기억이……, 내게 남아 있다. 아주 어린 시절, 요선동 집에 살 때, 동네 사람들이 모여들던 우물, 지금 그 자리에는 춘천 목욕탕이 들어서 있다.

낙타를 타고 30분쯤 모래 바람이 부는 모래 언덕을 향해서 나아갔다. 높직한 모래 언덕 위에서 내렸다. 석양이 지고 있었다. 석양을 향해 앉아서 구름에 가린 석양의 붉은 빛줄기를 안타깝게 바라보았다. 때로 구름이 터진 사이로 나온 붉은 해무리에 모래는 더욱 붉게 보였다. 모래바람이 회오리를 만들면서 뺨을 따갑게 찔렀다. 바람이 불 때마다 눈을 뜨기 어려웠다. 바람이 달려가면서 모래 위에 물결무늬를 남겼다.

아랍인의 갈색 전통의상을 입은 정진한 선생이 모래 언덕에 눕더니 그대로 언덕 아래로 구르기 시작했다. 사막의 어린왕자가 그곳에 있었다. 식식대며 언덕 아래에서 다시 위로 기어 올라와서는 또다시 굴러 내려갔다. 최원희 선생은 검정 아랍 전통의상을 입고 모래 언덕에서 미끄럼을 타고 있었다.

두 사람의 천진스런 모습을 보며 우리는 모두 박수를 치고 웃었다. 마음 한편에서는 나도 모래바닥을 구르고 싶다, 나도 뒹굴고 싶다고 수없이 중얼거리면서도 그 이후의 처리 문제, 모래들을 털어내야 하는 대대적인 후속 작업이 귀찮다는 생각에……. 대신 가방 속에서 비닐봉지를 꺼내 황금빛 사하라의 모래를 담기 시작했다. 옆에 있던 낙타몰이꾼이 함께 모래를 손으로 퍼서 담아주었다.

구름의 심술로 일몰을 볼 수 없는 사하라의 석양녘, 문득 생텍쥐페리가 조난당했던 사하라 사막은 어디쯤이었을까를 생각했다. 『어린 왕자』에서 비행기의 고장은 모래가 엔진의 어느 부분에 들어가 말썽을 일으켰기 때문이었다. 이렇게 미세한 모래라면, 그리고 이런 정도의 거친 바람이라면, 비행기 엔진에 고장을 일으키게 하기는 아주 쉬울 것이라고 생각했다.

아마 생텍쥐페리가 조난을 당했던 계절은 외부에서 지낼 만한 좋은 계절이었을 것이다. 내복에 털스웨터에 털조끼에 방풍용 옷을 겹쳐 입고 그 위에 토끼털 안감의 외투까지 입었어도 추운 사하라……. 어린왕자가 누런 보리밭과 수천 수만 송이의 장미꽃을 보았다고 했으니까 아마도 봄에서 여름에 이르는 계절이 아니었을까……. 그런 무렵이라면 상상 속으로 어린왕자를 초대할 수도 있으리라.

그토록 오랜 세월 동안 나는 생텍쥐페리의 주술에 걸려 있었던 것은 아닐까……. 친구가 된다는 것은 서로를 길들인다는 것, 길들인다는 것은 서로에게 예절을 지켜야 한다는 것, 한 번 길들인 다음에는 반드시 책임을 져야 한다는 것, 눈에 보이는 것보다 눈에 보이지 않는 것이 더 아름답다는 것 등등……. 어린왕자와 여우가 나눈 이야기를 나는 여전히 주절대고 있으니 말이다.

다시 낙타를 타고 꺼떡대며 모래 언덕을 지나 호텔로 돌아왔다. 어둠이 짙게 드리우고 있었다. 106호로 방을 배정받았다. 호텔은 정면에 넓은 이른바 홀이 있고 그 옆에 식당이 있었다. 홀의 뒷문을 열고 들어가면 가운데 작은 정원이 있고 ㅁ자형으로 방들이 늘어서 있는 구조, 방은 침실과 화장실 사이에 커튼이 처 있고 침실에는 더블침대와 보조침대가 있었다. 불은 호텔에서 자가발전으로 돌리는 듯. 일단 휴식을 취하다가 식당으로 나갔다. 강봉구 회장이 우리 일행을 위해 양 한 마리를 통으로 바비큐 한 것을 준비해 놓으셨다.

최원희 선생이 '다시마말이 김밥'을 공급했다. 뜨거운 물에 불린 다시마에 오이와 소시지, 게맛살 같은 몇 가지 고명을 넣고 돌돌 만 것인데 사하라 사막의 한가운데서 먹는 다시마말이 김밥이란 '이 맛이야!'였다. 황평우 선생은 지난 10여 일간 둘러메고 다니노라 고생한 김치로 김치찌개를 끓여 모두에게 공평하게 분배하느라고 땀을 흘렸다. 최옥자 선생이 공평 분배를 강력하게 주장하고 나섰기 때문이다. 소주도 나왔고, 포도주며 양주들이 식탁 위를 점령했다.

마침내 기다리던 바비큐한 양 한 마리가 통째로 나왔다. 베르베르인 요리사가 직접 나서서 고기를 나누어 주었다. 내가 접시를 내밀자 그는 다리 하나를 통째로 잘라서 주었다. 전에도 바비큐 요리를 먹어보기는 했지만 양 다리 하나를 통째로 먹게 된 것은 처음이다. 잘 구워진 양 다리를 두 손으로 잡고 하모니카 불 듯 살을 뜯기 시작했다. 껍질이 파삭파삭하고 맛이 있었다. 소주 한 잔 앞에 놓고 양의 다리를 두 손으로 들고 입으로는 왁살스럽게 고기를 뜯었다.

음식이 어느 정도 들어가고 술기운도 오르기 시작할 무렵 초대된 베르베르인 악사들이 북을 비롯한 타악기들을 들고 들어왔다. 그들의 타악기 연주가 한참 고조될 무렵 우리 일행들 모두 나가서 손에 손을 잡고 둥글게, 둥글게 돌아가기도 하고 서로 앞 사람의 어깨에 손을 올려 기차놀이 하듯 홀 안을 뛰어다니기도 했다.

김시운 선생은 긴 스카프 한 자락을 손에 늘어뜨리고 품위 있게 살풀이춤을 추고, 강만길 교수는 보기에도 힘찬 탈춤의 한 부분을, 문유찬 교수와 최원희 선생 부부는 호흡이 잘 맞는 춤꾼이고 한동헌 선생과 양현아 교수 부부도 분위기를 잘 맞추는 춤꾼이었다. 나와 허경옥 선생은 막춤을 추워댔다.

여행이 즐거운 것 중 하나는 가식의 탈을 벗어내고 있는 그대로의 모습들을 보여준다는 것이다. 그때 사람들 사이에 보이지 않던 벽이 무너지면서 그 사람의 진면목을 접하게 되고, 그도 나와 더불어 마음이 통할 수 있는 존재라는 것을 깨닫게 된다.

밤 깊어서 춤판에서 빠져나왔다. 방으로 가기 위해 작은 정원으로 들어섰을 때 하늘에는 별이 그리고 반달이 떠 있었다. 문명 세계와는 아주 멀리 떨어져 있는 사하라의 한 귀퉁이 메르주가 사막에서 바라보는 별과 반달……. 내가 별과 반달을 바라보고 생텍쥐페리와 어린왕자를 생각하듯 아주 먼 곳, 어느 작은 별

하나에서 어린왕자가 이곳을 내려다보고 있을까…….

　별을 바라보고 생텍쥐페리와 어린왕자를 생각할 수 있어서 고맙다. 그리고 사하라 사막에 대한 이야기를 듣거나 읽게 되면 나는 이 밤을 기억할 것이고 역시 고마워할 것이다.

13 사하라 – 에르푸드 – 투그라 – 와르자자트 – 마라케시

메르주가 사막

어둠 속에서 눈을 떴다. 완벽한 어둠이었다. 정적靜寂이 방안을 채우고 있었다. 소음 제로 지대 — 이곳은 사하라 사막이고, 지난밤 사막의 하늘 위로 반달이 떠 있었지, 하고 기억을 재생키셨다. 손으로 더듬어 보았지만 딱딱한 침대와 때가 묻어 겉면이 뻣뻣해진 담요자락……. 옆 침대에서 허 선생의 새근거리는 숨소리가 들려왔다. 어떻게 할 것인가. 어둠 속에서 할 수 있는 것은 잠을 청하거나 생각에 잠기거나……. 모텔의 자가 발동기가 전기를 공급해주기까지 기다려야 했다. 다시 침대에 누워 잠을 청했다. 그리고 깨어보니 새벽 5시였다. 전기가 들어왔다. 세수를 마치고 나니 옆방에서 또는 작은 정원 건너편 방에서 동행들이 일어나서 두런거리는 말소리들이 들려왔다.

　식당으로 갔다. 서너 명의 선객이 와 계셨다. 베르베르인 종업원이 커다란 접시에 담긴 큼직한 닭백숙 세 마리를 우리 식탁에 올려놓았다. 닭다리를 하나 뜯었다. 지난밤에는 양다리 하나를 뜯었는데 신새벽에 잘 삶은 닭다리 하나를 집어 들면서 내가 갑자기 유목민들의 식성을 닮아가고 있다고 생각했다. 닭고기는 간도 안성맞춤이고 무엇보다도 입에 씹히는 그 살의 탄력이 좋았다. 뒤늦게 식당으로 모여들던 동행들, 새벽부터 웬 백숙이냐고 한 마디씩 했다.

일출을 보기 위해서는 서둘러야 했다. 짐을 꾸려가지고 어제 내가 탔었던 지프차를 찾아갔다. 베르베르인 운전사가 "Good?" 물었다. "Oh~, Yes, very good" 했더니 엄지손가락을 치켜들고 웃으며 "Sleep, well?" 하고 다시 물었다. "Yes, very well." 몇 개의 단어만으로도 의사소통은 그렇게 가능했다.

6시 35분에 호텔 오베르주 베르베르를 출발했다. 모래구릉 위를, 황무지 위를 뒤뚱대며 지프차는 달렸다. 40분쯤 달리자 사막의 한가운데를 직선으로 달리는 아스팔트 포장도로가 나타났다. 다시 5분쯤 달리다가 길옆에 차를 세우고 길 아래로 내려섰다. 새벽의 빛이 열리고 있었다. 일출을 보기 위해서는 기다림의 시간이 필요했다. 붉어오는 동녘 하늘을 구름이 훼방 놓고 있었다. 서녘 하늘가에는 창백한 모습의 반달이 지고 있었다.

사하라의 새벽

구름 가네.
반달 따라 구름 가네.

구름 가네.

먼동에 등 떠밀리어 구름 가네.

구름 가네.

모래 바람타고 구름 가네.

그대

살면서 혹여 시름에 잠기게 되거들랑

사하라의 새벽을,

달무리 진 반달을,

모래 속에 뿌리내린 풀꽃들을,

머리 숙여 생각하라.

구름 가네.

반달 따라 구름 가네.

(2009. 1. 18, 07 : 24)

　동녘 하늘의 구름이 조금씩 틈새를 만들고 있었다. 먼 지평선 위로 붉은 기운
이 울근거리더니 7시 29분, 마침내 태양이 불끈 솟아올랐다.

사하라의 일출

붉은 기운

자색빛 구름 위로 천천히 흔들리더니

와락,

꽃망울이 터지네

꽃술이 화살촉 되어

천지사방으로 흩어지네.

눈이 부시어,

그대 이글거리는 모습에

눈이 부시어.

샛눈으로 바라보니

어둠은 단숨에 숨어들고

빛과 열기 속에

가슴은 터질 것 같네.

(2009. 1. 18, 07 : 32)

사막의 아침

먼동 천천히 달아올라

어둠의 그물망,

걷어 올리자,

뚜렷해지는 사물의 윤곽과 색채.

햇님을 기다려

다소곳이 웅크린 풀잎들

햇살을 걸치자

짙어지는 초록색 의상 곱기도 하이.

밤의 냉기와 고독 앞에

다만 참고 견딘

풀잎이여,

우리는 얼마나 더 참고 견디어야

저만큼

웃을 수 있는 것일까.

(2009. 1. 18, 07 : 34)

일출을 지켜보며 눈이 부셔 눈물이 났다. 사하라 사막의 새벽은 추웠다. 풀잎들은 햇살 앞에 초록색을 짙게 키워가고 있었다. 사막이라고 비가 전혀 오지 않는 것은 아니었다. 어제 사막으로 들어가기 전에도 우리는 비가 내리는 것을 보았고, 오늘 사막에서 나오면서 보니 아스팔트의 균열 사이 움푹한 곳마다 빗물이 괴어 있었다. 지난밤 우리가 어둠 속에 곯아 떨어졌을 때에 비는 도둑처럼 살짝 다녀갔다.

사하라의 일출

에르푸드

멀리 사막을 둘러싼 산들은 파도를 닮아 출렁이고 있었다. 사막이 바람에 모래 파도를 만들듯이 지구 생성 이래 세월 따라 먼 산들은 조용히 파도를 닮아가고 있었던 것이다. 어제 사막으로 들어가기 직전에 건넜던 폭 40m 안팎의 개울, 물이 넘쳐흐르는 나지막한 세월교를 지프차를 탄 채로 건너다 보니 오염된 물 위로 커다란 물거품들이 둥실거리고 있었다. 잠시 뒤에 어제 우리가 지프차를 탔었던 랜드 크루즈 회사 앞에 도착했다. 사막 도시의 도로는 지난밤에 내린 비로 물이 흥건했다.

8시 5분, 사막으로 들어가는 도시 에르푸드를 떠났다. 마라케시까지는 12시간 이상이 걸리는 대장정이었다. 하이 아틀라스의 최고봉인 제벨 투브칼(해발 4,167m)을 보게 되리라고 했다. 마라케시를 향해 가는 길, 오른쪽으로 하이 아틀라스 산맥이, 왼쪽으로 안티 아틀라스 산맥이 줄곧 동행했다. 도로 양쪽으로는 대추야자나무 농장이 펼쳐지고, 바람에 대추야자나무의 긴 줄기들이 초록색 파도를 일으키며 흐느적대고 있었다.

에르푸드의 옛 우물 카레즈

도로 양쪽으로 무수한 분화구 모양의 흙더미들이 늘어서 있었다. 그것들은 12~18세기에 걸쳐 만들어진 우물, 아틀라스 산맥에서 내려온 물줄기를 저장하여 지하수로를 통해 취수하던 우물들이었다. 예전에는 식수로 사용했겠지만 가까운 곳에 댐이 생기면서 지금은 생활용수로 사용하고 있다고 했다.

우물들이 조밀하게 모여 있었다. 우물들의 깊이는 대개 15~20m, 잠시 차에서 내려 이들 옛사람들이 만들어 사용하던 우물들을 구경하기로 했다. 길가에 가까운 우물로 가서 안을 들어다 보았다. 흙구덩이는 좁고 깊게 파서 우물의 저층부는 보이지 않았다. 현지 가이드 미스터 압둘이 내 어깨를 잡고 우물 속으로 밀어 넣는 시늉을 하며 웃었다.

우물 옆에서 사진을 찍고 있는데 우연히, 정말 우연히 한동헌 씨 부부가 나누는 이야기를 들었다. "이리 좀 와보세요" 하고 부른 것은 남편, 카메라를 내보이며 사진을 찍어주겠다는 포즈를 취했다. 그러자 아내는 "이리 좀 와, 남편~!" 애교가 담뿍 담긴 목소리로 어리광을 부리고 있었다. 두 사람은 소꿉장난하는 어린이들처럼 살갑고 밝았다.

다시 버스에 올랐다(08 : 45). 분화구 모양의 우물 지대는 시속 60km로 달리는 버스가 3~4분간 달리도록 계속 이어지고 있었다. 그렇게 많은 우물들이 조밀하게 자리 잡고 있었다.

정수일 교수께서 에르푸드 지역과 이곳 우물의 특징에 대해서 이렇게 정리를 해주셨다.

이곳 에르푸드 지역은 6천 년 전까지만 해도 해저(海底)지대였다. 그 결과 이 지역은 강이 있었고 땅은 비옥했다. 12세기 초에 무왓히든 왕조가 자리를 잡으면서 우물을 파기 시작했다. 우물을 판 방법은 두 가지로 추정된다.

첫째, 수맥을 따라 '우물'을 판다.

둘째 수맥을 따라 '굴'을 판다.

이와 같은 방법으로 만든 지하수로를 '까날'(브리태니커 사전에서는 이것을 카나트(Qanat)라고 표기)이라고 부른다. '까날'은 수맥 위에 300~400개의 지점에 우물을 파고 물을 끌어올리는 방식을 취한다. 중국 신장성의 '까날'은 BC 3~4세기경에 만들어졌고 그 방법의 원류는 페르시아에 두고 있다.

그런데 지난 1978년 중국은 지하수로에 대한 세계 학술대회를 개최, 신장성의 캐러지(브리태니커 사전에서는 카레즈(Karez)로 표기)가 지하수로의 원류라고 주장했다. 그 근거는 신장성의 지하수로 공사 때에 사용한 것으로 추정되는 유품에 한자가 표기되어 있다는 것이다.

에르푸드 지역의 캐러지는 자연수맥을 따라 굴을 파고, 이 굴들을 연결하여 수로를 만들었다면, 이는 획기적이고 세계적인 수로 개발의 방법이 될 것이다.

마라케시로 가는 도로변에 있는 대부분의 신축 건물들은 철근이 삐죽 빠져나온 미완성 상태에 있었다. 빈집인 줄 알았더니 사람들이 살고 있었다. 이른바 준공검사가 끝나지 않은 상태에서 사람들은 거주하고 있었다. 건물들을 미완성 상태로 두는 것은 세금을 피하기 위한 한 방법이라고 했다. 이집트에서는 지붕을 얹지 않고 대추야자나무 가지를 덮고 살면서 가옥의 미완성 상태를 지속시켜 세금을 피하더니 이곳에서는 철근을 그대로 내버려 두는 방식을 택하고 있었다.

9시 30분에 첸지다스(?) 마을에 잠시 머물렀다. 제법 큰 규모였고. 건물들은 대개 연한 살굿빛이었다. 주유소에서 내려 휴게실로 들어갔다. 모로코의 특징이 들어가 있는 마그네틱 — 낙타조각이 들어가 있는 것과 모로코 지도가 들어가 있는 그림엽서를 샀다(합계 18디람).

전용 버스에 오르기 직전, 한국에서 온 뉴스를 들었다. 다음 아고라의 경제 논객 미네르바가 구속되었다고 한다. 신문에는 '만수 위에 백수'라는 제목이 붙여졌고, 미네르바의 실체는 31세의 백수, 꼭 그렇게 해야만 하는 것일까. 대통령과 경제기획부총리는 미네르바의 지적이 그렇게도 두려웠던 것일까……. 가슴이 답답해졌다.

팅히르Tinghir 지역을 지났다. 모로코 최대의 은 광석 지대라고 했다. 모로코 은 세공품의 90%가 이 지역 생산품이고 이곳 여성들의 모든 장신구는 은제품 일색, 그러나 지금은 노인과 여자와 아이들만 남아 있고 젊은 남성들은 모두 돈을 벌기 위해 외지로 나가 있다는 곳이었다.

투그라

10시 27분, 투그라Tughra 계곡에는 올리브와 대추야자나무가 무성했다. 투그라 강에서 빨래하는 젊은 아낙들의 모습은 한국의 빨래하는 여자와 다를 것이 없었다. 빨랫돌 앞에 쪼그리고 앉아서 빨래를 돌판에 비벼대고 있었다.

투그라의 황토색 건축물

투그라 계곡의 건축물들은 모두 황토색이었다. 마을 뒷산도 황토색, 사람이 사는 건물과 뒷산이 모두 황토로 되어 있었다. 마을 안에는 서민들의 공동묘지가 있었다. 평토장 앞에 비석 대신 납작한 자연석들을 세워 놓았다. 남자의 묘 앞에는 돌을 세로로 반듯하게 세우고, 여자의 묘 앞에는 가로로 눕혀 놓고 있었다.

투그라 언덕에 차를 세우고 투그라의 오래된 건축물들 — 황토벽돌로 쌓아올린 3~5층짜리 건물들과, 그 배경을 이루고 있는 황토색이 짙은 먼 산을 보았다. 산의 능선들은 하늘을 헤엄치는 물고기의 등지느러미처럼 세로로 주름을 세우고 있었다. 흙으로 된 물고기들은 꼬리에 꼬리를 물고 강강술래를 하고 있는 듯했다. 더 먼 곳으로 흰눈을 머리에 덮어쓴 설산들이 보였다.

우리 일행이 투그라 계곡 지대의 오래된 황토색의 건물들을 구경하고 있는 동안 어디에서 보고 달려왔는지 바람 부는 투그라 언덕으로 스카프 장사들이 모여들었다. 다양한 색채의 스카프들을 몇 장씩이나 고르는 우리 여성 회원들, 그분들도 안다. 자신들이 방앗간을 그대로 지나치지 못하는 참새들이라고. 오늘은 방앗간이 스스로 걸어서 참새들에게 접근했다.

다시 차에 올랐다(10 : 40). 정수일 교수께서 세계 최초의 여행문학가 이븐 바투타에 대한 강의를 시작하셨다. 정리하면 다음과 같다.

【 이븐 바투타와 그의 여행기 】

이븐 바투타(1304~1368)는 중세기의 가장 위대한 여행가일 뿐만 아니라 최초의 여행문학 작품인『이븐 바투타 여행기 - 여러 가지 기사(奇事)와 여러 여로(旅路)의 이적(異蹟)을 목격한 자의 보록(寶錄)』을 남겼다. 그는 탕헤르에서 이슬람 사회의 여러 법관을 배출한 바 있는 베르베르 가문에서 태어나 어린 시절 법학과 문학을 배웠다고 하나 상세한 이력은 알려지지 않았다.

21세에 성지 순례와 동방여행을 시작으로 이후 30년간 3대륙 10만km를 여행했다. 그는 처음에는 종교적 의무를 가지고 여행을 떠났으나 이후 수많은 학자들과 수피(이슬람 신비주의 학자)들을 만나 많은 가르침을 받게 된다. 이후 그는 샤이크 신분(이슬람의 종교 교육가?)으로 튀니스, 트리폴리를 거쳐 이집트 전역을 여행하고 다시 시리아 아라비아를 거쳐 이락, 남부 이란, 아제르바이잔, 바그다드, 남 아라비아를 거쳐 페르시아, 인도로 가고 그곳에서는 법관 지위를 누리게 된다.

인도에서는 델리의 술탄 눈에 들어 특사로 발탁되어 원나라 순제에게 파견되기까지 한다. 그는 1325~1354년까지 30년에 걸쳐 3대륙 10만km를 여행했다. 만년에는 모로코로 돌아와 술탄의 부탁으로 그가 겪었던 이야기를 시인이며 작가인 이븐 주자이에게 구술하게 한다. 그것이 앞에서 말한 『이븐 바투타 여행기』이다.

이븐 바투타가 경험한 이국의 풍물과 인정, 사건들도 흥미로운 것이지만 이븐 주자이가 바투타의 이야기를 재미있게 풀어 써서 바투타의 여행기는 더 널리 알려지게 되었다. 이븐 바투타는 1368년 사망하여 고향인 탕헤르에 묻혔다.

이븐 바투타는 그의 여행기에서 마라케시 → 페스 → 수단(여기에서는 사하라를 가리킴)으로의 여정에 대해서도 언급하는데 특히 마라케시에 대해서는 '눈과 귀가 샘내는 곳'이라고 극찬을 했다.

라디스Radis 마을에서 잠시 휴식했다(11:20). 설산이 가까이 있었다. 바람이 싸늘했다. 계곡 건너편 산에는 숲과 단단해 보이는 오래된 건물들이 서 있었다. 해발 1,100m의 고산지대에 있는 마을, 올리브와 아몬드나무가 라디스 강가에 그득했다. 이 지역의 건축물 또한 황토색, 그러나 단정한 모습들이었다. 울타리 또한 황토벽돌로 반듯하게 쌓여 있었다. 지나가는 여자들은 치렁치렁한 검정 옷에 검정 머플러를 깊숙이 쓰고 있었다. 이혜경 교수가 바게트빵 사이에 런천미트 햄을 끼워서 돌렸다.

엘 켈라 음구나El Kelaa M'gouna — 장미의 계곡이란 이름의 마을을 지났다. 라디스 강이 마을의 가운데를 지나고 있었다. 해마다 장미 축제가 열리는, 장미 향수로 유명한 곳이라고 한다. 그러나 마을 변두리 언덕 위에는 하산 2세 때 지은 정치범 수용소가 있었다. 장미의 도시와 정치범 수용소란 어딘가 조화를 이루지 못하고 있었다.

화장실을 가기 위해 휴게소 앞에서 잠시 차에서 내렸다(12:00). 휴게실에는 관광객을 유혹하는 현지 특산품들이 있었다. 구경만 하고 있는데 최원희 선생이 장미의 마을에서 장미향을 사가는 것이 쇼핑의 묘미가 아니겠냐며 내 마음을 흔들어 놓았다. 장미 원액은 여러 개를 사면 싸게 살 수 있었다. 최원희 선생이 대여섯 개를 사면서 내 몫도 함께 챙겨주었다. 그리고 장미 원액을 따라서 사용할 순은 세공품의 향수병을 추천했다. 장미 원액 한 병과 향수병을 합해서 내게 배당된 금액은 14달러였다. 내게는 참으로 호사스런, 그러나 단 한 번에 끝나야 할 쇼핑이었다.

다시 차에 올라 마라케시로의 여행은 계속되었다. 정수일 교수는 정진한 선생에게 이븐 바투타 여행기에서 우리의 이동 지역을 다루고 있는 곳을 소개하라고 했다. 정진한 선생은 부끄러워하면서도 열심히 그가 기억하고 있는 700년 전 이 지역에서 있었던 이야기들을 정리해서 들려주었다. 이 지역 어디엔가는 소금 덩어리가 많아서 그것을 잘라서 집을 지었다는 이야기, 그러나 그 소금 덩어리가 대단히 단단하기 때문에 그것을 자르기 위해서는 특수한 연장이 필요했다는 이야기 등등.

정수일 교수는 오랜 여행에 지친 회원들을 위해서 그 옛날 캐러밴隊商들의 여로와 생활에 대한 이야기를 들려주셨다.

【 캐러밴의 여로와 생활 】

사막을 여행 중인 캐러밴에게 연락을 하기 위해서는 사람을 사서, 캐러밴들이 머물고 있는 캐러밴 사라이나 민박집에 보내면, 그곳에서 캐러밴들의 움직임에 대한 정보를 들을 수 있다.

캐러밴들의 규모는 대개 200명 정도, 규모가 클 때에는 600~700명까지, 군대로 치면 일개 중대 내지 일개 대대가 움직이는 규모다. 그 많은 사람들이 함께 움직이니 그들이 도착하는 마을마다가 떠들썩할 것이고 소문은 또 얼마나 쉽게 퍼질 것인가.

이 캐러밴들의 평균 이동 속도는 하루에 25km, 이들이 운반하는 짐은 120~170kg, 구성원은 대체로 상인(개인 상인과 큰 상인), 의사, 요리사, 짐꾼……. 대체로 이들이 장사에 나서는 기간은 70일 정도. 낙타는 시속 2.5km, 캐러밴의 보행 속도는 낙타의 속도에 맞추어야 한다.

버스는 '알 만수로 댐'을 지났다. '알 만수로 댐'은 하이 아틀라스에서 나오는 물들을 저장해서 만든 댐으로 모로코의 중요 댐 가운데의 하나다. 전력 공급뿐만 아니라 생활 식수로 보급되는 때문이다.

와르자자트

하이 아틀라스의 설산이 가깝게 다가오고 있었다(13:05). 영화 제작소가 있어서 영화의 도시로 불리는 '와르자자트'로 들어섰다. '와르자자트'는 베르베르어로

'조용한 곳'을 의미한다.

영화 세트 건물이 보였다. 옛날 영화이긴 하지만 〈007〉 시리즈가 이곳에서 촬영되었고 〈아라비아의 로렌스〉, 〈클레오파트라〉 같은 고전 명작도 이곳에서 만들어졌다고 한다. 〈킹덤 오브 헤븐〉을 비롯해서 수많은 영화가 만들어진 곳이라고 하는데, 신이 나서 영화제목을 늘어놓는 현지 가이드 앞에서 나는 그저 무색하기만 했다. 이곳에서 만들어진 영화 가운데 내가 본 것은 옛날 영화 몇 편에 지나지 않았다. 와르자자트 지역의 도시들도 살굿빛 현대식 건물, 이쪽 사람들은 살굿빛을 좋아하는 것일까. 아니면 이 지역의 토양 색깔이 살굿빛인가.

점심은 와르자자트 현장에서 직접 수소문해서 찾아들어갔다. 식당 이름은 쉐즈 나빌Chez Nabil, 식당 홀은 크지 않았지만 노천카페에까지 많은 사람들이 식사 중이었다. 우리는 그들이 일단 식사를 끝내기까지 기다렸다가 식탁에 앉았다. 쉐헤드 둥근 빵가 맛있었고 채소 샐러드도 많이 주었다. 특히 케밥이 맛있었다.

식당을 출발했다(15:10). 사하라의 에르푸드에서는 줄곧 서쪽을 향해서 달려왔는데 와르자자트에서부터는 방향 전환, 서북 방향을 향해 달려간다고 했다. 버스는 다시 영화세트장을 가까이 두고 달렸다. 이집트 신전을 재현한 세트장이 보였다. 이곳 영화제작소는 '클라 스튜디오'와 '아틀라스 스튜디오'로 이루어져 있다고……. 스튜디오를 지나치자 암염지대를 거쳐 온 소금의 강인 멜라Maela 강이 보였다. 벌판 사이를 흐르고 있는 멜라 강 건너편에 있는 절벽의 바위들은 마치 소똥을 큼직큼직하게 붙여놓은 듯 괴기하고도 재미있는 모양이었다. 거대한 바위들이 소똥 덩어리처럼 보이다니, 바위들에겐 좀 미안하지만 말이다.

우리들의 전용 버스는 마침내 잔설이 있는 산악지대로 들어서기 시작(16:05), 협곡의 아래에는 푸른 밀밭이 있는데 산 위에는 잔설이 있었다. 산 넘어 산 뒤로 설산이 그 자태를 나타내기 시작했다. 해발 1,700m의 산길에는 붉은 사암과 진흙이 엉켜 붙어 있는 협곡의 길, 버스는 위로, 위로 고도를 높이는데 철옹성 같은 설산 속에 웅크린 마을, 마치 암벽의 일부인 듯 경사가 급한 언덕에 마을이 자리 잡고 있었다.

바람이 눈보라를 일으키고 있었다. 해발 2,100m, 작은 마을, 나지막한 지붕들을 가진 마을 한가운데 작은 사원이 있고, 척박한 계곡 한쪽에선 양치기가 양떼들에게 풀을 뜯기고 있었다.

16시 40분에 티진티치카 봉Tizi n' Tichka 아래 해발 2,260m 지점에 있는 휴게소에서 일단 내렸다. 눈보라가 사나워서 눈을 뜨기 힘들고 매우 추웠다. 현지 가이드가 점심 먹을 때 식당에서 남은 빵들을 챙기더니 휴게소에 있는 개들에게 빵을 나누어 주었다. 정강이까지 빠지도록 쌓인 눈 어느 곳에 있었던지 개 5마리가 와서 빵을 먹으며 꼬리를 흔들었다. 눈보라는 좌우상하 마구잡이로 불어대고 있었다. 경사가 급한 산에는 키 작은 관목들이 눈에 파묻혀 있었다. 사람들 보기가 귀했던가. 휴게소 직원들이 우리들을 구경하고 있었다. 버스는 체인도 치지 않은 타이어로 해발 2,000m가 훨씬 넘는 빙판길을 조심스레 내려가기 시작했다. 눈 아래 까마득하게 펼쳐진 바위와 설산들을 보면서 오금이 저려왔다.

산기슭 휴게소에서 다시 휴식(17:30), 우리는 모두 운전사를 향해 진심에서 우러나온 감사의 박수를 쳤다. 살아남았다는 감동이라고 할까. 휴게소에서 자주색

수정 귀걸이 하나를 샀다. 10달러였다. 하이 아틀라스의 험한 고산지대를 통과했다는 사실을 기억하고 싶었다.

산간 마을에 전등이 들어왔다(18:05). 마을 한 귀퉁이 계곡에 파종한 밭에는 두 개의 허수아비가 서 있었다. 흰 모자를 쓰고 아랍인의 의상을 한 허수아비. 아랍인의 마을에 아랍인 의상의 허수아비가 당연한 것이지만 당혹스러웠다. 내게 익숙한 것에 약간의 낯선 모습이 주어졌을 뿐인데……

마라케시의 불빛이 보이기 시작했다. 그리고 도심지로 들어섰을 때 가로등이 휘황찬란했다. 마라케시는 모로코에서 두 번째로 큰 도시, 마라케시 주의 주도州都. 모든 베르베르인은 베르베르 언어로 말하지만, 마라케시 시의 베르베르인들은 아랍어로 말한다고 했다. 마라케시 시의 인구는 180~200만 명.

호텔 리야드 모가도르Ryad Mogador 도착(19:30). 방은 2083호. 오늘 장거리 여행에 지쳤기로 그냥 잠자리로 파고든다.

내일 일정은 7:00 / 8:00 / 9:00.

2009. 1. 18. 일요일. 갬.

해발 2,000m가 넘는 지점에서 본 산 아래 정경

14 마라케시 – 카사블랑카

4시 30분 기상. 8시에 식사. 토스트, 주스, 채소즙을 들었다. 최원희 선생이 피로 회복에 최고라며 웅담 캡슐 하나를 나주어 주었다. 호텔에서 9시 13분에 출발했다.

마라케시는 아틀라스 산맥의 북쪽 하우즈 평야에 위치한다. '마라케시' 주의 지명은 베르베르어로 '신의 땅'이란 의미를 갖고 있으며 붉은색의 건축물들이 많아서 일명 붉은 도시Red city로 불리기도 한다.

마라케시는 11세기에 수도로 정해졌고 12세기부터는 무역 도시로서의 면모를 보이기 시작했다. 사하라, 이집트, 말리, 세네갈, 수단 등으로부터 캐러밴의 행렬이 집결되어 물건들이 교환되고 문명과 문화가 교류되었다. 그러나 이후 수도는 폐지되었다가 16~17세기에 다시 수도로 정해지면서 번영의 시기를 맞았다. 19세기에는 제3의 번성기를 맞아 당시의 총독은 마라케시를 가장 번성한 도시로 만들었다.

마라케시는 왕궁의 도시이고 정원의 도시이며 3개 왕조의 도시라는 설명을 들었다. 이곳에는 베르베르인들이 많이 살고 있고는 있지만 이들은 이전에 우리가 만난 베르베르인들과는 달리 베르베르어가 아닌 아랍어를 사용하는 베르베르인이라고 했다. 자기 종족의 언어 대신 다른 종족의 언어를 쓰고 있는 베르베르인……. 세계화의 대열에 서기 위해서는 영어를 써야 한다고 초등학교부터 영어교육을 강조하고 있는 한국의 교육과 한국의 미래를 생각하게 한다.

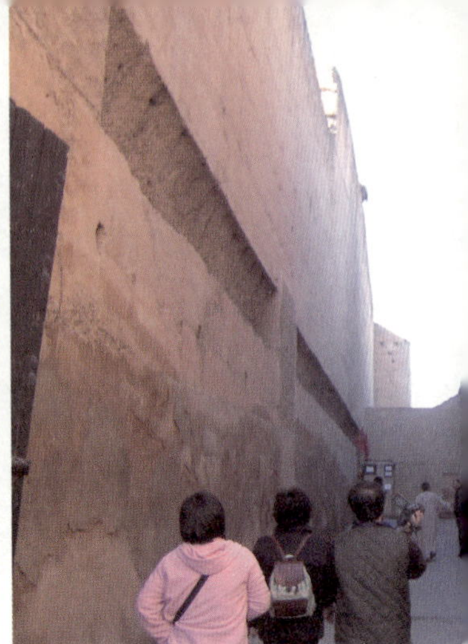

마라케시의 교통순경 복장은 한국과 비슷했다. 흰 모자에 검정제복 차림, 마라케시 성벽은 겉으로 보기에는 토담벽, 그 길이는 17~19km에 이른다고 한다. 12세기에 축성된 성을 계속 보수하여 이용하고 있다고 했다. 성벽 안쪽으로는 16세기 왕의 궁전을 개조한 '라 마무니아 호텔'이 있는데 아프리카 최고의 호텔이라고 했다. 한 때 영국 수상 처칠경이 묵었던 호텔의 방은 일명 '윈스턴 처칠궁'으로 불리고 하룻밤 숙박료는 1,800유로라 한다.

쿠투비아 모스크

쿠투비아 모스크는 종교와 학문의 전당으로 12세기1153~1197에 건축된 대사원이다. 그 규모는 5,400㎡의 경내에 17개의 예배당과 높이 67m의 첨탑미나렛을 갖고 있다. 미나렛은 다만 하나였다. 미나렛은 시대에 따라 그 크기와 수효에 차이를 보여준다고 한다. 셀죽 시대에 건설된 모스크의 미나렛은 건물 전체 규모

1 쿠투비아 모스크
2 높은 궁전의 담벽
3 엘 바디 궁전 내부

에 비해 크면서 단 하나의 미나렛을 갖고 오스만투르크 후기에 이르면 미나렛
은 4개까지 늘어난다.

쿠투비아 모스크 경내로는 오렌지나무들이 많았다. 미나렛이 있는 쪽으로는
지하 건물의 기둥들만 보이는데 예전에는 마드라사^{기숙사 학교}가 있던 흔적이라
고 했다. 모로코 쪽의 모스크들도 무슬림만의 출입을 허용하는 관계로 우리는
건물 바깥만을 구경하고 다음 장소로 이동했다.

엘 바디 궁전 Palais El Badii

엘 바디 궁전은 유태인 거리^{멜라, 일명 소금 거리}(예전에 유태인들이 소금장사를 하던 곳)에
인접해 있었다. 궁전의 담벽은 높았다. 그러나 성문을 통해 들어가 보니 사방의
성벽은 그대로 남았으되 그저 휑한 운동장에 청명한 하늘만 쏟아질 듯 푸르렀
고, 건물이 들어서 있어야 할 자리에는 주먹보다 더 큰 오렌지가 주렁주렁 달린

오렌지나무들이 빈 공간을 채우고 있었다.

엘 바디 궁전은 본래 16세기에 바디 왕이 세운 것이었다. 그러나 18세기에 메크네스의 이스마엘이 공격해 와서 왕궁을 파괴했다. 왕궁은 18년에 걸쳐 이스마엘에 의해서 철저하게 해체되었고 건축자재들은 이스마엘의 행궁을 짓는 곳에 사용되었다.

높다란 성벽 위로 주홍색 부리가 긴 흰새들이 둥지를 틀고 주인 노릇을 하고 있었다. 부서진 성벽을 따라 2층으로 올라가자 멀리 눈을 머리에 덮어쓴 아틀라스 산맥이 보였다. 한 왕조의 영광은 전쟁의 패배로 철저하게 파괴되고 빈 왕궁 터를 지키는 것은 이름 모를 철새들 뿐이었다.

아넥스 궁전

엘 바디 궁전과 담장 하나를 사이를 두고 아넥스 궁전Annexe de Palais이 있었다. 엘 바디 궁전이 지상의 궁전, 빛의 궁전이라면 아넥스 궁전은 지하 궁전, 암흑의 궁전이었다. 지하통로로 들어서자 노예의 방과 죄수의 방이 예전 흔적을 그대로 간직하고 있었다. 노예의 방에 약간의 햇살이 허용된다면 죄수의 방은 철저하게 암흑의 방, 노예와 죄수의 음식을 만들던 주방터가 그대로 남아 있었다. 지하의 좁은 통로에서 다시 지상으로 나오면서 빛의 고마움을 알 수 있었다.

유태인 거리를 걸었다. 예전에 소금이 귀하던 시절 유태인들이 소금 상점을 운영하던 곳이라 하여 소금 거리로 불리는 곳이었다. 거리는 복잡하고, 금속공예품 전문 상점이 많았다. 바히아 궁전까지 걸어서 이동했다.

바히아 궁전

광장에 면한 출구를 통과하자 무성한 숲이 우거진 바히아 궁전Palais de la Bahia 안으로 들어섰다. 오렌지가 풍성하게 달린 오렌지나무들이 사열하듯 서 있었고 옛 건물의 담장 앞으로 진분홍의 부겐빌레아가 피어 있었다. 포인세티아 모양의 잎사귀와 빨간 꽃을 피운 나무도 있었다. 식물원과 같은 통로를 통과하고서야 궁전이 나타났다.

바히아는 19세기 당시 총독이 총애하던 아내의 이름, 총독은 사랑하는 아내를 위하여 긴 입구와 식물이 우거진

정원과 아랍전통 양식을 따른 왕궁을 지어 아내에게 바쳤다. 궁전 안은 미로와 같았다. 궁전의 한가운데에는 분수대를 두고, 건물 사이의 공간에는 다양한 식물들을 가진 정원을 배치했다. 뿐만 아니라 궁전의 문들은 모두 서로 다른 식물 그림을 그려 단장했다. 현관의 테두리에도 꽃그림들을 그렸다. 궁전 문의 꽃그림만을 모아도 작품집이 될 만큼 아기자기하고 예뻤다.

버스에 올라 메나라 정원으로 이동, 소요시간 10분이 걸렸다.

메나라 정원

마라케시의 대표적 정원으로 18세기에 왕의 정원으로 조성되었다고 한다. 올리브나무와 오렌지나무, 대추야자나무로 그득 채운 광대한 정원 한가운데는 커다란 저수조가 있었다. 수심 3m, 가로 세로 각각 200×100피트에 이르는 저수조는 농업용수로 사용되고 있다고 했다. 저수조의 한 편에 왕이 머물러 여름 저녁에 파티를 즐기던 작은 궁이 있었다. 작은 궁전 뒤로는 멀리 아틀라스의 설산이 보였다. 지금은 시민 공원으로 사용되고 있고 여름 저녁에는 빛의 쇼, 수상 쇼가 벌어지기도 한다고 한다.

메나라 정원으로 들어올 때였다. 한 상인이 엿목판 같은 것을 메고 있다가 우리들에게 먹어보라며 무언가를 내밀었다. 아몬드 강정이었다. 그는 아몬드와 참깨를 강정으로 만들어 팔고 있었다. 맛은 우리 참깨 강정과 같았다. 모양새도 똑같았다. 이춘애 선생이 아몬드 강정과 참깨 강정을 사서 일행들에게 돌렸다. 모두 한국에서 먹던 강정의 맛과 동일하다고, 지구를 반 바퀴나 돌아온 마라케시

메나라 정원

에서 한국의 맛과 동일한 강정을 맛보게 되었다고 신기해했다.

메나라 정원을 보면서 소양댐이 있는 오봉산의 고려정원을 떠올렸다. 메나라 공원이 대평원지대의 한가운데 거대 규모로 자리 잡고 있으면서 정원 자체는 물론 정원을 둘러싼 원경까지 포함해서 완상의 대상으로 삼듯이, 오봉산의 고려 정원이 그랬다. 이자현이 만든 고려 정원은 비록 산속에 있기는 하지만 사다리꼴 모양의 일반 강의실 크기인 인공연못을 만들고 그 연못 둘레의 경관과 멀리 오봉산 봉우리가 연못에 비친 광경을 완상의 대상으로 삼고 있지 아니한가. 메나라 공원의 저수조와 먼 아틀라스의 설산의 조화, 오봉산 인공연못과 오봉산의 조화, 그리고 아몬드 강정과 참깨 강정. 콩쥐팥쥐와 신데렐라, 소돔과 고모라에 나오는 소금기둥과 연못 이야기 그리고 한국의 장자못 전설, 인종이나 시대와 관계없이 사람들 속에는 어떤 공통성, 곧 원형이 존재하고 있음에 새삼 놀란다.

12시 15분에 전용 버스에 올라 메디나구시가지에 있는 제마 알프나 광장으로 이동하던 중에 화장실 사용을 위해서 주택가에 있는 고급 은세공품 상점 안으로 들어갔다. 그런데 화장실보다는 진열된 상품의 고급스러움과 정교함 때문에 일행들은 상품 고르기에 몰두하고 있었다. 나도 은세공의 귀걸이를 사볼까 하고 진열대를 기웃거리는데 "이런 거 안 좋아하시는 줄 알았는데요", 여행사의 강상훈 대표가 한마디 했다. 사실 대개는 그랬다. 물건에 별 애착을 느끼지 못해서 쇼핑하는 이들 옆에서 구경만 주로 해온 편이었다. 그러나 고급 은 세공품을 보고는 욕심이 동해서 나도 열심히 상품을 구경했다. 그러나 내가 원하는 것은 비싸서 살 수가 없었다. 나는 결국 아무 것도 사지 못했다.

제마 엘프나 광장

제마광장 + 엘 + 프나소멸로 된 엘프나 광장Djemma El Fna Squre은 죽음의 광장을 의미한다고 했다. 예전에 처형자들의 시신을 걸어놓았던 데서 기인한 이름이다. 그러나 낮에 본 광장은 활기롭고 번화했다. 광장에 즐비하게 진열된 상품들, 관광객을 부르는 옛날식의 마차들, 이상한 복장을 하고 함께 사진 찍기를 기다리는 포토 맨들, 피리를 불면서 코브라의 춤으로 사람들을 유혹하는 이들, 그러나 여기에서 본 코브라는 인도에서 본 것과는 달리 몸체가 작았다. 그들은 피리 소리에 따라 몸을 가볍게 움직였다.

엘프나 광장에 있는 상점에서 학생들에게 선물로 줄 귀걸이와 목걸이를, 그리고 모로코 상호가 들어간, 또 영화 카사블랑카의 남녀 배우 얼굴이 들어간 마그네틱을 샀다.

점심은 엘프나 광장에 있는 3층 식당, 다르 네자린Dar Nejjarine이란 이름의 식당에서 먹었다. 말이 3층이지 광장이 내려다보이게 지어놓은 원두막 같은 건물이었다. 캔맥주가 나왔다. 오늘 거리에서 길을 잃고 일행들에게 우왕좌왕하게 한 것에 대한 미안함으로 투어 블릭의 강상훈 대표가 사는 것이라고 했다.

마침내 마라케시를 떠나 카사블랑카로 향했다(16:00). 한 시간쯤 지나자 갑자기 날이 흐리더니 고속도로에는 비가 내리기 시작했다.

마라케시에서

이곳에 와보기 전까지는

이 도시에 대해 전혀 몰랐다.

가슴으로 스며드는 서러움의 줄기

패전으로 해체된 폐허의 궁전

높은 담장 안에는 텅 빈 공간

궁전이 있어야 할 자리에는

푸른 하늘과 햇살뿐.

궁전의 성가퀴 위에 자리 잡은

철새 가족

아틀라스의 설산을 보고 있다.

폐허의 성에서 철새를 보며

언제고 떠날 차비를 하자고 다짐한다.

모두들 지쳐서 졸고 있었다. 나도 한동안 잠에 빠져 있다가 깨어났는데, 운전석 옆에서 계속 사진을 찍고 있던 황평우 선생이 내게 오더니 진지하게 할 말이 있다고 했다. 나도 진지하게 그를 바라보았다. 그는 갑자가 카메라를 열어보였다. 잠에 곯아떨어진 사람들의 모습들을 찍은 것이다. '이건 걸작이에요' 하며 보여준 사진, 등받이에 머리를 기대고 입을 크게 벌리고 잠에 빠진 내 모습이었다. 먼저 수치감이, 그리고 내게도 저런 모습이 있었구나 하는, 잠깐 본 사진이지만 피곤에 지친 모습이었다. 그리고 그 사진 속에서 내 어머니의 모습이 보였다. 세상의 모든 어머니들은 정도의 차이는 있겠지만 모두 당신들의 모습을 자식에게 남겨주고 가시는구나 하고 생각했다.

버스 안에서, 끝나가는 여행 기간에 맞추어 그동안에 있었던 감동이나 감상, 건의사항들을 말해 보라고 했다. 황평우 선생이 사회를 보면서 어떻게 말해야 할 것인가에 대한 시범을 보여준다고 했다. 이후 황 선생의 지명에 따라 회원들이 나와서 그들의 생각을 발표했다.

그들이 말한 요점은 대략 다음과 같다.

황평우 : 건축 양식, 유물의 특징에 대한 모든 것을 문화재적 차원에서 비교 분석

양현아 : 이슬람 여성의 삶과 이슬람 여성의 권리 문제

정관용 : 이븐 바투타에 대한 모로코 당국의 무관심, 그리고 이븐 바투타 호텔의 명
칭에서 볼 수 있는 모로코인의 이븐 바투타에 대한 사랑

이경옥 : 여행의 의미 — 의미 있는 날을 만들기 위한 날들이었음

문유찬 : 언어학적 측면에서 본 불어와 아랍어의 상호 영향관계

한동헌 : 문명교류에 대한 각오 다짐, 카메라 사고사건

나선미 : 아프리카를 여행하면서 본 자연의 위대함, 신입회원들에 대한 인상평

김정희 : 인간교류의 중요성, 일행들의 성별구성, 나이, 혈액형들에 대한 통계학적 발표

유인순 : 혈액형 발표, 사하라 사막과 어린왕자 이야기

허경옥 : 소원의 성취(원형 극장 무대에서의 노래와, 사막에서의 춤)

19시 50분에 카사블랑카 호텔 다이완Diwan에 도착. 호텔 프런트의 텔레비전에서 방영중인 외국영화 — 한국 배우 박중훈의 얼굴이 보였다. 박중훈의 할리우드 영화 출연작이라고 했다. 반가웠다. 호텔 304호실에 배정, 싱글 침대가 3대나 들어가 있었다.

내일 일정은 6 : 30 / 7 : 30 / 8 : 30.

2009. 1. 19, 월요일, 마라케시 쾌청, 카사블랑카 비.

15 카사블랑카

북아프리카 3개국 여행의 15박 16일의 날 아침, 자연스럽게 정확하게 5시에 잠에서 깨었다. 몸단장 모두 마치고 짐도 정리해서 언제라도 달려 나갈 수 있게 준비 완료. 술 마신 듯 몽롱한 이 기분은 여행의 끝판에 이르면서 보이는 피곤의 누적 현상이다.

7시 30분에 레스토랑으로 내려가 보니 이미 부지런한 동행들이 자리 잡고 있었다. 싱싱한 오이를 된장에 찍어 먹고 바게트 빵에 꿀을 찍어 먹었다. 이번 여행에서는 유난히도 바게트 빵을 많이 먹었다. 올리브 열매 맛에도 어느 정도 익숙해졌다. 요거트를 두 개나 갖다 먹었다. 바게트 빵을 먹으면서 한국에 가면 한동안 이 맛을 잊지 못해 할 것이라고 하자 건너편에서 같이 조반을 들고 있던 강 대표가 웃었다.

호텔을 출발했다(08:50). 우리는 한국을 향해 떠나는데 김유경 씨는 이 호텔에 하루 더 묵었다가 파리로 간다고 했다. 그러나 우리가 공항으로 가기까지 함께 동행해 준다고 했다.

비가 오고 있었다. 바람에 키가 큰 야자나무 가지가 마구 흔들리고 있었다. 사람들은 비 오는 카사블랑카의 거리를 바쁘게 걷고 있었다.

카사블랑카는 모나코의 4대 도시 가운데 하나로 상업 도시면서 현대적 도시, 구시가지는 상대적으로 좁지만 그래도 몇 개의 구역으로 나뉘어 있다고 했다. 지리학적으로 카사블랑카를 익히기 전에 나는 한 편의 영화로 카사블랑카를 기

억하고 있었다. 특히 내게는 영화 〈카사블랑카〉에서 받은 인상이 대단히 강렬해서 모나코는 몰라도 카사블랑카는 알고 있었다. 영화 〈카사블랑카〉는 1943년 험프리 보가트와 잉그리드 버그만의 주연으로 제작되었다. 이 영화를 소재로 미국에서는 희곡 작품이, 한국에서는 소설가 구효서 씨가 「카사블랑카여 다시 한 번」이란 중편소설을 썼다. 오늘 카사블랑카에서 '카사블랑카 카페'를 찾아간다고 하니 가슴이 설레지 않을 수 없었다.

빗발은 가늘어졌다가 굵어지고 다시 가늘어지기를 반복했다. 전용 버스 안에서는 대중가요 가수 최헌이 부르던 〈카사블랑카〉를 여성 회원들이 부르고 있었다. 그들도 영화에서의 감동을 간직하고 있고, 영화에 등장했던 소품들을 볼 수 있다고 하여 더 흥분해 하고 있었다.

모하메드 5세 광장

모하메드 5세 광장에서 잠시 차를 내렸다(08:55). 시청 건물과 법원 건물이 있는 곳이었다. 광장에는 사람들도 많았지만 그보다도 비둘기가 더 많았다. 비둘기는 사람을 두려워하지 않았다. 사람들이 다가가도 광장 바닥에 앉아서 모이를 쪼고 있었다. 빨간 옷에 고

깔모자를 쓴 요란한 차림의 포토맨이 사람들 사이로 파고들었다. 그들과 함께 사진을 찍으면 무조건 돈을 내야 한다. 몰래 그들의 뒷모습만을 담았다. 다시 차에 올라 '하산 2세 거리'를 지났고 1930년대 프랑스인들이 건축해 놓은 '불러바드 라치디Boulevard Rachidi 성당' 건물을 보았다. 이슬람 국가에서 성당은 다만 문화유적으로서의 기능만 할 뿐 종교생활과는 관계가 없다.

카페 카사블랑카

모하메드 5세 광장 가까운 곳, 높다란 건물의 1층 모서리에 카사블랑카 카페가 있었다. 카페에 당도할 무렵 빗발이 굵어졌지만 개의치 않고 차 바깥으로 뛰어나가서 카페의 붉은 천막 위로 보이는 카페의 간판부터 사진에 담았다. 오늘 카사블랑카 카페에서 마시는 커피값은 이혜경 교수 몫이라 했다. 전번에 버스 안에서 여성들끼리의 팔씨름에서 이혜경 교수가 최원희 선생과의 팔씨름에서 졌기 때문에 커피값을 담당하기로 했다고 한다.

카사블랑카 카페는 좁았다. 바깥쪽으로 파라솔을 펼친 야외 테이블이 있기는

했지만 실내에 있는 테이블에 자리를 모두 채운
다면 20명이 간신히 앉을 수 있을 정도, 선객들이
있어서 우리 회원 한 팀은 야외 테이블로 나가 앉
아야 했다. 화장실은 회전식 계단을 타고 2층으
로 올라가야 하는데 벽에는 영화 〈카사블랑카〉의
포스터와, 주인공들의 초상이 담긴 사진들이 빼
곡하게 부착되어 있었다.

　카페의 이름만 카사블랑카였다. 영화에서 릭이 운영하던 카페와는 전혀 다른
장소였다. 그럼에도 기분이 좋았다. 밀크 커피를 마셨다. 영화 포스터 앞에서 사
진도 찍었다. 두 주인공의 캐리커처가 그려진 자그마한 1회용 설탕 봉지를 두
개나 챙겼다. 사람들에게는 교재 준비 중이라고 했다. 사실이기도 했다. 소설과
영화 관련 강의를 할 때마다 학생들과 함께 보던 영화가 〈카사블랑카〉였다. 영
화가 어떻게 소설에 영향을 주었는가를 설명할 때마다 〈카사블랑카〉를 보았고,
카페에서 일자의 남편 라즐로가 주먹 쥔 손을 아래위로 흔들며 프랑스 국가를
노래할 때면 무의식적으로 눈물을 흘리고는 했었다.

카페 카사블랑카

다시 먼 길 가야 하는데
눈물처럼 비는 내리고

'카사블랑카'

전쟁이 훼방 놓은 사랑 이야기

사실은 진부한 변주곡에 지나지 않지만

감동의 물결 계속되는 건

사랑을 위해 선택한 희생

한 편의 영화가 걸어놓은

주술에 걸려

사람들은 몽유병 환자 되어 모여든다.

카페 카사블랑카는

영화 속의 그 장소가 아니라는 걸 알면서도

남녀 배우들의 스틸 사진 앞에서

급하게 사진을 찍고 커피를 마시며

영화의 라스트 신이 찍힌 커다란 사진을 보고

흐뭇해한다.

영화는 영화이고

남녀의 연기는 연기임을 알고 있지만

흑인 가수 샘이 부르던 노래 흘러나오자

영화 속의 감동 다시금 솟아올라

카페 카사블랑카에서 정수일 교수

312

영화의 라스트 신이 찍힌 커다란 사진 앞에서

조금은 비장한 가슴으로

커피잔을 들어 올린다

사랑은 대중가요의 가사와 같은 것

그냥 들으면 유치하고

술 마시고 들으면

한없이 그럴 듯해지는……

사랑은 성공하면 일상이 되고

사랑에 이별이 따르면 추억이 된다.

(2009. 1. 20)

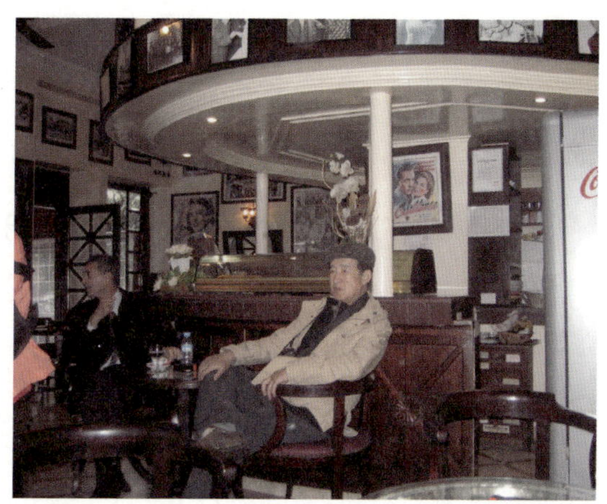

하산 2세 모스크

하산 2세 모스크는 대서양을 배경으로 해안가에 건립된 초대형 사원이다. 하산 2세의 60회 생일을 축하하기 위해서 1980~1989년까지 지어진 건물로 모로코 최대의 사원이다. 미나렛첨탑의 높이가 210m, 실내 수용 인원은 2만 5천 명, 야외까지 합하면 8만 명을 동시에 수용할 수 있다고 한다. 특히 금요일에는 메카 쪽을 향해 미나렛에서 레이저 빔을 발사하는데 30km까지 빛이 투사된다. 미나렛의 맨 위는 자동으로 열려서 햇빛이 잘 들어오도록 하는 기능도 있다고 한다.

모스크를 구경하는 동안에는 하늘이 맑았다. 푸른 하늘에 꽂힌 미나렛의 긴 기둥을 카메라에 담기 위해서는 한 쪽 무릎을 구부리고 앉아 모쪼록 미나렛의 최상부를 담으려고 애를 써야 했다. 미나렛과 마스지도 건물 전체를 한 화면에 담기에는 역부족이었다.

근래에 만들어진 하산 2세의 모스크는 그 규모로 사람들 놀라게 하지만 그 디자인도 깨끗하고 담박해서 감동을 받을 만했다. 그러나 많은 옛 모스크들을 섭렵해온 우리 동행들의 종합 평가는 규모는 크나 그 예술성에는 의문을 제기했다. 섬세함과 정교함, 아기자기함이 결핍되어 있다는 것이었다. 장인들의 손끝에서 손끝으로 만들어진 것이 아니라 기계를 사용한 속도전의 결과일까.

다음 장소로 가기 위해 전용 버스에 오르자마자 갑자기 폭우가 쏟아졌다. 사진에 욕심을 부리던 몇몇 회원들이 뒤늦게 버스에 올랐을 때 그들은 빗물에 폭 젖어 있었다. 이후에 공항에 도착하기까지 계속 비가 내렸다. 해안길로 버스가 들어서자 뒤돌아보니 모스크가 바다 한가운데 떠 있는 듯 보였다. 대서양의 파도

하산 2세 모스크

는 높았고, 비는 오락가락했다. 한참 뒤에 다시 보니 바다 쪽으로 무지개가 꽂혀 있었다.

안파 정상회담 장소

10시 35분. 전용 버스가 잠시 정지했다. 카사블랑카의 해안, 안파Anfa 지역은 고급 주택가였다. 카사 지역의 부호들이 몰려 사는 부호 마을이라고 했다. 건물들이 해안을 향해 있었고 백

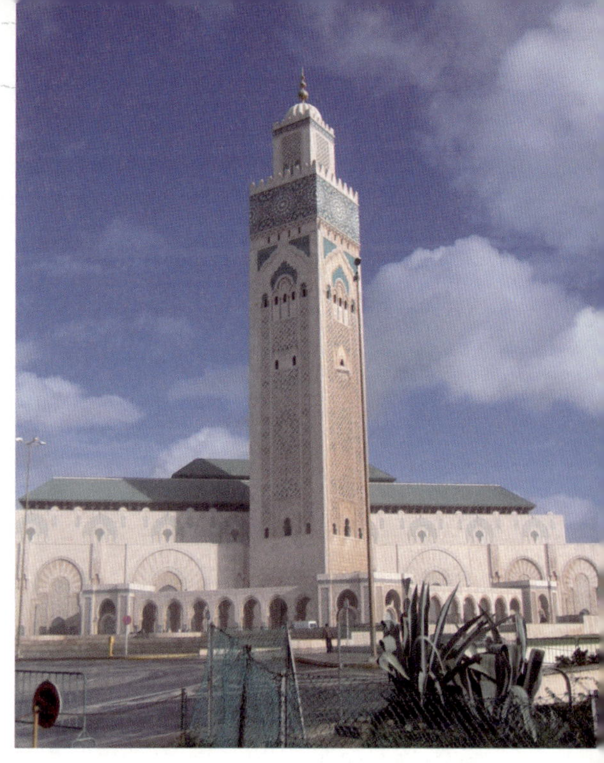

색 일색이었다. 16세기부터 포르투갈 사람들이 모여 살면서 흰 집을 짓고 살았다 한다. 이후 이곳은 하얀 집이라는 뜻의 카사블랑카로 불리게 되었다는 것이다. 다양한 모습의 호화 단독주택들은 모두 풍요로운 정원을 갖추고 있었다. 녹색의 정원과 하얀 건물, 바다의 푸른 색채가 삼박자를 갖춘 곳이었다.

안파 지역은 1943년, 제2차 세계대전 중 전후 처리 문제로 4개국 정상영국, 미국, 소련, 중국의 회담이 열렸던 곳으로 유명한 곳이라 한다. 당시 정상처칠, 루즈벨트, 스탈린, 장개석들의 회담이 열렸던 호텔은 철거되고 지금은 아파트가 들어서 있었다. 4개국 정상회담에 프랑스가 빠진 것은 프랑스가 이미 나치에 점령되었기 때문이다. 우리에게 안파 정상회담이 중요한 것은 중국의 장개석이 카이로 회담

에 이어 카사블랑카 회담에서도 조선의 독립 문제를 제안했기 때문이라고 강만
길 교수께서 설명해 주셨다. 장개석이 조선 문제를 계속 제안한 이유는 조선이
일본에 소속될 경우 더욱 복잡해질 만주 문제가 중국에 걸려 있었던 것이다.

안파 호텔이 있었던 자리, 지금은 아파트가 들어선 곳에서 차에서 내렸다. 빗
속으로 뛰어들어가 사진을 찍었다. 역사적인 자리가 아닌가. 어떻든 코리아의
운명이 걸려 있었던 회담 장소였다.

카사블랑카 모하메드 5세 공항

공항으로 가는 내내 차창 밖으로 빗방울이 굴러 떨어지고 있었다. 정수일 교수
께서 여행 마무리 인사 말씀을 하셨다. 이번 여행이 가장 멀고 가장 긴 여행이었
음을, 여행은 추억이고 추억이 쌓이면 인생이 되는 것을, 아름다운 인생을 만들
어보자고 하셨다.

이경옥 선생이 단소로 '친구여'를, 앙코르 연주로는 영상회상 가운데 제1곡
을 연주하는데 마치 달밤에 산길을 천천히 홀로 걸어가는 듯한 장면을 연상케
했다.

11시 20분에 모하메드 5세 공항에 도착했다. 그동안 우리를 위해 애써 주었
던 현지 가이드 미스터 압둘라와 운전기사 미스터 하미드, 그리고 버스에서 눈
치 빠르게 인원 점검을 하고 우리들의 무거운 트렁크를 짐칸에 올리고 내려 주
던 조수 미스터 후세인에게 감사의 박수를 보냈다. 김유경 선생과도 작별 인사
를 했다.

1 이경옥 선생
2 영화 〈카사블랑카〉의 마지막 장면 사진

탑승시간까지 여유가 있기에 주머
니에 있던 모로코 화폐를 쓰기 위해
면세점에서 초록색 자기 컵 두 개를
샀고 선물용 초콜릿을 샀다.

14시에 EK752호에 탑승, 31K에 앉
았다. 나선미 선생이 옆 좌석으로 옮겨
왔다. 그녀는 줄곧 영화를 보고 있었
고, 나는 비행기 안 어디에선가 나오
는 찬바람 때문에 계속 콜록댔다.

카사블랑카에서 두바이로 가는 비
행기 안, 지난 보름 동안의 여행이 꿈
이었던가 싶었다. 공항에는 비 내리
고, 카사블랑카의 기억은 단연 카페
카사블랑카에서의 일들이다. 1940년
대의 영화 포스터들, 출연 배우들의

사진들, 카페 안에서 내다본 비 오는 거리……. 그리고 그런 장면 속으로 영화
속의 마지막 장면 ― 안개 낀 공항에서 일자를 멀리 떠나 보내던 릭의 슬픔을 감
춘 단호한 얼굴이 겹쳐 떠오르던 것.

비행기가 이륙했다(14:50). 카사블랑카와 두바이 사이는 6,085km, 예상 소요
시간은 6시간 47분이라는 자막이 등받이에 있는 화면에 나왔다. 소나기가 쏟아

지고 있었다. 그러나 구름 위로 오르자 햇살이 비치고 있었다.

21시, 두바이까지 40여 분을 남겨 두고 있다. 비행기는 걸프만으로 들어서 동진東進하고 있다. 지금까지 6시간 10분을 날아왔다. 비행기는 바레인에서 두바이로 가고 있는 중, 지상에서는 어둠 속에서 솟구쳐 오르는 불기둥들이 보인다. 유정지대를 지나고 있는 것일까.

2009. 1. 20. 화요일, 흐림 · 비.

16 두바이 – 인천공항 – 춘천

두바이 공항에 도착했다(21 : 47). 두바이 시간으로는 1시 40분이다. 시계를 두바이 표준시간에 맞추었다. 카사블랑카에서 비행기가 연착되었기로 우리가 내리자 환승구로 가지 않고 항공사 직원이 직접 나와서 코리안 인천 승객을 기다리고 있었다.

곧바로 인천행 비행기를 탈 수 있는 곳으로 우리를 안내하는데, 통과 승객에게도 거쳐야 하는 검색, 모두들 쉽게 통과하는데 우리들의 가이드 강 대표가 검색대를 통과할 때마다 금속탐지기가 소리를 냈다. 신발을 벗고 허리띠를 풀고 여러 번 검색대를 재통과해도 여전히 나오는 소리—. 결국 강 대표가 여권을 공항 직원에게 회수당한 채 정밀 검색을 위해 불려가게 되자 정수일 교수가 아랍어로 항의를 했지만 어쩔 수 없었다.

우리들은 먼저 탑승구까지 가기로 했다. 옆에서 함께 걷던 김시운 선생이 조용히 한마디 했다. 항의해서 될 일이 아니라고, 소리가 난 원인 제공을 했으니까 검색을 받아야 하는 것이 당연한 것이라고. 맞는 말이었다. 검색을 해야 하는 직원들에게 검색은 당연한 임무수행이니까.

두바이 표준시간 3시 21분, 뒤늦게 강 대표가 돌아왔다. 그는 아무 말도 표정도 보이지 않았다. 서둘러 탑승했고 곧 이륙했다. 두바이에서 인천까지는 6,735km, 인천공항행 EK322 비행기에는 거의가 한국인이었다. 보름 만에 한국 신문을 읽었다. 인터넷 경제 논객 미네르바로 검거된 사람이 실은 미네르바가 아니라는 기사가 나와 있었다. 그가 진짜인가 여부는 중요치 않다. 여론에 자물통을 채우려는 당국의 처사가 답답할 뿐.

10시 53분(한국 시간 15:53), 인천공항에 도착했다. 먼저 휴대폰으로 오빠와 올케에게 도착했다는 소식을 전했다. 오빠는 내가 전날 귀국한 줄로 알고 있었다고 했다.

여행 중의 전반부에 찍은 내 사진이 정진한 씨 컴퓨터에 들어가 있기로 이메일로 사진을 보내달라고 다시 정중하게 부탁했다. 그리고 한 사람씩 찾아다니며 감사의 인사를 했다. 공항 로비에서 가방을 열고 겨울 외투를 꺼냈다. 그리고 항공사 에미레이트 사무실로 가서 마일리지 적립을 부탁했다.

18시에 인천공항에서 춘천행 직행버스에 올랐다. 마침내 고향으로 돌아간다는 것, 이번 여행은 많이 힘들었었다. 15시간에 걸친 비행시간 내내 아무 것도 하지 못하고 기침만 해댔다. 춘천행 버스를 기다리는 동안 공항에서 본 텔레비전 뉴스에서는 오바마 미국 대통령의 취임식 소식이 전해지고 있었다. 링컨 탄생 200년이 되는 해에 오바마는 최초의 흑백 혼혈인종으로 미국 대통령이 되었다. 오바마는 링컨 대통령이 취임식 때 사용했던 성경책에 손을 얹고 대통령 취임 선언을 했다고 한다.

새로운 시대가 열리고 있다. 정신 바짝 차리고 현실 속으로 뛰어들자.

2009. 1. 21. 수요일. 갬.

레반트

구 약 의
시 대 로
들 어 가 다

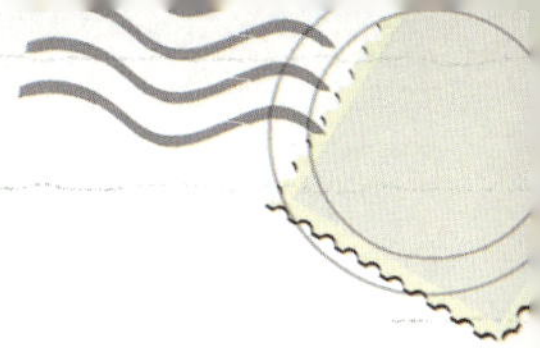

01 춘천 – 인천공항

예약된 인천행 공항버스에 올랐다. 예정된 시간에 맞추어 버스는 출발했다(17:00). 여전히 정신을 멍하게 하는 설렘. 여행은 설렘의 연속이다. 눈을 붙이려고 해도 알 수 없는 두려움과 기대감으로 가슴은 달망댄다. 김포공항에 들러(18:56) 몇 사람을 내려놓고 잠시 뒤에 인천공항에 도착했다(19:30). 커다란 트렁크를 끌면서 3층 출국장, 손님들이 뜸한 곳에 자리를 잡았다. 바나나와 과일로 늦은 저녁을 들었다. 약속된 시간은 22시. 여행 자료집을 꺼내서 읽기 시작했다. 어제 오후 2시까지 논문을 써서 학회에 보내느라 여행 관련 책자들을 읽을 시간이 없었다.

마침내 약속된 시간, 만남의 장소 J 카운터 쪽으로 접근, 이미 사람들이 모여 있었다. '투어 사피엔스' 표지판 앞에서 여행사 직원에게 전자항공 예약권을 받았다. 수하물은 각자 맡기라고 했다. 아는 얼굴을 찾았다. 카라코룸 하이웨이 여행 때의 김월순 선생이 보였다. 뒤늦게 유재원 교수와 인사했다. 그 외는 모두 처음 보는 얼굴들이었다. 출국 수속을 하고 QR883호 탑승을 기다리는 게이트 앞, 뒷좌석에서 계속 젊은 여자가 중얼거리는 소리, 휴대폰 통화를 하나 했더니 노트북을 올려놓고 화상통화를 하고 있었다. 여자의 얼굴은 동양인인데 화상에 비친 이들은 서양인 모습의 남자와 아이들, 멀리 떨어져서도 사이버 공간을 통해 서로 얼굴을 보며 통화를 하고 있었다. 여자는 타이르고 아이들은 마미를 부르며 울고 있었다. 여자와 남자와의 통화는 아랍어인가, 알아들을 수 없었다. 카타르행을 기다리는 것으로 미루어 중동 지역 언어인 듯. 이제 세상은 컴퓨터 하나만 있으면 언제 어디를 향해서고 보고 들으며 서로 접속할 수 있다. 이승과 저승 사이에도 접속 회로가 가능할까.

레바논의 베이루트로 가기 위해 환승해야 하는 카타르 공화국의 도하^{DOHA}행 QR883호 19B에 앉았다. 옆 좌석은 키가 큰 장년의 백인 신사가 차지하고 있었다.

2011. 1. 20. 목요일, 맑음.

02 인천공항 - 도하공항 - 베이루트 - 크락 데 슈발리에

인천공항을 이륙했다(00 : 40). 기내의 광폭 TV 화면에는 세계지도가 펼쳐지고 인천공항과 도하공항 사이의 노선이 선으로 이어졌다. 지구를 반 바퀴나 돌아가는 여행이었다.

잠결에 보니 기내식이 전달되고 있었다. 한국식 삼계탕을 선택했다. 푸른 향신료 잎을 곁들인 으깬 감자와 찐 가지, 김치와 롤빵이 나왔다. 프랑스산 레드와인을 주문했다. 카타르 항공의 기내식은 깔끔하고 맛있었다.

'이 식사는 이슬람 원칙을 따라 준비됩니다', 메뉴판에 있는 글귀였다. 이슬람 문화권을 향해 가고 있다는 느낌이 새로웠다.

책을 읽다가, 졸다가, 또 텔레비전 화면을 보다가, 또다시 기내식이 배분되고 있었다(08 : 45). 손으로 머리를 가다듬고 식욕도 없으면서 기내식에 손을 대다가 그만두었다. 그럴 수밖에 없었다. 새벽녘 4~5시경에 작은 소동을 벌였다. 갑자기 숨이 막히고 토할 것 같았다. 급체로 자가진단, 한국인 여승무원을 불러서 구급약을 얻어먹었고, 이후 손이며 발을 지압했으나 듣지 않았다. 여승무원이 1.5리터짜리 생수 한 병을 갖다주었다. 오한이 나고 숨이 가쁘고 죽을 것만 같았다. 화장실로 달려가 구토를 하고 나서야 속이 시원했다. 그동안 논문 쓰느라고 제대로 먹지 못하고 제대로 자지 못하다가 갑자기 여행지에서 음식을 먹은 것이 위에 부담을 주었던 것이다. 비행기에 오르고 서너 시간 만에 당한 일이었다. 앞으로는 먹고 자는 것에 각별히 신경을 써야 할 것이다.

항공기는 계속 카타르를 향해 날고 있고, 갑작스런 하강과 상승이 한동안 지속되었다. 계속 물을 마셨고, 약도 먹었다. 항공기는 이제 하강 중, 여승무원의 옷이 반팔 소매로 바뀌었다. 완벽한 진공 상태에서 귓속이 파열될 듯 통증이 인다. 항공기 실내등이 나가고 암흑, 잠시 뒤에 다시 불이 들어오고 비행기 엔진 소리가 들린다. 반 이상 물이 남아있던 생수병이 쪼그라져 있었다. 기압 변화가 그렇게 심했던 것일까.

카타르공화국 도하국제공항

마침내 항공기 창문을 통해 먼 지상의 불빛이 보이기 시작했다. 검은 비단 수틀에서 꿈틀거리는 금색 실을 보는 것 같다. 마침내 도하에 도착했다(한국 시간 11:37, 도하 표준시간 05:37, 현지 기온 17도). 인천에서 도하까지 거의 11시간이 걸렸다. 도하 공항에는 비가 내리고 있었다. 빗발이 항공기 유리창에 사선을 그으며 흘러내리고 있었다.

베이루트행 항로의 환승 지점

옥색 바다와 밝은 갈색조의 가옥들

초록 잔디 위에 노란 봄꽃들

비는 내리는데

환승장으로 가는 길

120분만큼의 체류지 도하공항

여행은

삶속에서 괄호 안에 담겨지는 삽화

베이루트행 QR424호에 탑승했다. 좌석 번호 28F. 한국 시간 14시 30분(현지 시간 08:30)에 이륙했다. 이번 여행에 나서기까지 카타르에 대해서는 전혀 아는 바가 없었다. 지구의 한 쪽, 초록빛 바닷가에 자리한 카타르에는 봄꽃이 만개해 있었다.

레바논 베이루트

레바논의 상공으로 들어섰다. 아시아의 서쪽, 베이루트의 근교는 눈 덮인 산하였다. 거대한 산맥이 삼지창의 모양으로 가로놓여 있었다. 눈에 덮인 산맥은 새하얀 주름 레이스, 희미하게 보이는 건 인간이 만든 산악도로였다. 마치 고운 모래 위에 지렁이가 남긴 흔적 같다고 할까.

베이루트공항 근교는 고산지대, 그러나 민둥산이었다. 정상 위로 눈이 하얗게 빛났다. 이 지역 집들은 산의 정상 쪽을 향해 모여 있었다. 빨간 지붕들, 바다는 옥색이었다.

마침내 베이루트공항에 착륙했다(현지 시간 10:15). 카타르의 도하에서 레바논의 베이루트까지 2시간 45분이 걸렸다. 날씨는 맑았고 비행장에는 풀꽃이 흐드러지게 피어 있었다.

입국 수속을 하는데 함께 온 여타의 승객들이 모두 빠져나가기까지 우리 팀 42명은 여권을 압수당한 상태에서 대기 상태로 들어갔다. 갈릴리 여행사의 신동철 선생이 여기 저기 알아보더니 일단 레바논에 입국하면 여행객은 레바논에서 1박을 해야 하는 시스템, 그런데 우리 팀의 일정은 베이루트에서 '헬리오폴리스'로 가고, 그곳에 있는 '바알베크 로마 신전'을 돌아보고는 그길로 시리아로 출국하도록 되어 있다는 것이다. 전에는 그런 제도가 없었는데 갑자기 레바논의 관광 시스템이 달라졌다고 했다. 결국 레반트 지역 현지 가이드가 와서 해결해 주기까지 우리는 여권을 압수당한 채 입국 수속대 앞에 대기하고 있어야 했다.

한국과의 시차를 생각해서 현지 시간에 맞추어 시계바늘을 뒤로 돌렸다. 11시 40분이 이곳에서의 시간이다. 전용 버스에 올랐다. 현지 가이드 및 한국인 가이드, 운전사 포함 45명의 대가족이었다.

현지 가이드는 레바논인 ― 비만한, 중년 신사였다. 후에 들어 보니 대학교수로, 레바논에서의 대학교수의 봉급보다는 외국인 관광객의 가이드로 받는 일당이 훨씬 높다고 했다. 한국인 가이드는 변선환 씨. 1954년생으로 육군소령 출신, 이란에서 18년간 거주했고 현재는 시리아에 거주하며 전자제품과 자동차 관련 사업을 하면서 가끔 한국인 단체 관광객의 안내를 맡고 있다고 했다.

변선환 씨는 2004년 이라크의 무장단체에게 납치된 샘물교회 선교사 김선일 씨 사건사고가 발생했을 때 직접 나서서 무장단체와 접촉했었던 사람이라고 했다. 김선일 씨가 피살되기 전날에도 그와 하룻밤을 같이 했고 피살 이후에는 김 선일 씨 시신을 직접 거두었다고 한다. 사건 종료 이후에는 김선일 씨 피살 시신 을 부검한 이라크의 여의사와 함께 한국 국회에 출두, 청문회 증인으로 나선 일 도 있다고 했다. 중키에 다부진 체격이었고 배포가 있어보였다.

변선환 씨가 레바논에 대해 소개하기 시작했다.

레바논의 평균 고지는 1,500~1,800m, 한국과의 시차는 7시간, 레바논 거주 한국인은 현재 78명 정도이고 동명부대 장병들 380여 명이 근무하고 있다. '레 바논은 예상 불능의 일이 일어나는 다소 위험하고 불안한 지역'이다. '그럼에도 불구하고' 이 나라는 금융·관광의 중심지이며, 무슬림 국가 중 유일하게 일요 일을 공휴일로 삼는 나라, 음주가 가능한 해방국이다. 그런 관계로 전 세계의 금 융기관이 모두 들어와 있고, 얼마 전에는 북한의 위조 화폐가 이 지역에서 나오 기도 했다. 계속해서 이어진 변선환 씨의 레바논 관련 소개와 기타의 자료에서 추출한 것들을 정리해보면 다음과 같다.

【 레바논은 어떤 나라인가 】

• 레바논은 아라비아 반도의 북부, 서아시아의 지중해 동쪽에 위치한 나라, 정식 국
명은 레바논 공화국(Republic of Lebanon), 북쪽과 동쪽은 시리아, 남쪽은 이스라엘,
서쪽은 지중해에 맞닿아 있다. 성경에서 이 나라는 '젖과 꿀이 흐르는 나라'로 묘사
된다. 레바논은 아랍어로 '루브난', 이것은 고산지대를 뒤덮은 '눈의 순백색' 또는
'신의 심장'을 의미한다.

• 레바논의 국기는 위로부터 적 · 백 · 적의 수평 3줄로 구성, 가운데 백색 부분에는
레바논의 국가 상징인 백향목이 있다. 그러나 지금 레바논에서는 남벌로 인해 이
백향목을 보기가 쉽지 않다.

• 레바논의 지형은 국토 전체가 산지다. 남북으로 뻗은 레바논 산맥과 안티 레바논 산
맥 사이에 펼쳐진 고원지대는 비옥하다. 고원지대는 남북 길이 120km, 동서의 폭은
평균 10km(좁은 곳은 2km에서 넓은 곳은 14km)에 달하며 해발고도는 평균 1,000m
내외로 베카 고원으로 불린다. 레바논 산맥에서 최고봉은 쿠르네트아스사우다
(3,088m), 안티 레바논 산맥의 최고봉은 헤르몬(2,814m)이다. 안티 레바논 산맥에
서 '안티'란 맞은 편, 건너편을 의미하며 안티 레바논 산맥 너머에 시리아가 있다.

• 레바논에서 인류의 역사는 BC 7000년대까지 거슬러 올라가고, BC 3000년경부터
페니키아인들이 해안지대에 거주하면서 도시국가를 건설했다. 베카 고원은 레바
논의 곡창지대로 불려지던 곳. 바빌로니아, 페르시아, 로마인들과 같은 외지인들이
들어와 전쟁과 약탈을 일삼았고 동시에 그들의 문화를 이 땅에 남겼다. 로마시대

에는 그리스도교가, 7세기에는 이슬람교가 이 땅에 들어왔다. 인구는 2010년 기준 412만 명, 주민은 아랍인 95%, 아르메니아인 4% 외에 아모르인, 아람인, 이집트인, 히타이트인, 아시리아인, 헤브라이인, 인도아리안족의 쿠르드인, 아르메니아인, 유대인, 터키인, 그리스인 등도 있다. 이 나라의 공용어는 아랍어, 불어, 영어이고, 아르메니아어도 쓰고 있다.

• 레바논의 종교는 이슬람이 60%, 그러나 여기에도 수니파, 시아파, 드루즈파, 이스마엘파, 알라위파로 나뉘어져 있다. 기독교도 39%나 되는데 여기에도 동방교회의 여러 파인 마론파, 그리스정교, 아르메니아정교, 시리아정교, 칼데아 등이 있으며 신교 각파도 있다. 한 마디로 레바논은 인종의 시장이고 종교의 시장이라고 보아도 될 만큼 다양한 사람들이 다양한 종교를 갖고 있다.

【 레바논의 역사를 간략하게 살펴보자 】

• BC 3000년경 고대 페니키아인들이 해안지대에 거주하면서 도시국가를 건설했고 BC 2613~2200년까지 이집트와 상업 및 문화 교류를 했다. 이집트 지배 시대 이후에는 주로 티레가 주도하던 도시국가 시대로 유지되었고, BC 538년에 이란의 아케메네스 왕조에게, BC 332년에는 알렉산드로스의 군대에게 점령당했으며 BC 64년 로마제국의 시리아 속주로 합병되었다.

• AD 6세기 이후부터는 시리아에서 박해를 피해온 기독교인들이 레바논 북부에 정착, 원주민들을 흡수하여 마론 교회를, 7세기에는 시리아를 정복한 이슬람교도가

레바논 남부에 정착, 이들 중 대부분이 드루즈교로 개종했다. 11세기 말 레바논은 시리아와 이집트를 지배한 맘루크 왕조에 속하게 되고 15~18세기에 유럽, 특히 프랑스의 영향을 많이 받게 되었으며 1516년 오스만투르크의 지배하에 들어갔다. 1860년 드루즈파가 기독교계인 마론파를 학살하는 사건이 일어났다.

• 제1차 세계대전 후 레바논은 프랑스 군정의 통치를 받다가 1946년 말에 독립했다. 독립 레바논 정부는 국민협정(1943)에 따라 상이한 종교집단들이 국가와 행정기관에 동등한 대표관으로 참여하는 데 동의했다. 따라서 대통령은 마론파(기독교), 총리는 수니파(이슬람), 국민회의 의장은 시아파(이슬람)등으로 선출했다. 그러나 1958년부터 기독교 주민에 대한 이슬람교 주민의 불만이 반란으로 치닫고, 이후 1975~1976년까지 레바논 내전은 지속 되었다. 내전에서 기독교계 주민들이 열세에 몰리게 되자 시리아가 이들을 돕는다는 명목으로 2만의 시리아 군대를 레바논에 파병했다. 1976~82년 사이 시리아 군대와 국제연합군이 이들 내전 중에 있는 각기 다른 종파들 사이를 평화적으로 조정하려고 했으나 효력이 없었다.

• 1948~49년 사이에 아랍권과 이스라엘의 전쟁으로 수십만에 이르는 팔레스타인 난민이 레바논 남부 난민촌에 정착했고 1970년에는 요르단에 있던 PLO(팔레스타인 해방기구)가 본부를 레바논으로 옮겨 레바논에서 이스라엘 북부를 공격했다. 레바논(다른 아랍 국가와 달리 비교적 기독교도가 많은) 정부에서는 PLO의 활동을 자제시키려 했으나 오히려 PLO들이 이슬람교 주민들을 지지, 1975년 이슬람교 주민들과 PLO가 연계하여 기독교 주민들을 상대로 전쟁을 일으켰다. 1982년 6월에는, 팔레스타인 군대를 몰아내겠다고 이스라엘군이 레바논으로 진격, 종교집단의 갈등

을 해소하지 못한 채 1985년 철수했다. 이후 지속된 내전과 전쟁 등으로 정치적 공백기 상태에 빠졌다가 1989년 '레바논 해결 사태를 위한 정치개혁안'이 마련되면서 1990년 헌법 개정에 따라 대통령의 권한 대폭 약화, 총리의 권한 강화를 발판으로 기독교 마론파의 대통령, 수니파의 총리, 시아파의 국회의장, 드루즈파의 국방장관, 마론파의 군사령관이 선출되었다.

- 1998년 11월 에밀 라후드가 대통령에, 라피크 하리리가 총리로 선출되었다. 그러나 2004년 친시리아파인 대통령 라후드가 개헌을 통해 자신의 임기를 3년 연장하려 하자 하리리 총리가 반발, 사임했고 총리는 곧 자동차 폭탄 테러로 살해되었다. 2005년 아랍평화유지군(ADF)으로서 약 3만 5,000명에 이르던 시리아군이 철수하였다. 2007년 라후드는 임기 만료되었으나 정쟁으로 선거를 실시하지 못했다. 2008년 5월, 여야 지지 세력의 충돌로 65명의 사망자와 250여 명의 부상자가 발생하자 아랍 국가들의 중재로 당시 시리아 문제에 중립을 지켰던 군 참모총장 미셸 술레이만을 대통령에 선출했다.

- 레바논의 문화적 유산은 페니키안 알파벳이다. AD 13세기에 22개의 자모로 만들어진 페니키안 알파벳은 후에 로마식 알파벳으로 발전, 오늘 날 우리가 쓰고 있는 알파벳의 모태가 되었다.

레반트 여행단(이후 한국에서 동행한 42명의 여행단은 레반트 여행단으로 부르기로 한다)의 전용 버스는 공항에서 빠져나와 베이루트 시내의 한가운데를 달리고 있었다. 양 옆으로 아파트 건물들이 빼곡하게 들어차 있었다. 길가 쪽 아파트 시멘트 외벽에는 2006년 이스라엘군의 베이루트 공격 당시의 총흔들이 남아 있었다. 당시 이란 정보기관의 배후 조정을 받고 있던 헤즈볼라Hezbollah가 이스라엘 군인 두 명을 납치하자 이에 대한 보복으로 이스라엘이 레바논의 베이루트를 전격 공격했다. 도시전의 흔적은 여기 저기 아파트 벽면에 그대로 남아 있었다. 얼마나 많은 이들이 다쳤을 것인가.

　도심지를 관통한 전용 버스는 높다란 언덕길을 오르고 있었다. 베이루트공항 활주로의 고도는 평균 14m, 이에 비해 우리가 구불구불 차도를 따라 넘고 있는 언덕은 해발 1,590m의 높이라고 했다. 대관령의 해발고도가 832m, 추전역이 위치한 곳이 해발 855m임을 감안한다면 이 지역이 얼마나 높은 곳에 있는가를 생각해보라고 변선환 씨는 강조했다. 언덕길을 오르며 보니 베이루트 시내를 따라 높은 산맥이 보였다. 주택들이 산등성이에서 정상 쪽으로 건축되어 있었다. 아래 지역은 습해서 모기가 많기 때문에 사람들은 가옥을 고지대에 짓는다고 했다. 높은 산의 벼랑은 깊고 날카롭다고 했다. 1년 365일 중 300일은 갠 날인 이곳, 무슨 모기가 그리 많을 것인가마는…….

　다양한 인종과 다양한 종교가 서로 갈등하며 공존하는 나라, 중동의 화약고라는 말은 이런 사회·역사적 상황에서 필연적일 수밖에 없지 않겠는가. 문득 변선환 씨는 저격수를 뜻하는 '스나이퍼sniper'라는 말의 어원에 대한 이야기를 꺼냈다. 이슬람의 수니파와 시아파 사이에 오래된 갈등, 같은 알라신을 모신 이슬람이되 암살의 역사로 이루어진, 서로 증오하는 이 종파들 사이에서 스나이퍼라는 말이 나오지 않았겠느냐는 것이다.

레바논 여행 수속을 밟으면서, 여행사로부터 혹시 이스라엘을 여행한 적이 없느냐, 만일 이스라엘 출입국 수속 흔적이 여권에 있다면 여권을 다시 발부 받으라는 연락이 왔었다. 한 번 원수는 영원히 원수로 삼는 것이 이 나라 사람들의 가치 지향성이라고 해야 하나. 미국 비자를 갖고 있는 사람들도 입국은 가능하나 그 수속이 까다롭다고 했다. 동시에 인접국인 시리아에 대해서도 적대감을 갖고 있기에 이 나라에서는 이스라엘과 시리아에 대한 발언은 원천적으로 봉쇄, 그래서 여행 가이드도 관광객들에게 이스라엘과 시리아를 말할 때에는 '이시'라고만 언급한다고 했다.

한국의 자동차 산업은 레바논에 깊숙이 들어와 있었다. 지금 레바논 자동차의 50~70%를 한국 차종이 차지하고 있다는 것이다. 그런데 한국 자동차의 이름 가운데 레바논인들이 그들의 적대국가의 이미지를 떠올리게 하는 것에 거부반응을 일으키는 관계로 이곳에서 한국 자동차들은 개명의 과정을 거쳐서 팔리고 있다. 예를 들면 '그랜저'는 '아제라'로, '오피러스'는 '아만타'로, '세피아'는 '사바'로, '프라이드'는 '사이파'로 이름을 바꾸어주었다.

베카 계곡으로 가는 높다란 언덕 위, 주택가 한가운데 파괴된 커다란 대형 시멘트 건물이 보였다. 주변 건물들은 멀쩡했다. 파괴된 건물은 2006년 이스라엘의 기습 공격 때 헤즈볼라의 근거지였다고 한다. 이스라엘은 정확한 정보를 갖고 탄도 유도탄으로 헤즈볼라 본부를 피격한 것이다. 이스라엘의 정보와 포격술은 그렇게 정확했다.

언덕 위에서 본 레바논 산 정상은 눈으로 덮여 있었다. 비행기에서 내려다보던 바로 그 산이었다. 그 산 너머에 세계적인 시인이며 소설가 그리고 화가였던 '칼릴 지브란'의 고향이 있다고 했다. '칼릴 지브란'이 살던 고향은 3월에는 해변에서 수영을 하고 산록에는 꽃의 계절이, 산 정상부근에서는 스키가 가능한, 자연의 선물이 풍부한 곳이라 한다. '칼릴 지브란kahlil Gibran, 1883~1931'……, 한국에서는 1975년도부터 작품이 번역, 출판되었다고 하는데, 부끄럽게도 나는 그의 작품에 대해서 잘 알지 못한다. 변선환 씨는 고교시절 지브란의 시 작품을 줄줄 외웠었노라고 했다. 세상에는 가보아야 할 곳도 많고 읽어야 할 책들도 참으로 많다는 것을 통감하는 순간이었다.

해발 1,580m의 언덕을 넘자 그 아래로 초지가 펼쳐졌다. 멀리 안티 레바논 산맥이 달리고 있었다.

블레이크 스톤

식당 가는 길에 '블레이크 스톤'을 보러 갔다. 인간의 손길이 닿은 것 가운데 세계 최대 규모라는 설명이 있었다. '블레이크 스톤'은 횡으로 눕혀져 있는 잘 다듬어진 직육면체의 화강암 기둥이었다. 이집트의 오벨리스크와 흡사한 모양이었다. 무엇을 하려던 석재

였을까. 로마 신전이 200m 전방에 있음을 생각한다면, 신전의 기둥으로 쓰려던 것이었을까. 그러나 대개의 신전 기둥들은 원주圓柱. 그렇다면 원주와 원주 사이에 걸쳐질 석재였을까.

식당은 '바알베크의 로마 신전'이 한눈에 내려다보이는 전망 좋은 곳, 6층이었다. 식당 음식은 깔끔하고 맛있었다. 오이 절임이 한국에서 먹는 오이지와 같은 맛이었다. 소금물에 오이를 넣어 발효시킨 것이다. 만두도 나왔고 이슬람인들의 주식인 난이곳에서는 후무스라 부름이 나왔다. 새벽에 비행기 안에서 급체로 고생을 했었던 나는 음식에 자제하면서 녹두죽을 먹었다. 한국에서 먹던 녹두죽과 같은 맛이었다. 오렌지는 달고도 싱싱했다. 식당 옥상으로 올라가자 베카 계곡에 펼쳐진 시가지 모습, 로마 신전이 한눈에 조망되었다.

<table>
<tr><td>1</td><td>2</td><td>3</td></tr>
</table>

1 원경으로 본 바알베크의 로마신전
2 주피터 신전의 원주(원형기둥)
3 바알베크 신전 출입구 프로필라이온 내벽

바알베크의 로마 신전

바알베크는 '베카 계곡의 바알신'이라는 의미이고, 바알Baal신은 일반적으로 근동近東의 여러 부족들이 섬기던 '풍요의 신'을 지칭한다. 본래 이 베카 고원 지역에서는 오래 전부터 바알신을 숭배해왔는데, BC 60년경 로마의 아우구스투스 황제가 이 지역 원주민들의 토착 신앙과 로마의 종교를 결합시켜 거대한 신전을 세웠다고 한다. 종교적 측면에서 보면 토착 종교와 로마 종교가 결합된 것, 신전의 건축 양식에도 중동과 서양의 양식이 결합된 것이 바알베크의 신전이다.

바알베크의 신전은 계단을 오르면 출입구인 프로필라이온이, 그 안쪽으로 육각형의 뜰이 있고 더 안쪽으로 안뜰이 있으며 그 중앙에 희생 제물을 바치는 제단이, 더 깊숙한 쪽에 주피터 신전이 있었다.

AD 1세기에 건설되었다는 주피터 신전의 설계는 아우구스투스 황제가 직접했고 네로 황제 시대인 60년에 완공되었다고 하니 60년에 걸쳐 공을 들인 건축물이었다. 그러나 오랜 세월과 두 번에 걸친 지진의 결과 지금은 여섯 주의 높다란 원주와 무너져 내린 벽채들이 아래에 쌓여 있을 뿐이었다. 이 주피터 신전은 높이 20m, 지름 2.4m의 코린트식 석주를 남면과 북면에 19개씩, 정면과 뒷면에 10개씩 두었었다고 한다. 주피터 신전 쪽에서 출입구인 프로필라이온 쪽을 보면 눈 덮인 레바논 산맥이 보였다.

바알베크의 신전 건물들은 전체적으로 기단을 높게 쌓아 올린 곳에 건축되어 있었다. 박카스 신전은 AC 2세기 초에 건설되었는데 비교적 원형을 갖춘 장엄한(내부 크기 68.6×33.5m) 모습이었다. 박카스 신전은 33개의 계단을 올라간 곳에 높이 19m에 이르는 코린트식 원주 46개 중 현재 42개가 지붕을 떠받치고 있었다. 몇 군데 남아 있는 기둥과 기둥을 잇는 회랑의 천장에는 정교한 조각 무늬가 있었다. 새와 날개 달린 신상과 풍요의 여신, 당초 무늬와 꽃 모양이 정교하게 조각되어 있었다. 특히 이 신전의 입구 기둥에는 양귀비꽃이 조각되어 있어 이채로웠다.

신전 건물들 사이의 정원에는 신전에서 떨어져 나온 천장이나 추녀감, 벽감들을 모아 놓고 있었다. 옆에서 보았을 때 ◤ 형태의 추녀감에는 윗부분에 빗물을 토해내도록 입을 벌린 사자의 머리 조각이, 바로 아랫단에는 만卍자의 연속무늬가, 그 아래층은 양의 발가락 모양의 조각이, 그 아래에는 달걀 모양이, 또 아래에는 사각 모양이, 맨 아랫단에는 물고기 비늘과 같은 모양이 조각되어 있었다.

벽감이나 문설주에서 떨어져 나온 듯한 화강암 덩어리에는 '도토리' 조각이 귀여웠다. 옛날 이 지역에서는 도토리가 왕을 상징했다고 한다.

시간이 늦어서 박물관은 구경하지 못하고 나왔다. 정시 퇴근을 하는 박물관 직원들이 문을 잠가 버렸던 것이다. 나오는 길에 석양에 비친 '머큐리 유적지(헤라클레스를 모신)'를 길 하나를 사이에 두고 건너다보았다. 원주 위로 위험하게 매달려 있던 마치 낫을 세워놓은 듯한 모습의 화강암 조각, 17년 전, 이곳에 여행 온 여행작가 한비야 씨가 보고 낫 모양의 부분이 곧 떨어질 것이라고 했다는데 여전히 멀쩡하다. 2000여 년 전에 세워졌던 이곳 신전의 모습들, 비록 지진에, 비바람에 망가지기는 했어도 여전히 위태로운 아름다움을 갖고 있었다.

베카 계곡은 동로마에서 예루살렘으로 가는 중간 지대에 있으며 일명 빵의 계곡으로도 불리는 곳, 시리아와의 국경지대가 멀지 않은 베카 계곡을 버스는 달렸다.

레바논 시리아 국경지대에 도착(17:30), 버스 안에서 출국 수속이 끝나기를 기다리는 동안 올케에게 휴대폰으로 무사 도착을 알리는 문자를 보냈다. 레바논 국경지대에서의 출국 수속은 현지 가이드가 여권을 거두어 가지고 가서 일괄 수속을 하고 돌아와 여권을 우리에게 나누어 준다. 곧이어 레바논 현지 관리들이 버스로 올라와 여권의 사진과 우리 얼굴을 비교해 보는 것으로 끝난다. 군복 차림의 젊은 관리는 우리에게 와서 우리 얼굴이 모두 그 얼굴이 그 얼굴 같아서 구분하기 힘들다며 너털웃음을 터뜨렸다. 우리도 당신들 보면 구별하기 힘들다며 웃었다.

마침내 레바논을 떠나서(18:02) 20여 분 동안은 황량한 계곡을 달렸다. 국경지대였다. 전쟁 중에 난민들이 천막을 치고 살던 곳이라고 했다. 내전 중에는 여기저기에 시체들이 널려 있던 곳이라고 했다. 달리는 전용 버스 차창 밖으로 보름을 갓 지낸 달이 따라오고 있었다. 여행지에서 보는 달은 언제나 크고 둥글고 멀고 밝다. 달밤 속을 달리면서 마치 달을 따라 여행을 하고 있다는 느낌이 든다. 달은 줄곧 우리들을 따라왔다.

국경의 달밤

— 레바논 · 시리아의 국경에서

달빛 시린 밤

전쟁이

소용돌이 치고 지난 벌

스스로 지은 죄라면

벌 받아 마땅하지만

오로지 이 땅에 태어난 죄

저토록 투명한 달빛에도

씻어낼 수 없는 겁니까.

황량한 벌에서 숨져간 이들과

여전히 고통 받고 있는

망자들의 가족에게

안식을 주소서.

적막하고 황량한 지대를 지나자 마침내 시리아에 입국(18 : 21)했다. 입국 수속
도 버스 안에서 이루어졌다. 마침내 시리아의 '크락 데 슈발리에'에로 들어섰고

알와드 호텔에 도착했다(21:27)

집행부측에서 여행 중의 룸메이트와 팀별 명단을 적어서 나누어 주었다. 나는 2조에 속하고 2조는 여성 5인조, 나의 룸메이트는 전직 교사 출신의 황세옥 선생, 1954년생, 키가 크고 선량하게 생긴 여성이다. 배당된 방은 501호. 내가 여행 일기를 작성해야 하는 관계로 테이블이 있는 쪽 침대를 양보해달라고 부탁했다.

내일 일정은 6:00 / 7:00 / 8:00.

2011. 1. 21, 금요일, 갬.

03 크락 데 슈발리에 – 라타키아 – 우가리트 – 알레포

여행지에서 직접 들은 이야기와 여러 문헌들을 보면서 시리아에 대한 개요를 정리했다.

【 시리아는 어떤 나라인가 】

- 시리아는 메소포타미아의 유프라테스 강 상류에 위치한 나라. 공식 국명은 시리아 아랍 공화국(Syrian Arab Republic)이다.
- 시리아의 인구는 2010년 기준 2,219만 명, 국민은 아랍인 90%, 아르메니아인과 쿠

로드인 및 기타 10%로 구성되었으며 언어는 아랍어와 아르메니아어, 아람어, 불어, 영어도 사용하고 있다. 종교는 이슬람 수니파가 74%, 기타 이슬람 종파가 16%이고 기독교는 10%에 달한다.

• 시리아의 국경은 서쪽에 레바논, 남서쪽에 이스라엘, 남쪽에 요르단, 동쪽에 이라크, 북쪽에 터키와 국경을 맞대고 있다. 국기는 위로부터 적, 백, 흑의 삼색 가로줄로 되어 있고 중앙 백색 부분에 2개의 초록색 별이 들어가 있다.

• 시리아의 지리적 위치는 아시아의 서쪽에 있으며 유럽과 아시아를 잇는 지점. 국토의 대부분을 차지하는 것은 시리아 사막이지만 서쪽 끝은 지중해에 잇대어 있고 안티 레바논 산맥 건너는 레바논이다. 시리아의 지세는 해발 90m 정도의 서쪽 산지에서 동쪽으로 낮아지는 서고동저(西高東低)형. 해안 평야지대는 지중해성 기후를, 내륙에서는 사막 기후의 특성을 보인다. 다양한 지세와 기후가 시리아의 자연적 특징이다. 수도 다마스쿠스는 전형적인 오아시스 도시다. 경작지는 전국토의 24.8%, 농경지는 4.47%, 기타 70.73%(2005년)이다.

【시리아의 개략적인 역사를 살펴보자】

• BC 10000년경 이 지역에는 수렵생활을 하던 나투피아족이 거주했을 것으로 추정된다. 그러나 이들의 문명은 BC 2000~1800년경 사막 유목민인 아모리족에 의해 파괴되었다. 셈족의 일파인 아모리족은 수메르 색채가 짙은 문명을 발달시켰고 BC 2100년에는 바빌로니아에 아모리 왕조를 세웠다. 아모리 왕조의 전성기는 제6

대 함무라비 왕 시대였다. 그러나 BC 16세기, 이집트의 지배하에 들어갔다.

- BC 14세기에는 히타이트가 이 지역을 다스렸고 BC 8세기에는 아시리아의 지배하에 들어갔다. 이후 신바빌로니아, 페르시아 제국, 마케도니아의 알렉산드로스 왕의 지배하에 들어갔다(BC 333). 그러나 알렉산드로스 사후, 그의 부하였던 셀레우코스가 시리아 북부에 안티오키아(성서에 나오는 안디옥)를 도읍으로 하는 시리아 왕국을 건설했다.

- BC 64년 팔레스타인과 더불어 시리아는 로마제국에 병합되었고 AD 300년경에 비잔티움으로 넘어갔다. 이후 시리아는 황금기를 보냈다. 그러나 AD 634년에는 이슬람의 침입을 받기 시작, 마침내 877년에는 이집트에 병합되어 600년 이상을 이들의 지배를 받았다. 1516년부터는 300년 가까이 오스만투르크의 지배를 받게 되었다.

- 1차 세계대전 중 아랍의 독립을 위한 '아랍의 반란'이, 1920년 4월에는 메카의 샤리프 후사인이 다마스쿠스에서 '통일 아랍 왕국'을 선언했지만 서구열강의 무시로 1920년 7월 프랑스의 지배에 들어갔다.

- 2차 세계대전 중인 1941년 9월 독립을 선언하였으나 대전 종료 이후 프랑스와 영국 양국군의 점령이 계속되다가 1946년 4월 비로소 독립했다. 이후 10여 년 동안 호족 출신인 민족주의자들과 친서방 귀족 정치가들의 집단에 의한 정권이 계속, 그러나 이들의 무능과 부패로 국민들은 새로운 정치결사의 출현을 바라던 중 1949년 여름부터 소장파 군인들의 쿠데타가 빈번하게 일어났다. 당시 정치계는 극우 종교단체, 공산당, 국민당(반공 및 대 시리아주의), 인민당(자유주의 부르주아지), 바

트당(아랍부흥사회당) 등이 있었고 이들은 모두 이스라엘과 미국을 적대시했다.

- 1955년 바그다드 조약의 성립 이후 바트당이 중심이 되어 1958년 이집트와의 합병에 의한 '아랍 연합공화국'이 성립되었지만, 1961년 인민당이 쿠데타를 일으켜 시리아는 '아랍 연합국'에서 이탈했다. 1963년 다시 바트당이 쿠데타로 정권을 잡았지만 재연합은 시도되지 않았고 1966년 좌파가 실력으로 정권을 장악, 1967년 이스라엘 - 아랍전쟁 때에는 골란 고원을 점령당하였다.

- 1970년, 국방 장관과 공군 총사령관을 지낸 하피즈 알 아사드(Hafiz al-Assad)가 무혈 쿠데타로 정권을 잡았다. 71년 3월 대통령직에 오른 아사드는 두 차례의 선거를 치르며 집권당인 바트당이 압도적으로 승리하게 함으로써 국내 정국은 비교적 안정되게 이끌었다. 1973년 아사드는 새 헌법을 제정하였고, 1999년 2월 총선에서 4선 대통령으로 선출되었다. 그러나 2000년 6월 심장마비로 사망하였다. 2000년 7월, 아사드의 차남 바샤르 알 아사드(Bashar al-Asad)가 국민투표에 의하여 정권을 이어받았고 2007년 5월 재선에 성공, 2011년 1월 현재까지 대통령 직위에 있다. 아사드 부자의 집권은 40년에 이른다.

새벽 4시 10분에 기상.

커튼을 열고 내다보니 시리아의 하늘에 달이 높다랗게 떠서 차가운 빛을 뿌리고 있었다. 지난밤 레바논과 시리아의 국경 지대를 지나올 때에 달은 차창가에서 한사코 따라오고 있었다. 수 년 전 그 지역에서 전쟁이 벌어졌을 때 시산시해屍山屍海를 이루었고 비무장 지대에는 난민들의 텐트가 넘쳐났었다는 곳, 불과 수 년 전에 일어난 비극의 현장이었다고 하지만, 이야기 하는 사람도 이야기 듣는 사람도 다만 옛날이야기를 대하듯 했다. 지난 달밤에 보고 들은 일들은 그냥 꿈속에서의 일이었던가.

카데시 전투와 알와디 호텔

알와디 호텔이 자리 잡은 곳은 '카데시 전투'가 있었던 곳이다. 호텔 객실 앞으로 나지막한 산맥이 흐르고 있었다. BC 2000년경부터 트리폴리 남쪽인 카데시 지역은 히타이트Hittite 족(소아시아 시리아 북부를 무대로 활약했던 인도 유럽계 민족)이 지배하고 있었다. 그런데 이집트 신왕조 시대인 BC 1275년에 람세스 2세의 이집트 원정군 1만 5천 명과 히타이트군 3만 5천 명이 카데시 지역에서 일대 접전을 벌이게 되었다. 람세스 2세는 히타이트 첩자에게 속아 전쟁터로 뛰어들었다가 위기에 접하게 되자 '아몬'신을 부르며 군사들을 진두지휘, 결전을 벌였고 마침내 승리했다.

그러나 카데시 전투에 관한 기록은 이집트 역사서에 전하는 것이다. 람세스 2세의 퇴각 이후 이집트와 시리아 사이에는 16년에 걸쳐 지루한 소모전이 있었다. 그리고 BC 1258년 '평화조약'을 수립, 이집트는 공개적으로 시리아를 포기한다. 람세스 2세의 퇴각 이전 이후에도 시리아는 여전히 히타이트들에 의해 지배되고 있었다고 하니 이집트 역사를 그대로 믿을 수만은 없다고 한다. 그런데 이때 맺은 '평화조약'이야말로 세계 역사상 최초의 평화조약이었다.

시간에 맞추어 식당으로 갔더니 이미 동행들이 자리 잡고 있었다. 메뉴는 다양했다. 나는 토스트 두 쪽에 딸기잼, 치즈, 커피, 특별한 음식으로는 오이소박이 형태의 오이지를 먹었다. 길이 5cm 정도의 오이 토막에 열십자 칼집을 내고 그 속에 호두와 치즈를 넣어 발효시킨 것이었다.

8시까지 전용 버스에 탑승해야 했다. 어제와 같은 자리에 무심코 앉았다. 마침 어제 앞자리에 앉았던 중년의 남성이 일어나 앞으로는 여행 기간 내내 좌석에 변화를 주자고 했다. 시계방향 쪽으로 돌다 보면 누구나 날마다 새로운 자리에 앉게 될 것이니 고정석 여부로 서로에 대한 불편한 심기를 다스릴 수 있다는 제안이었다. 모두 동의했다.

현지 가이드 미스터 따렉이 앞자리에 앉고, 옆에 앉았던 한국인 가이드 변선환 씨가 멋진 말을 했다.

"사랑하라, 사랑하지 않으면 그것은 유죄!"

멋진 말이었다. 베스트셀러 작품에 나왔던 어느 여성 작가의 말로 기억한다. 사랑할 수 있어서 사랑한다면 얼마나 좋을까. 사랑하고 싶어도 사랑해서는 안 될 경우도 있고 사랑하고 싶어도 사랑의 대상이 없을 때에는 어떻게 하나……

3200년 전, 카데시 전투가 벌어졌었던 지점에 있는 호텔을 떠나면서(08:10) 한국 관련 뉴스를 들었다. 스마트폰을 통해서 전해진 뉴스였다. 전에 한국 상선 한 척이 소말리아 해적단에 납치당했었는데 어제 한국 해군이 해적들을 습격, 아군 2명 부상, 해적 7~8명 사망의 성과를 올렸다고 했다. 한국 상선의 갑판에는 해적들이 쏜 1만 8천 발의 탄환 흔적이 남아 있노라는 소식까지 전해 주었다. 'MB가 연평도에서 받은 수모를 이번에 갚아 주었다'고 누군가 외쳤다.

성 조지 성당

호텔에서 5분 거리에 AD 423년에 건립된 성 조지 성당이 있었다. 그러나 우리가 처음 본, 산벼랑 위에 있는 지상의 아담한 건물은 100년 전에 건축된 건물이고 그 지하에는 400년 전에 지은 성당이, 그리고 또 그 아래에 1500년 전에 지어진 성당 건물이 있었다. 이 지하의 성당 건물은 지금도 발굴 중이라고 했다. 발굴공사의 현재 진행형이 성 조지 성당이다.

성 조지 성당이 유명한 것은 종교개혁 시절 부패했던 다른 성당들과는 달리 철저하게 정통 교리를 지켜왔다는 것이다. 교황 요한 바오로 2세가 이곳을 방문한 이후에야 이 성당은 세상에 그 존재가 널리 알려지게 되었다고 한다. 일반 관광객들은 이 성당의 존재를 알지 못하고 있었던 것이다. 한국의 천주교 신자들에게도 일 년에 한두 번 정도 공개되는 곳. 우리들은 운 좋게 방문 허락을 받았노라고 주최 측이 자랑스럽게 설명했다. 그럼에도 불구하고 심심치 않게 이곳을 찾아오는 관광객들 때문에 수도사들은 이곳에서 멀리 떨어진 곳에 새로운 수도원 건물을 세우고 그곳으로 가서 수도생활을 하고 있다고 한다.

나지막한 산록에 지어진 성 조지 성당, 100년 전 지어진 건물 외관은 주변 계곡들과 어울리는 조촐한 모습이었다. 그러나 그 내부는 정통 성당 건축 양식을 따라 지은 것으로 전 세계 성당 건축물의 모범이 되는 곳이라고 했다.

성당의 내부, 중심 부분에 사제의 제단이 있고 신자들이 제단을 둘러싸는 양식(이것을 ◎ 도형으로 표현하면 내원은 제단, 외원은 신자들의 자리)이다. 참고로 말하면 이쪽 지역 성당은 동방교회, 곧 정교회 성당이다. 성 조지 성당의 제단 안쪽으로

성 조지 성당의 지하 교회

348

는 성물聖物들을 보호하는 감
실이 있었다. 감실의 창살은
특별한 나무를 사용, 섬세하
게 조각되어 있었다.

　지하1층으로 내려갔다.
400년 전의 지하 교회가 있
는 층이었다. 지상의 교회보
다 규모가 조금 작았다. 그리
스도 교회 박해 시대에 지하
에 교회당을 짓고 모여서 미

사를 드리던 곳이었다. 그리고 다시 좁은 돌계단을 타고 지하 2층으로 내려갔
다. 거칠게 다듬은, 모양과 크기가 제각각인 화강석을 잘라 쌓아올린 두터운 벽,
협소한 곳이었다. 기독교 박해 시절에 이 지하 동굴에 수도사들이 은신, 수행했
다. 동굴에 탈출구가 여러 곳으로 나 있는 것은 만일의 위기 사태에 대비한 것이
라 했다. 1500년 전에 만들어진 지하 성당의 교회(실내)는 대체로 17~20평 남짓
한 작은 공간이었고 출입문들은 허리를 구부리고 들어가야 했다. 신앙을 위해
목숨을 걸고 수행에 나서던 수도사들, 그들이 남긴 건물의 흔적이 그대로 남아
있는 곳, 이 지하 성당은 지금도 여전히 발굴 중이라니 얼마나 더 많은 지하굴들
을 찾아낼 수 있을까.

　다음 장소로 떠나야 한다고 "얄라 얄라(빨리 빨리)!"를 외치는 가이드에게 밀려

서 지하에서 지상으로 올라왔다. 밝은 화강석 돌들로 쌓아올린 건물 벽과 주홍색 돔 위로 십자가가 있는 지상의 교회는 조출한 기품을 갖고 있었다. 8시 40분에 성당을 떠났다. 성당이 있는 주변 마을의 건물들은 비어 있었다. 이 지역은 부자들의 별장 지대로 지금은 겨울철이라 별장 건물들은 빈집으로 남아 있었다.

크락 데 슈발리에

전용 버스는 슈발리에 성을 옆에 끼고 해발 750m의 칼릴 산 정상 부근으로 올라가 주차했다(08:45). 크락 데 슈발리에Crac des Chevaliers와 언덕 아래의 구릉지대, 주민들의 거주지가 한눈에 보였다.

크락 데 슈발리에는 '기사의 성채'라는 의미. 십자군 원정 시대에 십자군의 요새였다. 성채는 직육면체의 흰 화강석을 다듬어서 직선과 곡선의 아름다움을 최대한으로 활용한, 마치 쥐었다 놓은 송편처럼 단단하고 아기자기한 모습이었다. 첫 인상이 그랬다.

백색 건축물인 성채를 줌인으로 당겨 카메라에 담았다. 고지대에서 보니 먼 산 능선 위로 새로 거처를 찾아 나섰다는 성 조지 수도원의 신축 건물도 보였다. 전망 좋고 공기 좋은 고산 지대에서 과거와 현재가 공존하는 성채를 배경으로 단체 기념사진을 촬영했다. 다시 버스에 올라서 언덕길을 내려가 성채의 주차장으로 갔다. 성채는 그제야 문을 열고 관광객을 맞아들이고 있었다. 성채의 입장료는 시리아 내국인에게는 15SP, 외국인에게는 그 10배에 해당되는 150SP를 부과하고 있었다.

크락 데 슈발리에 성채

크락 데 슈발리에는 남북 간 200m, 동서 간 140m, 전체 면적 1만 여 평에 이르는 오각형의 성채였다. 자료에 의하면 1031년 홈스Homs 군주가 내부성을 쌓았고, 12세기에 십자군이 점령하면서 확장 공사를 시작하여 오늘날의 모습을 갖추게 되었는데 1170년에 완공하였다고 한다. 성채는 이중 구조를 갖고 있었다. 외성은 바깥을 감싸는 견고하고도 장중한 느낌을 주는 건축 양식, 외부 침입을 철저하게 차단하는 수직의 벽이 위압적이었다. 내성은 외성보다 더 높이 쌓아 올렸다. 이 성채의 내외성에는 18개의 둥글고 큰 기둥 양식들이 성벽 전체를 지탱하고 있는 듯한 모습이다. 그런데 이 기둥들의 내부는 비교적 넓은 20~30평형의 공간을 갖고 있고 이것들은 모두 기도실로 쓰이던 곳이라 한다.

한편 성채의 외성과 내성 사이에는 해자가 있고 지금도 해자에는 물이 충충

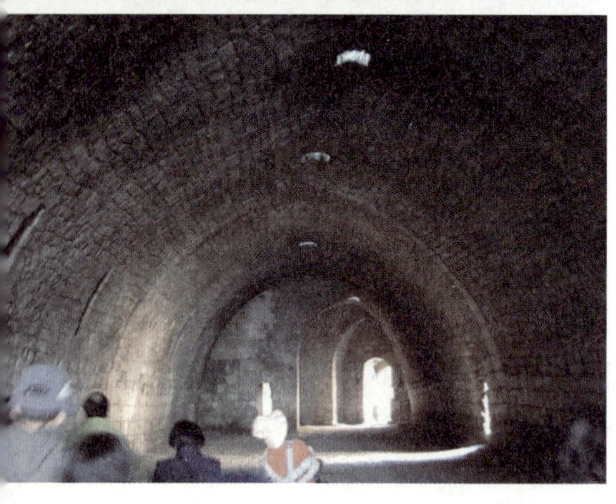

1 내성과 외성 사이의 해자
2, 3 천장의 자연 조명 및 환기통
4 성의 맨 위층에서 내려다본 내성

하게 고여 있었다. 이들 해자는 외적의 침입을 차단하려는 목적과 고지대에서 물을 저장하기 위한 목적도 갖고 있는 것. 내성과 외성 사이에서 보니 내성은 60도 정도의 기울기(참고 자료에는 45도라고 되어 있었지만 직접 보니 그보다는 훨씬 기울기가 심했다)를 갖고 있었다.

내성으로 들어가는 아치형의 터널 모양 통로의 천장에는 큼직한 사각형의 구멍이 있어서 환기와 조명이 동시에 이루어지도록 되어 있었다. 미로와 같은 통로를 지나자 식량 저장소, 물 저장소, 대집회소, 예배당, 식당 등으로 사용되던 크고 작은 방들이 나타났다. 특히 십자군 시절, 세례 때 사용하던 수조, 천장은 작은 돌들을 십자가 형으로 모자이크 하듯이 장식되어 있었고 벽에는 채색 성화聖畵의 흔

적도 보였다. 그런가 하면 같은 공간 안에 무슬림들이 기도하던 흔적, 이맘이 설
교하던 설교대가 놓여 있기도 했다.

크락 데 슈발리에는 그 건축 양식의 견고성, 기독교 양식과 무슬림 양식을 그대
로 보존하고 있는 성채로 유명한데, 이 성에 전해 내려오는 이야기를 살펴보자.

먼저 십자군 원정에 대한 이야기이다. 십자군 원정은 유럽의 기독교인들이 이

슬람으로부터 성지 탈환을 목적으로 벌인 일련의 군사 원정(1095~1270년까지 361년 동안 총 8차에 걸쳐 이루어졌다)이었다. 1095년 제1차 십자군 원정단이 소집되어 1098년 안티오크를 점령하고, 1099년 7월 15일에 예루살렘을 함락, 이슬람교도와 유대인을 학살했다. 이후 45년간 십자군은 예루살렘 왕국을 비롯한 십자군 국가를 세우고 북쪽의 안티오크에서 남쪽의 예루살렘까지 700km에 달하는 지역 해안과 내륙의 변경에 요새를 세웠다.

그러나 1144년 셀주크의 투르크 통치자 장기가 십자군의 지배를 받던 에데사를 함락시키자 제2차 십자군 원정대를 소집, 1148년에 다마스쿠스를 공격했으나 패배한다. 이슬람 진영의 살라딘은 이집트에 이어 알레포를 장악하고 1187년 10월 2일, 예루살렘과 대부분의 십자군 요새를 정복한다. 이에 충격 받아 제3차 십자군 원정대를 소집하나, 십자군은 전반전에서는 성과를 얻지 못하다가 1192년 영국왕 리처드 1세와 살라딘 사이에 향후 5년간 유럽인의 성지 순례를 허용한다는 강화조약이 맺어진다. 1198년 소집된 4차 십자군 원정대 사건은 지금까지와는 그 성격을 달리한다. 십자군은 베네치아에서 구입한 군 장비 대금을 갚지 못하게 되자 베네치아인과 함께 1204년 4월 13일에는 콘스탄티노플을 점령, 비잔틴 제국에 치명적인 상처를 입힌다. 제5차 십자군 원정에서 제8차에 이르기까지 십자군 원정은 지지부진하게 전개되다가 15세기에 이르면 십자군의 원정 시대는 끝나게 된다.

크락 데 슈발리에 이야기는 성채의 내부성이 건설된 1031년까지 거슬러 올라간다. 1142년 십자군에게 점령된 이후, 십자군에 의해서 확장 공사가 시작되어 완공된 것이 1170년, 이슬람의 살라딘이 88년 만에 십자군으로부터 예루살렘을 탈환한 것이 1187년이다. 이무렵 살라딘은 십자군의 요새인 크락 데 슈발리에를 정복하려고 했으나 견고한 성채와 십자군의 완강한 저항으로 결국 이 성채를 포기할 수밖에 없었다고 한다. 그리고 1271년 이집트의 술탄 바이바르가 이 성채의 외성을 뚫는 데는 성공했으나 내성을 뚫을 수는 없었다고 한다. 이슬람국의 술탄인 그는 계략으로, 가짜 십자군 총사령관의 밀서를 만들어 성내에 있던 십자군들에게 전달했다. 이 밀서에 속은 십자군들이 결국 백기를 들고 문을 열어 이슬람군이 내성으로 진입, 슈발리에 성을 장악하게 되었다는 것이다. 격렬한 전투가 없었기에 '크락 데 슈발리에'의 건축물은 온전히 보전될 수 있었다. '크락 데 슈발리에'는 처음 이슬람 지배 시대에는 이슬람 건축 양식으로, 그러나 십자군에 접수되면서 확장공사는 서양의 기독교 건축물로 되었다. 후일 다시 이슬람에 소속되면서 동양과 서양, 이슬람과 기독교 건축 양식이 공존하게 된 특이한 구조를 갖게 되었다.

'크락 데 슈발리에'의 계단을 오르내리거나 조금 경사진 곳을 오르려면 17~18세쯤으로 보이는 장애인 소년 하나가 열심히 뛰어와서 손을 붙들어주고 때로는 부축을 해주려고 했다. 모든 관광객을 상대로 제 딴에는 열심히 부축을 한다고 하지만, 처음 본, 또 깔끔하지도 못한 소년의 손이 와 닿는 것이 싫어서 움찔하다가 한 시간 정도 같이 다니다 보니 그도 심상해져서 손을 잡든, 겨드랑이를 부축하든 그냥 내버려두었다. 정신지체 장애인이었다. 그는 관광객에게 풀꽃을 따서 주기도 했다.

관광객에 대한 끊임없는 친절과 봉사 — 그러나 성채를 떠나올 때 소년은 한 손에 미국 돈 1달러짜리 지폐를 꺼내 들고, 그와 같은 돈을 달라고 따라다녔다. 특히 나처럼 사진을 찍고 메모를 하기 위해 일행에서 떨어져 나와 있는 관광객에게 더 심했다. 시리아에서 1달러면 상당히 큰돈이었다. 그저 손을 내밀고 겨드랑이에 살짝 손을 대어 준 것으로 1달러를 요구하다니. 망설이다가 돈을 주지 않았다. 큰 노력 하지 않고 쉽게 돈을 번다는 것은 바람직하지 않다. 1달러에 너무 큰 이유를 대는 것이 아니냐고 하는 이도 있을 것이지만, 아마 소년은 10달러 안팎을 1시간여 만에 벌었을 것이다. 소년은 계속해서 친절의 시늉만으로 돈을 벌 수 있다는 잘못된 생각을 가질 것이다. 소년을 보면서도 속이 상하고, 소년에게 쉽게 돈을 주는 사람들을 보면서도 속이 상했다.

'크락 데 슈발리에', 성 바깥으로 나와서 언덕 아래 펼쳐진 곡창지대를 보았다. 언덕 위로 바람이 시원하게 불어왔다.

다음 코스를 향해 출발했다(10：10). 전용 버스 안에서 멀어져 가는 '크락 데 슈발리에'를 돌아보았다. 십자군 성 가운데 그 위치 설정이며 구조가 가장 완벽하게 남아 있는 유일한 성이 '크락 데 슈발리에'였다.

십자군 원정에 대한 것들을 생각해보았다. 십자군 원정은 이름 그대로 거룩한 성전聖戰이었던가. 종교라는 이름으로 얼마나 많은 횡포가 죄 없는 사람들에게 행해졌던가. 이슬람으로부터의 성지 탈환이라는 명목 아래 진행된 십자군 원정의 허와 실, 원정의 실질적인 이유는 어디에 있었던가.

중세 시대, 기독교 선교를 위해서는 교회 건물을 지어야 하고, 교회 건물 제단 안에는 성물을 마련해야 하고 그래서 나온 것이 십자군 원정의 한 중요한 이유가 아니겠느냐는 이야기도 나왔다. 경제적인 측면에서의 이유를 외면할 수 없다는 것이었다. 비근한 예로 예수께서 매달리셨던 십자가 나무 조각을 전 세계로 보내면서 거둔 자금에 대한 이야기도 나왔다. 그들 십자가 나무 파편만 모아도 엠파이어 빌딩 하나를 만들 수 있을 것이라는 이야기였다. 이런 이야기는 기독교계뿐만 아니라 불교계에도 해당된다. 부처의 진신사리라는 것, 불교권에 퍼져 있는 진신사리만 모아도 석가모니불은 수십 명이 될 것이라는…….

이라크 전쟁과 미국의 부시 전 대통령의 이야기도 나왔다. 부시 전 대통령은 '이라크 참전은 현대의 십자군 성전'이라는 궤변을 늘어놓았었다. 이라크의 살생무기를 찾아내는 것이 인류 평화를 위한 길이라는 것. 그러나 그의 주장과는 달리 이라크에서 살생무기가 발견되지 않았다. 그에 대해 묻는 기자에게 이렇게 대답했다.

"맞아요, 그래서 내가 더 속이 상한 겁니다."

물론 부시 전 대통령을 풍자하기 위한 개그의 일환이라고 해도, 웃으며 이야기를 들었지만, 입안은 썼다.

어떻든 십자군 원정이 끝난 이후, 서양 건축사에는 변이가 일어났다. 동양적 요소가 가미된 것이다. 그런가 하면 십자군 원정을 치른 아랍권에서는 십자군들이 얼마나 야만스럽고 탐욕스런 존재였던가에 대한 이야기들이 기록되어 있다고 한다. 십자군 원정의 결과는 비잔틴제국을 멸망의 길로 들게 했다.

오랫동안 레반트 지역에서 살아온 변선환 씨는 이 지역에서 한국인에게 인기 있는 상품은 초콜릿과 아이스크림이고, 레반트 지역 사람들이 한국인에게 선물 받고 싶어 하는 것은 인삼, 전자제품, USB, 한국 드라마가 들어 있는 CD라고 설명했다. 그는 또 현재 시리아에 있는 자동차의 51%가 한국 자동차라는 이야기도 했다. 또 그의 말에 따르면 시리아에서 여론조사를 통해 존경 받는 사람들은 그 순위에 따라 체 게바라, 모택동, 김일성, 호치명, 마지막이 시리아 대통령이었다고 한다. 시리아가 사회주의 국가인 만큼 김일성에 대해 우호적이라는 것이다.

오늘 최종 목적지는 우가리트를 거쳐 알레포로 가는 길, 도로 연변은 산과 밭, 올리브나무 농원이 계속되고 있었다. 황금빛 오렌지가 주렁주렁 달린 시리아의 1월 하순, 간혹 열매가 달리지 않은 나무는 레몬나무, 레몬은 수확 시기가 지났기 때문이고, 오렌지는 수확기가 세 번에 걸쳐진다고 한다.

올리브는 산성의 땅을 중화시키는 역할을 할 뿐만 아니라 열매며 나뭇가지를 다양하게 이용할 수 있는 효자 나무란다. 올리브는 수확 시기를 덜 익었을 때, 중간 단계로 익었을 때, 완숙 단계로 익었을 때 이렇게 단계별로 수확하게 되면 그 과육으로 초록색, 노란색, 자색의 장아찌를 담을 수 있고, 완숙 단계로 수확한 장아찌가 깊은 맛을 준다고 한다. 올리브의 씨앗은 기름으로, 목재는 조각품으로, 그러고 보면 중동사람들과 올리브는 불가분의 관계가 된다.

한 시간쯤 달리자 지중해가 나타났다. 앞에 보이는 항구는 '타르투스'항이었다. 지중해를 왼쪽에 두고 전용 버스는 북항을 시작했다.

길가 공원에 아주 거대한 동상이 있었다. 2000년에 심장마비로 죽은 전 대통령 하피즈 알 아사드Hafiz al-Assad, 1930~2000 대통령의 동상이었다. 그는 1970년 무혈 쿠데타로 집권한 이래 2000년 6월 사망하기까지 30년간 장기 집권 했다. 같은 해 7월, 그의 차남인 알 아사드Bashar al-Asad가 국민투표를 통해 대통령에 오르고 지금에 이른다. 알 아사드는 1950~60년대 북한의 김일성, 루마니아의 차우세스쿠 등과 우의를 다진 인물로 당시 김일성 주석이 주도하던 방식을 시리아에 그대로 적용하고 있다고 한다.

사회주의 국가는 어디나 비슷하다. 중국, 튀니지, 알제리, 모로코, 레바논, 시리아……. 커다랗게 확대한 집권자 사진을 거리마다 부착시켜 놓고, 때로 대형 동상까지 세워놓았다. 한반도의 북단에서도 그와 같은 일들이 연출된다. 지중해를 왼쪽에 끼고 북상하는 길, 가로수는 유칼립투스, 코알라들이 그 나뭇잎을 즐겨 먹는 나무, 겨울인데도 잎이 풍성했다.

왼쪽에 바다, 오른쪽에 나지막한 산을 끼고 북상하는 길에 산봉우리 하나를 거의 다 차지한 듯한 커다란 성채가 보였다. 이름하여 '블랙 캐슬'이었다. 우리가 보고 왔던 '크락 데 슈발리에'보다 규모는 크지만 아기자기한 맛은 없다고 했다. 바다를 면한 산 언덕에는 위장망 속에 포砲들이 들어가 있는데 이들은 모두 북한군이 와서 설치한 것이라고 했다.

라타키아

해변 도시 라타키아Latakia의 해변 식당에 도착했다(12:10). 라타키아는 현 시리아 대통령의 고향인데 현재 관광 도시로 개발 중이라고 한다. 산이 있고 바다가 있고 유적지들이 있고, 풍광의 아름다움이 뛰어난 곳이었다.

지중해의 푸른 파도가 식당의 축대 바로 앞까지 들어와서 찰싹이고 있었다. 여행 이후 처음으로 조별 점심 식사를 들기로 했다. 2조 명단에는 손혜원을 필두로 유인순, 김홍남, 황세옥, 엄정순 5명의 이름이 늘어서 있었다. 2조끼리 모여 앉았다. 팀원들은 어떤 사람들인지 궁금했다. 손혜원 선생은 키가 크고 체격이 좋은 중년의 미녀. 성격은 시원하고, 크로스 포인트란 회사의 대표라고 했다. 김홍남 선생은 사람들이 관장님이라고 부르며 극진히 모시기에, 어디 관장님이냐고 물어보니 중앙박물관장을 역임, 현재 이화여대 미술사학과 교수로 풍운아의 면모를 지닌 여걸이었다. 황세옥 선생은 전직 중등교사로 선량한 눈빛을 가진, 이번 여행으로 백열한111 번째의 나라를 여행하게 된 여행 마니아. 2조의 조장은 최연소자가 맡기로 했는데 엄정순 선생, 알맞은 키에 웨이브 있는 숏컷 머리가 잘 어울리는, 중성적 이미지를 가진 귀여운 여성, 화가라고 했다. 그러고 보니 손혜원 · 김홍남 모두 헌칠한 키의 미국 유학파, 황세옥 선생도 그들에 못지않은 헌칠한 키, 엄정순 선생의 키도 165~167cm 정도는 되는 귀여운 여성, 나만 154cm의 단신이었다. 전체 여섯 팀 가운데 우리 팀에는 가만히 있기만 해도 카리스마를 뿜어내는 여걸이 두 명이나 있었다.

지중해의 물결과 바람 소리를 들으며 점심을 들었다. 홉스란 이름의 빵, 밀가루에 콩가루를 넣어 반죽, 얇게 밀어서 둥근 형틀로 찍어 구운 빵이 나왔다(지름 25cm 이상). 한 사람당 한 마리씩의 생선튀김, 채소와 감자튀김, 오이지, 세 종류의 소스가 나왔다. 후식으로 바나나와 싱싱한 오렌지가 나왔다. 2조끼리의 단합

대회, 점심 식사 후 우가리트를 향해서 출발했다(13:10)

우가리트로 가는 버스 안에서 변선환 씨가 같은 식물이라도 토양과 기후에 따라 그 생태가 달라지는 이야기를 했다. 한국에서 한 해 살이 식물인 아주까리가 이곳에서는 다년생으로 자라고 있다는 것, 또 한국에서 귀화식물로 다년생인 제라늄이 이곳에서는 한 해 살이로 자라고 있다는 이야기를 했다. 변선환 씨는 아주까리 이야기를 하면서 '아주까리'를 발음할 때면 평소와 다른 정감 어린 목소리로 변했다. 이후 변선환 씨는 '아주까리 변'으로 불리게 되었다.

우가리트

우가리트Ugarit는 해변 도시 '라타키아'에서 10km쯤 떨어진 곳, 해발 20m의 동산 '라스 샴라' 위에 자리한 고대 도시다. 이 지역은 오렌지와 올리브가 풍성한 기름진 땅으로 '우가리트'의 '우가루'란 고대어로 '밭' 또는 '땅'을 의미한다고 하며, 현재 '라스 샴라'로 불리는 것은 '노란 샴라 꽃이 피는 곳(갑)'이란 의미라 한다. 샴라 꽃은 봄부터 여름에 핀다고 하는데 우가리트의 1월 하순, 짙고 풍성한 풀잎 사이로 민들레 꽃송이만한 크기의 노란 샴라 꽃이 피어 있었다.

고대 도시 우가리트가 알려지게 된 것은 1928년 봄, 해안으로부터 1km쯤 떨어진 '미네트 엘베이다'에서 한 농부가 밭을 갈다가 석판 하나를 발견했단다. 석판을 들어 올리자 그 아래로 부장품이 채워진 묘실이 드러났다. 1929년 이 소식을 들은 프랑스 사학자 클로드 F. A. 세페르의 지휘 아래 프랑스 고고학 발굴단이 달려와 조사를 시작, 이후 80년 이상 발굴했지만 아직도 그 전체의 25% 정도밖에 밝혀지지 않았다.

'라스 샴라' 동산은 탐사 결과 신석기 초기부터 연속적 취락 지층을 발견, 5개 주요 지층이 확인되었는데 5번 지층의 가장 오래된 취락지는 이미 BC 7000년경에 축성을 갖춘 작은 도읍을 형성하고 있었음을 보여준다고 한다.

우가리트의 발굴 과정에서 최대 업적은 왕실의 문서 보관소를 발굴했고 그곳에서 고대 우가리트 왕국의 '토판 문서'들을 찾아낸 것이다. 이것은 사해 부근에서 발견된 '사해사본과 함께 20세기 최고의 고고학적 발견'으로 지적된다. 토판에 기록된 쐐기문자는 히브리어와 동일한 셈족의 언어였다. 따라서 히브리어 연구에 큰 도움을 주고 있을 뿐만 아니라 이들 '우가리트 쐐기문자야말로 최초의 알파벳 기록'이라는 것이다.

한편 우가리트의 유적지 발굴에서 쐐기문자설형문자로 된 다양한 고대의 기록물들이 발견되었다. 지금까지 알려지지 않았던 수많은 신화와 종교 관련 문헌, 당시의 정치 경제 사회 문화에 대한 기록물들이 발견된 것이다. 1949년 이후에는 자음과 모음 31개로 구성된 '우가리트 알파벳'이 발굴되었다. 이들은 BC 13세기 무역상인들이 사용하던 것이었다. 이 기록들을 중심으로 보았을 때 우가리트는 BC 17세기에 융성했고 가장 융성했던 시기는 BC 17~12세기였다. 우가리트의 알파벳은 우가리트 멸망과 함께 일시적으로 잊혀졌지만 발굴, 발견에 따라 복원되고 계승되어 귀중한 문화유산이 되었다.

우가리트 알파벳은 그리스를 통해 페니키아 알파벳이 되었다(1922년 발견된 레바논 비블로스 왕가의 석관 벽면에 새겨진 최초의 페니키아 알파벳 비문). 이 페니키아 알파벳은 다시 동서로 전해졌다. 서쪽의 그리스로 전해진 것은 라틴어로 이어져 현대 서구 알파벳으로 발전했다. 동쪽으로 전해진 것은 아람어, 인도어, 아랍어, 히브리어 알파벳 등으로 나타났다. 그런데 이 우가리트는 BC 1200년이 지나면서 쇠락, 역사에서 사라졌다. 외세의 침입, 또는 대지진과 기근이 원인이 되었을 것이다.

우가리트의 나지막한 동산이라기보다는 언덕이라는 느낌이 더 강한 오르막길을 올라갔다. 그리고 툭 터진 공간. 봄풀이 파랗게 자라고 노란 샴라 꽃이 핀 곳에, 수천 년 전 사람들이 돌을 쌓아 왕궁을, 관공서를, 상점을 지어 살던 곳이 나타났다. 지금은 세계문화유산으로 등재되어 있지만 그 전까지는 주민들이 가축을 키우고 곡식을 재배하던 곳이었다. 1928년 봄, 호밀밭을 갈던 농부가 석판을 발견하고 그 석판 아래 묘실을 발견하지 못했다면 그대로 침묵 속에 묻혔을 문화유산의 현장이었다.

일정한 규모의 홈이 파인 장방형의 화강석을 길게 이어 붙인 수로가 도로를 따라 양편으로 있었다. 사람 사는 곳에는 어디서나 물이 필요한 것이고, 솜씨 좋은 석수장이들이 동원된 수로를 따라 걷다 보니 우물터가 나왔다. 우물은 2×1.5m 정도의 규모, 우물은 20×30cm 크기의 장방형 화강석을 깎아 만든 벽돌

을 쌓아 올린 것이었다. 수천 년 전의 것이니 당시에는 어느 정도 깊이를 갖고 있었을까. 우물터 가까운 곳에는 사방 $1m^2$ 정도 되는 수조도 있었다. 큰 도로의 폭은 사람들 5~6인이 횡으로 걸을 수 있는 정도였다. 이 무렵에는 수레가 나오기 전이었다고 하는데 지붕을 제외한 전체가 화강석으로 이루어진 돌들은 어디에서부터 어떻게 옮겨 왔을까.

야생 히아신스가 자라는 유적지를 따라서 걸었다. 하얀 민들레도 피어 있었다. 씀바귀도 있고 야생 쑥갓도 있었다. 궁정터, 재판소, 쐐기문자 토판이 발견되었다는 도서관 자리에 가서 사진을 찍었다. 40~50명을 동시 수용이 가능한 반신 욕탕이 있었다. 재판소 자리는 제법 넓었다. 바닥 돌은 넓적 돌을 좌우 대칭이 되게 배치하고 있었다. 유적지 바깥으로는 멀찍하게 떨어진 곳에 민가들이 보였다.

1 거주지 흔적
2 수로
3 공동반신욕탕. 촬영은 김흥남
4 우가리트 성채의 출입문. 촬영은 김흥남

알파벳의 원조가 되는 우가리트의 쐐기문자, 해안 도시 비옥한 곳에서 그들만의 찬란한 문화를 누리던 사람들, 그 사람들이 어느 날 갑자기 사라졌다. 그들의 문화는 흙속에 묻히고 열대성 식물 덩굴 아래 감추어졌다. 그리고 어느 날 우연히 발견되었다……. 지금 우리가 보고 있는 유적지는 모두 사람의 손에 의해 바깥세상으로 끌어올려진 것이다.

햇살이 너무도 포근했다. 하늘은 파랗고 노란 샴라 꽃은 바람에 흔들리고……. 최

고의 문명을 누리던 그 사람들은 그들이 한때 이곳에 존재했었다는 표적만 남기고 사라져 갔다. 우리도 떠나야 했다. 알레포까지는 270~280km, 버스로 4시간 이상이 걸리는 곳이다. 아쉬운 마음 뒤로 하고 14시 35분에 출발했다.

알레포로 향하는 도로 연변의 건물들은 4층, 이슬람에서 4란 숫자는 완성을

의미하는 것이라 한다. 버스 안에서 자기소개 시간을 가졌다. 전체 42명 가운데 부부 팀이 8팀, 학교 동창, 직장 동료 팀들이 다수를 차지하고 나처럼 단독 신청자는 14명 정도. 전·현직 교수가 11명(겸임교수 및 강의교수 2명 포함), 현직 의사 2명(의대교수 3명 제외), 한의사 1명, 변호사 1명, 소설가 1명, 전·현직 교사 5명, 도서관 사서 1명, 그 외 직업을 밝히기를 거부한 6인조 여성 팀, 그리고 프리랜서로 뛰는 이들도 3명 정도 있었다.

여행 팀에서 최고령자는 윤중섭 선생으로 1938년생, 서울에서 13대가 살아온 서울 토박이로 직장 생활 30년을 하고 이제 퇴직 후 세계 여행을 하시는 중이라고 했다. 최연소자는 충남대 고고학과에서 석사 과정 중인 31세의 젊은이. 김홍남 선생이 이화여대 미술사학과에, 정혜자 선생이 전북대 영문과에, 장혜란 선생이 한양대 영문과에, 손채연 선생이 숭실대 사회사업과에, 크로스 포인트 대표인 손혜원 선생도 홍익대에서 강의를 한다고 하니 이번에는 여성 교수가 비교적 많았다.

레반트 동행자들은 모두 명랑하고 적극적인 성격, 자기 세계가 강한 사람들이었다. 모두 자기들의 이야기를 잘했다. 시리아인 가이드가 참깨와 호박씨를 뿌린 피스타치오 쿠키를 나누어주었다. 도중에 휴게실에서 내려 휴식을 취했다.

다시 차에 오르자 유재원 교수가 1976년 그리스 유학시절에 찾아갔었던 터키의 이스탄불 관광 때 겪었던 이야기를 들려주었다. 성 소피아 성당 앞에서 자신이 받았던 문화적 충격, 그리고 자신이 세계 문화 유산 앞에 얼마나 무지했었던가를 깨닫던 순간에 흘린 눈물 이야기까지. 무식의 깊이와 넓이에 대한 이야기를 해준 이후, 동행자들은 자신들의 무지에 대한 고백을 할 때마다 '깊이와 넓이를 알 수 없는 무식'이라는 구절을 발어사처럼, 이야기의 앞에 붙였다.

　오후 5시가 지나면서 어둠이 내리기 시작하는데 전용 버스의 운전자는 가던 길에서 멈추어 차를 후행하다가 아예 돌려서 새로운 길을 찾기 시작했다. 여기저기에서 공사로 인해 도로가 막혀 있었던 것이다.

　'시린 강 하나 가슴에 안고 사는 시리아 사람~' 아주까리 변^{변선환} 씨이 시를 읊조리듯 멋지게 말을 꺼냈다. 시리아에서 한국까지는 8,400km, 오랜 타국살이에 시인이 되어 버린 아주까리 변 선생이었다. 알레포에 대한 개략적인 설명을 들었다.

- 알레포는 시리아 북부 제1의 도시이자 할라브 주의 주도. 시리아에서 다마스쿠스에 이어 두 번째로 큰 도시이다.

- 알레포는 해발 400m의 고원에 위치. 도시 인구는 대략 170만에 이른다. 이 지역에 인류가 살기 시작한 것은 BC 7000년경, BC 3000년경부터 동서 교통의 요지, 무역의 중심지로 번영했다.

- BC 2000~1000년에는 히타이트, 미타니 왕조, 이집트 등에게, BC 600~400년에는 페르시아에게 지배를 받았고, BC 100년경에는 시리아에 흡수 통합되었다. 이후 비잔틴 제국 치하에서 번영을 누리던 알레포는 AD 637년 아랍인에게 정복되고 1516년에는 오스만투르크에 합병되어 18세기 말까지 번성, 20세기에 이르러 다마스쿠스와 쌍벽을 이루는 산업 도시로 발전했다.

• 알레포는 신 · 구시가지로 구분, 구시가지가 1986년 유네스코 세계유산에 등재되었다. 구시가지를 둘러싼 4.8km의 성벽은 중세에 건축된 것이다.

알레포 그리고 애거사 크리스티

땅거미 지고 거리에 불이 들어올 무렵 알레포의 구시가지 쪽으로 들어섰다. 거리의 가로등은 구획에 따라서 서로 다른 도형을 보여주었다. 기능성보다는 예술성을 더욱 살린, 도로의 개성을 살린 가로등에서 은은한 빛이 쏟아져 나오고 있었다.

도심 속에 있는 호텔 리가 팰리스Riga Palace에 도착했다(17:30). 호텔이 세워진 것은 1911년이지만 영국의 극작가이며 추리소설가였던 애거사 크리스티가 묵었던 곳으로 유명한 호텔이었다.

애거사 크리스티Agatha Christie, 1890~1976, 그녀의 본명은 애거사 메리 클러리사 밀러 크리스티 맬로원Dame Agatha Mary Clarissa Miller Christie Mallowan, 부유한 미국인 아버지와 영국 귀족이었던 어머니 사이에서 1남 2녀 중 막내로 태어났다. 언니, 오빠와는 10년 이상의 차이가 난다. 어린 시절 아버지 사망, 24세 때1914 영국 항공대 대령 아치볼드 크리스티와 결혼했고 14년 만에 외동딸을 낳았지만 결혼 생활은 평탄치 못했다고 한다. 남편의 의처증 때문이었다.

1930년에 옥스퍼드 대학 뉴칼리지에서 고전학을 전공한 맥스 맬로원Sir Max Mallowan 1904~1978과 재혼했다. 맬로원이 시리아의 '샤가르 바자르'를 발굴하던 때가 1935~37년경, 텔 브라크 지역의 발굴을 지휘하던 때가 1937~1938년경임을 감안하면, 애거사 크리트티가 남편을 따라 호텔 '리가 펠리스'로 들어온 것은 1930년대 중반 이후이다. 이 무렵이면 이미 애거사 크리스티는 전 세계적인 추리 작가로 명성을 떨치던 때였다. 1934년에 나온 『오리엔트 특급 살인』은 베스트셀러가 되어 있었다.

애거사 크리스티. 75편의 소설을 썼고, 그의 작품집은 영어권에서 10억 부 이상 팔렸으며 103개의 언어로 번역되었고 비영어권에서도 10억 부 이상 팔렸다고 한다. 뿐만 아니라 연극으로 공연된 〈쥐덫〉은 영국 앰버서더 극장에서 21년 동안 8,862회라는 최장기 공연 기록을 세웠고, 또 다른 작품들은 영화로도 만들어져 팔려나갔다.

그녀는 행복했을까. 첫 결혼의 실패, 두 번째 결혼, 남편 맬로원은 14세 연하였다. 그녀가 1976년에 86세로 사망하자 남편은 1년 뒤 고고학자 바버러 파커와 재혼했다. 그리고 1년 뒤 맬로원도 사망했다. 애거사 크리스티는 행복해서 글을 쓴 것이 아니라 행복해지기 위해서 글에 매달렸던 것은 아닐까.

리가 펠리스 호텔 414호로 배정 받았다.

저녁을 먹고 호텔에서 가까운 주점으로 나갔다. 모처럼 동행들이 모여서 세미나(일명 재미나)를 열자는 우리 여행 팀의 지도교수 유재원 교수의 분부가 있었기 때문이다. 30여 명이 주점으로 모여들었다. 맥주와 시리아의 토속주를 앞에 하고 서로 친교의 시간을 갖는 것이 주목적이었다. 시리아의 토속주를 마시다가 그 맛이 그리스에서 마시던 '우조'와 같다는 느낌이 들었다. 와인을 만들고 난 찌꺼기를 발효시켜 우려낸 것이 우조였던 것으로 기억한다. 한 시간쯤 있다가 피곤해서 먼저 자리에서 일어났다. 내일 일정이 빠듯하므로 충분한 휴식을 취해야 했다.

내일 일정은 5 : 30 / 6 : 30 / 7 : 30.

2011. 1. 22. 토요일, 갬.

 **04 알레포 - 팔미라**

애거사 크리스티가 머물렀었다는 호텔, 지난밤에 과연 애거사 크리스티는 행복한 여자였었나 하는 생각을 했었던 것 같다. 카이로의 아스완 지역, 나일 강의 유람선 안에서, 강 건너 언덕 위에 있는 호텔이 애거사 크리스티가 작품을 집필했었던 곳이라 하여 눈여겨 본 적이 있었다. 영어권과 비영어권에서 각각 10억 부씩, 20억 부의 책이 팔려나간 베스트셀러 작가 크리스티……, 작품이 많이 팔려서 행복한 것이 아니라 작품을 쓰는 과정이 행복해서 그는 작품에 매달렸을 것이다.

일찍 기상했다(04 : 30). 가까운 어디에 모스크가 있나 보다. 새벽 기도 소리가 들려온다. 새벽 기도 소리는 사람의 가슴을 가라앉혀 준다. 그리고 인간 소망의 끝은 어디이고, 신은 인간의 소망을 충족시켜 주기 위해서 얼마나 바빠야 하나 하는 생각을 하게 한다. 마침 화장을 하고 있었는데 갑작스런 모닝콜, 깜짝 놀랐다. 오늘 예정된 모닝콜은 5시 30분이었다. 모닝콜이 한 시간이나 일찍 당겨진 이유는 무엇일까, 조식을 하러 식당에 나갔다가 호텔 종업원의 실수였다고, 그래서 많은 사람들이 잠을 설쳤다는 얘기를 들었다.

호텔 출발(07:35), 여행사 사장 신동철 선생께서 우리들에게 '여권 살짝 만져 보세요. 깨우지는 마시고' 해서 웃었다. 새벽잠을 설치게 했다는 불평을 들은 후였다. 아주까리 변 선생은 마이크를 잡자마자 좋은 소식과 슬픈 소식을 전해주겠노라며 좋은 소식은 우리나라 축구 팀이 아시안컵 챔피언스 리그 4강에 진출한 것, 우리 해군이 한국 선박을 납치하고 있던 소말리아 해적선을 공격, 해적 13명을 사살한 것이라고 했다. 나쁜 소식은 작가 박완서 씨가 81세로 별세하셨다는 소식이었다. 박완서 씨에게 지병이 있었노라는 이야기도 전했다.

소설가 박완서 선생

박완서 선생을 직접 만난 것은 5~6년 전이던가. 인문대학에서 특강 강사로 박완서 선생과 오정희 선생을 초청했다. 마침 인문대학 현관 앞에서 박완서 선생을 만나 그녀를 2층 발표회장까지 안내했는데, 이상하게 몸을 도사린다는 인상을 받았다. 매스컴에서 보면 깐깐하지만 말씀도 잘하시고 잘 웃던 분이었다. 그분의 소설 문체는 거침이 없었다. 그런데 왜 나와 함께 이야기를 나누면서 그분과 나 사이에 유리벽 같은 것이 있다는 느낌을 받았을까. 처음 만나더라도 오래 전부터 만난 듯 편한 사람이 있는가 하면, 그렇지 않은 이도 있는데 내게는 박완서 선생이 그랬다. 불편했다. 그날 저녁 같이 일식집으로 가서 저녁을 먹고 술을 마셨다. 그녀는 동석한 다른 교수들에게는 살갑게 말을 나누면서도 내게 던지는 시선은 무뚝뚝했다. 아니 아예 무시하는 듯한 태도였다. 내 기분에 그랬다(나도 그날 피곤했었던가?). 박완서 선생이 피곤하다며 일찍 자리를 떠난 이후, 전상국 교수, 오정희 선생과 더 앉아 있다가 함께 노래방으로 가서 열심히 노래 부르고 춤까지 춘 기억이 난다. 박완서 선생이 내게 보여주었던 의도적인 거리감 두기라고 할까 그런 것에 대한 내 나름대로의 언짢음을 떨쳐내려는 마음도 없지 않았던 것이다.

그러나 어떻게 생각하면 같은 성향을 가진 사람들이 서로를 처음 대하는 순간 본능적으로 방어태세를 보이는 것, 좀 더 시간을 갖고 만났더라면 그 누구보다도 더 친해질 수 있는 사람들인데 그럴 기회를 갖지 못한 것, 그런 것은 아니었을까, 그런 생각도 든다. 어떻든 박완서 선생의 별세 소식을 시리아의 알레포에서 들었다. 마흔이 넘어서 문단에 데뷔하고 이후 줄기차게 참 많은 작품을 발표했다. 고등학교 국어 교과서에도 실렸던 「그 여자네 집」은, 우리 어머니께서 병원에 입원해 계셨을 때 내가 어머니께 읽어드린 작품이기도 했다. 어머니는 딸이 읽어드린 소설 이야기 앞에 눈물을 흘리셨다. 우리 어머니는 박완서 선생의 애독자였다. 좋은 작품, 많은 작품을 남기신 박완서 선생은 분명 우리 현대문학의 거목이셨다. 마음속으로 명복을 빌었다.

먼저 성 시메온 성당 유적지로 간다고 했다. 본래는 여행 계획에 없었지만 소설가 성낙주 선생의 간곡한 부탁으로 찾아간다는 유적지였다. '시메온 성인이 누구에요' 했더니 '주상성자柱上聖者 세요', 룸메이트 황세옥 선생이 한 마디로 대답했다. 37년이란 긴 세월 동안을 기둥 위에서 수행했던 성자라 했다. 왜 하필이면…… 하고 나오려는 질문을 그냥 삼켜 버렸다.

판테온, 시메온 성당, 석굴암

소설가 성낙주 선생이 마이크를 잡았다. 그가 왜 성 시메온 성당을 꼭 찾아가야 하는지에 대해서 두 가지 이유를 들었다. 첫째는 시메온 성인의 일생에서 큰 감동을 받아 시메온 성인의 이미지를 그의 소설 주인공에게 그대로 투사했다는 것, 둘째는 경주 석굴암의 궁륭식穹窿式 천장에 대한 그의 연구 결과를 확인하기 위한 것이라고 했다. 한국에 있는 석굴암의 궁륭식 천장과 시리아에 있는 성 시메온 성당의 건축물과의 연관이라니……. 무슨 관계야 하는 생각이 들었다. 성낙주 선생의 말을 정리하면 이렇다.

경주 석굴암의 돔 지붕은 한국 건축사에서 최초이자 최후가 된, 심미적·역학적 경지에 이른 건축물이다. 석굴암의 돔 지붕에는 인도 석굴 양식과 서양의 돔 양식이 합쳐 있다. 로마의 '판테온'이 지닌 건축학적 구조는 석굴암의 그것과 일치한다. 여기에는 실크로드를 통한 동서 문명사가 압축되어 있는 때문이다.

1956년, 불국사 경내에서 십자가상과 마리아상 등이 발굴되었다. 당시 불국사 관계자들은 이들 발굴물 앞에서 당혹스러운 입장이었다. 이들의 발굴 사실은 공표되지 않았다. 그러나 소문은 퍼지게 마련이고, 이 소식을 접한 숭실대 박물관에서 불국사 측에 이들 자료를 요구, 수령해 갔다. 그리고 이후 이 자료들을 대상으로 한 연구 성과, 학위논문이 나오기 시작했다.

석굴암은 신라 경덕왕 10년[751] 창건되고 혜공왕 10년[774]에 완공되었다. 중국

에 '경교景敎, Nestorianism'가 들어온 것이 635년태종 9년이었다. 여기서 말하는 '경교'
는 콘스탄티노플의 주교 네스토리우스가 주창한 그리스도교 일파에 대한 중국
식 명칭이다. 불국사에서 발견된 십자가와 마리아상 등은 중국에 있던 경교 선
교사들이 신라로 가지고 온 것으로 추정된다. 뿐만 아니라 이들 경교 선교사들
이 갖고 있던 서구의 돔 건축 양식에 대한 건축술이 이 석굴암의 돔 천장으로 이
어졌을 것이다.

다시 정리하건대 석굴암은 세계 유일의 인조 석굴이다. 그 천장은 돔 건축 양
식으로 되어 있고 한국에서 석굴암 이후 이런 양식의 건축물은 더 이상 나오지
않았다. 석굴암의 돔 양식은 실크로드를 통해 들어온 것이다. 석굴암은 동서 돔
건축물의 최종 도착지가 된 것이다.

성낙주 선생은 이탈리아의 거대 건축물인 '판테온'의 돔은 시멘트 구조물로
직경 43m, '성 시메온 성당'의 돔은 돌 구조물로 직경 10m, 석굴암의 돔 역시
돌 구조물로 직경 9m, 그렇다면 이탈리아와 신라의 중간 지대에 있는 것이 시
리아에 있는 '성 시메온 성당'의 돔 구조물일 것으로 추정하고 있었다. 그것을
직접 확인하기 위해 시리아 여행에 참여했다는 것이다.

유재원 교수가 성낙주 선생의 발언에 덧붙였다. 터키 이스탄불에 있는 '성 소
피아 성당'의 돔(직경 33m) 건축 양식은 시멘트인데 이 시멘트 기법이 사라지면
서 나온 것이 돌 구조물이다. 문명과 문화란 언제나 유동적이고 교류를 통해 변
화하지만 그 기본 틀은 언제나 공통점을 갖고 있다. 그렇게 보면 아테네의 '파르
테논 신전'과 한국의 '부석사'가 갖고 있는 건물의 구조, 부속 건물의 위치에서

도 공통점을 찾을 수 있다. 예를 들면 사찰로 들어가기 위해서는 일주문을 지나야 하고, 탑을 보게 되는데 탑 안에는 사리들을 모시고 있다. 탑 뒤쪽으로 부처를 모신 대웅전이 나타난다. 교회의 문을 들어서면 제단이 있고 제단 아래 성물함이 있다. 제단 뒤에 십자가를 모신다. 여기서 탑이나 성물함은 모두 상징적인 무덤의 의미를 갖는다.

유재원 교수는 덧붙였다. '아는 것만큼 보인다'는 것은 초보 단계, '보는 것만큼 안다'와 '보는 것만이 전부가 아니다'가 마침내 탐구 단계라는 것, 옳은 말씀이다.

석굴암에 대한 나의 지식이라는 것은 사진으로 접한 것뿐이다. 석굴 속의 본존불과 십이면 관음보살 정도, 40여 년 전 수학여행 가서 석굴암 앞까지 갔다가 입장료가 비싸서 그냥 나왔다. 그때 처음 관광객과 본존불 사이에 유리문을 설치한 직후였다. 학생 입장에서는 기가 막히게 비싼 관람료였다. 이후 아직까지 가보지 못했다. 그러니 부처 모신 석굴의 천장이 궁륭형이라느니, 그 내부 구조가 어떠하다느니 등에 대해서는 한 번도 생각해 본이 없었다. 이번 이야기 가운데 나온 터키의 '소피아 성당'에는 가보았었다. 그때 거대한 돔 천장을 경이로움에 차서 바라보았다. 이탈리아의 '판테온'은 아직 가보지 못했다. 유재원 교수식의 표현으로 하자면 이들 고귀한 문화재에 대한 나의 '무식의 깊이와 넓이'는 가히 따져 물을 수가 없는 정도였다. 다만 부끄러울 따름이다.

시메온 성인과 성 시메온 성당

시메온 성인은 처음에 양치는 목동이었다고 한다. 안티오키아와 가까운 수도원에서 3년 정도 수행하다가 텔라다 수도원에서 10년간 수행, 그러나 그의 지나친 금욕 생활을 수용할 수 없었던 동료 수도사들의 질시를 받아 수도원에서 추방당했다. 이후 텔라니소스 산 밑에 초막을 짓고 수행했다. 고난 주일 40일간은 서서 금식기도를 할 정도였다. 그의 수도자로서의 능력과 명성은 널리 알려지게 되었고 그를 찾아와 상담과 신유은사^{병 고침} 받기를 원하는 사람들이 줄을 잇게 되었다. 그는 그를 찾아오는 많은 사람들을 피하기 위한 방법으로 돌기둥을 쌓고 그 위에서 37년간이나 수행했다. 기둥의 높이는 17m(또는 20m)나 되었다고 한다. 그는 하루에 두 번씩은 순례자들이나 신유은사를 원하는 이들을 위해서 설교와 기도를 해주었다. 그의 사망 연도는 자료에 따라서 달리 나온다. 실존 인물이면서 전설적인 인물인 까닭이다. AD 459년 9월 27일 그가 사망하자 그의 유해는 그가 수도 생활을 해오던 기둥 아래 묻혔다가 안티오크로 옮겨졌고 다시 콘스탄티노플의 어느 성당으로 옮겨졌는데 그 이후는 어디로 갔는지 밝혀지지 않았다.

성 시메온 성당은 시메온 성인의 사망 후 그를 따르던 사람들이 성인의 기둥이 있던 자리에 476년부터 490년까지에 걸쳐서 지은 건물이다. 이 성당은 규모로 보아 콘스탄티노플에 있는 성소피아 성당과 견줄 만한 정도였다고 한다. 교회 부지는 약 5,000m², 십자가 형태에 따라 4개의 교회당이 들어서고 각 건물은

성 시메온 성당 정면 및 측면

돔으로 덮인 중앙의 팔각형 안뜰로 연결된다. 이 중앙의 돔은 나무로 만들어진 것이었다.

성 시메온 성당이 있는 지역은 비옥했다. 로마의 고위층들이 이곳에 살면서 산지를 개간, 올리브 및 식물 재배로 도시는 번창했다. 면적은 60×160km 정도였다, 근처에는 채석장도, 크고 작은 도시도 있었으며 성당이 있는 지역에는 500여 가구가 살고 있었다고 한다(현재 당시의 도시들의 유적지가 1,200곳 이상이 발굴되거나 발굴되고 있는 중이다). 그러나 사산조 시대226~651에 들어와 페르시아의 침략과 지진 등으로 인해 지역 경제가 붕괴되면서 이 지역은 폐허로 변하고 말았다.

민가에서 떨어진 산악 지대를 돌아서 올라가는 산굽이에 성 시메온 성당 유적지가 있었다(08:21 도착). 십자가 형태로 지어진 성당 건물은 화강암 기둥들과 벽감, 벽에는 출입문의 문틀과 문설주들, 좀 높은 곳에 창틀의 흔적들이 있었고, 동쪽에 상태가 비교적 좋은 돔 건물이 남아 있었다.

1 동쪽 교회의 돔
2 시메온 성인이 수행하던 기둥 돌
3 성당 홀

성당의 전면, 화강석 기둥과 벽감들이 남아 있는 유적지 안으로 들어갔다. 대단한 규모였다. 당시 성당의 규모와 모습은 하마드 지역에 있는 모자이크화에서 그 흔적을 찾아볼 수 있다고(사진이 없었던 시절, 그 시대의 유명인이나 유명한 건축물들의 모습은 사실화적인 기법의 그림이나 모자이크화로 전해지고 있다)한다.

동쪽 교회의 남아 있는 돔을 보러 갔다. 가운데 커다란 돔, 좌우에 작은 돔이 있었다. 성낙주 선생이 중앙의 돔이 잘못 복원되었다고 지적했다. 현지 가이드는 원형대로 복원했다고 했다. 그러나 그 이전의

사진자료를 갖고 있던 성낙주 선생 눈에는 분명히 복원 중에 잘못이 있었다고 했다. 좌우에 있는 돔의 중앙을 채운 화강석 석재는 원형구조물이었다. 그러나 복원한 돔의 중앙을 채운 것은 타원형이었다.

다시 중앙의 팔각형 안뜰로 갔다. 시메온 성인이 수행하던 기둥의 일부, 가슴 높이의 받침돌 위에 비슷한 높이를 가진 큼직한 바윗돌을 하나 올려 놓았다. 수도생활을 위해서 그렇게 커다란 돌들을 17m(일설에는 22m)나 쌓아 올리고 그 위 좁은 공간에서 수행을 했다니…….

성당 소속의 납골당으로 갔다. 수도자들의 유해를 안장하던 곳이라 했다. 납골당은 지붕이 없다는 것을 제외하고는 비교적 사면의 벽을 갖춘 강의실만한 크기의 건물이었다. 납골당 출입문 앞, 왼쪽 벽 앞에는 관을 두는 곳이 있었다. 납골당의 전면은 평면으로 잘 다듬어진 거대한 화강석 통돌 한가운데를 네모나게 잘라내고 출입구를 만들었다(허리를 구부리고 들어갈 정도). 출입구 바로 앞 10cm

유해를 보호하고 분리 보관하는 곳

정도 되는 곳으로부터 수직 하단부에 시신을 모으는 수집통, 이곳에 시신을 두면 3년 내외에 육탈肉脫이 된다. 출입구 앞에 작은 뜰이 있었고 3면을 둘러싼 화강석 평면 벽에는 큼직하게 원형으로 재단된 구멍들이 있었다. 육탈이 끝난 유해들을 부위별머리, 몸통, 팔, 다리로 모아 보관하는 곳이라고 했다.

육탈된 유해를 부위별로 정리하여 모아두었다는 큼직한 원형의 구멍, 바위 구멍 틈에 뿌리 내린 푸른 풀잎이 바람에 흔들리고 있었다. '자네 왔나, 반갑네' 하는 소리, 이승에서 그대를 만난 적은 없지만 내가 찾아오기를 기다리셨던가요. '반갑습니다.' 나도 그렇게 인사했다. 풀잎이 바람에 흔들리며 살아 있음을 증언하는 그 밑바닥에는 먼 옛날 흙으로 돌아간 수행자들의 눈물과 고뇌, 기도가 승화된 전설이 차곡차곡 쌓여 있는 곳. 그대들의 계속될 정진을 기대합니다. 살아 있던 날의 기도가 참된 것이었다면 죽음 이후에 감사의 결실을 보셨겠지요. 그대들을 축복합니다. 맘속으로 그들을 축복했다.

납골당에서 나와 다시 잔해만으로 그 옛날의 영광스럽던 날을 증언하는 기둥들과 아치형의 창틀과 문설주에 새겨진 정교한 조각들을 살펴보았다. 코린트식과 이오니아식 등 그리스 양식과 로마네스크 양식이 혼재된 가운데 연꽃문양의 조각, 십자가 조각들이 있었다. 천장 가까이 있는 높은 아치형의 창틀 사이로 푸른 하늘이 여과 없이 쏟아져 들어왔다.

성 시메온 성당의 서쪽 벽 바깥으로 나가보았다. 발 아래는 까마득한 절벽, 절벽을 건너 뛰어 알레포 시가지가 멀리, 넓게 펼쳐져 있었다. 성당이 있는 곳은 성인과 수도자들이 영적 성장을 위해 수행하던 거룩한 공간, 멀리 보이는 시가지는 속인들이 사는 곳, 성과 속 사이에 초봄의 바람이 불고 있었다.

성 시메온 성당의 화장실 사용료는 1달러. 생수 두 병에 1달러인데, 물이 귀한 곳도 아닌데, 해도 해도 너무 심했다. 37년간 기둥 위에서 도 닦으며 순례자와 환자들에게 기적을 베풀던 성인을 기리는 성당의 유적지, 관리실 측에서는 화장실을 이용하는 관광객을 봉으로 알고 있었다. 9시 40분에 성 시메온 성당을 떠났다.

성당의 창틀

시메온 성인과 아나톨 프랑스

버스 안에서 주상성자 시메온 성인에 대한 이야기를 들었다. 1921년도 노벨문학상 수상작가인 아나톨 프랑스_{Anatole France, 1844~1924}가 1890년에 간행한 소설 『타이스』에서 주인공인 사막의 수도사 '파프뉘스', 이 남자의 모델이 바로 시메온 성인이었다. 소설 속에서 수도사 '파프뉘스'는 알렉산드리아의 방탕한 무희 '타이스'를 교화하려고 한다. 마침내 '타이스'는 자신의 허물을 벗고 수녀가 된다. 그러나 어이없게도 수도사 '파프뉘스'는 '타이스'가 지닌 육체의 아름다움에 끌려 그만 파계승이 되어버리고 만다.

'타이스'에 대한 나의 기억은 두 갈래로 나누어진다. 하나는 여고생 시절, KBS 춘천 방송국의 심야 프로그램 '봉의산의 오솔길'에서 쓰였던 시그널 뮤직이다. 〈타이스의 명상곡〉이 바로 그 곡이었다. 잠이 오지 않는 밤이면 〈타이스의 명상곡〉과 함께 시작되던 심야의 클래식 음악을 들으며 하루를 정리하고 미래라는 이름으로 다가오는 모호한 행복감에 젖어 있었다. 다른 하나는 몇 년 전, 페르시아 여행 중에 들렀던 페르시아의 왕궁 '페르세폴리스'로 이어진다. BC 331년 1월 31일, 알렉산더 대왕의 침공으로 하룻밤 새에 잿더미로 변해 버린 페르시아의 궁전 페르세폴리스. 궁전 건축에 60년, 180년간 페르시아 제국의 궁전이었던 곳이 잿더미가 되는데 크게 일조한 여성이 있다. 술에 취한 알렉산더 왕을 부추겨 페르세폴리스를 불사르게 건의한 여성이 바로 무희 '타이스'였다.

시메온 성인의 캐릭터가 투사된 파프뉘스. 소설 속에서 파프뉘스는 타이스의 유혹 앞에 무너진다. 마치 황진이 앞에서 무너진 지족선사처럼. 그런데 아나톨 프랑스의 『타이스』에서의 '타이스'와 알렉산더BC 356~323의 연인 '타이스'와의 시간적 차이는 자그마치 700년 이상이나 된다. 알렉산더는 기원전 사람이고 시메온 성인AD 386~759은 기원후 사람이다. 역사적 실존적 존재였던 타이스, 아나톨 프랑스는 시공을 초월하여 두 남녀를 만나게 했다. 아나톨 프랑스의 소설 『타이스』는 작곡가 쥘 마스네Jules Emile Frdric Massenet 1842~1912가 오페라 〈타이스〉(1894)로 매체 변이를 하면서 더욱 유명해지고 타이스는 팜므파탈의 대표적인 존재가 된다.

　역사적 소재를 예술 작품으로 끌어들여 오면서 작품 속의 소재가 역사적 사실에 부합되는가 여부로 왈가왈부할 필요는 없다. 작가는 시공을 초월해 가져온 소재를 그의 상상력과 예술적 재능에 따라 재구성했을 따름이다. 때로 작품 속의 세계가 역사적 사실에서 벗어나 있다고 할지라도 그것은 문학적 허용으로 너그럽게 보아주어야 한다. 한국의 근대 작가 김동인은 「광화사」에서 소설의 시대 배경은 조선조 말엽에 두고 주인공은 신라 시대의 화가 솔거를 불러와서 한 마당의 이야기판을 벌였다. 「광화사」는 김동인의 대표적인 유미주의 작품의 하나로 손꼽힌다. 「광화사」에서 우리는 솔거의 전기적 생애의 사실성 여부를 찾아내려는 것이 아니라 한 예술가가 작품의 완성도를 위해서 얼마나 고통스러워하는가를 보게 되는 것이다.

데드 시티

버스가 지나가는 차도로부터 멀리 보이는 계곡에 예전 수많은 사람들이 남긴 거주지의 흔적이 보였다. 사람들이 살던 거주 공간의 흔적은 있으나 어느 날 갑자기 사라져 버린 마을 사람들, 그들에 대한 어떤 정보도 없다. 그 많던 사람들은 자신들이 살던 집터며 세간을 그대로 남겨두고 어디로 갔을까. 비교적 넓은 지역에 남아있는, 분명히 존재했으나 사라져 버린, 기록 속에 흔적을 남기지 않은 도시 ─. 그래서 이 지역은 '데드 시티Dead City'라 불린다고 했다.

　한 때 분명 존재했지만 그 존재를 증명할 수 없으면, 그것은 부재로 표기되는 것. 사람들이 결혼하고 자손을 낳는 것은 혈통으로 그의 존재를 증명하기 위한 것인가. 데드 시티의 사람들은 그들이 살아 있었던 흔적을 집터와 세간으로 남겼다.

알레포의 수크

알레포의 수크로 갔다(10:30), '수크Souq'란 전통 시장을 의미한다. 수크는 천장이 높았고 아치 형태의 지붕으로 이어져 있었다. 좌우 상가를 두고 복도처럼 이어진, 미로였다. 줄을 지어서 앞사람을 놓치지 않도록 바쁘게 걸어야 했다. 작은 상점의 주인들이 '꼬레' '꼬레' 하며 우리들을 불렀다. '꼬레'는 코리아에 대한 이쪽 사람들의 발음이다. 식탁 커버를 사고 싶었는데 주어진 일정이 빡빡해서 눈으로 보기만 하고 지나쳤다. 알레포의 특산물이라고 하는 비누 가게 앞에서 잠시 멈추어 구경했다. 우리나라에서 보는 빨랫비누처럼 생긴 비누였다. '알레포 비누'는 수천 년을 거친 전통적인 방법에 의해 제조된 것으로, 주재료는 올리브 오일과 월계수 오일, 그리고 물을 혼합해서 비누 원액을 3일 이상 끓여 만들고, 틀에 넣어 형태를 만든 다음 이를 반 년 이상 숙성, 건조시키게 된다. 숙성 기간이 길수록 비누는 더 단단해지고, 단단한 비누는 더 오래 사용할 수 있다고 한다. 수크를 빠져 나가자 광장이, 그 앞에 보기에도 우람한 알레포 성채가 있었다.

알레포 성채

알레포 성채는 구시가지의 중심에 있는 가로 450m, 세로 325m의 타원형의 언덕 위에 있었다. 사람이 산 흔적은 BC 3000년경까지 올라가며 이곳에 처음 성채를 지은 이는 함단 왕조905~1004, 이라크 북부와 시리아에 있던 이슬람의 왕조의 사이프 알 다울라. 이후 수많은 왕조를 거쳐서 현재의 모습으로 자리 잡은 것은 맘루크 시대1250~1517였다. 맘루크 왕조는 티무르가 파괴한 성채를 지금의 모습으로 고치면서 현무암 벽돌에 새겨진 두 마리의 사자상을 그대로 두었는데, 이들로 미루어 BC 1000년경 이 성채는 하다드Hadad, 하늘과 폭풍의 신의 신전이었을 것으로 추정한다.

알레포 성채는 외성 바깥에 거대한 규모의 해자를 갖고 있었다. 성채로 들어가기 위해 폭 30m, 깊이 20m의 해자 위로 놓인 화강암의 경사진 브리지 타워Bridge Tower를 지나 입구로 접근했다. 성문은 거대한 탑의 중간 부위까지 이르는, 3층 정도의 높이였다. 가로는 상대적으로 좁은 모양, 세로로 긴 문짝은 금속으로 된 표면에 말굽쇠 모양이 양각된 사방연속무늬, 무늬 사이에 둥근 돌기물들

알레포 성채 전면, 측면

이 박혀있었다.

　성문에서 성채 안으로 가는 회랑의 바닥은 단단한 밑돌이 깔려 있고 성벽에는 채광을 위한 구멍들이 있었다. 성채 안으로 들어갔다. 성채 안에는 고위층의 거주처, 터키인 거주처, 하다드 신전, 극장, 대사원, 아브라함 사원, 이브라힘 사원, 함만 궁전, 모세의 신화가 곁들인 모스크도 있었다. 모세가 백성들을 이끌고 대이동을 하던 중에 이곳에서 암소를 만나 그 젖을 짜서 백성들의 굶주림을 달래주던 곳, 그것을 기념해서 우유를 짜던 지점에 사원을 세웠다. 그 앞에는 고대부터 사용되어 오던 우물이 있었지만 현재는 우물 입구에 철망을 쳐서 만일의 사고에 대처하고 있었다. 이 도시의 지명 '알레포'는 일명 우유를 의미하는 것, 모세와 암소의 만남을 지명전설로 남긴 것이 '알레포'라 한다.

　알레포 시내의 식당으로 가는 길은 골목에서 골목으로 이어지고 있었다. 작은 호텔 식당이었다. 들어가는 입구는 좁았지만 들어가 보니 정원이 있고 식탁이 있고 아주 작은 규모의 분수대도 있어서 옛 정취를 느끼게 하는 곳이었다.

　음식은 천천히 나왔다. 알레포 성채를 돌아다니느라 배가 고팠었다. 허겁지겁 후무스와 감자튀김을 먹고 나자 양고기와 닭고기로 만든 케밥이 나왔다. 그러나 그때는 이미 배가 불러 있었다. 케밥에는 술 한잔이 있어야 하는데 그도 없었다. 커피를 주문했지만 우리가 출발할 때에야 나와서 커피를 마시지 못했다.

　알레포를 출발했다(13:20). 팔미라로 향하는 차안에서 잠에 곯아떨어졌다.

스텝 사막 지대

자다가 눈을 떠보니(17:31) 버스는 스텝 사막 지대에 들어서 있었다. 거친 흙, 어쩌다가 풀잎이 자라는 곳, 도로 연변에는 띄엄띄엄 빈약한 대로 소나무군이 조성되어 있었다. 북한의 임업 연구가들이 와서 소나무를 식생, 보호하고 있는 곳이라 했다. 그런데 소나무들은 이상하게 한 쪽남쪽으로 기울어져 있었다. 소나무뿐만 아니라 어쩌다 보이는 나무들은 예외 없이 한 쪽으로 기울어져 있었다. 편서풍의 영향이란다. 일 년 사철을 두고 서쪽에서 동쪽으로 바람이 부니 나뭇가지들이 동남쪽으로 휠 수밖에 없는 것이다.

　황야지대의 연변에 올망졸망 모여 있는 주택들은 정착한 베두인들의 촌락. 까마득한 지평선을 바라보며 달리는 길에 어쩌다 뚝뚝 떨어져 있는 텐트는 유랑하는 베두인들의 집. '광막한 황야'라는 표현이 이처럼 잘 어울리는 지역을 보지 못했다. 가도 가도 삭막한 흙먼지 풀풀 날리는 광야였다. 석유 시추공이 박혀 있는 곳에서는 불꽃이 하늘로 퍼져 오르고 있었다. 광막한 사막에 전신주와 전선들이 줄을 지어 멀어져 가고 있었다. 석양에 비친 팔미라를 보기 위해 전속력을 내어 달리지만, 석양이 너무 일찍 찾아왔다. 마지막 석양이 떨어지기 직전에 도로변에 차를 세우고 내렸다. 어디냐고 물었더니 '그냥 동부 시리아 사막이라고 해두지요' 하고 웃었다.

광막한 황야

흙먼지 날리는 한 줄기의 길

털털거리며 달리는 버스

가야 할 목적지는 아직도 먼데

불타는 서녘 하늘 아득도 하네.

소임 마치고 돌아가는

석양이 아름답네.

붉은 꽃구름 피우며

떠나야 할 시간에

떠나가는 존재

시리아의 동부 사막

일몰의 순간을 지켜보며

떠나야 할 시간을 가늠하네.

(2011. 1. 23. 16 : 50)

    땅거미 지는 동부 시리아의 스텝 사막 지대, 지평선 먼 곳에서 이따금 인가의
불빛이 보였다. 베두인들의 집 창가에 어린 불은 태양열을 이용한 전기, 아주까

리 변 선생은 베두인의 정착촌에 태양광 전선 설치 시설을 공급하고 있다고 했다. 베두인의 정착을 유도하는 시리아 정부와 계약을 맺고 시행하는 사업이라고 한다.

1930년대 고고학자인 남편을 따라 시리아로 왔었던 애거사 크리스티, 당시 그녀들의 행로는 길 아닌 길을 따라 구형의 지프나 낙타를 이용했을 것이다. 지금도 자동차로 4시간 이상이 걸리는 거리를 그들은 땡볕 아래 낙타를 타고, 지프를 타고 또는 걸어서 팔미라로 향했을 것이다. 그랬기에 팔미라를 처음 본 그녀는 '뜨거운 모래사막의 한가운데 땅속에서 솟아오른 듯한 환상의 도시 팔미라여!' 하고 감탄했던 것이다. 내게 있어 팔미라는 과연 어떤 모습으로 다가올 것인가.

팔미라의 호텔 세미라미스Semiramis에 도착했다(17:52). 팔미라 도심지에서 조금 벗어난 곳에 있는 듯, 짐을 203호로 옮기고 자동차로 5분 거리에 있는 베두인 민속 식당으로 갔다.

베두인의 민속 식당

전통복장을 입은 베두인 악사와 가수가 식당 바깥으로 나와서 노래를 부르고 있었다. 강의실 3개 정도를 이어 놓은 듯한 텐트였다. 텐트 안의 벽에는 울긋불긋한 천들이 부착되어 있었고 뷔페 음식이 차려져 있었다. 벽 아래로 가장자리를 돌아가며 객석, 중앙부에는 연주단원의 좌석, 두 사람 장년의 가객은 50대쯤 되었을까. 4~5인의 젊은 남성 무용수들이 외줄 현악기와 탬버린을 치며 흥을 돋우었다.

그러나 4시간 반 이상을 버스에 시달려온 사람들이었다. 피곤에 지쳐 가객과 무용수들이 분위기를 띄워도 무덤덤하기만 했다. 신동철 사장이 내는 와인 한 잔씩 마시고 나자 그제야 젊은 무용수가 내미는 손을 잡고 스테이지로 나갔다. 제일 먼저 손채연 선생이 나가서 무용수의 파트너가 되었다. 그러나 손채연 선생은 수줍음 가운데 경직된 몸짓을 보여주었다. 내게도 한 젊은이가 나와서 손을 내밀었다. 손을 잡았다. 젊은이의 손이 차가웠다. 손끝만 살짝 걸친 채 그를 따라 스테이지로 나가 춤을 추었다. 몇 사람의 여성 동행자들이 끌려나와 같은 춤을 추었다. 나는 그냥 얌전히 춤추다가 좌석으로 돌아갔는데 다른 이들보다는 조금 더 몸을 비틀어 추었던가. 박수를 받았고 김홍남 선생이 와서 악수를 해주었다. 어떤 이는 내게 연구는 하지 않고 춤만 추었느냐며 웃었다.

보이지 않지만 먼지가 풀썩이는 텐트 안에서의 춤판, 음식상 앞에서 펄쩍 펄쩍 뛰며 춤을 추던 무동들이 미국 달러를 꺼내 들어 보이며 노골적으로 돈을 달라고 했다. 나는 젊은 무동과 춤을 추었기에 1달러를 접시에 내놓았다. 늙은 가수들과 젊은 무동들은 미국 달러를 꺼내 사람들 앞에 흔들면서 집요하게 돈을 요구했다.

신동철 사장이 우리 레반트 가족 가운데 생일을 맞은 이가 있다며 대형 케이크를 식탁 위에 올려놓았다. 1월에 생일이 있는 사람들은 모두 나오라고 했다. 다함께 생일 축하 노래를 부르고, 케이크를 잘랐다.

오늘 저녁 특별 메뉴는 신 사장이 한국에서 팔미라까지 가져온 김치가 있었다. 불과 며칠 되지 않았는데 김치를 보자 구미가 돌았다. 베두인들이 내놓은 것은 대파, 미나리, 허브 들이 있었다. 한참 뒤에 양을 통째로 삶은 요리가 나왔다. 양을 삶은 물로 만든 안남미 밥과 율무밥도 나왔다. 고기와 밥을 오른손으로 버무려 입으로 가져가기. 율무밥은 잘 뭉쳐지지 않았지만 냄새를 제거한 양고기와 같이 먹으니 별미였다. 와인 한잔을 홀짝이며 요란한 베두인의 민속곡을 들었다. 석명숙 선생은 음식을 우아하게 드시고 김월순 선생은 포도주를 즐기며 예쁘게 마시는 여성이었다. 모두 와인 덕택에 화기애애했다.

세미라미스 호텔 203호실은 서늘한 방이었다. 실내 온도를 22~23도로 세팅했으나 에어컨 고장인 듯했다.

내일 일정은 5:00 / 6:00 / 7:00.

2011. 1. 23. 일요일, 갬.

 05 다마스쿠스 – 팔미라 – 다마스쿠스

3시 30분에 기상했다. 침실은 견딜 만하나 화장실에서는 춥다는 느낌이 들었다. 다탁 위의 일정표를 올려놓고 오늘 할 일들을 미리 점검해본다.

버스에 오르기에 앞서 호텔 바깥 지평선 위로 떠오르는 일출을 보았다. 새벽은 추웠다. 호텔 앞 화단에는 채송화를 닮은 키 작은 꽃이 피어 있었다. 선홍의 꽃이 피어 있는 것 같아서 다가서 보면 꽃은 보이지 않고 채송화 줄기 같은 두터운 초록색 잎만 있었다. 다시 물러나서 보면 분명 선홍의 꽃이 피어 있는데 가서 보면 아니었다. 내가 피곤한가. 없는 것을 보다니……. 그래 보색이라는 것이 있지. 초록과 빨강, 노랑과 보라, 파랑과 주황 등등. 이 아침에 초록 속에 빨강을 본 것이 아침 햇살 때문이었을까.

호텔을 출발했다(07 : 10). 텅 빈 거리에 한 마리 중개가 길을 따라 끄덕이며 가고 있었다. 사막 지대에 햇살이 쏟아지고 있었다. 녹색이 짙은 곳은 오아시스 지대였다. 사막의 오아시스, 오아시스를 중심으로 주거지가 형성되어 있었다. 팔미라 유적지로 가고 있는 길의 오른쪽 언덕 위에 대형 건물이 건축되고 있었다. 카타르국 공주의 별장을 짓고 있는 중이라고 했다.

고압선 전철탑이 늘어서 있는 사막 지대, 지나치며 보는 보드라운 모래 언덕은 그 아래에 굳은 암석을 품고 있다. 사람들이 살고 있는 주택의 색깔과 사막의 색깔은 같았다. 사막의 흙과 암석을 재료로 건축물을 짓다 보니 그리된 것이다.

팔미라와 실크로드, 제노비아 여왕

팔미라의 역사는 BC 1000년경까지 거슬러 올라간다. 솔로몬 왕이 동부 시리아 사막 지대에 '타드무르'라는 이름으로 도시를 세웠다. '타드무르'의 어원은 '타무르'로 이것은 대추야자를 의미한다.

팔미라는 BC 6세기에 페르시아 치하에 있었고, BC 4세기부터 '팔미라'라는 이름을 갖게 되었다. 이 지역은 동서 교통의 요지로 BC 1세기부터 AD 3세기까지 실크로드에서 중요한 역할을 했다. (팔미라가 유명해진 것은 동양학자 헤르만이 중앙아시아에서 팔미라에 이르는 여러 오아시스 지방에서 비단 유물이 발견된 것에 착안, 중앙아시아에서 팔미라까지의 비단 교역로들을 연결시켜 '실크로드'라는 명칭을 부여하게 되면서부터이다.)

팔미라 번영의 시기에 팔미라를 다스리던 이가 제노비아Septimia Zenobia, 재위 기간은 267~272 여왕이다.

제노비아 여왕의 남편은 셉티미우스 오데나투스Septimius Odenatus, 그는 팔미라의 로마 속왕이었다. 그는 유목민 추장의 딸이었던 미모의 여인 제노비아와 사랑에 빠져 결혼했다. 제노비아는 아름답고도 지혜로우며 용감한 여성이었다. 그녀는 언어능력이 뛰어났고(그리스어 아랍어 이집트어에 능통) 역사나 정치와 같은 세상일에 관심이 많았다. 그녀는 남편을 도와 군대를 훈련시키고 직접 전쟁터에 나가 군대를 지휘하여 승리를 이끌어내기도 했다. 그러나 남편은 전처 소생의 맏아들과 함께 267년에 암살당했다. 혹자는 제노비아가 남편을 독살했다고도 한다.

제노비아는 그녀의 소생인 13살짜리 아들 와발라트라틴어로 바발라투스를 왕위에 올리고, 섭정을 맡으면서 자신을 팔미라의 여왕으로 칭했다. 그러나 제노비아는 아들의 섭정과 로마 속왕만으로는 만족할 수 없었다. 269년 제노비아는 7만 군대를 이집트에 파병, 점령했고 소아시아 대부분을 점령했으며, 스스로를 황제 아우구스타Augusta로 불렀다. 그리고 팔미라에는 새로운 거대한 궁전과 사원과 신전을 세웠다. 뿐만 아니라 자신의 얼굴이 들어간 주화를 만들었고 로마에게 팔미라가 독립국임을 선포했다.

로마는 팔미라의 독립을 인정하지 않았고 제노비아의 초상이 들어간 주화의 유통을 인정하지 않았다. 로마 황제 아우렐리우스는 친히 군대를 이끌고 팔미라로 진군, 두 번째 전투에서 팔미라군을 대패시켰다. 제노비아는 로마군의 항복 요청을 끝내 거부하고 탈출하다가 포로가 되었다. AD 272년 제노비아는 황금 사슬에 묶여 로마로 이송되었다. 273년 이에 격분한 팔미라 주민들이 폭동을 일으켜 남아 있던 로마수비병을 몰살시키자 로마 황제는 팔미라로 되돌아가 시민들을 전멸시키고 도시 전체를 철저하게 파괴했다.

다음은 제노비아에 대한 후일담이다. 팔미라의 멸망 소식에 절망한 제노비아는 로마로 이송되는 도중 분노와 낙담 가운데 절명했다는 설, 로마로 끌려간 제노비아가 그녀의 두 아들과 함께 결박된 채 시민들 앞에서 조리돌림 당했다는 설, '아라비아의 클레오파트라'라는 명성답게 아름다운 그녀의 미모에 반한 로마 황제 아우렐리우스가 그녀를 애인으로 삼았다는 설, 로마의 원로원 의원과 결혼해서 남편의 별장이 있는 티부르^{지금의 이탈리아 티볼리}에서 여생을 보냈다는 설 등이다. 다른 한편으로는 황금투구를 쓰고 말을 탄 제노비아 여왕의 혼령이 지금도 밤마다 팔미라의 폐허를 떠돌고 있다는 이야기도 전한다.

제노비아는 클레오파트라의 직계 후손이라는 이야기도 있다. 제노비아의 초상이 새겨진 주화 속의 모습을 보면 제노비아에게서 도도한 아름다움이 보인다.

팔미라의 조망대

이른 아침 햇살이 사선으로 비추이는 시간, 팔미라의 유적을 한눈에 조망할 수 있는 언덕 위로 올라갔다(07:20). 가파른 언덕 정상에 진흙 벽돌로 쌓아올린 원

396

통형의 고성Fakhr-al-Din al-Maani Castle이 있었다. 고성의 옆 비탈진 언덕에 서자 툭 터진 공간, 팔미라가 한눈에 들어왔다.

팔미라 — 열주列柱의 도시였다. 공간을 큼직하게 사방으로 구획짓고 있는 것은 무너진 건물과 회랑을 지탱했던 둥근 기둥들뿐이었다. 침묵의 도시 한 쪽 끝으로 망자들의 거처인 납골당들이 계곡 안쪽 깊숙한 곳 여기저기에 자리잡고 있었다.

팔미라 — 비어 있는 도시

거대한 도시는

…… 비어 있었다.

회랑을 지탱하던 기둥들

벽채만 남은 건축물들

망자들의 계곡

팔미라 — 비어 있는 도시

황금의 땅 위에

윤곽만으로 남은 궁전과 신전들

아침의 비스듬한 햇살 속에

비어 있음으로 해서

오히려 넘쳐나는 전설

폐허를 채운 것은

서러운 전설들

별자리에서 이야기를 만들듯

기둥과 기둥 사이를 이어

사라진 궁전을 재현해 보고

이야기를 엮어 가노니

그대들 아직 거기 있는가?

텅 빈 거리에서 거리로

부서진 기둥과 벽 사이에서

비틀거리며 흐느끼고 있는가

짓밟히고 잊히어진

익명의 사람들.

(2011. 1. 24, 07 : 20)

다시 버스에 올라 언덕길을 내려갔다. 평지에 이르자 한 쪽에는 사람들이 살고 있는 거주처, 그들을 벗어나자 1700여 년 전, 로마 황제 아우렐리우스에 의해서 철저하게 파괴된 고도古都 팔미라가 피곤한 모습으로 기다리고 있었다.

비운의 도시로 들어가는 중앙 전면에 아치형 개선문이 아슬아슬하게 남아 있었다. 지진이라도 나면 아치 상단부가 삐거덕 하고 무너져 내릴 것 같은 모습이었다. 그런데 이 아치형 개선문은 AD 200년경 로마 세티미우스 세베루스 황제에 의해 세워졌고 1930년에 복원된 것이라 한다.

개선문으로 들어서자 멀리 일직선으로 열주들이 좌우에 늘어서 있었다. 왼쪽은 생활 공간, 오른쪽은 신전으로 설계된 곳들이었다. 오른쪽에는 황제의 목욕장, 신전들이 있고 왼쪽에는 로마식 극장, 원로원의 의사당이 배치되어 있었다. 열주로列柱路를 따라서 걷다 보니 화강암을 깎아서 연결한 고대의 수로와 후대에 만든 수로들이 열주의 좌우편에 있었다.

열주들은 대부분 건물의 회랑을 받쳐주던 지지대들, 조각들은 섬세했고 기둥의 중간 부분에는 받침대들이 있었다. 화려하던 시절에 받침대 위로는 인물 조각상들이 올라가 있었을 것이다. 기둥에도 기둥의 받침대에도 문설주에도 꽃문양들이 화려하고도 섬세했다.

열주로의 중앙 지대 교차점에는 테트라필론四柱門이 있는데 다른 기둥들과 달리 매끄러운 석재로 이집트의 아스완에서 가져온 화강암이라고 했다. 네 개의 기둥으로 된 구조물 안에는 조각품들이 있었던 듯하나 지금은 그 흔적만 남아 있었다.

1 개선문. 촬영은 김홍남
2 개선문 왼쪽 풍경. 촬영은 김홍남

테트라필론까지 갔다가 원형 극장 쪽으로 방향을 바꾸었다. 무너져 내린 건물들의 잔해가 건물들 가까운 곳에 정렬하듯 놓여 있었다. 복원을 앞두고 있는 듯했다. 깨어진 간장 종지 하나도 복원한다는 것이 힘드는데 거대한 건물들을 어떻게 원형에 가깝게 복원할 수 있을까……. 서 있는 기둥이나 쓰러져 있는 기둥들에 갇혀 있던 세월이 반란을 일으키고 있었다.

돌기둥의 주름

돌기둥 속에 유폐되었던 세월이

보풀처럼 일다가

비늘 모양 되어 분출했다.

석수장이 손에서 처음 벗어났을 때

그 매끄럽고 장엄하던 기둥의 기억

여왕의 부드러운 눈매 앞에

자지러질 듯 황홀했지만

로마 황제의 사나운 폭력과 파괴 아래

부서지고 멍들고 얼이 빠져버렸다.

천칠백여 년의 세월이 흐르는 동안

테트라필론

지진과 모래 바람에 시달리다가

돌기둥의 거죽에는 부스럼딱지 같은 꺼풀이 인다.

이것 좀 보아

돌기둥에도 주름이 지고 처져 내리는군

사람에게만 주름살이 지는 게 아냐

돌기둥의 주름을

무너져 내리는 돌의 피부를 봐

존재하는 모두에게 공평한 건

오직 세월뿐이라는군.

(팔미라 유적지의 석회석 기둥을 보

며, 2011. 1. 24, 08:20)

어제 저녁 석양의 팔미라를 보기 위해 달려왔지만, 보지 못했다. 석양이 진 다음에 도착했기 때문이다. 무너져 내린 왕국, 철저하게 파괴된 궁전, 부스럼딱지처럼 들고 일어서는 석회석 기둥의 표면을 보면서 슬펐다. 아침에 보는 폐허의 왕궁이 슬픈데 석양에 보았다면 얼마나 기가 막혔을 것인가. 여기 저기 뭉그러져 가는 돌기둥의 표면들, 돌비늘 같이 표면이 들고 일어나는 모습들을 보면서 돌의 일대기를 보고 있다는 느낌이 들었다. 그리고 문득 생각했다. 생성 성장 소멸은 존재하는 모두가 겪어야 하는 섭리라고.

팔미라 박물관

박물관은 가까운 곳에 있었다(08:20). 박물관 입구에 사자가 앞다리를 세우고 앉아있는 조각상이 있었다. 앞 다리 사이에 노루가 있었다. 노루는 사자의 한 쪽 다리 정도의 크기였다. 사자와 노루는 겨울과 봄을 상징한다고 했다. 겨울이 아

12

1 늙어가는 돌
2 겨울과 봄을 상징하는 조각상

무리 강하다고 해도 시간이
오면 봄에게 그 자리를 양보
해야 한다.

　박물관 안에는 키 작은 기
둥들이 있었다. 1미터 정도
의 기둥 위에는 향불을 켜도
록 되어 있었다. 향로 대용 기
둥이었다. 향을 피우는 것은
제전에서 희생 제물의 냄새를
제거하기 위한 데서 비롯되었
다고 한다. 복원된 벨 신전의
미니어처가 있고 주피터의 모
습으로 인격화시킨 벨 신의
모습, 독수리 모습으로 만든

벨 신의 모습들이 조각품으로 나와 있었다.

　알라크 여신상을 보았다. 풍만한 몸매의 여신이었다. 알라크는 아테나 여신에
대한 시리아식 호칭이다. 그러나 정작 그리스의 아테네에는 아테나 여신상이
실종되어서 그 모습을 알 수 없다고 한다. 이곳에 있는 알라크 여신상은 아테네
의 아테나 여신상이 실종되기 전에 아테나 여신상을 모사한 것이다. 알라크 여
신의 옆에는 의료의 신인 뱀이 있었다. 뱀은 지하 세계의 모든 비밀을 알고 있는

지혜를 상징한다고 한다.

박물관에는 특히 가족들의 유체를 모신 석관이 많았다. 한국의 목관보다 훨씬 큰 석관에는 납골을 보관하고, 석관의 옆이나 위에는 관 속에 있는 사람들의 모습을 정교하게 조각해 놓았다. 이른바 영정 사진인 셈이다. 물론 귀족들에게 허용된 장례 문화이긴 하지만, 부자들은 석관에 자신의 가장 젊은 시절의 아름다운 모습을 새기도록 조각가에 부탁했었다고 한다. 석관에 새겨진 주인공들의 모습은 한결같이 젊고 멋진 미남미녀였다.

박물관 2층에는 미라들이 있었다. 한 쪽 방에는 관에서 나온 직물들을 전시하고 있었다. 알레포가 비단 교역 장소였음을 증언한 비단도 이런 관에서 나왔을 것이다. 박물관에서 9시에 출발, 역시 가까운 곳에 있는 벨 신전으로 이동했다. 이동 시간은 5분이 걸렸다.

<table>
<tr><td>1</td><td>2</td><td>3</td></tr>
</table>

1 벨 신전. 촬영은 김홍남
2 벨 신전 제단 천정을 장식한 주피터 신과 위성 군단의 모습
3 번제를 올리던 제단 천장에 남아 있는 그을음

벨 신전

벨 신전은 AD 32년에 완공된 것으로 팔미라의 수호신 벨Bel에게 바쳐진 신전이었다.

사방 205×210m의 거대한 경내에는 벨 신을 모신 제단과 맞은편에는 번제를 올리는 곳이 있었다. 벨 신을 모신 제단의 문설주에는 새 모양의 주신主神인 마르두크를 중심으로 오른쪽에 태양의 신 야르히볼, 왼쪽에 달의 신 아그리볼의 상징을 조각했다. 천장에는 이중의 동심원으로 내원内圓에는 주피터 신의 모습을, 외원外圓에는 6개로 나누어진 칸에 월성·화성·수성·목성·금성·토성의 상징을 그려 넣었다. 주피터 신이 태양신이기 때문에 태양을 중심으로 6개의 별자리를 합하면 7개의 위성 군단이 되는 것이다.

번제를 올리던 곳의 천장은 1700~1800년 전 희생 제물을 올릴 때의 그을음이 아직도 남아 있었다. 천장의 무늬가 독특했다. 로마식과 달리 복잡한 무늬들인데 중앙의 중심원에는 국화꽃 모양의 꽃무늬가, 바깥의 3중원을 채운 것은 만

卍자의 연속이었다.

벨 신전의 건물 벽은 1×4m 크기의 직육면체 석재를 쌓아 올렸고 석재와 석재 사이에는 다마스쿠스 금속 기둥을 집어넣어 붕괴를 사전에 예방하고 있었다. 지금도 석재 사이로 금속 조각이 보였다. 벨 신전의 특징은 기둥의 형태가 다양하다는 것, 심지어는 하트형 기둥도 보였다.

무덤의 계곡

아주까리 변 선생은 '팔미라는 보는 것이 아니라 느끼는 곳'이라고 강조했다. 기둥들과 벽들만 남아있는 곳, 그 돌기둥마저도 녹아내리는 폐허의 도시를 관통하자 무덤의 계곡이 나타났다. 무덤이라기보다는 가족 납골당으로 보는 것이 더 정확한 표현이다. 현존하는 납골당은 88~100여 개에 이른다.

1   2

1 벨 신전 부근 고대 신전 벽과 원주
2 가족 납골당

이 세상에 세월을 견뎌내는 것은 없다. 납골당들도 본래의 제 모습을 많이 잃어 가고 있었다. 1930년대 독일인이 복원한 큼직한 납골당으로 가 보았다. 납골당은 또 하나의 신전이었다. 기둥은 로마식으로 되어 있고 모두 8층에 이르는 건물, 계단은 나선형으로 되어 있고 지하층도 갖추고 있다고 한다. 맨 위층은 열려 있는 상태이고 벽면에는 구멍들이 있는데 이들은 모두 환기를 위한 것이다.

황량한 계곡, 여기저기에 있는 가족 납골당들, 그들도 무너져 내리고 있었다. 인가가 가까운 유적지 바깥으로 나왔을 때 마을 어린이들은 유적지를 놀이터 삼아 놀고 있었다. 기원전 4세기만 해도 이 지역에는 사자가 있었다고 한다. 알렉산드로스가 두 명의 남성 애인과 사냥을 하는 수렵도에는 사자 사냥 모습이 있었다는데, 환경의 변화는 코끼리와 사자를 먼 곳으로 보내버렸다.

다마스쿠스를 향해 9시 50분에 팔미라를 출발했다. 어쩌다 보게 되는 사막 지대의 나무들은 편서풍의 영향으로 한 쪽으로 쏠려 있었다. 쏠려 있는 방향은 모두 남쪽이었다.

바그다드 카페

바그다드 카페에 도착했다(11 : 00). 바그다드 카페는 팔미라에서 다마스쿠스로 가는 중간에 있는 카페의 이름이다. 동명의 카페가 일여덟 군데는 된다고 했다. 영화 〈바그다드 카페〉가 성공하면서 이런 사막 지대에 카페를 차리게 한 것인가. 사실 나는 그 영화를 보지 못했다.

바그다드 카페

시리아 사막의 한가운데
큼직한 물레방아 바퀴 하나
흙으로 빚은 낙타 한 마리 집 앞에 있는
바그다드 카페
"커피 원 달러!"

소줏잔보다 작은 잔에
베두인이 따라주는
뜨겁고 진한 커피 한 잔

바그다드 카페

사막의 추억을 위하여

추억 상품에 투자하네.

세월이 흐르고

기억이 살아 있는 한

다마스쿠스

시리아의 수도 다마스쿠스의 외곽지대로 접근했다. 인구는 450만, 오아시스를 중심으로 발전한 도시로 남쪽으로는 왕의 길과 연결되어 있다. 다마스쿠스의 역사는 BC 3천 년경부터 시작된다. BC 2천 년경에는 아랍인들이 세운 작은 나라가 BC 723년 아시리아에게 멸망당하고, BC 66년 로마 제국의 속령으로 전성기를 맞았으며 초기 기독교시절 바울의 이름이 성경에 오르내리면서 사람들에게 기억되기 시작했다. AD 7세기 이후부터 우마이야 왕조가 세워지면서 이슬람의 중심부가 되었고 십자군 원정 시기에도 이슬람 국가로서의 면모를 유지했다. 13세기에 몽골군의 침입으로 초토화되었으니 16세기에 오스만 제국의 중심이 되면서 다시 옛날의 지위를 회복, 제1차 세계대전 중 프랑스의 식민지로 되었다가 1946년 시리아의 독립과 함께 시리아의 수도가 되었다.

다마스쿠스는 교통의 요지로 관광의 중심부 역할을 하기도 하는데 남쪽이 구시가지이다. 다마스쿠스는 크게 보아 동쪽에는 그리스도교도들, 남쪽에 유대교도들, 남쪽 교외에 이슬람교도들의 거주지가 있다.

올드 다마스쿠스는 도시의 남쪽부에 있으며 1979년 세계문화유산에 등록되었다. 다마스쿠스의 고대 성곽은 지하 18m 아래에 묻혀 있다고 한다. 구시가지

직가 거리

의 성벽은 AD 1세기경의 것이었지만 현재의 것은 13~4세기경 십자군과 몽골
군을 방어하기 위해 쌓은 것이다.

사도 바울이 걸었던 거리의 이름은 직가直街 거리(혹은 곧은 거리), 기독교도들을
박해하던 바울이 다마스쿠스로부터 18km 떨어진 곳에서 갑자기 빛의 공격으
로 실명한 뒤 말에서 떨어졌다. 그가 사람들의 부축을 받으며 도시 안으로 들어
와 직선으로 걸어 나간 거리가 직가 거리이다. 바울은 이 직가 거리에서 당시 사
제 생활을 하던 아나니아로부터 안수
를 받아 시력을 회복하고 이후 개종,
철저한 기독교인이 되어 전교 사업에
몰두하다가 순교했다.

직가 거리와 길 잃은 양

13시 5분, 다마스쿠스 올드 시티의 성
문 밖에서 하차했다. 제법 높은 성벽
이 이 도시의 역사를 대변하고 있었
다. 직가 거리(곧은 거리)의 집들은 목
조와 회벽으로 지어졌고 2층 내지 3층
건물이 대부분이었다. 창문이 예뻤고
발코니에는 화분들을 내 놓았다. 직가
거리를 걷다가 좌회전, 미로와 같은

골목으로 들어가 식당으로 들어갔다. 좁은 출입구, 안으로는 제법 넓은 정원풍의 홀이 있고 식탁이 차려져 있다. 쇠고기 스테이크가 나왔다. 오랜만에 포식했다. 후식으로는 오렌지와 사과가 나왔다.

식사 중에 유재원 교수가 전화를 받더니 급하게 자리를 떴고 잠시 뒤에 돌아와 동행 중 김병무 교수가 길을 잃었다고 했다. 현지 가이드가 찾아 나서고, 그로부터 20~30분 뒤에야 길 잃은 한 마리 양이 돌아오셨다. 다 함께 직가 거리를 걸어 식당으로 향할 때, 김 교수가 근처 교회로 들어가는 것을 나도 보았다. 김 교수가 급한 일을 해결하고 바깥으로 나와 보니 일행은 한 사람도 보이지 않았다. 40여 명 가운데 그 누구도. 그는 그대로 직가 거리를 말 그대로 직선으로 걸었고, 끝까지 갔으나 일행이 보이지 않았다. 그래서 지나가던 시리아 경찰에게 부탁, 유재원 교수에게 전화를 부탁했다. 유재원 교수는 그 전화를 받자마자 현지 시리아인 가이드에게 전화를 넘겼고, 그에 따라 현지 가이드가 나가서 김 교수를 만나 함께 돌아오게 된 것이라고 했다. 누구보다도 김 교수의 사모님께서 그 몇십 분 동안 무척이나 속을 썩이셨을 것이다.

국립박물관

국립박물관으로 갔다(14:45). 밝은 회색 건물 벽에 출입구가 있는 전면의 디자인은 왕관의 모습을 연상시켰다. 박물관 안으로 들어서자마자 미네르바(아테나) 청동 동상이, 또 미스트라와 황소가 함께 있는 조각도 보였다.

BC 2600~2300년대의 대리석 소형 인물 조각들은 유난히 큼직큼직하게 눈매

가 강조된 모습들이었다. 이쪽
지역에서는 전통적으로 신앙심
의 깊이를 눈의 크기로 상징화시
켰다고 한다. 눈이 큰 이 남녀의
조각들은 남자의 경우는 메소포
타미아 쪽의, 여자의 경우는 이
집트 파라오 조각 예술의 영향을
받은 것이라고 했다.

우가리트에서 나온 쐐기문자
토판, 상아판, 그런가 하면 토판
에 갈대를 찍어서 표기된 설형

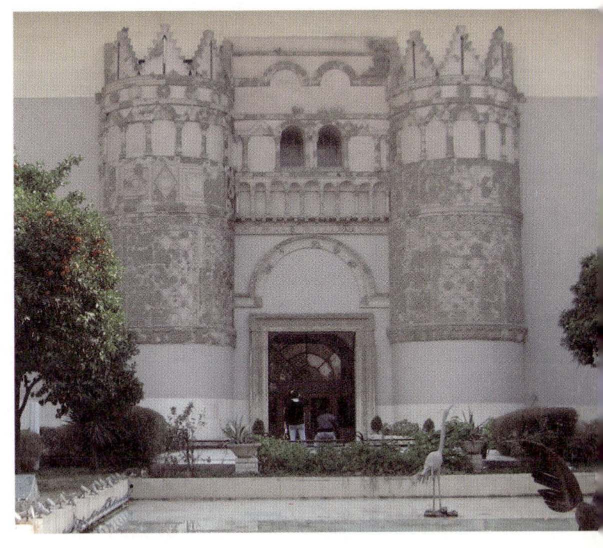

문자판들이 전시되고 있었다. 인간 기억력의 한계를 벗어나기 위한 노력들이
박물관 유리상자 안에 전시되어 있었다.

공양 드리는 사람들의 모습을 목판에 나전상감으로 제작한 그림이 있었다. 놀
라서 감탄하는 나에게 이런 상감 기법은 시리아 쪽에서 동쪽으로 전해진 것이
라고 손혜원 씨가 알려주었다. 소주는 페르시아에서, 석굴암 인공 석굴의 돔식
천장은 이탈리아로부터, 나전칠기는 시리아로부터……. 정말 전에는 몰랐다. 그
것이 우리들의 전통 기법인 것으로, 우리만의 독창적인 문화라고 알고 있었다.
우리들의 오해였다. 이렇게 여행을 하면서 보니, 문화란 물 흐르듯 흐르는 것,
문화는 독창적인 것이라기보다는 원점에서 시공간을 달리 이동하면서 더 풍요

로워지고 새로운 것처럼 보이는 것 뿐. 한국의 전통문화라는 것도 실은 이런 과
정에서 세워진 것이 아니겠는가.

하마디예 수크

하마디예 수크는 성채 부근에서 우마이야 모스크까지 가는 중에 있는 시장이
다. 버스에서 내려 40~50m 정도 걷자 살라딘 동상이, 곧이어 하마디예 수크가
나타났다. 저녁을 먹을 식당은 수크를 거쳐 가는 곳에 있다고 했다. 길을 잃을
경우 살라딘 동상 앞에 서 있으면 데리러 올 것이니 걱정하지 말라고 했다.

하마디예 수크는 천장이 돔 형식으로 둥글고 길게 연결되어 있었다. 전등이
들어왔고 사람들이 들끓고 있었다.

시장통을 메운 70~80명 이상의 사람들이 무리를 지어 절규를 터뜨리고 있었
다. 모두 남성들로 상의를 벗고 주먹으로 가슴을 치며 울고 절규하고 있었다. 경
찰들과 구경꾼들이 그 무리를 둘러싸고 있었다. 주먹으로 맨 가슴살을 치는 소
리는 가죽 북을 치는 것 같았고 보는 이를 흥분하게 했다. 겁에 질려 조심스럽
게 앞으로 전진하자 그와 같은 무리들이 네댓 무리나 되었다. 절규하는 무리들
도, 그들과 동조하는 구경꾼들도 함께 소리를 내고 울음을 터뜨리자 시장 건물
은 공명이 되어 본래보다도 더 커다란 소리로 퍼져 나왔다. 맨살을 드러낸 남자
들의 가슴은 벌겋게 상혈되어 있었고 어떤 이들의 가슴에서는 피가 흐르고 있
었다. 그들의 벗은 등판에는 지렁이 같은 상처의 흔적들이 있었다.

두려워하는 우리들에게 가이드는 걱정하지 말라고 했다. 오늘은 이슬람 시아

살라딘 동상

파의 우두머리였던 이맘이 수니파에게 암살당한 날, 그래서 시아파의 신자들이 그날의 슬픔을 잊지 말자고 벌이는 종교적 행사라는 것이다. 눈물과 절규로 혼잡한 가운데 가이드에게 들은 이야기를 요약하면 이렇다.

마호메트는 결혼해서 외동딸을 두었고, 외동딸이 결혼해서 두 아들을 두었는데, 그 두 아들이 모두 암살당했다. 마호메트의 혈통을 따른 이를 교주로 삼자는 이들이 시아파, 그와 관계 없이 마호메트의 제자들 가운데 신실한 사람을 선출해서 교주로 삼아 가자는 이들이 수니파이다. 그런데 마호메트의 혈통을 따른 이맘 알라가 암살당한 날이 1월 24일, 우리들이 공교롭게도 시아파와 수니파의 오랜 종교적 갈등이 지속되어온 현장에서 시아파들의 절치부심하는 장면을 보게 된 것이다.

지켜주지 못해서 지도자를 잃었다는 분노와 슬픔이 연연세세 전해져 맨가슴을 주먹으로 치며 그날의 분노와 슬픔을 재현하는 장소, 예전에는 쇠꼬챙이가 달린 쇠줄로 자신을 치며 결심을 다졌다고 한다. 웃통 벗은 남자들의 등에 난 울퉁불퉁한 상처는 그런 종교 의식의 결과물이었다.

　가슴을 치는 남자들 가운데는 15~16세부터 50~60세까지 다양했다. 가슴을 치면서 울고, 그것을 지켜보는 여자들도 울음을 터뜨렸다. 나는, 실은 아무 관계도 없으면서 집단 히스테리에 감염된 것일까 공연히 눈물이 흘러나왔다. 복수를 다짐하는 시아파들, 마호메트가 원하는 것이 후계자 문제로 시아파와 수니파가 일으키는 끝없는 갈등일까…….

웃통을 벗고 가슴을 치는 시아파 시위대들

아수라 같은 시장을 빠져나가자 광장, 그곳에서도 일군의 무리들이 가슴을 두드리며 절규하고 있었다. 바로 앞이 우마이야 모스크였다.

우마이야 모스크와 살라딘 왕, 세례자 요한

이슬람교의 4대 모스크^{메카, 메디나, 예루살렘, 우마이야} 가운데 하나인 우마이야 모스크는 칼리프 알 와리드의 재위 기간인 705~715년 사이에 건설된 것으로 추정된다.

본래 이 모스크는 원주민의 종교이던 하다드^{폭풍의 신}를 모시던 곳이었는데 로마시대에는 주피터 신을, 초기 기독교 시대에는 세례자 요한 교회로, 이슬람이 정복한 이후에는 모스크로 변화했다. 현재 이 모스크에는 세례자 요한의 관과 이슬람의 완벽한 지도자로 칭송받은 살라딘의 관을 함께 모시고 있었다.

우마이야 모스크로 들어가기 위해서는 두건이 달린 회색의 긴 외투와 같은 히잡을 입어야 했다. 회색 유니폼은 무릎 아래까지 오는 간편 히잡이었다(예전에 이란에서는 바닥까지 질질 끌리는 검정색 히잡을 입은 적도 있었다).

먼저 관리실 옆의 독립 단층 건물 안으로 들어갔다. 이슬람 역사상, 아니 동서 고금에서 가장 이상적인 통치자로 불리는 살라딘의 관을 모셔놓은 곳이었다.

'살라딘'(1137~1193, 재위 기간은 1169~1193)의 본명은 '살라흐 앗 딘 유수프 이븐 아이유브^{Salah ad-Din Yusuf ibn Ayyub}'로 아랍어로 보면 '욥의 아들이며 정의로운 신앙인 요셉'을 뜻한다. 그는 이름 그대로 욥처럼 신의 뜻을 따르고 요셉처럼 자신을 희생해가며 사람들에게 사랑과 정의를 실천한 아이유브 왕조의 창조자였다. 그는 이슬람 세계의 통일을 위하여 애를 썼고, 십자군 원정대와 싸울 때에도 원수를 사랑하는 입장에서 정정당당하게 대적했다. 십자군 3차 원정에 참여한 영국의 사자왕 리처드가 병에 걸리거나 위기에 빠졌을 때 약을 전하고 퇴로를 만들어 스스로 퇴각하게 해주었다. 전쟁에 이기고서도 부하들에게 일체의 살육과 파괴를 금지시켰다. 그는 55세에 영면하게 되었으며 평생을 '재물 대하기를 모래같이 했다'는 평을 받아온 사람이었다.

살라딘 왕의 관은 나무관으로 금술이 달린 초록색 벨벳 커버로 덮여져 있었다. 그 옆에 독일의 황제 빌헬름 2세가 살라딘 왕을 위해 기증한 백색의 대리석 관이 있었지만 그것은 속이 빈 것이다. 살라딘 왕은 소박한 나무 관 속에서 쉬고 있었다.

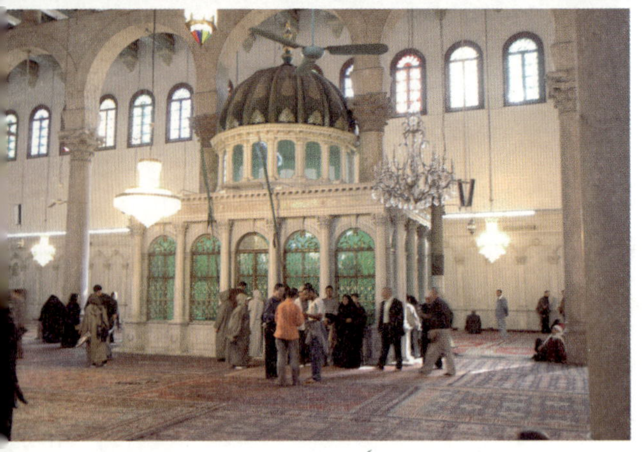

1 우마이야 사원 내부. 촬영은 김홍남
2 요한의 무덤. 촬영은 김홍남

우마이야 모스크 광장이 갑자기 소란스러워졌다. 일군의 시아파들이 역시 상의를 벗어 맨몸을 드러낸 채 가슴을 치며 사원의 경내로 들어왔다. 같은 선지자를 모시는 신앙인이지만 계보가 나누어지면서 수니파를 영원히 용서할 수 없다는 시아파들의 원한과 와신상담의 다짐을 보며 당혹스러웠다.

우마이야 모스크 외부는 호사스런 벽화와 돔 지붕, 미나렛첨탑 등이 있었지만 사원 안은 의외로 소박했다. 듣고 보니 1891년에 대화재로 사원의 내부가 소실되었다고 한다. 사원 내부 한 쪽에 작은 돔식 지붕을 가진 자그마한 건물이 있었다. 세례자 요한의 머리를 모신 곳이라 했다. 이슬람 신을 모시는 곳에, 예수에게 세례를 베풀었던 요한의 관이 모셔져 있다니……. 그러나 이슬람에서 보면 세례자 요한도, 예수도 모두 자신들의 선지자이다.

세례자 요한의 관을 모시고 있는 곳에는 사람들이 와서 줄을 서서 기도하고 있었다. 쇠창살로 보호되고 있는 실내로 카메라를 넣어 사진을 찍어 보니 관 위에 초록색 커버가 씌워져 있었다.

식당으로 가는 길은 시아파의 시위대가 빠지면서 시장통은 다시금 활기에 넘치고 있었다. 식당에서 식사를 하는 동안 전통 악대가 나와서 연주를 했다. 돌아오는 길에 시장에 들러 선물용 머플러 두 장을 샀다. 장당 9달러씩 지불했다.

세라톤 호텔 220호에 배정 받았다.

내일 일정은 6:00 / 7:00 / 8:00.

2011. 1. 24. 월요일.

06 마룰라 - 다마스쿠스 - 보스라 - 암만

기상(05:00), 아침 식사(07:00). 다양한 채소가 준비되어 있었고 음식들도 맛있었다. 눈으로 보기에 좋은 음식은 입에서도 즐겁다. 호텔에서 출발(08:10)하면서 다시 한번 호텔 건물을 보았다. 반기문 유엔 사무총장이 묵었었다는 호텔이었다.

마룰라와 아람어

마룰라Maalula는 다마스쿠스로부터 50km 정도 떨어진, 해발 1,500m의 칼라문 산등성이에 있는 도시다. 칼라문 산의 능선이 예사롭지 않았다. 긴 능선 위에 펼쳐진 암벽들이 마치 물고기의 등지느러미 같이 연이어 있어서 천연 요새로서의 기능을 하고 있었다. AD 6세기경 무슬림이 침략해 왔을 때 기독교도들이 칼라문 산속으로 숨어들어온 이래 지금까지 그들의 신앙을 지켜오고 있는 곳이다.

마룰라는 물론 인근의 시드나이야 지역은 기독교도들의 마지막 보루였다. 그들은 칼라문 산속에서 초기 기독교 정신을 그대로 지켜왔고 뿐만 아니라 예수 당시의 언어도 그대로 지켜왔다. 이것이 바로 아람어Aramaic language이다. '구약성서'의 '다니엘'과 '에즈라', 바빌로니아의 '탈무드'와 예루살렘 '탈무드'는 아람어로 기록되었다. 2000년 전 예수가 사용하던 언어인 히브리어에 가장 가까운 아람어. 예수 시대의 언어 아람어는 사람들에게 잊혀지고 마침내 1880년 초, 사어死語로 판정받았다.

그러나 이후, 이탈리아의 한 언어학자가 마룰라에서 주민들이 사용하는 언어가 바로 아람어였음을 발견했다. 이후 아람어와 마룰라는 교황청에 의해서 '세계 언어 특별 보존 지역'으로 선정되었고, 또한 마룰라에서 생산되는 포도주는 전 세계의 가톨릭 성당 미사에서 사용되는 포도주로 선정되었다.

성 세르기우스 성당

버스가 힘들게 칼라문 산의 언덕을 넘어섰다. 멀리 마룰라의 전경이 보이는 곳이었다(08:40). 산속 협곡지대에 주택들이 포도알처럼 다닥다닥 매달려 있었다. 길은 좁았다. 그런데 그 길은 공사 중이었다. 걱정을 하는데 공사용 커다란 트럭이 길을 비켜주어서 다행히 버스가 통과할 수 있었다. 협곡의 양쪽에 조롱조롱 맺혀 있는 주택들, 길에서 보면 정면 언덕 위로 성모상이, 오른쪽 수직의 높은 벼랑 위로 예수상이, 그들 각각의 상 아래로는 십자가들이 있고 교회 뾰족당들이 몰려 있었다.

성모상이 있는 언덕 위로 오르는 암벽에는 예전 석굴 생활을 하던 크고 작은 동굴들이 보였다. 언덕 위에 성 세르기우스 성당Sergius Orthodox Church이 있었다. 이 성당에서 일주일에 한 번씩 미사 전례는 아람어로 진행된다고 했다. 작은 초록색 돔을 갖춘, 화강석 석재로 지은 2층 건물이었다. 그러나 들어가 보니 지하에 작은 성당이 있고, 벽에는 화려한 이콘聖畵들이 많이 부착되어 있었다.

성당 신부님이 오셔서 인사를 했다. 신부님이 한 젊은 여성을 소개했고 그녀가 아람어로 주의 기도를 들려주었다. 성당 구경을 하고 나오자 아람어로 기도문을 들려주었던 여성이 성화를 비롯한 성구들을 관광객에게 팔고 있었다. 아

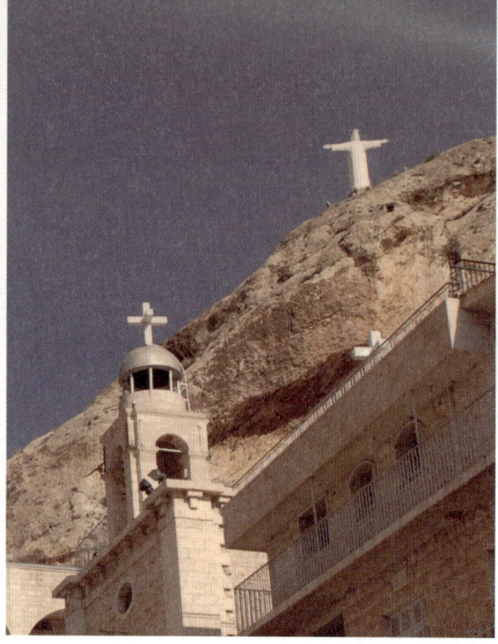

람어 기도문이나 아람어로 부르는 성가 CD를 사고 싶었는데 없었다. 대신 아랍어로 부르는 성가 CD를 하나 샀다.

신부님은 마룰라에서 생산된 와인을 한 잔씩 나누어 주었다. 달콤한 맛이 나는 와인이었다. 한 병에 10달러. 와인 한 병과 기도할 때 사용하는 작은 묵주도 샀다. 와인을 사기는 했지만 한국까지 가져갈 수 있을까. 아찔했다. 그렇다면 비행기를 타기 전에 동행들과 함께 마시면 된다. 즐거운 시간을 가질 수 있을 것이라고 혼자 기대에 차올랐다.

세르기우스 성당에서 나와 마룰라 마을 안쪽으로 가는 내리막길을 걸었다. 내리막길 아래에서 시냇물이 흐르는 계곡으로 들어섰다. 3~4인이 걷다가 나중에는 1~2인이 간신히 걸을 수 있는 곳이었다. 마을 사람들의 식용수를 나르는 수

1 마을 왼쪽 계곡의 성모상
2 오른쪽 계곡의 예수상
3 성 세르기우스 성당

로가 암반을 따라 있었다. 좁은 계곡을 통과하자 또 다른 마을이 나타났다. 마을로 들어올 때 보았던 예수상이 있던 마을이었다. 계단을 타고 올라가자 눈앞에 성녀 테클라 수도원 성당이 나타났다.

성녀 테클라 수도원 성당

성녀 테클라 수도원 성당 지역으로 들어가는 계단의 아치형 대문에는 생솔가지를 엮어 놓았다. 계단을 오르며 다시 한 번 더 생솔가지로 엮은 아치형 문을 보았다. 한국에서 아이를 낳으면 문 위에 걸어놓는, 새끼줄로 꼰 산줄에 생솔가지를 끼워놓았던 장면이 떠올랐다. 아들을 낳으면 솔가지 옆에 빨간 마른 고추를, 딸을 낳으면 숯을 솔가지 옆에 엮어놓았던 장면이…… 생솔가지는 어떻든 축

하의 의미를 지닌 것이다. 1930년 초, 한국의 소설가 김유정은 농촌 계몽 운동차 금병의숙(야간학교 건물)을 짓고, 그것을 축하하기 위해서 건물의 출입구에 생솔

가지를 엮어서 매달았었다는 증언을 들은 것이 기억났다. 특별한 날을 축하하기 위한 생솔가지 부케가 시리아의 벽촌 마룰라에서도 오늘날까지 전해지고 있는 것이다.

성녀 테클라에 대한 전설

테클라는 고귀한 가문의 딸로 바울이 행한 설교를 듣고 감동하여 기독교인이 되었다. 그녀에게는 이미 약혼자가 있었다. 그러나 바울에게 사랑을 느낀 테클라는 바울에게 사랑을 고백했다. 바울은 이를 거절했다. 테클라는 바울에게 제자로 삼아달라고 했지만 역시 거절당했다. 에에 굴하지 않고 테클라는 약혼을 파기하고 하느님께 자신을 봉헌할 것을 선포하고 선교 활동에 뛰어 들었다.

테클라의 약혼 파기에 분노한 약혼자는 테클라가 선교 활동을 하고 있는 곳을 찾아가 테클라를 모욕하고 바울을 무고誣告했다. 나아가 사람들을 선동하여

 계곡 왼쪽 바위 중간에 수로 시설이 보인다.

바울은 옥에 갇히게 되었다. 테클라는 자신 때문에 옥에 갇힌 바울을 위해 남몰래 바울을 면회하러 갔다가 현장에서 체포된다. 이에 사람들은 바울을 추방하고 테클라는 화형에 처해질 처지에 빠진다. 마침내 테클라가 화형에 처해지는 날, 테클라가 불타는 장작더미 속에 던져지는 순간, 갑자기 소나기가 내려 테클라는 위기에서 구조된다.

이후 테클라는 바울을 찾아가 동행을 요구, 안티오키아로 갔고 그곳에서 전교傳教 생활을 시작한다. 그러나 그 지역에서 테클라는 또다시 그녀를 사모하게 된 젊은이를 만나게 되고 구애를 받게 된다. 테클라가 젊은이의 구애를 거절하자 젊은이 역시 테클라를 무고하여 사형에 처할 지경에 이른다. 테클라는 먼저 독사굴에 던져졌으나 아무런 위해를 입지 않았다. 다시 사자굴에 던져지자 사자가 테클라를 등에 업고 이 지역으로 도망쳐 왔다.

성녀 테클라는 평생을 석굴에서 홀로 살며 전교 사업을 하고 병든 환자들을 고쳐주는 기적을 보였다. 그러자 이 지역의 의사들이 테클라를 미워하게 되고 무고하여 테클라는 체포된다. 이때 테클라의 나이는 90세였다. 테클라가 바위를 향해 몸을 던지자 바위가 벌어지더니 테클라를 안아들였고 곧 바위는 다시 닫혔다.

현재 테클라의 관을 모시고 있는 곳은 성당 옆 계단을 타고 올라간 바위 절벽 중간쯤, 바위를 파고 만든 강의실 크기 정도의 공간이다. 그 안쪽으로 작은 방이 있고, 오른쪽 방문 안으로 신발을 벗고 들어가자 테클라 성녀의 시신을 모신 관이 초록색 비로드 커버로 덮여 있었다. 간소한 방이었다. 방에서 나오자(왼쪽 문)

바로 옆에 바위틈으로부
터 나오는 샘물이 있었다.
만병통치 약수라고 했다.
성당 소속 소년이 나와서
손잡이가 있는 플라스틱
바가지로 물을 받아 손바
닥에 반 스푼 정도 따라주
면 그것을 마시는 것. 나도
손바닥에 따라준 약수를
받아 마시며 건강하게 해
주세요, 내 욕심을 말했다.
아주까리 변 선생에 의하
면 앉은뱅이가 이 샘물을
마시고 치유되는 기적을
보였고, 장애인들이 샘물
을 마시고 그 자리에서 짚
고 있던 지팡이를 두고 갔
는데 그런 지팡이, 목발들
이 지하 창고에 200~300

개가 보관되어 있다고 했다.

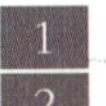

1 테클라 성녀의 동상
2 테클라 성녀의 무덤과 기적의 샘물이 나오는 곳

성녀 테클라 수도원 성당 앞 작은 가게에서 이 지역 주민들의 주식인 홉스를 굽는 구경을 했다. 밀가루 반죽을 얇게 밀대로 밀어서 불판에 구워 내서는 그것을 바깥마당 한 곳, 바닥이 평평한 널판에 널어 식혔다. 그렇게 식힌 홉스는 한 달 정도까지 평온에서 보관이 가능하다고 했다. 막 불판에서 꺼내 홉스 한 쪽을 얻어먹었다. 무미한 맛이었다. 우리나라로 치면 밥과 같은 것이다.

성녀 테클라 수도원 성당을 떠나면서(10:20), 성 시몬 성인과 마케도니아의 무희 타이스를 주인공으로 한 소설 아나톨 프랑스의 『타이스』를 생각했다. 바울 성인을 사랑했었던, 그러나 제자로 남을 수밖에 없었던 테클라 성녀와 평생을 전교 사업으로 독신을 고집했던 바울 성인을 주인공으로 한 소설이 한 편 나옴 직하다는 생각을 했다. 서화담과 황진이의 러브스토리 같은 작품이 나올 수는 없을까. 바울 성인과 테클라 성녀를 한국으로 옮겨와서 서로 사랑하게 할 수 있다면…….

테클라 성녀의 전설이 없었다면, 나는 바울을 오만하고 편협하고 못생긴 남자라는 편견을 그대로 갖고 있었을 것이다. 바울은 한 번도 여성에게 사랑을 받아보지 못한 사람이었을 것이라고 생각해왔다. 그런데, 이번 마룰라 여행을 통해서 바울의 또 다른 한 면을, 그것이 전설이라고 해도, 역시 위대한 인물에게는 그 위대함을 인정하고 따르는 또 다른 위대한 친구가 있구나 하는 생각을 했다. 예수에게는 막달라 마리아가 바울에게는 테클라가……. 이렇게 좋은 글감을 작가들은 왜 그대로 두었을까. 예수와 막달라 마리아의 이야기는 카잔차스키의 『마지막 유혹』과 댄 브라운의 『다빈치코드』에서, 김동리의 『사반의 십자가』에서 이미 다루어졌다.

　다시 다마스쿠스의 올드 시티를 향해서 달렸다. 다마스쿠스 거리의 대로들이 겹쳐 지나는 한가운데, 밝은 베이지 색의 원통형 건물 — 파노라마 건물이라고 하던가. 1980년대(혹은 90년대?) 북한에서 지어서 시리아에 기증한 건물이고, 그 안에 북한을 선전하는 내용물들이 전시되어 있다고 한다.

아나니아 기념 교회

다마스쿠스의 올드 시티, 바울 성인이 걸었던 직가直街 거리를 걷다가 따라 들어선 곳에 '아나니아 기념교회'가 있었다. 교황청에서 인정한 성지 제1호. 이곳에서 18km 떨어진 곳에는 '낙마落馬교회'가 있다고 한다. 바울이 기독교인들을 박해하기 위해 가다가 강한 빛 아래 실명失明하고 말에서 굴러 떨어진 곳, 예수의 음성을 들었던 곳에 그것을 기념하여 세운 교회이다. 실명한 바울은 측근들의 부축을 받으며 직가 거리를 걸어 당시 이 지역의 사제였던 아나니아를 찾게 되고, 아나니아로부터 안수 받아 눈을 뜨게 되었다고. 바울이 이후 회심하여 개종했기 때문에 이 교회의 또 다른 이름은 '회심悔心교회'이다.

　아나니아 기념교회는 주택가의 한가운데 있었다. 작은 철문을 들어서자 조금 넓은 마당이 나오고 나지막한 건물로 들어가자마자 지하로 내려가는 계단, 아나니아 기념 지하 교회였다.

　지하 교회는 30~40명이 들어서면 가득 차는 자그마한 기도처였다. 네모난 화강석으로 쌓아 올렸고 제단이 있는 자리는 아치형으로 되어 있었다. 긴 목재 의

아나니아 기념교회. 촬영은 유재원

자들이 놓여 있었다. 초기 기독교인이 사용하던 이 지하 교회는 매몰되어 있던 것을 발굴한 것이라고 했다.

교회에서 나오는 길에 직가 거리의 뒷골목을 걸었다. 좁은 골목에 다마스쿠스의 전통 상품들이 진열장 안에 걸려 있었다. 서울의 인사동 골목 같은 곳이었다. 그러나 상품들이 모두 고급스러워 보였다. 마침 전통 가옥을 개조한 호텔이 있었다. 좁은 골목을 지나 들어가 보니 안은 잘 꾸며진 정원을 갖춘 2층 건물이었다. 객실들은 전통미와 현대미를 아울러 갖춘, 동시에 편리함을 추구하고 있었다. 정원에는 잘 익은 오렌지가 주렁주렁 달려 있는 오렌지나무가 있었다, 2층

으로 올라가 발코니에서 정원을 내려다 보았다. 한가운데 팔각형 분수대가 있는 아기자기한 구조였다. 가장 시리아적인 분위기라고 손혜원 선생과 김홍남 선생이 감탄 또 감탄을 했다.

바울의 바구니 탈출 기념교회

가까운 곳 큰 도로변에 아담한 규모의 '바울 기념교회'가 있었다. 교회 앞에는 넝쿨 장미꽃을 닮은 붉은 꽃이 피어 있었다. 성당 규모는 작았다. 성당 안쪽 벽에는 바구니를 타고 성 밖으로 탈출하는 바울 성인의 모습을 양각으로 조각한 작품, 입구 쪽 벽에는 채색 유화로 그린 2층에서 지상으로 바구니를 타고 탈출하는 성인의 그림이, 그 아래에는 성인 남자 한 사람이 들어갈 만한 크기의 세로로 긴 '대바구니' 하나가 놓여 있었다. 그러나 그 '대바구니'에 사람이 들어가면 그 순간 '바구니'가 그냥 꿰질 것처럼 빈약했다. 그림과 조각 속의 바구니는 사람이 편안히 들어가 앉아 쉴 정도의 키가 낮고 가로로 넓은 바구니인데, 실물 '대바구니'는 성인 남자 가슴 정도에 올 정도로 키가 높았다. 조금만 신경을 쓰

시리아 전통가옥을 개조한 호텔 내부

면 그림 속의 바구니와 실제 '바구니'를 비교하고 웃을 일이 없을 터인데…….
기념으로 '대바구니' 앞에서 사진을 한 장 찍었다.

교회의 후문으로 나오면서 보니 이 기념교회는 바울 성인이 바구니를 타고
성 밖으로 탈출한 것을 기념하기 위해 1925년에 건축한 건물이라는 안내판이
부착되어 있었다.

점심은 어제 들어갔던 그 식당에서 먹고 보스라를 향해서 출발했다(13:50).

버스 안에서 아주까리 변 선생이 이라크의 현 상황에 대한 이야기를 했다. 단
순히 웃어 넘길 문제가 아니었다. 이라크 전쟁 이후에 일어난 이라크의 심각한
문제는 지식인 계층 여성의 90%가 독신자라는 것이다. 전쟁이 나면 남자는 죽
고 여자는 비참해지고 그래도 아이들은 자란다고 하더니, 이라크 여성들의 반
쪽이가 되어 주어야 했을 남자들이 모두 전쟁의 희생자가 되어 버렸다. 전쟁은
인간계의 남녀 성비율을 깨뜨려 버린 것이다. 이런 재앙에 대해 누가 책임져야
할 것인가. 인간계의 균형 성비가 이루어지기까지는 적어도 15~20년을 기다려
야 한다. 그리고 이들 반쪽을 찾지 못한 여자들은 고독하게 살다가 고독하게 죽
어야 한다. 무슨 업보인가. 전쟁은 남자가 결정하고, 그 뒷감당은 온전히 여자의
몫이다.

1 바구니 교회. 촬영은 유재원
2 바구니 교회에 비치된 바구니 옆에서

보스라

고대 도시 보스라^{Bosra}는 다마스쿠스로부터 남쪽 110km쯤 떨어진 곳에 있다. 보스라는 AD 106~631년까지 로마의 속주였다. 따라서 이 지역에 남은 문화 유적과 유물은 모두가 로만풍이다. 로마의 지배 시대에도 교통의 요지였고 풍부한 자원들로 번영을 누렸지만 AD 632년 이슬람으로 넘어간 이후에도 이곳은 교통의 요지로서 많은 순례자들이 보스라를 경유했다.

보스라 인근으로 접어들었을 때(15:30) 구름이 약간 끼었다. 보이는 돌들은 거무스름했다. 화산석이었다. 그러나 단단해 보였다. 올드 시티의 관문을 통과했다(15:35). AD 4세기경에 주로 건립했다는 보스라의 로마 유적 지대, 극장 건물은 현재도 그대로 사용하고 있다고 했다.

극장 안으로 들어갔다. 평지에 응회암 벽돌을 쌓아 올려 만든 극장이었다. 관객이 앉는 곳은 반원형의 계단이다. 무대는 성인의 가슴 높이였다. 무대 위에는 양 옆으로 코린트식 원기둥들이 있었다.

유재원 교수가 그리스 시절의 극장과 로마시대 극장의 차이에 대해 설명하셨다. 그리스의 극장은 대개 바다가 보이는 산기슭에 위치했다. 관객들은 산기슭을 이용한 반원형의 계단식 객석에 앉아서 무대에서 행하는 연극을 보면서 동시에 외부로부터 오는 적의 침입을 감시할 수 있었다. 무대 공간이 열려 있다는 것이다. 그러나 로마시대의 극장은 평지에 옹벽을 쌓아 계단식 객석을 만들고 무대 뒷면은 폐쇄된다. 관객은 무대 위 배우들만을 바라보는 것이다. 특이한 점은 로마시대의 극장은 후대로 갈수록 무대와 객석의 높이가 높아졌다는 것이

다. 이는 맹수와 인간의 결투에서 맹수가 무대와 객석으로 뛰어드는 것을 방지하기 위한 대비책이었던 것이다.

유재원 교수의 선창에 따라서 우리 모두 〈아침 이슬〉을 노래했다. 로마극장의 음향 반응은 기가 막히게 좋았다. 성낙주 선생이 무대 바로 밑으로 나가서 독창으로 〈명태〉를 노래했다. 멋진 바리톤이었다.

극장을 나오다 보니 극장 문설주 위에는 만卍자 문양이 연속되어 있었다.

로마시대의 목욕탕을 보러 나서는 길에 보니 문화유적들 — 오래된 건물 속에 사람들이 살고 있었다. 이 마을 사람들은 조상들이 2000년 또는 1500년 전에 살았던 바로 그 건축물을 주거지로 삼고 있었다. 하드리아누스 황제 때 세웠다는 개선문, 원기둥들이 줄지어 늘어선 거리, 귀족들이 살던 거리를 걸었다. 한

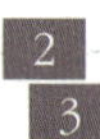

1 원형 극장. 촬영은 유재원
2 노래하는 성낙주 선생. 촬영은 유재원
3 보스라의 거리

436

시간여 걸친 로마시대의 유적지를 돌아보고 다시 차에 올랐다. 이제 보스라를 떠나야 하는 시간이었다. 30여 분을 달리자 시리아와 요르단의 국경 지대에 도착했다(17:10).

축구 경기와 손혜원

시리아와 요르단의 국경지대 — 출국 수속 그리고 비자를 받기 위해서는 기다려야 했다. 단층 건물 안에 면세점이 있었다. 면세점을 한 바퀴 돌아보았지만 사고 싶은 물건은 없었다. 그냥 구경만 하다가 버스로 올라와 앉았다. 남성 회원들은 면세점의 TV에서 한국과 일본의 축구 경기가 생중계되고 있더라는 이야기를 했다. 한국과 일본 경기에서 성적은 2:2, 마침내 페널티킥으로 승부를 가리게 되었다고, 그러나 비자 발급이 끝나면 곧 시리아에서 출국해야 하므로 버스로 돌아오지 않을 수 없었다고 했다. 남성 회원들은 모두 버스에 올랐다.

그때 생중계를 보다가 늦게 버스로 달려온 손혜원 선생이 버스 문에 매달려 동행들에게 빨리 내리라고 했다. 다 함께 응원해야 한다고 큰 소리로 외쳤다. 그러나 아무도 일어서는 사람이 없었다. 손 선생은 일본과 페널티킥으로 승부를 가려야 하는데, 한국의 승패가 걸린 문제인데, 우리가 응원을 해야 한다고 외쳤다. 그래도 일어서는 사람이 없었다. 어떻게 그럴 수 있느냐는 그녀의 목소리에는 분노와 실망이 실려 떨리고 있었다. 그녀는 한동안 혼자 속으로 분을 삼키더니 버스로 올라와 자리에 앉았다. 그녀는 곧 핸드폰으로 한국의 지인에게 연결해서 한일전의 추이를 묻고 있었다. 한참 뒤에 한국이 승부차기에서 일본에 1:3으로 졌다는 소식이 휴대폰으로 전해졌다.

"안 보기를 잘 했어요."

그녀의 풀죽은 목소리였다(18:05). 그런 그녀가 참 멋있었다. 늘씬한 키에 서글서글한 모습. 성격도 그랬다. 목이 메어서 어떻게 그럴 수 있느냐고 하던 그녀의 그런 화끈한 성격이, 그런 순수한 열정이 그녀를 우리나라 최고의 상품 작명가로 만들었다. 순수한 열정으로 살아가는 그녀가 아름답다.

아주까리 변 선생과는 국경선에서 작별했다. 우리는 요르단에서 새로운 현지 가이드를 만나도록 되어 있었다. 버스는 시리아 국경을 벗어났다(18:10). 곧이어 요르단 국경으로 입국했다. 잠시 동안의 입국 수속.

요르단의 수도 암만으로 들어섰고, 암만의 호텔 홀리데이 인Holiday Inn에 도착했다. 방은 409호로 배정받았다.

내일 일정은 5:30 / 6:30 / 7:30.

2011. 1. 25, 화요일, 갬 · 흐림.

07 암만 – 제라시 – 사해 – 페트라

일찍 기상(04:50), 오랜만에 배변, 기분이 좋아졌다. 휴대폰 문자를 조회해보니 이집트에서 시위가 일어났다고 조심, 또 조심하라는 올케의 글이 와 있었다. 지구의 반 바퀴를 돌아온 곳에서 안부를 걱정해주는 가족이 있다는 것에 대해 감사했다. 오늘 일정 중에 사해에서 수영을 하는 프로그램이 들어 있어서 수영복과 수영모, 비치 타올을 별도 배낭에 넣었다. 사해에서, 이런 겨울에 수영이 가능할까……

호텔 홀리데이 인에서 출발했다(07:32). 오늘부터는 이곳 요르단에서 여행사를 운영하는 손정미 씨가 현지 가이드로 합류했다. 150cm가 간신히 넘을 듯한 가녀린 여성, 경상도 억양이 간간이 나오지만 다부진 인사, 말투는 억세고 단정적이며 직설적이다. 제라시까지는 90분 거리, 버스 안에서 요르단에 대한 간략한 개요를 들었다.

【 요르단은 어떤 나라인가 】

- 아라비아 반도의 북부에 위치, 인구 640만 명(2010 기준)에 이르는 요르단의 국명은 요르단 하심 왕국(Hashemite Kingdom of Jordan), 면적은 92,300km². 국민의 분포는 아랍인 98%, 마르메니아인 1%, 체르키스인 1%이다.
- 종교는 이슬람교로 전체 92%가 수니파, 그리스 정교도 6%에 이른다. 정체는 입헌 군주국이고 언어는 아랍어와 영어를 사용한다.
- 요르단은 시리아 · 이스라엘 · 이라크 · 사우디아라비아와 국경을 접하고 있고 중동전쟁과 팔레스타인 문제로 인해 위험 지역으로 치부되고 있으나 1993년 이후 수많은 관광객들에게 인기 있는 나라이다. 관광자원으로는 그리스 · 로마 시대, 우마이야조, 압바스조, 십자군 관련 유적들이 남아 있고 특히 페트라와 와디럼 사막이 널리 알려져 있다.
- 지리적 측면에서 보았을 때 요르단은 해발 1,000m 내외의 고원지대, 최고봉은 무브라크 산(1,727m)이다. 고원의 서쪽에 폭 20km 정도의 요르단 지구대가 남북으로 뻗어 있고 그 아래는 저지대로 요르단 강이 남하하여 사해로 들어간다.

• 정치적인 측면에서는 하심 가문의 남자가 왕위를 세습, 현 국왕은 1999년 즉위한 압둘라 2세(King Abdula II)이다. 경제적인 측면에서는 농목업이 주요 산업, 관광수입과 해외 취업한 이민자들의 송금이 큰 수입원이다. 사회적인 측면에서는 전통적 이슬람 부족사회의 색채가 강하고, 언론 통제가 심하며, 의무교육은 7년이나 문맹률이 높다.

• 한국과는 1962년에 외교관계를 수립, 그러나 1973년 중동전쟁 이후 북한과의 대사급 관계를 병행하고 있다. 1983년에 후세인 1세가, 1999년 압둘라 2세가 2004년에도 현 국왕인 압둘라 2세가 방한하여 정상회담을 나누었다.

【 요르단의 역사 】

• 요르단의 간략 역사를 보면 BC 6~1세기 페트라를 수도로 한 나바테아 부족이 통치, AD 105년 이후 로마제국의 속국이 되었으며 AD 5~6세기에는 비잔틴제국의 통치하에, AD 6세기 이후 이슬람제국의 통치하에 들어갔다. 성서 시대에 요르단 땅(길리아드, 암몬, 모압, 에돔)의 지명 등이 나온다.

• 16세기 이후 오스만투르크 제국의 지배 아래 있었다.

• 1915년 영국은 메카의 세리프 후세인에게 아랍 독립을 보증, 1923년 위임통치를 시작하면서 후세인을 왕좌에 올려 압둘라 왕으로 불렀다. 1946년 5월 25일 요르단은 마침내 영국으로부터 독립하여 트란스요르단 하심 왕국을 건설했다.

• 이스라엘과 아랍 국가 사이에 벌어진 중동전쟁은 1948~49, 1956, 1967, 1973,

1982년에 일어난 것이 특히 잘 알려져 있다. 이 와중에 1951년 팔레스타인 세력에 의해 압둘라 왕이 피살당하고 장남 탈랄(Talal)이 왕위를 계승했으나 1년 만에 퇴위하고 압둘라의 손자 후세인 1세가 왕위를 계승했다. 3차 중동전쟁인 1967년 6일 전쟁의 발발 이후 요르단 강 서안과 예루살렘을 이스라엘에 빼앗기고, 1973년 4차 중동전쟁에서 시리아와 공동으로 아랍측 전열에 가담했는데 이때 골란 고원 일부를 이스라엘에게 점령당했고 1974년 라바트 정상회담에서 서안 지역에 대한 주권을 포기했다.

• 1994년 이스라엘과 평화조약 체결하고 1999년 후세인 1세의 사망으로 장남인 압둘라 2세가 즉위하여 현재까지 이른다.

전용 버스는 고원지대를 달리고 있고 길 아래로는 깊은 계곡이 펼쳐 있었다. 계곡 사이로 작은 개울이 흐르고 있었다(08 : 10). 구약 창세기에서 야곱이 하느님과 더불어 힘을 겨루던 곳 '야뽁' 강이라고 했다. 야곱이 탐욕스런 장인 라반을 떼어내고 형인 에사오가 살고 있던 '벌 세일' 쪽으로 가던 중에 지나던 곳이다. 야곱은 야뽁 나루에서 그가 데리고

브니엘 지역의 야뽁 강. 계곡 아래 개울이 흐르고 있다.

오던 가족들을 보내고 혼자 뒤떨어져 있었다. 그때 '어떤 분이 나타나 동이 트도록 씨름을 했고' '그분이 야곱을 이겨낼 수 없으리라는 것을 알고 야곱의 엉덩이 뼈를 쳤'던 곳, 그리고 그분에게 축복을 받았던 곳인 '브니엘' 지역을 지나고 있었다.

주변은 삭막했다. 고원지대에는 황톳빛 흙으로 덮여 있고 계곡 아래 개울이 흐르는 지역에만 푸른 식물이 자라고 있었다. 유목민의 정착을 위해서 정부에서 상수도 파이프를 설치하고 도로를 포장하고 있었다. 구약 시절이나 지금이나 별 차이가 없어 보이는 것이 브니엘 지역이었다. 성경 가운데서도 구약은 이 지역의 실제 역사를 기록한 역사서라는 생각을 다시 한다. 야뽁은 강이 아니라 개울이었다. 그 개울에 신과 인간의 이야기가 서려 있는 것이다.

제라시 지역으로 들어섰고(08:20), 곧 유적지로 들어갔다.

제라시의 로마 유적군

로마시대의 유적이 그대로 남아 있는 유적지이다. 이곳은 소도시에서 대도시로 발전되어 간 모습을 보여주고 있었다. 초기에는 가르슈Garshu로, BC 2세기에는, 게라사Gerasa, Golden River로 불리다가 다시 아랍식 발음 제라시Jerash로 바뀌었다. 초기에는 그리스의 진출과 함께 군인들이 현지에 정착해서 그리스식 대도시를 건설했고 그리스식의 지명을 명명했다. 중앙에 십+자형 도로, 옆에 상가, 제우스 신전을 비롯한 건물을 건설했다. 제라시는 풍요의 신인 아르테미스 신을 주신으로 섬기는 도시였다.

　그러나 BC 63년 폼페이에 의해 정복되고 그리스 문화 위에 로마식 도시가 건설되었다. 실제 도로 바닥 돌은 그리스 시대에 장착된 것이라 한다.

　'제라시 개선문'은 AD 129~130년 로마 황제 하드리아누스가 중동을 방문한 것을 기념하여 세운 것. 웅장했다. 그러나 이 개선문은 AD 749년 대지진으로 붕괴되었던 것을 다시 복원한 것이다. 대지진으로 하여 붕괴된 것이 어디 개선문 뿐이겠는가. 이쪽 지역에서는 '제라시처럼 되어 간다'는 말이 '풍비박산 되다'의 우회적 표현이란다. 그리스 신들을 모시면서 그중에도 아르테미스 신을 주신으로 삼은 것은 제라시는 물론 소아시아 지역 대부분이 아르테미스 신을 모시고

제라시 개선문. 촬영은 김홍남

있는 때문이란다.

'히포드롬'이라 불리는 전차 경기장은 고대 올림픽 시대의 전차 경기장을 재현시킨 것으로 관람객 1만 5천 명을 수용할 수 있는 곳, 245×52m의 규모였다. 스탠드에 올라가서 경기장을 조망했다. 전차를 끄는 말들 10~20마리가 동시 출발이 가능했다고 한다. 옛날과 달리 우리들이 열어가고 있는 공간 건축물들이 워낙 큰 것들만을 보아서였을까, 히포드롬은 아담 한 규모로만 보였다.

'타원형 광장'으로 나갔다. 광장을 둘러싸고 76주의 열주가 둥글게 늘어서 있었다. 가이드 손 선생이 중동 지역을 확대한 세계 지도를 펼쳐 세우고 지휘봉으로 여러 지점들을 연결시키며 중동의 역사, 정치, 사회, 경제에 대한 설명을 토해냈다. 야무진 여성의 야무진 설명이었다. 이후 원형 극장(AD 90년 건설)을 돌아보고 열주列柱 거리를 거쳐 비잔틴 시대에 지어진 교회 건물을 찾아갔다. 교회 건물은 세 곳에 설립되어 있다고 했다. 우리가 찾아간 곳은 땅속에 매몰되어 있던 곳을 발굴한 것. 사실 이곳에 있는 제라시 유물 대부분은 로마제국의 멸망과 대지진 이후 폐허가 되었던 것을 1925년부터 발굴, 복원하기 시작해서 오늘에 이른 것이다. 비잔틴 교회 부근 언덕에는 줄기가 억센 풀이 있었다. '합환초'라고 했다. 구약 창세기에서 야곱은 라반의 두 딸인 레아와 라헬을 아내로 맞아들인다. 한 남편을 두고 레아와 라헬은 사이가 좋지는 않았던 것 같다. 야곱이 라헬을 처음부터 마음에 두고 혼인하고 싶어 했는데 야곱의 노동력을 노린 라반이 야곱 몰래 큰딸 레아를 신방에 들였던 때문이다. 장인에게 속은 것을 알고 항의하는 야곱에게 라반은 작은 딸을 먼저 혼인시킬 수 없는 그 지방 혼인 문화에

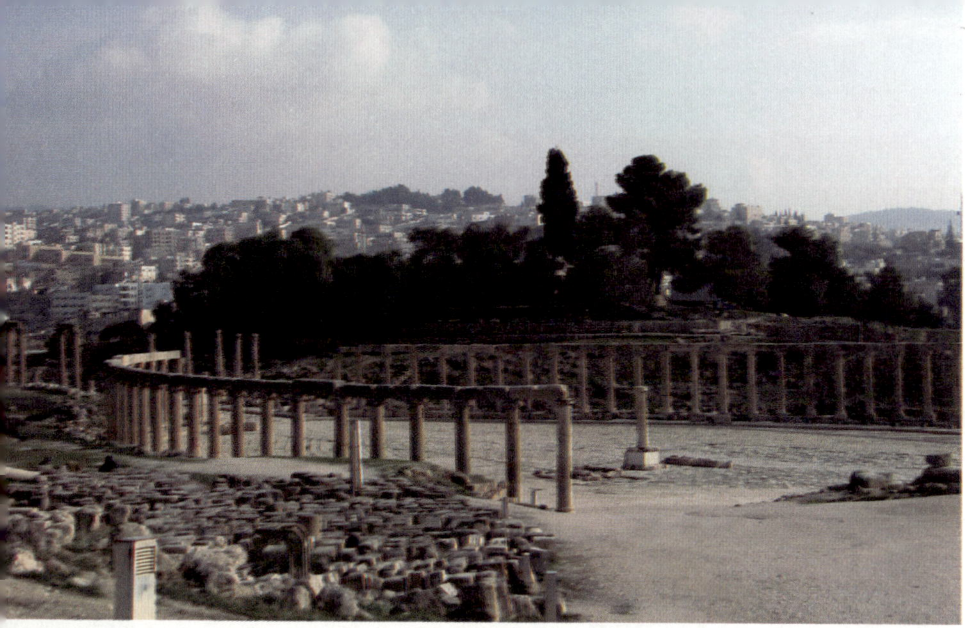

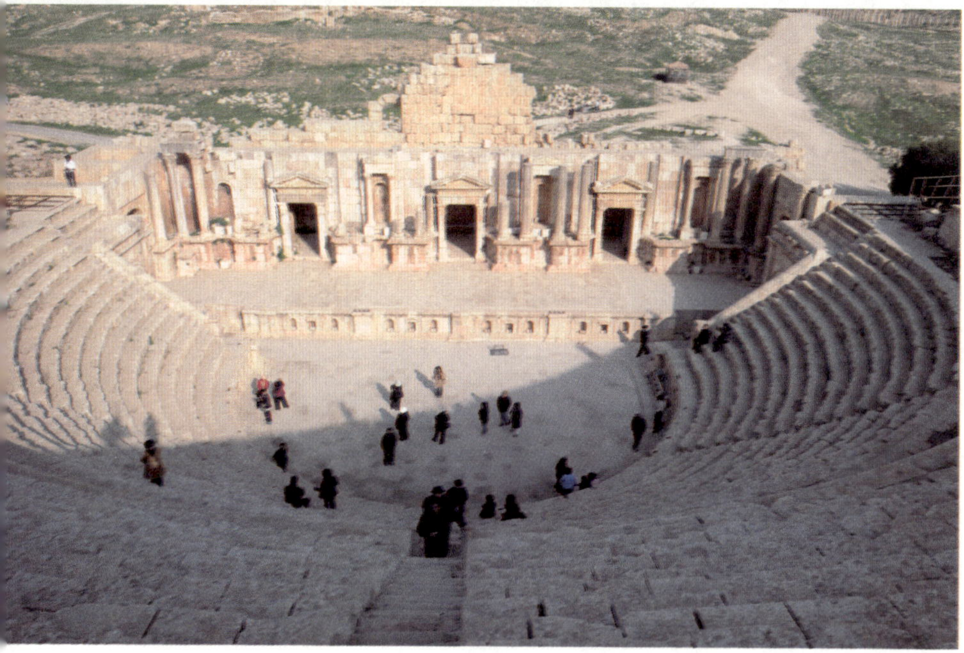

1 타원형 열주의 광장
2 제라시 원형 극장. 촬영은 유재원
3 아르테미스 신전 유적
4 님프 신전. 촬영은 김홍남

대해 설명하고, 초례 일주일 뒤에 작은딸을 줄 것이되 앞으로 7년간 더 일을 해주어야 한다고 요구한다.

야곱의 장인은, 김유정의 「봄·봄」에 나오는 장인과 어쩜 그리도 비슷한가. 욕필 영감은 무료로 노동력을 얻기 위해 큰딸이 시집가기까지 열네 명

의 데릴사위를 바꾸어 들였다. 둘째인 점순의 신랑감으로 지금 세 번째의 데릴사위로 들여와 3년 7개월을 무보수로 일을 시켰다. 어떻든 성서에서 야곱은 7년간의 노동 연장을 조건으로 작은딸인 라헬을 아내로 맞아들였다. 이후 야곱은 작은딸인 라헬의 방을 더 자주 찾았던 듯하다. 후일 큰딸인 레아의 아들이 어머니를 위해 갖다 바친 것이 합환초였다. 오늘날의 비아그라와 같은 역할을 하던 약초였을까.

아르테미스 신전, 님프 신전 입구의 아케이드들을 돌아보았다. 님프 신전 앞은 마차가 다닐 수 있는 차도였다. 차도의 바닥 돌은 그리스시대의 것,

차도 바로 아래는 깊이 1m, 폭 1m 정도의 하수구라고 했다. 사거리의 테트라필론(교차로 건물)의 석재는 유달라보였다. 이집트의 아스완 지역으로부터 가져온 화강석을 석재로 사용한 것이라고 했다. 로마의 힘을 짐작할 수 있는 대목이었다.

사해

제라시를 출발(10:10)했다. 사해死海로 가는 길에 날씨는 맑아지고 더워지기 시작했다. 사해까지는 2시간여가 소요되리라고 했다. 요르단의 평균 해발 고도는 900m, 이에 비해 사해는 −400m의 저지대에 있다. 사해의 염도鹽度는 41%.

해발 0m 지점을 통과하자 사해까지 18km란 표지판이 나타났다. 우리가 가고 있는 방향으로 직진하면 예루살렘까지 50km라 했다. 왼쪽에 베두인의 천막, 풀을 뜯는 양, '고인돌'들이 있었다. 여름에는 이 지역 기온이 50~60도까지 오른다는 곳이었다. 이곳의 양은 방목 중, 양들은 풀을 뜯고 있었다. 이곳 말로 사해는 '알바하르 알마이아트', 이것은 곧 바하르(바다)+마이아트(죽다)가 합해진 말이다.

차창 밖으로 멀리 강줄기가 보이는데 '예리고' 지역을 지나고 있다고 했다. 이

아케이드의 사거리

지역 가까이 '소돔'과 '고모라'가 자리하고 있다고 한다.

마침내 멀리 바다가 보이기 시작했다. 바다라기보다 실은 호수이지만 바다처럼 보였다. 염도 41%의 바다. 요르단 강의 가느다란 물길이 사해로 흘러들어가고 있었다. 상류에 댐을 만들어 사용하는 관계로 용수는 고갈 상태라고 한다. 사해는 갈수록 염도가 높아지고 수량은 줄어들고 있는데, 그러다 보면 지하수들이 삼투압 작용으로 인해 사해로 들어오고, 이에 따라 지하수를 사용하던 사람들은 다시 물 부족에 시달리게 될 것이며 기존의 지하수로가 붕괴될 것이라고 걱정들을 한다.

점심은 사해 옆 호텔 식당에서 먹었다. 생선 요리가 맛있었다. 차려주는 음식 얻어먹는 재미에 여행을 하는 것일까. 마침내, 사해에 몸을 담그기 위해 수영복으로 갈아입었다. 나는 수영복을 준비해 가서 입는데 정말 멋쟁이 들은 얇은 블라우스와 핫팬츠 차림으로 물속에 들어간다. 나는 밥을 먹고 나서 꽉 끼는 수영복을 입으니 그렇지 않아도 앞으로 나온 아랫배가 더 불룩하게 나와서 신경이 쓰였다.

사해 물속으로 천천히 걸어 들어갔다. 눈에 절대로 소금물이 들어가지 않도록 하라는 주의를 들었다. 소금물이 눈에 들어가는 순간 그 통증이 아주 심하다고, 그럴 경우는 빨리 나와서 민물에 눈 안을 헹구어주어야 한다고 했다. 물속에서 마음대로 걸을 수가 없었다. 그냥 몸이 넘어갔다. 몸을 뒤로 눕히는 순간 그대로 둥실 떠올랐다. 파도가 제법 일고 있었다. 배영의 자세로 누워 있다가 일어나려는데 다리가 바닥에 닫지 않았다. 부력이 너무 커서 몸이 내 마음대로 되지 않았다. 조심을 했는데도 눈에 소금물이 들어가서 쓰리고 아팠다. 서둘러 물 바깥으로 나가 샤워장에서 눈을 씻어냈다.

바깥은 서늘한 정도의 기온, 바닷물 속은 미지근하고 좋았다. 해변가에 무료 머드 통free Mud이 있었다. 얼굴을 제외하고 온몸에 머드를 발랐다. 유재원 교수는 머리칼 속까지도 머드를 발랐다. 석명숙 선생은 얼굴까지 머드를 발랐고 내게 등판에도 머드를 발라달라고 했다. 머드를 바른 몸은 바람에 건조시켜야만 마사지 효과가 난다고 해서 머드를 바른 채 10분 정도 바닷가를 거닐었다.

다시 물속으로 들어가 하늘을 바라보는 자세로 몸을 눕혔다. 바다에 누워 책을 읽는 소년의 모습이 다가왔다. 우산을 쓰고 있었던가. 햇빛을 막기 위해서는 아마 그래야 할 것이다. 국민학교 3~4학년 시절의 '자연' 교과서 속 삽화였다. 사해에서는 물위에 누워서 책을 읽을 수 있다고 배웠을 때 정말일까 했는데……. 마침내 사해 바닷물에 누워서 하늘을 바라보니 감개무량했다. 짠 바닷물이 피부를 자극해서 오래 있을 수가 없었다. 뜨거운 불에 쏘인 듯 따끔거렸다. 샤워장으로 가서 몸을 씻었다. 호텔 출발(15:40), 페트라까지는 세 시간 정도 걸린다.

사해에서

추억 한 자락

진한 소금물에 풀어놓고

살갗에 맺힌 소금꽃

유쾌한 통증으로 살아난다.

바다에 누워 책 읽는 소년을

소년의 등을 떠받쳐주고 있는 바다를

국민학교 시절 자연 교과서에서 보았다

책 읽는 소년의 시늉을 낸다.

물 위에 누워 하늘을 읽는 동안

염도 41%의 바닷물이 등을 떠받쳐준다.

소돔과 고모라 여리고가 예서 멀지 않다는데

요르단 강 줄기와 호수가 만나는 곳

강물줄기는 날마다 줄어들고

호수는 날마다 짜지는데

염장된 기억은 세상 떠날 때까지…….

아듀

생애 처음이자 마지막이 될

사해에서의 한 나절

멀리 요르단 강 쪽 바라보며

구약의 시절을 생각한다.

(2011. 1. 26, 16 : 00)

모세를 생각하는 시간

추억 한 움큼

염장시키면

차가운 보석

사해 바닷가의 진흙 발라

초콜릿빛 인형 되어

웃다가 울다가

사해 바닷가

뒤로 하고 돌아서네

세월 따라

호수는 짜지고

버석거리는 소금 알갱이

요르단 강 바라보며

모세의 샘. 촬영은 유재원

모세의 바위샘

호텔이 있는 페트라로 향하는 동안 까부러져 잠에 빠졌다가 가이드의 해설을 들다가 버스가 문득 멈추어 선 곳, 모세의 바위 샘물이 있는 곳이었다(18:50). 경사진 도로의 한 옆에 작은 건물, 그 안으로 들어갔다. 시멘트 콘크리트로 긴 십자형을 이룬 곳에 맑은 물이 흐르고 있었다. 샘의 오른쪽으로 대충 0.8×2×1m 정도 되는 바위가 있었다. 탈애굽기에서 불평하고 원망하는 백성들 앞에서 모세가 지팡이를 들어 바위를 치자 샘물이 솟구쳐 올랐던 곳, 모세의 샘이었다. 결국 모세는 신을 시험한 죄로 가나안에 들어가지 못하고 도중에 죽게 되는 에피소드가 이곳 모세의 바위샘에 서려있다. '바위를 깨뜨려 샘물을 솟게 했다'는 그 한 구절에 힘입어 내 마음 무신無信의 바위를 깨버리고 교회에 몰두했었던 그런 때가 있었다.

갈증과 굶주림과 공포가

원망과 증오의 화살 되어 꽂히던 날

억울함과 절망과 고통으로

만남의 장막 앞에 엎드린 모세

신의 명령 따라

지팡이로 두 번 바위를 내려치다.

터져 나오는 물줄기

아!

그분은 우리와 함께 계셨구나!

감격과 죄스러움에 무릎 꿇지만

불신의 죄

용서받을 수 없어

황야에서 잠들어야 했네

가나안으로 들어가지 못하고

그날 이후 지금까지

솟구치는 모세의 바위샘

무지개를 통해 약속을 환기하듯

바위샘물 통해

불신의 껍질 깨뜨릴 수 있기를.

페트라의 메리어트^{Marriott} 호텔 509호실로 배정받았다. 해수욕장 탈의실 수돗가에서 열심히 빨아 온 수영복과 수영모자, 호텔 욕실에서 다시 빨자 누런 진흙탕물이 연신 나온다.

내일 일정은 5 : 00 / 6 : 00 / 6 : 30.

2011. 1. 26, 수요일, 흐림.

08 페트라 - 와디럼 - 페트라

이른 기상(04 : 00), 서둘러야 했다. 요르단 여행의 꽃인 '페트라'와 '와디럼'을 찾아가는 날이었다. 사막에서 모래 바람의 습격을 막기 위해 옷은 입던 옷 그대로 입기, 모래 바람을 막기 위해 스카프를 준비했다.

호텔 출발 직전, 프런트 가까운 화장실에 들어갔다가 나오려는데 화장실 문이 작동되지 않았다. 당황하지 말자고 스스로 타이르며 아무리 핸들을 돌려도 자동으로 잠긴 문은 열리지 않았다. 쩔쩔매고 있는데 막 화장실로 들어온 석명숙 선생이 바깥에서 핸들을 비틀어 열어주었다. 화장실에 갇히다니…… 끔찍했다. 석 선생은 유럽 여행 중에 동행인 한 사람이 화장실에 갇힌 것을 모르고 일행들이 모두 떠났다가 나중에야 알게 되어 돌아왔다는 이야기, 누군가는 화장실에 갇혔다가 윗 창문을 통해 탈출했었다는 이야기를 들려주었다.

서둘러 조반 식사 후 페트라 유적지를 향해 떠났다. 버스 안에서 가이드를 통해 페트라의 유적지를 발견하게 되기까지의 일화를 들었다. 정리하면 다음과 같다.

페트라는 BC 6세기경에, 아랍계 유목민 나비테안이 사암의 협곡 속에 건설한 왕국이다. 한때는 실크로드의 상업적 요충지로 발전했지만 AD 106년 로마에 정복되고 AD 131년 하드리안 황제가 이곳을 방문, 하드리안의 페트라로 불린 적도 있었다. AD 363년 대지진으로 파괴되었고 다시 AD 530년경에 일어난 대지진으로 페트라의 영광은 사라졌다(530년대에 있었던 대지진의 참화는 당시 페트라 교회의 주교가 양피지에 쓴 보고문에 찾아볼 수 있다. 이 양피지의 내용은 훗날 브라운 대학에서 발굴하여 발표했다).

두 번째의 대지진에 이어 AD 749년 다시 세 번째의 대지진이 일어난 이후 살아남은 나바테아인들은 더 이상 새로운 거주처를 만들지 않고 집단 텐트 생활을 해온 것으로 추정된다. 왜냐하면 지금까지 발굴된(발굴된 것은 전체의 20% 미만에 그친다고 한다) 건축물들 가운데 개인의 주택은 보이지 않는 대신 대개 공공건물 내지는 부유한 가문의 납골당으로 보이는 건물들만 보이는 때문이다.

이후 잊혀졌던 페트라가 사람들의 주목을 받게 된 것은 1812년 이후의 일이다. 스위스인으로 독일과 영국에서 살았던 요한 루트비히 부르크하르트가 아프리카 여행 중 아랍 상인들을 통해서 보물의 계곡 페트라에 대한 이야기를 듣게 된 것이다. 요한 루트비히는 페트라 지역으로 들어와 나바테아의 유목민들과 같이 생활을 하면서 황금의 계곡으로 들어가는 길을 찾으려고 한다. 그는 아랍어에 능숙하여 철저하게 무슬림으로 처신하면서 유목민들과 친교관계를 맺었다. 마침내 그는 나비테아인들의 비밀스런 집회에 끼어들게 되고 페트라 협곡 속의 장밋빛 도시를 발견하게 된다. 페트라가 세상 사람들에게 알려진 것이 1812년의 일이었다. 그리고 1985년 페트라 협곡에 감추어져 있었던 장밋빛 도시는 유네스코 세계문화유산으로 지정되었다.

요한 루트비히가 페트라 협곡을 발견했을 때는 물론 1985년 당시에도 나바테아의 후예들은 페트라에 살고 있었다. 그러나 이곳이 세계문화유산으로 지정되면서 요르단 정부에서는 그들이 살던 거주처로부터 10km 정도 떨어진 곳에 '리틀 페트라'라는 이름 아래 새로운 거주처를 장만하고 집단 이주시켰다.

페트라 유적 관리소 앞에 도착했을 때는 6시 48분, 이미 발빠른 관광객들이 새벽의 페트라 유적지를 향해 걷고 있었다. 날씨가 서늘했다. 페트라의 입장료는 전 세계에서 가장 비싼 곳, 미국 돈 73달러(한국 돈 11만 원 정도)였다. 우리는 걸었지만 어떤 이들은 말을 타고 이동하고 있었다.

유물의 흔적은 입구에서 걸어서 4분 거리에서부터 나타나기 시작했다. 오벨리스크 네 개의 기둥이 있는 작은 사원이 나타났다. 이곳에서 오벨리스크는 하

늘과 땅을 연결하는 역할, 동시에 이 사원에 네 명 또는 다섯 명(원주 사이에 1명의 인물상이 있다)의 가족을 모신 납골당임을 알려주는 역할을 하고 있다고 했다. 우리가 본 최초의 사원은 실은 장례 사원이었고 그 건축물의 양식은 아시리아 영향을 받은 것이었다.

비교적 폭이 넓은 계곡 안으로 들어갈수록 좌우에 무덤터와 주거의 흔적이 보였다. 나바테아인들에게 삶과 죽음은 같은 공간 안에 공존하는 것이었다. 가이드의 이야기로는 협곡 안에 있는 원형 극장의 좌석 수효를 주민 수효의 10%로 계산했을 때, 페트라가 한창 번창했을 당시 거주자 수효는 4~5만 명에 이르는 것으로 추정한다고 했다. 현재 리틀 페트라에 거주하는 나바테아인들만 해도 3만 5천 명에 이른다고 했다.

마침내 페트라 계곡에서 신성한 공간 페트라의 협곡으로 들어가는 입구 '시크The Siq'에 도착했다(07:15). 발견 당시에만 해도 협곡의 출구에는 아치가 있었

<table>
<tr><td>1</td><td>2</td><td>3</td></tr>
</table>

1 오벨리스크가 있는 사원
2 페트라의 협곡 지대
3 수로

는데 20세기 초엽 이 아치는 붕괴되었다.

협곡 안으로 들어섰다. 붉은 사암 사이로 난 길의 폭은 좁은 곳은 네댓 명이, 넓은 곳은 열 명 가량이 함께 횡대로 걸을 수 있는 정도였다. 수십 길에 이를 수직의 바위 절벽 위에 걸친 하늘은 우리가 움직이는 동안 거치게 되는 협곡의 폭만큼 좁게 때로 넓게 보였다. 수직의 암벽, 가슴 정도의 높이에 달하는 암벽에는 협곡 입구에서부터 줄곧 같은 높이를 유지하면서 수로水路가 연결되어 있었다. 그 옛날 사람의 손이 정과 망치만으로 쪼아내서 연결시킨 수로였고 그것이 페트라 주민들의 생명수였다. 발목 정도 높이에도 바위를 쪼아내고 그 위를 덮은 토관이 설치되어 있었지만 이제는 마모되고 부서져서 토관의 모습은 간간이 끊어진 곳들이 보였다. 수십 길에 이를 바위 벽과 벽 사이의 협로를 걸으면서 자연 앞에 인간이 얼마나 미소한 존재인가를, 그러나 인간의 지혜가 자연을 이용해 만들어 놓은 생활 공간의 모습이 얼마나 놀라운가에 감탄했다.

바위틈에 뿌리를 박고 살고 있는 나무들, 오랜 풍화에 마모되어 코끼리 모양으로 보이는 바위, 수직의 벽에 조각된, 그러나 지워진 로마인 대장의 얼굴 '나는 시리아 남부 사령관, 두스체라 신에게 바친다'는 그리스어 기록만 남았다. 로마인 대장이 떠난 이후에 나바테아인들이 로마인의 얼굴을 지워버린 것이다. 드물게 벽에 새겨진 인물 조각, 동물 조각이 보였지만 그들은 모두 마모되어 일부의 모습만 남겨지고 있었다. 사암이라 조각하기 쉬운 만큼 마모도, 파손도 쉽게 된 것이리라.

마침내 수직의 바위틈 사이로, 아침 햇살을 담뿍 받고 빛나는 나바테아의 보물창고 '알 카즈네Al Khazneh'가 나타났다. 알 카즈네를 향해서 카메라 셔터를 누르기 시작했다. 어두운 암벽 틈새로 알 카즈네의 높이와 폭,

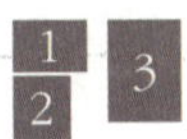

1 협곡 내, 풍화작용으로 만들어진 코끼리 모양의 바위
2 암벽 틈으로 보이는 알 카즈네
3 페트라의 알 카즈네

거리들을 겨냥하면서. 모두
들 사진 예술사가 된 듯 심각
한 표정들이었다. 먼저 알 카
즈네를, 그리고 알 카즈네를
배경으로 인물 사진 찍기. 피
사체는 동일한데 미적 감각
과 사진술에 의해서 예술품
과 증명사진이 결정 나는 한
판 승부였다.

협곡을 벗어나자 툭 터진
공간(실은 여전히 협곡이지만)에
서 한눈에 알 카즈네를 보아
버렸다. 눈으로는 한눈에 다
담을 수 있지만, 카메라로는
되지 않았다. 여섯 개의 원형
기둥이 받쳐진 2층 건물, 높
이 25m, BC 1세기경의 건축
물이라고 한다. 군사적으로
로마에 정복되기 이전에 이
미 문화적으로 로마에 정복

되었다는 상황을 보여준다는 건물. 알 카즈네를 배경으로 석 선생과 함께 사진을 찍는데, 내 디카를 손에 들고 거리를 재던 가이드 손정미 씨, "카메라 바꾸세요!" 한마디 했다. 모두들 값비싼 카메라로 쉽게 잘도 찍는데 유가람이 사준 디지털 카메라는 초등학생이나 사용할 저가품이었다.

원형 극장은 4천 명이 입장할 수 있는 큼직한 규모였다. 통으로 된 바위산을 깎아낸 극장이었다. 스탠드의 의자는 바위산의 통돌을 파낸 것이다. 원형 극장 쪽 언덕으로 올라가자 동굴집들이 보이고, 색동의 바위들도 나타났다. 건너편 하늘 벽은 초콜릿이 흘러내리는 케이크 같았다. 원형 극장 아래쪽은 상가와 열주의 거리라고 했다.

이후 왕실의 무덤으로 이동했다. 좌우에 다섯 개 원주가 세워진 무덤은 실은 비잔틴 시대 교회로 사용되던 것이라고 했다. 대단한 규모였다. 이후 칼라드 무덤, 실크 무덤들을 돌아보았다. 붉은 사암 덩어리로 된 커다란 산의 골짜기 하

1	2	3

1 원형 극장
2 왕실 무덤
3 용도가 밝혀지지 않은 사원의 기둥과 계단

나씩을 맡아서 위로부터 아래로 깎아 내려가고 바깥에서 안으로 깎아 들어가는 기법이라고 했다. 사암이기에 깎아내기는 어렵지 않지만, 까딱 잘못하면 부서져 내리기도 쉬운 것이 결점이었다.

우리 팀이 페트라의 석조 건물들 거리를 탐사하는 동안, 시크에서부터 따라온 흰 바탕에 얼룩무늬가 있는 개 한 마리 — 바둑이가 거의 두 시간 이상 우리 주변을 맴돌고 있었다.

우리들이 건축물 안으로 들어가 구경하고 있는 동안은 바깥에서 기다리다가 우리가 나가면 또 줄레줄레 따라왔다. 귀엽게 생긴 중개였다.

"쟤 눈에는 우리가 양떼로 보이나 봐!"

누군가 한마디 해서 우리를 웃게 했다. 협곡의 입구에서부터 수로를 통해 들어온 물을 저장하는 대형 물 저장소, 비잔틴 교회, 용도를 알 수 없는 커다란 사원들을 돌아볼 때, 오전 9시임에도 불구하고 태양이 뜨겁게 쏘아대기 시작했다.

사암의 산과 길은 햇빛에 달아올라 후끈거리기 시작했다. 왜 이른 새벽에 이곳을 찾아야 하는지 그 이유를 알 수 있었다. 아침 햇살에 비친 협곡의 속살을 보는 신비함, 그리고 더위를 피하기 위해서였다.

박물관으로 가는 중에 길가에 떨어져 있는 계란 껍질 토기 조각을 보았다. 그 옛날 나바테아인이 만들어 사용하던, 계란 껍질처럼 얇은 토기의 파편들이었다. 두 시간 이상 우리와 동행하던 바둑이는 박물관 부근에서 우리와 작별하지 않을 수 없었다. 박물관 부근의 개들 여러 마리가 바둑이를 에워싸고 사나운 이빨을 드러내며 털을 곤두세웠다. 자신들의 영역을 침범하지 말라는 협박이었다. 바둑이는 꼬리를 감추고 그들의 영역에서 물러나 주어야 했다.

박물관은 규모가 작았지만 전시품은 알찼다. 인물 조각들은 대개 로마 신화에 나오는 신들의 모습이었다. 땡볕 아래 바위산을 오르내리노라고 이미 지친 상황, 박물관 탐사는 대충 하고 바깥으로 나왔다. 원하는 이들은 박물관으로부터 계곡을 따라 올라가는 곳에 있는 수도원 구경을 하고 다른 이들은 천천히 출구 쪽으로 가서 모이자고 했다. 룸메이트 황세옥 선생이 수도원 구경을 하겠다고 했다. 황 선생은 조랑말을 타고 수도원으로 떠나고 나는 석 선생과 천천히 되돌아가는 길을 택했다. 대부분의 사람들이 되돌아오는 길을 택했다. 목이 마르고 피곤했다. 그늘진 곳에 앉아서 아침에 호텔에서 가져온 오렌지를 함께 나누어 먹었다.

그리고 천천히 협곡 출구를 향해서 걷기 시작했다. 태양은 하늘에 높이 떠오르고, 아침에 걸어 들어왔던 똑같은 길인데 태양의 위치가 달라지면서 다시 걷는 길은 전혀 새로운 길처럼 보였다. 아침 6시 50분부터 걷기 시작한 페트라의 길, 11시 40분경에야 출입구인 시크에 도착했다. 대부분 시간에 맞추어 집합 장소에 나타났다. 황세옥 선생이 늦어졌다. 그녀는 20분 늦게 조랑말을 타고 나타났다. 아주 위험한 길이었노라고 했다. 조랑말을 타고 왕복으로 다녀온 황세옥 선생, 대단한 여성이었다. 인근 식당에서 식사(12:00), 와디럼 사막을 향해 출발했다(12:50).

와디럼

와디Wad, 계곡+럼rum, 달은 달의 계곡을 의미한다. 붉은 모래와 검은 산, 한 쪽에는 수직의 절벽이 병풍처럼 둘려진 사막이 와디럼이다. 예전 기록에는 '포도나무와 소나무가 번성'한 오아시스였지만 지금은 붉은 모래로 뒤덮인 사막 지대가 되었다.

와디럼 사막 지대에 서린 전설은 장자못 전설, 또는 소돔과 고모라 신화와 비슷했다. 두 설화가 모두 물폭탄을 받는 것으로 끝나는 데 비해 와디럼 사막 전설에서는 모래를 덮어쓰게 되었다는 차이가 있을 뿐이다.

와디럼으로 가면서 버스 차창 바깥으로 나타나기 시작한 산들의 모양이 예사롭지 않았다. 재빨리 카메라를 꺼내 달리는 차안에서 셔터를 눌러보지만 전선이 들어가는 바람에 다시 찍어야 했다. 중국 계림에서 보던 산의 모습이 와디럼에서 재현되고 있었다. 혹시 천지창조 이래 이곳이 해저海底였던 적은 없는가.

일단 관광 관리 사무소로 가서(14:20) 티켓을 끊고 다시 출발(14:35), 사막으로

가기 위해서는 제2차 세계대전
때 사용하던 지프에 올라야 했다.
조별로 지프가 배정되었다. 사방
이 툭 터진 지프차에 올라 출발
했다. 지프차라기보다는 반 트럭
에 실려 간다는 감이 더 강했다.
모자가 날아가지 않도록, 앞차가
일으킨 모래바람을 피하기 위해
서 스카프로 모자를 눌러주었다.
10분 정도 모래 위를 달리자 험한
산을 배경으로 영화 〈아라비아의
로렌스〉의 촬영지 로렌스의 우물
에 도착했다. 우물에서 나온 물을
ㄹ자형의 수로로 끌어서 양이나
소들이 와서 마실 수 있도록 해
놓은 곳이었다. 물은 차갑고 시원
했지만 물 위로는 부유물이, 물속
으로는 이끼가 끼어 있었다.

1 와디럼 사막 가는 길
2 지프에 올라 사막으로 들어가는 길
3 로렌스의 우물
4 영화 〈아라비아의 로렌스〉의 촬영지

〈아라비아의 로렌스〉 촬영지

영화 〈아라비아의 로렌스〉는 1962년 작품으로 1963년 제35회 아카데미 시상식에서 작품, 감독, 촬영, 편집, 미술, 음악, 녹음 등 7개 부문을 수상하였다고 한다. 영화의 배경은 제1차 세계대전 무렵, 영국이 로렌스를 아라비아에 파견해서 아랍인의 협력을 이끌어 내고는 아랍인을 배신하는 내용, 이에 절망한 로렌스가 오토바이 사고로 위장한 자살을 하게 되는 내용이라고 한다. 50년 전에 만든 영화이고, 우리가 찾아간 로렌스의 우물은, 그동안 관광객을 위해 계속 보호를 잘해오고 있었던 듯. 자료를 찾아보니 실존 인물 로렌스에 대한 평가는 양면적이다. 영국의 첩자로 아랍인을 이용했다는 설과, 진정으로 아랍의 통일을 위해 애를 썼다는 설, 영화를 보지 않았으니 그 내용을 잘 모른다.

어떻든 피터 오툴이라는 로렌스 역의 배우가 손을 담그고 있던, 물을 마시던

우물에서 한 쪽은 험악한 산맥이, 한 쪽은 툭 터진 사막이 있었다. 우물 앞에는 관광 기념품을 파는 베두인의 천막이 있었다. 와디럼 산악에서 나는 약초와 허브차, 조잡하게 만든 목걸이며 귀걸이 같은 것이 있었다. 허브차 한 잔 얻어 마시고, 카잘리 협곡을 향해 출발했다(15:30).

카잘리 협곡

카잘리 협곡은 사막의 한 귀퉁이에 있는 바위산 협곡 지대였다. 이슬람 시대 성지 순례를 가던 사람들이 사막에서 오아시스 지대인 협곡으로 들어와 협곡을 통해 성지로 나아가는 길목이었다. 좁은 곳은 간신히 한 사람 정도가 몸을 비비며 나가야 할 듯, 물이 흐르고 있었다. 사람 키 정도 되는 곳, 때로는 좀 더 높은 곳에

성지 순례자들의 메시지와 암각화가 있었다. 협곡으로부터 40km 전방에 사우

1 카잘리 협곡 입구.
2 협곡 안, 암벽에 암각화가 있다.
3 와디럼의 붉은 모래와 바위산

디아라비아가 있다고 한다. 협곡을 출발(16：00), 사구砂丘로 갔다.

　모래 동산 ―, 60도 경사도의 모래 동산이 앞에서 기다리고 있었다. 모래는 주홍빛이었다. 모래는 석양을 받아 더욱 붉었다. 붉은 모래는 발이 가늘고 보드라웠다. 신발을 벗고 모래 동산을 오르기 시작했다. 밀가루를 밟는 듯한 느낌이었다. 두 걸음 올라가면 한 걸음 뒤로 미끄러지는 오르막이었다.

석양의 사무침

와디럼에 스며들어

붉게 물드는 모래밭

맨발로 기어오르는

붉은 모래 언덕

절대 고독을 맛본 자만이

들을 수 있다는

석양녘 와디럼 사막의 속삭임

달이 뜨는 밤이면

더 웅숭깊어질

영원의 소리

(2011. 1. 27. 16 : 57)

붉은 모래 언덕에 올라가 사막을 조망했다. 멀리 가까이 산들이 뚝뚝 떨어져서 크고 작은 섬들을 만들고 있었다. 검붉은 산과 산 사이로 흘러나오는 붉은 모

모래 언덕에서

470

래의 물결, 그 사이에서 말을 탄 아랍인들이 쏟아져 나올 것 같았다. 모래 언덕에 오른 사람은 우리 일행 중 절반 가량. 산이 있으면 올라야 한다. 높은 곳에서는 더 멀리까지 볼 수 있으니까.

호텔에 도착(18:30), 내일 일정은 6:30 / 7:30 / 8:30.

2011. 1. 27. 목요일. 맑음.

09 페트라 – 아카바 항구 – 시나이 반도 – 누비에 항구

요르단을 떠나는 날 아침 늦게 일어났다(05:30). 어제 페트라와 와디럼 사막에서 많이 걸었던 것이 몹시 피곤했었던 듯, 정신 모르고 잤다. 호텔을 옮길 때마다 짐을 꾸리는 것이 전쟁과 같다. 등산화와 포도주 병이 문제다. 시나이로 가면 포도주를 기분 좋게 처분할 수 있을까. 내일 새벽에 시나이 산에 오른다고 했겠다.

얼굴이 퉁퉁 부었다. 이집트에서는 반정부 시위가 일어난 모양인데 관광객들에게는 별 문제가 없겠지만 올케가 '마지막까지 파이팅'이라는 문자를 보내왔다. 감사.

일찍 짐을 꾸려놓고 호텔 주변을 산책했다. 페트라 협곡 쪽을 바라보았다. 신이 만든 걸작인 협곡, 그 협곡 안에는 인간이 만든 걸작들이 있다. 신이 만든 걸작 가운데 그중 가장 높은 산봉우리에 흰 모자를 씌운 듯한 곳이 보인다. 해발 1,396m의 산봉우리에 있는 '사제 아론'의 무덤이라고 한다. 모세보다 3살 위인 형 아론의 무덤. 구약에서 아론은 최초의 사제였다.

호텔을 출발했다(08:36). 하늘은 높고 맑았다. 우리에게는 좋은 날씨인데 이 지역 사람들에게 좋은 날씨란 눈 오고 비 오는 날이라고 한다. 사막 지대에서 필요한 수자원이 바로 눈이고 비인 까닭이다. 고원 지대에서 아래로 펼쳐진 도시를 보면서 버스는 남쪽으로 내려가고 있었다. 순례자들 또는 대상隊商들이 통과하는 길이 이 지역에 세 군데에 걸쳐져 있다고 한다. '와디'는 계곡으로 물이 흐르는 곳이고 물이 흐르는 곳에 오아시스가 있고 마을이 있고 길이 있는 까닭이다. 이 지역에서 부자富者의 판정은 몇 개의 샘을 소유하고 있느냐는 것. 어제 우리가 찾아갔었던 와디럼 사막에는 협곡이 물을 감추고 있었고 풀들이 자라고 있었고 대상과 순례자들이 다니던 길이 있었다. 물이 귀한 중동 지역으로 와서 내 나라가 얼마나 살기 좋은 나라인가를 알겠다.

아카바 항구 도시로 진입했다(12:10). 버스가 달리는 방향으로 줄곧 웅장함과 섬세함을 지닌 산맥이 동행했다. 산맥이라기보다는 땅속에서 불끈불끈 솟아 오른 듯한……. 땅 밑에서 산들은 서로 손에 손을 잡고 있을 것이다.

마침내 홍해가 나타나고 종려나무들이 해안가를 장식하고 있었다. 금요일은 무슬림들에게 공휴일, 내국인들의 휴양지인 아카바 항구의 종려나무 숲길에 사람들이 붐볐다.

아름다운 항구 도시 아카바는 요르단 정부에서 공들여 관광 도시로 개발 중이라고 한다. 여름에는 최고 기온 50~60도를 기록하기도 하지만 습기가 적어서 그늘에 있으면 시원한 곳이 아카바 지역이다.

일단 항구 주차장에 차를 대고, 세관 수속, 출국 수속을 하는 동안 배를 기다리는 사람들과 함께 섞여 있었다.

11시 30분, 요르단의 현지 가이드 손정미 씨와 작별했다. 요르단 왕족의 근친과 결혼해서 아이가 있다는 송정미 씨. 언제 다시 만날 기약은 없고 다시 만난다고 해도 서로를 기억할 수 있을 것인가.

'더 프린세스The Princess' 호에 탑승했다. 5~6백 명은 족히 태울 만큼 커다란 페

리호였다. 시나이 반도까지 가는 승객들의 승선은 출입국 관련 수속으로 오래
기다려야 했다.

페리 더 프린세스

홍해의 깊숙한 곳
아카바와 시나이 반도를 왕복하는
페리 더 프린세스

바람도 물결도 잔잔한데
갑판 위로
스쳐 지나는 건
여왕 제노비아의 그림자
페트라의 협곡 깊이 숨어 있는 알 카즈네
와디럼의 붉은 모래사막
돌아보면 멀어져 가는 아카바 항
앞을 보면 달려오는
시나이 반도의 북쪽 누비에 항

쪽빛 짙은 물결 위에

부서지는 1월의 햇살

세월도

역사도

인생도

흔들리며 흘러간다.

누비에 항구

누비에 항에 도착했다(14:00). 하선하는 수많은 승객들이 모두 나가기를 기다려 선실에 앉아 있었다. 손혜원 선생이 동행들을 대상으로 그녀의 시장 철학, 광고 철학을 강의하고 있었다. 사람들이 입고 있는 옷의 상표만 보고도 의류 시장의 유통 사정을 파악할 수 있다는 것이다. 상표 이름 지을 때의 유의점, 상품 디자이너의 자세에 대한 즉흥 강의다. 세계적인 디자이너의 이름과 유명 상표들의 이름이 손 선생 입에서 줄줄이 나오는데, 내게는 해독 불능의 암호들이다. 그러나 세계적인 디자이너들이 생각이 젊은 피를 수혈하고 변화를 추구하는 노력에 대해서는 들을 만했다. 달리는 말을 카메라에 담기 위해서는 그 말과 같은 속도로 달리며 말을 찍으면 배경은 사라지고 말만이 부각되는 사진이 만들어진다는 말을 기억해 둘 것.

배에서 하선했다(15:20). 각자 짐을 찾아 들고 나서자 선창가에서 이집트 현지 가이드 한국인 김혜숙 씨가 기다리고 있었다. 세관으로 가서 각자 짐 검사(16:10), 다시 짐을 찾아 들고 세관을 벗어나자 전용 버스가 와서 짐을 실었다.

늦은 점심은 한국인 식당에서 들었다. 흰 쌀밥, 배추된장국, 불고기, 두부, 김치와 깍두기, 쌈 된장과 상추, 가지나물 등등.

배 안에서 이미 간단하게 요기를 했지만 일주일 만에 먹는 한국 음식이 입에 맞았다. 한국 식당의 주인은 한국인, 종업원은 현지인이었다. 한국인 관광객들이나 찾아와 팔아줄까. 밖에 세워둔 간판에는 78종의 음식 메뉴가 나와 있었다.

다시 버스에 올라 산중 깊숙한 곳에 있는 리조트형 호텔로 들어오는 길에 하늘에 별들이 초롱초롱했다. 버스 안에서 갈릴리 여행사의 신동철 사장과 손님들 사이에 가벼운 갈등 —. 여행 안내서에서는 시나이 산에서 해돋이를 바라보며 컵라면을 먹는 낭만에 대한 기록이 있었다. 나도 평소에는 먹지 않던 컵라면을 사서 트렁크에 넣었었다. 그런데 안내서를 다시 보니 컵라면은 여행사에서 제공한다기로 컵라면을 꺼내 놓고 왔다. 그런데 신동철 사장, 오늘 항구에서 만난 어느 한국인 여행자에게 컵라면을 상자째로 주어버렸다고 했다. 아무도 자신의 무거운 짐을 들어주는 사람이 없기에 혼자서 큰 짐을 들고 다니는 것이 벅차서 그랬다고 했다. 모두 한마디씩 볼멘소리를 했다. 약속 위반이라고, 나도 똑같은 말을 했다. 멀쑥해진 신 사장, 대신 오렌지를 사왔다고 했다. 오렌지는 이곳에서 흔한 것, 시나이 산 해돋이를 바라보며 컵라면으로 낭만을 즐기려던 이들을 달랠 수는 없었다. 신 사장은 대신 물 한 병씩을 나누어 주겠노라고 했다. 컵라면을 못 먹어서가 아니라 컵라면에서 비롯되는 낭만을 박탈당했다는 억울함이 우리를 툴툴거리게 만든 것이다. 신 사장을 짐꾼 취급한 우리가 실은 더 큰 실례를 했으면서……

　내일 새벽 2시에 모닝콜, 2시 30분에 시나이 산 모세가 계명을 받았던 곳으로 가야 한다. 옷을 미리 입고 자리에 누워야 하나.

　호텔은 해발 1,500m 지점에 있는 리조트식의 가톨릭 호텔, 호텔이라기보다는 교회에서 운영하는 수도원과 같은 곳이다. 132호에 배당받았다.

　산기슭 여기저기에 뚝뚝 떨어져 있는 건물들, 짱돌을 석회 반죽으로 버무려 쌓아올린 건물 벽이 특징이다. 실내에 투박한 목재 침대가 3대, 등나무로 엮은 소파, 넓적하고 쾌적하다. 내일 새벽 시나이 산을 오를 때에는 낙타를 이용한다고 한다. 왼쪽 무릎이 좋지 않다. 어제 저녁에는 파스를 붙였다.

　배낭에 초코파이, 사탕, 초콜릿, 물, 손전등, 두꺼운 옷, 장갑, 그리고 마룰라 성당에서 구입했던 포도주를 준비하고, 500ml들이 생수병을 칼로 오려내 두 개의 임시 컵을 만들었다.

　내일 일정은 2:00 / 02:30.

2011. 1. 28, 금요일, 겜.

10 시나이 반도 – 카이로

새벽 1시 10분에 기상해서 등산 준비를 했다.

시나이 수도원의 새벽

성 카타리나 빌리지의 신새벽

불타는 떨기나무,
타오르는 불길
신발 벗고 엎드려
말씀을 받드는 이

그 자리
그 말씀,
약속의 무지개
가슴에 담아가려 합니다.

(2011. 1. 29, 01 : 40)

성 카타리나 빌리지St. Catherine's Village 132호, 석회로 바른 돌집 안에는 투박한 목재 침대, 목재 옷장, 탁자, 등나무 다탁과 의자 등이 있다. 투박하지만 튼튼해 보이는 가구들의 배치가 안정감을 준다.

새벽 2시 40분의 기온은 11도, 40명의 회원 가운데 시나이 산 등산 포기자가 서너 명, 김월순 선생이 10분이나 늦게 나오는 바람에 출발 시간도 10분 지연되었다. 김 선생은 출발 시간을 3시로 착각하고 있었다고 한다. 석명숙 선생은 제 시간에 맞추어 나왔는데 두 사람 룸메이트 사이의 갈등이 심각한 모양이었다. 워낙 나이 차이가 있는지라 서로 쉽지 않을 것이다.

버스로 5~6분 거리에서 내려 손전등을 켜들고 낙타 타는 장소까지 30분 정도 걸었다. 이미 수많은 관광버스에서 토해낸 탐방객들이 주차장을 메우고 있었고 그들이 만든 행렬, 어둠 속을 가르는 전지 불빛이 빛의 시냇물 같았다. 조심하면서 호흡을 조절했다. 여행 이후 충분한 휴식 없이 강행군. 걷다 보니 체력이 저하되고 있음을 느낄 수 있었다. 이제 나이와 건강을 생각해야 한다. 한동안 힘이 들었지만, 곧 순례자들의 전체적인 흐름에 어느 정도 맞출 수 있었다.

낙타 타는 장소에 도착, 도보객과 낙타 타는 사람들의 줄이 나뉘어졌다. 낙타 타는 사람들의 줄이 길어졌다. 책임자인 듯한 사람이 장부를 들고 1달러 지폐를 주면 낙타 몰이꾼의 이름을 불러 순례자 옆에 세웠다. 낙타 몰이꾼은 순례자의 손을 잡고 그의 낙타가 있는 곳까지 2~3분을 걸어가는데 전지로 발밑을 비추어야 하므로 낙타꾼의 목소리만으로 노소를 짐작할 수 있었다. 나와 한 팀이 된 몰이꾼은 목소리만으로 젊은이, 낙타 타는 사람으로 치면 소년층이었다. 몸체가 작고

경쟁심과 호기심이 넘치는 어리광쟁이였다.

시나이 반도의 낙타는 쌍봉, 두개의 봉 사이에 안장이 얹혀졌다. 어린 낙타에 올라타자 친밀감이 느껴졌다. 그러나 뒤에 진 배낭이 쌍봉 사이로 들어가기에는 걸리적거려 한 옆으로 밀어놓고 있어야 했다. 내가 탄 낙타는 낙타들 사이의 정해진 순서와 관계 없이 노선 위반, 속도 위반을 거듭했다. 앞으로 나가기 위해서 좌우로 헤집고 앞서거나 갑자기 뛰거나 멈추어 서서 딴전을 부리거나……. 뛸 때도 문제였다. 예고 없이 펄쩍대며 뛰어나갔다. 손잡이라야 수직 길이 15cm 정도, 굵기 10cm 미만의 작은 봉 하나를 두 손으로 감싸듯이 쥐고 있어야 했다. 잔뜩 긴장해서 손잡이 봉을 잡고 있는데 낙타 몰이가 생수통을 바닥에서 찾아 쥐어 주었다. 낙타가 뛰는 바람에 배낭 옆주머니에 꽂아 두었던 생수통이 떨어졌던 것이다.

낙타몰이꾼은 내가 탄 낙타 말고도 두세 마리의 낙타를 동시에 지휘하고 있었다. 나의 낙타가 진로 바꾸기, 속도 위반으로 말썽을 부리자 듬직한 낙타 한 마리를 옆에 세웠다. 내 낙타가 큰 낙타에게 다가가 머리를 비비고 몸을 비비고 하는 것을 보니 어미와 새끼의 관계였던가. 새끼 낙타가 말썽을 부리면 큰 낙타는 어린 놈의 목줄기를 가볍게 몇 번씩 물어주면 새끼 낙타는 얌전해졌다. 그러다가 싫증이 나면 다시 속도 위반에 진로 이탈 등등……. 낙타는 초식 동물이고 순한 동물이며, 영리하고 자존심이 센 녀석이니 마음 놓고 낙타에게 몸을 맡기라던 가이드의 말을 생각하며 맘속으로 내 낙타에게 말을 걸었다.

"얘야, 힘든 길을 네 등에 올라타고 갈 수 있으니 고맙고 미안하다. 얘야, 귀여운 것아."

낙타가 맘속으로 하는 내 말을 알아 들을까마는, 때때로 말썽을 부리는 녀석에게 그렇게라도 하지 않을 수 없었다.

좁은 오르막길, 낙타 다리 아래쪽으로 도보 순례자들이 줄을 이어 오르고 있었다. 낙타와 순례자의 행렬이 얽혀들고 있었다. 내 낙타는 장난이 심해서 줄을 이어 걷고 있는 사람들을 좌우로 다니며 훼방을 놓았다. 인도와 낙타의 길이 잠시 구분되는 지점에서 놈은 다시 움직이지 않고 서 버렸다. 어느새 나타난 몰이꾼이 낙타 옆에 쪼그리고 앉아서 낙타의 휴식을 지켜보고 있었다. 다른 낙타들이 다 지나가고도 한동안 내 낙타는 서 있었고 나도 몰이꾼처럼 낙타가 움직이기를 기다렸다.

어둠 속에서 시나이 산 정상(해발 2,285m), 검은 하늘에는 초승달이 하얗게 웃고 있었다. 초승달로부터 조금 떨어진 곳에서 샛별이 반짝였다. 낙타가 움직일 때마다 달도 별도 따라서 움직였다.

초승달과 샛별

양치기 모세

불타는 떨기나무 앞에서

창조주의 말씀 들었네

그분이 야훼임을 알게 되었네

야훼에게 선택된 모세

파라오의 손에서 해방시킨 동족

약속의 장소로 이끌 때에

동족의 불평 소리 높아졌네

이집트에서 나온 석 달째의 초하룻날

시나이 산에 오른 모세

야훼의 계명

석판에 새겨 받았네

모세가 야훼와 소통했던 산

어린 낙타 등에 올라 타박대며 오르는데

초승달 높다랗게 떠오른 하늘

그 어름에 샛별이 반짝이네.

야훼여 이 가슴에도

사랑과 실천의 계명을 새겨주소서

달을 보고

별을 볼 때마다

사랑의 약속을 확인하게 해주소서.

수많은 인파가 시나이 산을 오르고 있었다. 새벽 바람이 거칠었다. 낙타 몰이꾼은 나를 사람들이 많이 모인 장소에서 내려주었다. 낙타 몰이꾼에게 임금 15달러를 주었다. 그리고 다시 1달러를 팁으로 주었다. 아직 날이 새지 않아 어두컴컴했다. 우리 일행이 어디 있는지 찾을 수 없었다. 일단은 사람들을 따라 산을 올라야 했다. 750개의 계단을 오르는 일이 남아 있었다. 전짓불을 비추어가며 천천히 오르기 시작했다. 그러나 300계단도 오르지 못했는데 다리가 떨려오기 시작했다. 바위 벽에 기대서서 호흡을 조절했다. 그리고 다시 천천히 발걸음을 옮겼다. 해발 2,000m가 넘은 곳이니 더욱 조심해야 했다.

집합 장소로 약속된 '에브라힘 카페'를 찾아갔다. 카페의 전면은 좁고 속은 동굴처럼 깊숙한 곳이었다. 전면에서는 기념품을, 안쪽에서는 커피와 라면을 팔고 있었다. 마침 한국에서 가져온 초코파이 하나를 반씩 나누어 황세옥 선생과 먹었다. 시나이 산에서 먹는 초코파이는 '세상에서 가장 맛있는 과자'였다. 호텔에서 가져온 빵과 과일로 요기를 했다. 한 쪽에서는 한국산 컵라면을 사서 먹는 사람, 커피를 사서 마시는 사람들이 있었다. 그들은 시나이 산에서의 추억을 만들고 있는 중이었다.

일출 시간을 기다려 정상을 향해 다시 130계단을 오르는 행렬이 늘어섰다. 행렬 속에 섞여서 산을 올랐다. 해발 2,285m의 시나이 산 정상에는 사람들이 촘촘히 박혀 있었다. 모두 멀리 동쪽 하늘을 바라보며 섰다.

일출을 기다리는 시간

소용돌이치는 바람

동쪽 하늘 차츰 붉어오는데

발 아래로 까마득하게 이어진

바위산과 절벽의 행렬

오늘 떠오르는 태양은

모세의 시절에도 떠올랐거니

태양을 사이에 두고

모세와

나

서로

손 잡는다.

신 새벽 시나이 산에 오른 사람들

거룩한 말씀에 접속하고자

동쪽 하늘에 눈길을 모은다.

(2011. 1. 29, 06 : 20)

시나이 산의 일출

바람의 날개 달고

잿빛 구름 떨쳐내고

바위산 위로

붉은 공 하나

둥싯거리다가

성큼 떠오른다.

눈이 부시다

야훼의 태양

모세의 태양

우리들의 태양

시나이 산 갈피마다

쏟아지는 빛의 축복

하늘과 땅 사이에

우리가

내가

있다

(2011. 1. 29, 06 : 30)

사람들이 일출 순간을 카메라에 담고자 모두 숨을 죽이고 있었다. 나도 카메라를 꺼내 들고 이미 떠오른 태양을 담았다. 일출의 시간이 지나자마자 성급하게 하산하는 무리들이 돌계단을 메우고 있었다. 준비해간 와인 병을 배낭에서 꺼냈다. 먼저 유재원 교수를 찾아가 페트병으로 급조한 잔에 와인을 따라 대접하고, 가까이 있는 동행들에게도 '한 모금씩만 마시며 소원을 빌어보라'고 했다. 등에 짊어지고 산을 오를 때에는 힘이 들었지만, 시나이 산 정상에서 일출의 광경을 보면서 와인으로 감동을 맛보는 이들은 보이지 않았다. 나도 한 잔 따라 마시니 와인이 입안에서 착착 붙는 것 같았다. 김홍남 선생은 입맛을 다시며 한 잔

1 2
1 시나이 산의 일출 모습
2 아침 햇살에 젖은 시나이 암석산

더 달라고 했다. 산에서 내려오는 길에 손혜원 선생 만나서 와인을 주었더니 기분이 좋아서 깜박 넘어가는 시늉을 했다. 모두들 즐거워하니 나도 즐거웠다. 물론 즐거움의 기억은 길어야 하루? 그리고 잊혀질 것이다.

하산 길은 고되었다. 이른 새벽에 낙타를 타고 오르느라고 길이 그렇게 험한 줄을 몰랐었다. 게다가 숙소에서 떠난 것이 2시 40분, 하산하기 시작한 것이 6시 40분, 그동안 마신 물이 한 병 정도, 요의를 심하게 느꼈지만 화장실 시설이라고는 산 정상 부근에 한 군데 있었는데 한 번 사용에 1달러, 엉성한 시설 앞에는 사람들이 몇 미터씩 줄을 서고 있었다. 그래도 들렀어야 하는데 그냥 온 것이 문제였다. 조금만 힘을 주어도 소변이 쏟아질 것 같았다. 사람들이 워낙 많아서 어디로 숨어 들어가 해결할 곳도 없었다. 나무라고는 전혀 없는 바위산, 남성 같으면 어떻게 해결할 수 있겠지만 여성들에게는 모든 곳이 노출된 공간이었다. 간신히 참으면서 내려오니 '카타리나 수도원', 아침 9시였다. 외국인 관광객들에게 몸짓으로 물어보며 수도원 근처의 화장실로 달려가 허겁지겁 해결했다.

거룩한 장소에서 거룩한 광경과 접하는 것은 거룩하고 좋은 일이다. 그렇지만 당장 방광에 차오른 소변을 배출시키는 일 또한 소중한 일이 아닐 수 없다. 시나이 산의 장엄한 아침은 일출의 순간에 끝나버렸다. 생리적 배설 작용을 해결하지 못해 산길을 뛰다시피 내려온 사람 눈에는 다만 시뻘건 바위덩이만 각인되어 버린 것이 못내 유감스럽다.

산악 지대의 명소를 찾아갈 때에는 탐방 소요 시간, 화장실 유무와 화장실의 위치 파악이 가장 중요한 정보원이 되어야 할 것이다.

성 카타리나 수도원

새벽에 낙타를 타러 갈 때에 카타리나 수도원 앞을 지나서 갔다. 그러나 사방이 컴컴해서 수도원의 규모가 어느 정도인지 모르고 스쳐 지나갔다. 시나이 반도의 남쪽 시나이 산 계곡의 가장 안쪽에 해당되는 수도원 지역은 '성 카타리나 지구'(해발 1,500m 지점)로 불리는데 이곳에서 모세가 신의 부름을 받았고 십계명을 받았다.

구약에서 보면 파라오 공주의 집에서 나온 모세는 자신을 죽이려는 파라오의

성 카타리나 수도원

손을 피하여 '미디안 땅으로 달아나 그곳 우물가에 앉아 있었다'. 미디안의 딸들이 양떼에게 물을 먹이려고 우물로 왔을 때 목동들이 딸들을 쫓아내려고 하자 모세가 딸들을 도와 양떼에게 물을 먹일 수 있게 해 준다. 이것이 인연이 되어 모세는 미디안의 사제 르우엘(이드로)의 딸 십보라와 혼인하게 된다. 그때의 그 우물이 카타리나 수도원 안에 있다. 십보라와 사이에서 아들 게르솜을 얻은 모세는 양치기 생활을 하다가 하느님의 산 '호렙'에서 불타는 떨기나무 가운데 하느님의 말씀을 듣게 된다. 하느님은 모세에게 이집트로 가서 이스라엘 백성을 데려오라는 말씀, 하느님 당신의 이름이 야훼임을 알려주셨다. 후일, 이를 기념하여 불타는 떨기나무가 있는 곳에 '불타는 떨기나무 성당'을 건축했다.

카타리나 수도원에 대한 상세한 설명은 김상원 테오필로 신부의 블로그에 있다. 김상원 신부의 블로그에서 주요 부분만 발췌하여 소개하면 다음과 같다.

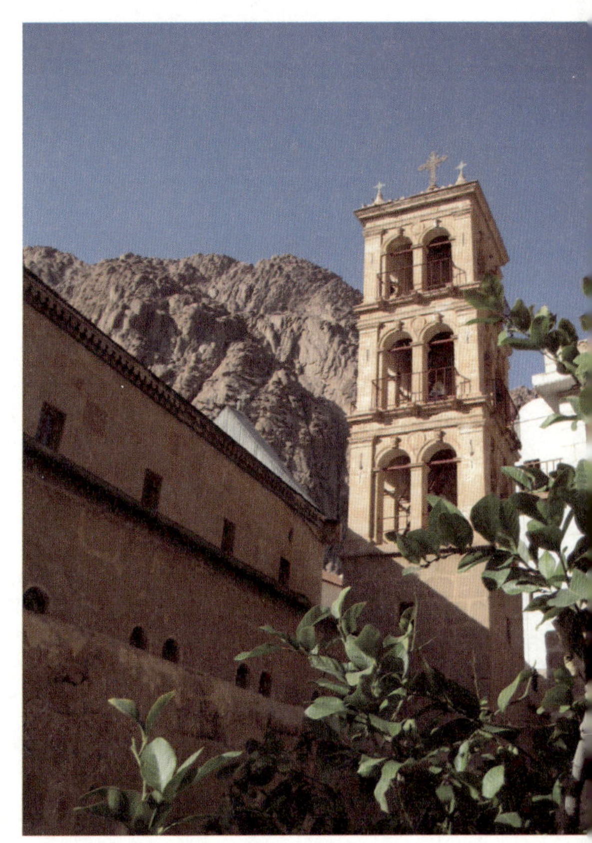

사람과 신이 소통했었던 장소로 유명한 시나이 광야에는 당시 많은 수행자들이 모여 살고 있었다. 그러나 3~4세기에는 사라센인들이 이들 수행자들을 학살해서 많은 희생자가 생기기도 했다. AD 330년에 로마의 콘스탄티누스 황제의 어머니 헬레나가 불타는 떨기나무가 있던 자리에 동정 성모께 바치는 작은 성당을 지었다. 이 성당을 중심으로 수행자들이 더욱 많이 모여들게 되었는데 당시(AD 383.12.16~20)의 상황이 이 지역을 순례했던 에제리아(에테리아) 수녀의 여행기에 잘 나타나 있다.

지금은 많은 수도 암자와 성당이 있으며 넓은 골짜기 끝 부분에 해당되는 곳이다. 그 성당 앞에는 아담한 정원이 있고 풍부한 물을 공급하는 샘도 있었다. 바로 그 정원에 '덤불'이 있었던 것이다.

에제리아 수녀의 순례기는 1884년 이탈리아 아레조에서 발견되었다. 그녀의 순례기는 381년 부활절부터 384년 부활절까지 기록되어 있는데 그 여정은 콘스탄티노플에서 예루살렘까지, 다시 시리아, 메소포타미아, 아라비아, 이집트로 이어져 있다고 한다. (http://blog.daum.net/terrasanta)

인터넷 교보문고로 들어가 보았으나 『에제리아 순례기』는 아직 나와 있지 않았다. 세계 4대 여행문학 작품인 혜초의 『왕오천축국전』이 8세기에, 마르코 폴로의 『동방견문록』이 13세기에, 이븐 바투타의 『여행기』가 14세기에, 오도리크의 『동유기』가 13~14세기에 이루어진 것이다. 그런데 그들보다 훨씬 앞선 4세기에 에제리아의 『순례기』가 기록되었으니 지금까지 나와 있는 여행기 가운데 가장 오래된 것이 아닌가. 그것도 여성이 쓴 여행기라니……. 에제리아의 『순례기』는 단순한 여행기를 넘어서 신앙고백기이며 당시 기독교회들의 전례와 전도 사업에 관련된 모든 것을 기록한 것이다.

에제리아 수녀에 대한 또 다른 자료를 찾았다. 천주교 세류동 성당의 홈페이지에서 인 끌레멘스 신부가 「에제리아 여행기를 통해 본 그리스도인의 순례」라는 글에서 에제리아 여행기의 내용을 다음과 같이 소개하고 있다.

이름이 에제리아(Egeria) 또는 애테리아(Aetheria)라고 하는 한 유럽 여성 신자가 4세기 후반쯤 예루살렘과 팔레스티나를 중심으로 몇 년에 걸쳐 중동 성지를 순례했다. 이 여인은 고국에 남아 있는, 아마도 수도 생활을 하는 동료 '자매들(sorores)'에게 이 순례 여정을 편지에 담아 보냈다. 우리는 이 서간을 '에제리아 여행기(Itinerarium Egeriae)'라고 부른다.

이 여행기는 크게 두 부분으로 구성되어 있다. 첫 부분에서 에제리아는 신구약성서에 따라 걸어간 순례 길을 자세히 말하고 있다. 우선 이스라엘 백성이 모세의 인도에 따라 이집트를 탈출한 위대한 사건의 중심이 된 시나이 산을 둘러본다(1~9). 그리고 이스라엘 백성이 약속의 땅 가나안에 들어가기 직전 모세가 생애를 마친 느보 산을 거쳐(10~12), 카르네아스를 여행한다(13~16).

그리고는 콘스탄티노폴리스로 돌아오는 길에 에데사까지 이르는 시리아 북부의 메소포타미아 지역을 방문하고(17~21), 성녀 테클라의 무덤을 참배한다(22~23). 그리고 여행기의 둘째 부분에서는 395년경 예루살렘 교회 전례를 자세히 전해준다(24~49).

에제리아는 예루살렘 교회의 전례주년에 따라 직접 전례에 참여하면서, 평일과 주일의 전례, 주님의 공현 대축일, 사순 시기와 금식, 성주간, 파스카 대축일, 성령 강림 대축일 전례를 말하고, 그리고 끝에는 예루살렘 교회가 세례를 받고자 하는 예비 신자를 어떻게 교육시켰는가에 대하여 그 절차를 말하고 있다. (http://www.seryu.or.kr)

다시 김상원 신부의 성 카타리나 수도원 이야기로 돌아가자. AD 3~4세기경, 수도원 측에서는 인근 유목민들의 공격으로부터 수도원을 지키기 위해 비잔틴의 황제 유스티니아누스 황제에게 부탁하여 요새 형태의 수도원을 짓게 된다(AD 527~530). 이때 지어진 요새화한 수도원의 규모는 동서 75m, 남 80m, 북 88m의 불규칙한 직사각형의 모양, 높이는 남쪽 8m에서 북쪽은 25m로 지면에 따라 일정하지 않다. 화강암 요새 벽의 두께는 탑이나 지하실에 필요한 공간을 확보하기 위해 2~3m의 폭을 유지하고 있다. AD 5세기 무렵이 수도원의 황금 시기였다. 각국에서 수도자들이 모여들어 다양성 가운데 신앙 공동체로서의 삶을 전개해 나갔던 것이다.

그러나 AD 7세기로 접어들면서 무슬림의 세력이 강력해지자 수도원은 위기를 겪게 된다. 이에 수도원장은 시나이 반도를 여행 중이던 이슬람의 창시자 마호메트Muhammad에게 사람을 보내어 수도원과 수도자들을 보호해 줄 것을 청원한다. 수도원장의 청원을 받은 마호메트는 양손바닥으로 날인한 문서를 보내오고 마호메트의 조카 아부 탈립Abu Talib이 손바닥으로 날인한 문서 위에 수도원의 청원을 허용한다는 서명을 한다(AD 622). 이 문서는 현재까지 수도원에 보관되어 있으며 이 문서가 수도원과 수도자를 보호해주는 보호벽이 되어 주었다.

성 카타리나 수도원의 본당에는 9개의 경당이 있는데 '불타는 가시덤불의 경당', '성 야고보 경당', '성 시메온 경당', '성 콘티탄티누스와 헬레나의 경당' 등등, 수도원 경내에는 또 다른 경당 12곳이 있다.

성 카타리나 수도원이란 명칭은 9세기 이후부터 갖게 되었다. 여기에는 카타리나 성녀에 관련된 전설이 있다. 카타리나 성녀 관련 김상원 신부의 글을 전문 인용한다.

성녀 카타리나(St. Catherine)는 310년경에 활동한 알렉산드리아의 동정 순교자이며 축일은 11월 25일이다.

상류 가문에서 태어나 학식 있는 카타리나는 철학과 수사학, 시, 음악, 자연과학, 수학, 천문학과 의학을 공부하였다. 그녀의 아름다움과 뛰어난 학문 그리고 고귀한 성격은 그녀가 천상 신부인 예수 그리스도를 받아들이는 것을 막지 못했고 그녀는 그리스도교의 세례를 받게 된다.

4세기 초에 막시미누스(Maximinus, 재위 기간은 308~313) 황제가 그리스도인들을 박해할 때, 카타리나는 우상을 숭배하는 황제를 공개적으로 비판하였고, 아무런 두려움 없이 그리스도에 대한 믿음을 고백하였다.

황제는 카타리나를 설득하기 위하여 50명의 학자들을 보내 그녀의 그리스도교에 대한 신앙을 반박하였지만 오히려 이방인 철학자들은 황제의 많은 지인들과 함께 그리스도교로 개종하게 되었다. 황제는 이러한 노력들이 헛수고임을 깨닫고 카타리나에게 고문을 하기 시작하였다. 황제는 대못을 박은 바퀴를 만들어 카타리나를 고문하였지만 카타리나는 전혀 상처를 입지 않았고 오히려 구경꾼들이 바퀴에서 튕겨 나온 못에 의하여 죽었다고 한다. 온갖 고문으로도 카타리나의 신앙을 바꾸지는 못하자 마침내 참수하고 만다. 카타리나의 목에서는 하얀 피가 쏟아져 나왔다고 한다. 카타리나의 시신은 천사들에 의하여 시나이 산의 최고봉으로 옮겨졌다.

5세기가 지난 9세기 초에 시나이 산에서 수행하던 어느 수도자가 환시의 빛에 싸인 채 천사에 의해 성녀의 시신이 시나이 산 정상으로 옮겨지는 것을 보게 된다. 그 수도자는 다음날 산 정상에서 성녀의 시신을 발견하였고 시신은 수도원에 안치되게 된다. (http://blog.daum.net/terrasanta)

지금까지 성 카타리나 수도원의 기원을 살펴보았다. 신앙을 위해 순교하는 카타리나의 목에서 하얀 피가 쏟아져 나왔다는 대목에서 신라 불교 순교자 이차돈?~527이 연상된다. 카타리나 성녀와 이차돈과는 200여 년의 간극이 있다. 이차돈의 목을 자르자 '머리가 하늘을 날아 금강산金剛山, 경주 북쪽에 떨어지고 잘린 목에서는 흰 젖이 수십 장丈이나 솟아났으며, 순간 주위가 어두워지고 하늘에서는 기묘한 꽃들이 내려오며 땅이 크게 진동했다.' 이때 이차돈의 나이 22세 혹은 26세였다고 한다. 이차돈 죽음의 신이는 곧 신라를 불교국으로 하는 데 결정적 역할을 했다. 그러나 카타리나의 죽음의 신이는 그녀의 시신이 발견된 500년 뒤에야 사람들에게 널리 전파되었다.

시나이 산 계곡 깊숙한 곳에 숨어있듯 자리한 성 카타리나 수도원이 종교 연구가 및 순례자들에게 주목 받는 이유는 무엇일까. 여기에는 먼저 구약에서 탈애굽기의 과정이 스며들어 있다는 것(모세와 불타는 떨기나무, 르우엘의 우물), 둘째는 현재까지 발견 및 발굴된 것 가운데 가장 오래 된 성경 사본 — 4세기경에 쓰인 희랍어 성경 '시나이 사본Codex Sinaiticus'의 필사본(이들 필사본 중 대부분은 대영박물관에 소장됨) 및 5세기경에 시리아어로 번역된 루카복음서 사본을 소장하고 있다는 것, 셋째는 마호메트의 양손바닥 도장이 들어가 있는 문서가 있다는 것 등, 넷째는 역사적이고도 예술적인 이콘들을 소장하고 있다는 것 등으로 정리될 수 있을 것이다.

성 카타리나 수도원의 고위층과 유재원 교수는 지인 사이로, 이번 여행길에 유교수를 특별 초청하였다고 했다. 수도원은 일반 관광객에게 공개되는 일이 드물다고도 했다. 우리는 유교수 덕택에 유서 깊은 수도원을 방문하게 되었다고 모두 기대감에 들떠 있었다. 유교수가 수도원의 고위층과 만나는 시간 동안 수도원 바깥에서 기다리다가 둔탁한 화강암 성벽에 난 작은 출입구를 통해서 수도원 안으로 들어갔다. 바로 떨기나무Burning bush(학명은 'Rubus sanguineus Friv'이며 장미과)가 있는 정원으로 안내 되었다. 모세가 보았던, 모세 시대부터 전해 내려온 떨기나무라고 했다. 개나리처럼 줄기가 축축 늘어져 있었다. 떨기나무의 뿌리는 본당 안의 성소와 연결되어 있다고 했다. 영어로는 '불타는 덤불'인데 번역으로는 '불타는 떨기나무'이고 그 내용으로 보면 불타지 않는 떨기나무이다.

1500년 이상을 지켜온 요새要塞화 된 수도원, 건물들이 조밀하게 연이어 세워져 있어서 답답했다. 교회 첨탑을 사진으로 찍고 2층 건물에 있는 전시실로 갔

다. 수도원으로 들어오는 입장료가 없는 대신 전시실에는 관람료를 지불해야
했다. 미국 돈 5달러였다. 예정에 없던 지출이었다.

전시실 입구에 예수상Christ Pantocrator, 0.85×0.45m이 있었다. AD 6세기의 작품으
로 예수 얼굴의 두 눈은 각기 다른 곳을 바라보고 있는, 그래서 그 눈을 바라보
는 위치에 따라서 슬프게 또는 기쁘게도 보이는 특징을 가진 인물화라고 했다.
모세가 신을 벗고 불타는 떨기나무 아래서 십계명을 받아들이는 그림, 천국의
계단, 베드로 사도의 그림, 성모와 아기 예수의 이콘 등은 대개 AD 6~7세기의
것이고 11~13세기 무렵의 필사본 책들이 있었다.

그리고 일반 호텔 베개보다 좀 더 큰 하얀 대리석 상자 — 성녀 카타리나의 유
해를 모신 상자가 있었다.

1
1 떨기나무. 촬영은 유재원
2
2 모세의 장인 르우엘의 우물. 촬영은 유재원

본당 건물로 들어갔다. 어두컴컴해서 제대로 볼 수 없었다. 그러나 황금 십자가의 휘황한 광채는 볼 수 있었다. 십자가상 왼쪽에 마리아상이 있었다. 오른쪽의 조형물은 누구의 것인지 잘 모르겠다. 십자가를 가운데 두고 두 인물의 조각은 용龍의 몸체로 십자가와 연결되어 있었다. 성당 내벽은 모두 이콘으로 둘러싸여 있었다. 사진 촬영 금지 지역이었다.

성당 바깥으로 나오자 미디안의 사제이자 모세의 장인인 르우엘의 우물이 기다리고 있었다. 사각형 우물의 테두리는 화강석의 두툼한 석재로 되어 있었다.

수도원 바깥으로 나왔다. 버스 정류장으로 가서 차에 올라 숙소로 갔다. 낮에 보는 성 카타리나 빌리지의 건물들은 독특했다. 외계인이 살기에 적합할 그런

디자인이었다. 늦은 조반을 먹고 다시 짐을 꾸렸다. 시나이 반도에서 카이로로 나가야 했다.

카이로에서 시위로 20명이 사망했다는 소식을 들었다. 1997년 룩소르에서 총격 사건으로 200여 명이 사망한 뒤 1년 정도 관광객이 없었다고 하는데, 관광으로 먹고 살아가는 나라의 장래가 어떻게 될 것인지.

호텔에서 11시 10분에 출발했다. 시나이 반도는 이스라엘이 육로로 들어올 수 있는 지점이라고 했다. 이집트와 이스라엘을 연결시켜 주는 지점이 시나이 반도다. 버스 안에서 여권 검사를 받았다.

삭막한 황야 지대를 달리고 있는 버스 —, 멀리 바다가 보이기 시작했다 (12:45). 수에즈 운하의 지하 터널을 통해 카이로에 입성한다고 했다. 동북 방향으로 해안 고속 도로를 달린다. 왼쪽은 바다, 오른쪽은 사막 지대, 내 눈은 지평선과 수평선을 함께 보고 있다.

마침내 수에즈 운하 터널로 접어들었다. 총길이 3km, 아시아와 아프리카를 이어주는 터널이다. 15시 5분에 휴게소에서 점심은 도시락으로 먹었다. 한식당에서 보내온 흰밥에 김치, 부침개 따위가 들어 있었다.

새벽부터 시나이 산에 오르느라고 수면 부족으로 계속 졸고 있는데 현지 가이드는 우리가 보고 온 성 카타리나 수도원에 대해 설명을 했다. 예전에는 수백 명이 머물렀을 수도원에 지금은 25인의 수도사가 수행 중(영국인 1, 미국인 1, 아랍인1, 희랍인 22), 그리고 현재 수도원의 원장은 고문서와 이콘으로 학위를 받은 이라고. 이콘은 목판 위에 밀랍과 석재를 반죽하여 아교로 붙이고 그 위에 그림을 그리는 것이라고. 성녀 카타리나는 귀족의 딸이었으나 수녀가 될 것을 결심하고 이를 말리는 사람들을 설득해서 모두 기독교인을 만들었으며 기독교 전도를 금하는 법을 어겼기에 화형에 처해지게 되었는데 그 순간 천사가 나타나 카타리나를 데려갔고, 300년 후 수사의 꿈에 카타리나의 유해가 보여 찾아가 보니 생시의 모습과 똑 같았다고……. 단두대에서 처형되었느냐 화형장에 서게 되었느냐의 차이 뿐 그들의 최후의 모습은 어떻든 신비롭다.

카이로

졸면서 이야기를 듣다 보니 카이로 인근으로 접근하고 있었다(16:50). 고속도로 주변에는 군 탱크들이 배치되어 있고 젊은 병사들이 탱크 뚜껑을 열고 나와 앉아 해바라기를 하고 있었다. 석양을 향해 얼굴을 돌린 젊은이들의 해맑간 표정, 그러나 그들이 군복을 입고 있는 한 그들은 명령에 따라서 움직여야 한다. 카이로 시내로 진입했다(15:00).

몽둥이를 든 젊은이들은 떼를 이루어 어슬렁거리고 있었다. 여행사 신 사장과 현지 가이드는 휴대폰을 귀에 대고 계속 통화중이었다. 카이로 시내의 변두리인데도 시위 사태의 여파는 전해져 있었다.

버스가 호텔 쪽으로 진입하려다가 실패하고 길을 돌았다. 몽둥이를 든 젊은이들, 거리를 지키고 있는 군인들, 그들은 거리에서 자동차가 주차하는 것을 허락하지 않았다. 버스가 거리를 한 바퀴 돌아 호텔 앞에 잠시 서면서 빨리 내려서 호텔까지 뛰어가라고 했다(17:20).

호텔로 뛰어 들어갔다. 소지품 검사 그런 것은 생략했다. 카이로의 모든 호텔 출입구 검색이 얼마나 까다로운지를 알고 있기에 프리 통과 하면서 지금 거리의 사태가 매우 심각하다는 것을 짐작할 수 있었다. 여행사 신 사장 말로는 호텔 주변에서 몽둥이를 들고 어정거리는 젊은이들은 실은 호텔에서 호텔 자체 경비를 위해 고용한 사람들이라고 했다.

호텔 로비에서 마냥 기다리고 있었다. 본래는 기자 지역에 있는 호텔에 예약이 되어 있었는데 그쪽에 시위가 심각해서 버스가 들어갈 수 없기에 임시방편으로 들어온 호텔이라고 했다. 우리가 들어온 래디슨 호텔Radisson Hotel에는 예약된 방이 없었다. 또 시내 중심부의 호텔로 들어가지 못한 사람들이 모두 이 호텔로 와서 방이 비기를 기다리고 있었다.

마침 한국의 여행사 관련자 한 사람이 와서 지난 저녁 그가 데려온 한국인 관광객들이 방이 없어서 로비에서 그냥 자고 오늘 떠났다는 이야기를 했다. 우리에게 만일 방을 구하지 못하면 2층에 회의실이 있으니 그곳에서 자도록 하라고 정보를 주었다. 19시가 넘어서야 여행사 신 사장이 마침내 방을 얻게 되었다고 했다. 배정된 방은 419호실이었다. 신 사장은 우리에게 안전을 위해서 호텔 밖 출입 금지를 부탁했다.

호텔 안에 있는 상점에 상품 구경을 갔다. 점원들이 TV를 보고 있었다. 카이로 시내의 시위 장면이었다. 시위대와 군인인지 경찰인지 몸싸움들을 하고 있었다. 우리가 화면을 들여다 보자 점원 가운데 한 사람이 차이나에서 일어난 시위 모습을 보는 중이라고 했다. TV화면에서는 아랍어 상점 간판들이 나타나고 있었다. 그들을 이해할 수 있었다. 자기네 나라 안에서 일어난 불행한 현장을 외국인에게 보여주기 싫은 것이다.

피곤해서 그대로 침대에 눕고 말았다. 잠속으로 빠져 들어갔다.

내일 일정은 09：00 / 10：00.

2011. 1. 29. 토요일. 갬.

 ## 11 카이로 – 도하

3시 30분에 기상, 여행 안내서를 다시 읽는다. 너무 일찍 일어나서 다시 자리에 누웠다가 5시 35분에 다시 일어났다. 뱃속이 더부룩하다.

어제는 강행군이었다. 성녀 카타리나가 보여준 이적, 카타리나 성녀가 잠들어 있던 장소, 500년 만에 사람들 앞에 나타난 유해, 그 장소에도 성당을 세웠다고 한다. 불타는 떨기나무가 있던 자리에 성당을 세웠던 헬레나는 콘스탄티누스 대제의 어머니. 313년경 그리스도교로 개종했고 헬레나의 노력으로 밀라노칙령이 공포되었고 그에 따라 로마에서 그리스도교가 인정되었다. 투옥된 신자들은 석방되었다. 이후 헬레나는 가톨릭 성녀로 추대되었다. 헬레나의 깊은 신심은 예수가 못 박혔던 십자가 보목寶木을 발견하게 되고, 이 보목은 불치병 환자에게 완치의 은혜를 나누어주었다고 한다. 어제 버스 안에서 비몽사몽간에 현지 가이드로부터 들었던 이야기다.

지금 이 호텔은 헬리오폴리스 지역, 카이로 시내 변두리라고 하지만 호텔 인근뿐만 아니라 거리 거리에 몽둥이를 든 젊은이들이 떼를 지어 몰려다니고 있다.

'역사는 현실이다'는 당연한 이야기인데 갑자기 머리를 탁 치는 듯한 느낌, 현실의 축적이 역사로 기록됨을, 다가오는 현실이 바로 미래였음을, 이는 누군가의 시간 철학에서 나온 말인데 —.

'역사의 현장'이란 일상의 습관을 뒤엎는 소용돌이 현상. 변화의 현장이라는 말로 대치할 수 있을까. 지금 장기 집권 30년을 넘어선 이집트 무바라크 정권에 대한 국민의 변혁 의지가 제대로 반영될까. 이미 20여 명의 사망자가 나왔다. 카이로의 진입로는 물론 요소마다 장갑차가 배치되어 있다. 현 정권의 정권 유지를 위한 군부의 충성이 백성들에 대한 유혈 진압으로 나올 것인가. 중립자의 위치에서 객관성을 지켜줄 것인가. 군인이란 전시에 죽이기 위해서 키운다고 하던가.

예상보다 6시 30분에 일찍 모닝콜(예정 모닝콜 09 : 00), 7시에 조반 먹으러 나오라는 긴급 연락이 왔다. 밤새 무슨 일이 있었는지 궁금했다. 객실 TV는 켜자마자 꺼져 버렸다. 호텔 측에서 이집트 국내 사정을 외국인에게 알리지 않으려고 하는 것이다.

조반은 호사스러웠다. 요구르트, 빵, 과일, 과일 주스, 커피 등으로 여유 있게 먹었다. 어쩌면 이것이 이번 여행 중 이 나라에서 마지막 식사가 될지도 몰라서 더 천천히 여러 번에 걸쳐 음식을 날라다 먹었다.

신동철 사장의 전언 — 11시 30분까지 짐 가지고 로비로 내려와 달라고, 짐은 버스에 각자 싣고, 점심 식사 후 공항으로 이동한다고 했다. 특별한 뉴스는 전해 주지 않았지만 사태가 매우 심각한 듯 신 사장의 표정이 긴장으로 굳어져 있었다.

호텔 객실에서 내려다 보니 몽둥이로 무장한 젊은이들이 골목이며 거리를 순시하고 있다. 누구를 위한 몽둥이 부대인가. 지난 새벽 두세 시경에는 호텔 앞거리에서 총격전이 있었다고 한다. 사람들은 침대에서 내려와 포복 자세로 벌벌 떨고 있었는데 나는 쿨쿨대며 자고 있었다니…….

조반을 먹고 엘리베이터에 탔는데 한의사 부부, 젊은 아내가 내게 무엇을 쇼핑했느냐고 물었다. 고개를 흔들자 한의사인 한상태 선생이 말했다.

"호텔 안에서는 쇼핑에 대한 이야기를 하는데 바깥에서는 빵을 달라는 데모가 일어나고 있다고 써주십시오!"

고개를 끄덕여주었다. 그랬다. 카이로라는 같은 공간 안에 있는데 호텔 안팎의 사정은 그렇게 달랐다. 무엇보다도 나를 겸연쩍게 만든 것은 메모 노트를 목에 걸고 미주알고주알 기록하고 있는 나를 그들은 꽹장한 여행 작가나 되는 것으로 오해하고 있는 것이다. 나는 그저 습관적으로 잊지 않기 위해 메모하는 것뿐인데……. 내가 공연히 여러 사람에게 사기를 치고 있는 것은 아닌가 하는 생각이 들었다.

40명 일행 가운데 세 명이 오전 일찍 대한항공 편으로 카이로를 떠난다고 했다. 출발지에서는 함께 있었지만 돌아가는 길마저 같은 것은 아니었다.

탈애굽기

예정 시간보다 두 시간 앞당겨 호텔에서 점심을 먹고 공항으로 가기 위해 버스에 올랐다. 비행기 이륙 시간은 17시 25분이지만 12시 40분에 호텔에서 출발했다. 호텔 건너편 왼쪽 길에는 교통 체증이 심했다. 공항 가는 길은 막히고 공항에 사람들이 많더라는 연락이 왔다. 오늘 아침 일찍 공항으로 떠난 우리 동행 가운데 몇 사람이 아직도 비행기에 오르지 못했다고 알려 왔다는 것이다.

가는 길은, 움직이는 주차장이라고 해야 하나 시속 5~10km 속도로 천천히 흐름에 맡겨 버린 전용 버스. 평소 같으면 20~30분이면 될 거리가 오늘은 세 시간 이상 걸릴 것이라고 했다. 버스 안에서 이집트에서 일어난 사건 사고에 대한 이야기가 전해졌다. 어제 카이로 인근 교도소를 습격, 무기를 탈취한 사건이 있었다고 한다. 시위대가 행한 일인지, 시위대가 한 것처럼 꾸며서 시위대를 강압적으로 누르려고 하는지는 알려지지 않았다. 시내 전체가 흉흉하게 느껴졌다.

군인들이 길거리에서 승용차와 버스 들을 검문검색하고 있었다. 특히 자국민에 대해서는 엄격한 검색을 하고 있었다. 폭탄 테러에 대한 사전 차단을 위한 것이라고, 승용차 트렁크를 열고 안에 있는 모든 물건들을 끌어내서 하나 하나 검색하고 있었다. 그러나 외국인 관광객이 타고 있는 우리 버스는 운전사가 검문 중인 군인들에게 생수 몇 병을 건네는 것으로 무사 통과했다.

13시 5분에 무사히 공항에 도착했다. 세 시간은 걸릴 것이라고 하더니 25분 만에 도착한 것이다. 그러나 공항청사 앞 차도는 차들로 그득 차서 하차할 공간을 찾아야 했다. 30분을 더 기다려서 차에서 내릴 수 있었다. 그러나 그 직전 가벼운 사고가 있었다. 내가 입었던 코트를 선반에 올려두었었다. 통로 쪽에 앉았던 황세옥 선생에게 그 옷을 꺼내달라고 부탁했더니 버스가 서기도 전에 일어나서 선반에서 옷을 꺼내는 순간, 작은 비명 소리. 앞자리에 앉았던 한의사 선생의 부인이 손으로 눈을 가리고 있었다. 코트의 지퍼 여닫이 자물쇠가 윤지현 씨의 선글라스를 친 것이다. 선글라스에는 금이 가 있었다. 눈을 다치지 않은 것이 다행이긴 하지만 프랑스제 고급 선글라스에 금이 갔으니 더는 사용하기가 힘들 터였다. 보상하겠노라고 했더니 그런 제품은 한국에서 구입할 수조차 없는 것이라고 했다. 너무도 미안했다. 황세옥 선생이 나를 도와주다가 졸지에 일어난 사고라 더 미안했다. 황세옥 선생을 위로해야 하고 윤지현 씨에게 사과를 해야 하고……. 긴급한 탈애굽 과정의 서두에 일어난 사건이었다.

일단 차에서 내렸다. 비행장 안은 카이로에서 탈출하려는 사람들로 발 하나 들여놓기가 어려울 지경이었다. 화물을 보내고 출국 수속을 하기 위해서는 비지땀을 흘리며 씨름을 해야 했다. 소하물 보내는 곳과 출국 수속 장소가 엄청 떨어져 있어서 일행을 놓치지 않기 위해서는 앞사람의 옷자락이라도 잡아야 할 형편이었다. 나는 전남대 병원의 의사 부부 뒤를 따라서 이동했다. 위기 속에서 남성들은 대처를 참 잘했다.

출국 수속을 기다리고 있는데 한국인 관광객들이 와서 자기들을 데려가 줄 수 없느냐고 물었다. 그들이 예매한 비행기표는 며칠을 더 기다려야 하는 것이고 카이로의 사태는 안개 정국이었다. 특히 가족 단위로 관광 여행을 온 사람들은 비행기표를 구하지 못해 발을 굴렀다. 우리 팀의 인솔자 유재원 교수는 우리를 한국으로 보내고, 유 교수는 그리스로 가서 더 여행을 할 계획이었다. 그러나 카이로 공항이 비행하기에 위험한 공항으로 분류되는 바람에 유럽 쪽 비행기들이 운행을 중단, 유 교수도 한국행 비행기표를 사기 위해 애를 써야 했다. 유교수는 마침 그리스 유학 중의 지인이 그리스 고위층에 있어서 그쪽으로 연락해서 특별 항공티켓을 구하는데도 본래 가격의 두세 배를 더 물어야 하는 표를 사게 되었다. 그것만도 다행이리고 했다.

사람들 속에 꼭 붙어 서 있다 보니 옷 속으로 땀이 흘러내렸다. 출국 수속에서도 줄을 서지 않고 새치기하는 사람들로 사람들 사이에 다툼이 일어나고 있었다.

서울의대의 정명희 교수가 질서를 잡아 보겠다며 앞으로 나서서 사람들에게 외쳤다.

"Make a Line! Make a Line! Make a Line!"

잠시 줄이 만들어졌다가 곧 허물어졌다. 질서란 자신의 안전이 보장될 때에만 인정할 수 있는 것일까. 출국 수속은 혼잡함 속에서 1시간 만에야 간신히 이루어졌다. 출국 수속대를 빠져나가 면세점이 있는 곳 통과, 게이트 가까운 곳으로 갔는데 비행장 전체가 사람들로 붐벼서 들썩대고 있었다. 출국대 부근에서 보았던 젊은 아기 엄마가 떠올랐다. 아주 젊은 여성이었다. 기어다니는 아이를 그 복잡한 사람 틈에 그대로 방치하고 멍하니 있었다. 무슨 일이 있었던 것인가. 아이가 사람들에게 밟히거나 눌리면 어떻게 하라고……

비행기에 탑승해서 한의사 한상태 선생 부부를 찾았으나 찾지 못했다. 사람들도 그 부부의 행방을 알지 못했다. 신동철 사장에게 물어보니 그들은 오고갈 때 모두 비즈니스석을 이용 중이라고 했다. 내가 그 부부를 만나야만 할 사연을 신 사장에게 전달했더니 걱정하지 말라고, 그들도 꼭 막힌 사람은 아니라고 나를 위로했다. 그리고 다시 신 사장을 만났더니 내가 하고 싶어 하던 사과의 말을 한 상태 선생에게 전달했고 그들도 거기에 개의치 않으니 걱정하지 말라고 했다는 말을 전했다.

19시 38분, 마침내 카이로 공항을 이륙했다. 두 시간 늦게 연발한 것이다. 비행기가 이륙하는 장소는 붐비고, 착륙 지대는 한가했다.

높직하니 비행기 위에서 내려다 보니 카이로는 불길이 휘황하고, 비행장 안에서 보았던 아수라의 장면이 환영을 보았던가 싶었다. 30년 장기 집권의 부패하고 무능한 정권을 몰아내려는 카이로의, 이집트인들의 열망이 아무쪼록 작은 희생, 큰 보상으로 끝날 수 있기를.

기내식으로 늦은 저녁을 먹고 두 시간 뒤인 21시 57분에 두바이의 도하 공항에 도착했다. 도하의 면세점에서 초콜릿 14달러짜리 6박스를 샀다. 오빠의 고혈압에 초콜릿이 좋다는 말을 들었기에. 그리고 효순 · 창헌 · 승원에게도 선물로 주기에 좋은 상품이었다.

2011. 1. 30. 일요일.

12 도하공항 - 인천공항

0시 5분 도하에서 인천으로 가는 비행기에 올랐다. QR882호 시트 넘버 37E. 비행기 안 좁은 좌석에서 잠들었다가 깨어났다. 비행기 창 밖에서 빛이 쏟아져 들어왔다. 카이로 공항에 한국인 300인 이상이 발이 묶여 있다고 한다. 이집트까지 가서 피라미드를 보지 못한 사람들은 무척이나 속상할 일이었지만 그래도 무사히 귀국할 수 있다는 것이 얼마나 좋은 일인가. 우리 모두 무사 귀국할 수 있기를 기도하는 마음이었다.

인천공항에 도착했다(16:10). 비행기에 내릴 때 비즈니스석으로 찾아가 한상태 선생 부부에게 다시 한 번 더 선글라스 훼손 사건에 대해서 사과했다.

인천의 기온은 영하 2도, 도하에서 한국까지 거의 10시간이 걸렸다. 입국 수속 받고 동행들에게 인사할 때에 "축하합니다!" "생환을 축하합니다!" 하고 웃었다. 짐을 찾아 들고 다시 만난 한상태 부부, 그들에게 다시 인사를 나누었다. 탈애굽의 와중에 일어난 선글라스 훼손 사건, 그런 작은 사건사고라도 하나 있어야 탈애굽의 긴박감에 실감이 더해지지 않을까.

17시 10분, 춘천행 리무진을 타고 출발했다.

2011. 1. 31. 월요일.